종말
일기
Z

암흑의 날
LOS DIAS OSCUROS

마넬 로우레이로

진희경 옮김

종말
일기
Z

암흑의 날
LOS DIAS OSCUROS

황금가지

APOCALIPSIS Z:
LOS DÍAS OSCUROS
by Manel Loureiro

Korean Translation Copyright © Minumin 2015

Korean translation edition is published by arrangement with
VIRTUAL PUBLISHERS S.L. c/o Santa Teresa de Jesús Jornet c/o
Antonia Kerrigan Literary Agency through Momo Agency.

이 책의 한국어 판 저작권은 모모 에이전시를 통해
Antonia Kerrigan Literary Agency와 독점 계약한 ㈜민음인에 있습니다.
저작권법에 의해 한국 내에서 보호를 받는 저작물이므로 무단 전재와 무단 복제를 금합니다.

차례

살아서 보지는 못했지만

누구보다 가장 좋아했을 사람, 마리벨을 위해.

그 살육 당한 자가 내던져진 바,

사체에서 악취가 뿜어 나오고 피에 산들이 녹으리니.

— 이사야 34장 3절

사하라 서부 너머 어딘가

사하라 사막의 적막한 한구석, 햇빛에 달궈진 돌 위에 조그만 도마뱀 한 마리가 미동도 없이 앉아 있었다. 지옥에서 부는 바람처럼 뜨거운 공기로 숨을 쉬는 녀석의 옆구리가 부풀었다 쪼그라들었다. 길쭉한 혀를 휘둘러 공기를 가늠해보며 해 질 녘, 사냥 나갈 수 있는 때를 기다리고 있었다.

갑자기, 사람은 듣지 못하는 아주 작은 소리가 들렸다. 도마뱀은 생전 처음 보는 무서운 포식자의 소리인가 싶어 바위 밑으로 몸을 움츠렸다.

가벼운 허밍처럼 들리던 소리가 오래지 않아 점점 커져 귀를 먹먹하게 만들었다. 그러더니 차츰 잦아들어 영영 사라져 버렸다.

자그마한 도마뱀은 궁금해서 대가리를 쑥 내밀었다. 혹독한 한낮의 땡볕 아래 끈적한 두 눈이 깜박였다. 잠시 동안, 사정없이 빛을 퍼붓는 파란 하늘을 올려다보았다. 열기 때문에 아지랑이로 변한 사하라가 일렁였다.

녀석이 30초만 일찍 대가리를 내밀었더라면 사막 한구석에 전혀 어울리지 않는 광경을 볼 수 있었을 것이다. 노란색과 흰색 바탕에 '갈리시아 자치 정부'라는 로고를 눈에 띄게 칠한 커다란 소콜 헬리콥터가 연료 드럼통을 매단 채 지나가는 모습을. 체구가 작은 사십 대의 조종사는 금발 콧수염이 무성한 얼굴에 피곤한 기색이 묻어나지만 표정만은 결연했다. 오른손은 손가락이 몇 개밖에 남아 있지 않다. 부조종석에는 키가 훤칠하고 마른 체구의 삼십 대 남자가 앉아 있었는데 아무렇게나 자란 턱수염 아래로 이목구비가 날렵했다. 지칠 대로 지친 두 눈은 펼쳐진 사막을 초점 없이 응시하고 있었다. 그는 아득한 저편으로 정신을 놓아버린 양, 무릎 위에서 잠든 덩치 큰 페르시안 고양이만 천천히 쓰다듬고 있었다. 뒷좌석에 앉은 늙은 여자와 십 대 소녀가 기이함을 더했다. 마른 체격의 남자는 자신이 스페인 북부의 소도시에서 무사태평하게 살던 시절을, 일과 가족과 친구로만 점철된 인생을 살던 때를 누구에게도 말한 적이 없었다. 종말이 오기 딱 일 년 전, 젊었던 아내가 죽자 가슴에는 고통으로 가득 찬 거대한 구멍이 남았다. 그 후로 남자의 삶은 한없는 아픔과 일상의 쳇바퀴였다. 거의 일 년을 그렇게 보낸 뒤 종말을 맞았고 그때부터는 모든 것이 지옥이었다.

모든 것이.

처음에는 지하드 조직에 대한 간략하고 모순된 보도 내용에 크게 관심을 두지 않았다. 과거 소비에트 공화국인, 저 외딴 다게스탄에 있는 러시아 육군 기지를 공격해 인질을 확보하고, 화학무기나 재래식 무기를 훔쳐 암시장에 내다 팔겠다는 그들의 기발한 생각에 대한 기사였다.

그들은 그 기지가 생물학적 무기를 연구하는 임무를 수행했던 것까지는 몰랐다. 세상에서 가장 치명적인 바이러스들이 기지의 시험관 안에 평화로이 잠자고 있었다. 엄밀히 말하면, 사실 지하드 조직을 탓할 일이 아니었다. 그 기지는 반쯤 잊힌 구 소비에트 제국의 잔재였다. 서구의 정보기관들은 그 기지의 존재 자체도 몰랐던 것이다. 이후에 벌어진 일련의 사태에 비하면 지하드의 기지 침입은 대수롭지 않은 일이었다.

어떤 관점으로 보느냐에 따라서 그들의 공격은 성공적이라고 할 수도 있고 끔찍한 실패라고 할 수도 있었다. 지하드 조직은 성공적으로 기지를 접수했지만 뜻하지 않게 절대 만들지 말았어야 할 바이러스를 풀어준 셈이 되었다. 기지를 공격한 지 48시간이 되기도 전에 모든 테러리스트가 죽거나 죽은 것 비슷하게 변해버렸다.

무엇보다 끔찍한 것은 그 바이러스가 퍼졌다는 사실이다. 아무것도, 그 누구도 들불처럼 확산되는 바이러스를 막을 수 없었다.

처음엔 그 바이러스에 대해 아는 사람이 전혀 없었다. 아메리카 대륙, 아시아뿐만 아니라 자만심 넘치는 구닥다리 유럽 대륙에서도 차분하고 평온한 삶이 이어졌다. 사건 직후 72시간, 그 때 이 전염병을 통제할 수 있는 조치를 했어야 했다. 하지만 다게스탄은 너무나 작고 찢어지게 가난한 나라였다. 그들 정부는 바이러스를 멈출 수 있는 자원이 없었다. 그 사이 바이러스는 금세 잠복기를 넘겼다.

13

그때는 이미 너무 늦어버렸다.

며칠이 지난 뒤에도 누구 하나, 심지어 우리의 스페인인 변호사조차도, 그 일을 염려하지 않았다. 유례없는 출혈열이 코카서스 산맥을 휩쓸고 있다는 소식 따위는 신문이나 TV가 전하는 유럽 축구 선수권 결승과 최신 정치 스캔들에 묻혔다.

바이러스에 관심을 갖는 사람은 거의 없었고 그 위세는 점점 퍼져 갔다.

뭔가 단단히 잘못되었다고 깨닫기까지 며칠이 더 걸렸다. 다게스탄의 광범위한 지역이 암흑과 침묵으로 덮였다. 마치 산 사람이 하나도 남지 않은 것처럼. 그 자그마한 공화국의 정부는 면밀한 조사를 했다가 드러난 상황에 경악한 나머지 모스크바에 도움을 청했다. 러시아 정부는 다게스탄의 실상에 엄청난 충격을 받아 즉각 국경을 폐쇄했다. 다게스탄은 물론 자국에 면한 모든 나라와의 국경까지. 너무 늦어 아무 소용없는 짓이었다.

다게스탄에서 걸러진 뉴스가 세상에 전해지기 시작했다. 처음에는 혼란스럽고 말도 안 되는 내용이었다. 그러다가 러시아 정부, 애틀랜타에 있는 질병 통제 센터, 그 외 몇몇 기구들은 일련의 보고를 통해 에볼라나 천연두, 웨스트 나일 열병 바이러스가 발생했다는 상충된 주장을 펴는가 하면 60년대에 독일에서 최초 발생했던 마르부르크 바이러스를 의심하거나 심지어 그 모든 설에 반대하는 주장을 하기도 했다. 도를 넘은 터무니없는 낭설이 돌기 시작했다. '그것'이 뭐든 간에 '그것'을 피해 달아나는 피난민과 함께 어둠의 그림자가 다게스탄의 국경을 넘었다. 푸틴 정부는 상황을 통제하려는 노력의 일환으로 뉴스 보도 관제를 선언하면서 러시아 연방 내 언론의 자유로운 보도를 막았다. 그러나 결국 걷잡을 수 없는 상태에 이르러 국제 사회에 긴급 구호를 요청했다.

그것도, 다시 한 번 말하지만, 이미 늦은 뒤였다.

그쯤 되자 우리의 변호사를 비롯한 거의 모든 사람들이 세상의 한 귀퉁이에서 일어나고 있는 사건에 대한 뉴스를 초조하게 기다렸다. 더 이상은 별 볼 일 없는 뉴스 취급을 받지 않게 된 것이다. 모든 매체의 전면에 기사가 대서특필되었다. 엄격한 검열에도 불구하고, 눈에 보이는 최대한 먼 곳까지 뻗어가는 피난민과 군 병력의 이동 현황을 그린 그래프의 이미지가 유출되었다. 관찰력이 아주 뛰어난 뉴스 해설자들은 전염병 창궐지역에서 전투를 벌이고 있는 군인들의 특이한 동향에 주목했지만 그런 이들은 소수에 불과했다. 대다수가 공식 보도에만 관심을 가졌다. 마침내 그 역병을 막기 위해 국제 구호 팀들이 배치되었다. 15일 전이었다면 성공할 수 있었을 것이다.

이제는 가망이 없었다.

며칠 뒤, 전염병은 전 지구적으로 번졌고 구호 팀은 '그것들' 때문에 상처를 입은 팀원을 데리고 철수했다. 더 이상 손 쓸 방법이 없다는 사실을 아무도 깨닫지 못했다. 각 나라의 정부가 그들이 맞닥뜨린 것이 무엇인지 감을 잡게 되었을 무렵에는, 감염자를 '제거'해야 마땅하다는 상식이 정치적 이해관계와 여론 앞에 무력해졌다.

전염병을 막을 마지막 기회는 날아가 버렸고 바이러스가 죽음의 행진을 시작하면서 전염병은 대재앙으로 변모했다.

그 당시, 우리의 스페인인 변호사도 전 세계와 마찬가지로 공포에 질려 있었다. 신문, TV, 라디오, 인터넷, 너 나 할 것 없이 모든 매체가 전염병에 대한 기사를 격렬하게 쏟아냈다. 그는 절망에 빠져 서서히 강해지는 바이러스를 지켜볼 뿐이었다. 머지않아 다게스탄의 뉴스가 끊겼다. 며칠 후엔 러시아가 암흑으로 변했다. 그 다음에는 폴란드, 핀란드, 터키, 이란, 그리고 계속해서 전 세계의 모든 국가가 어둠으로 덮였다. 유럽 국가 대다수가 국경을 봉쇄하고 계엄령을 선포했지만 바이러스는 유출된 기름처럼 전 지구에 퍼져나갔다. 유럽 연합은 전례 없는 단일 재난 관리처를 구축하는데 만장일치로 합의했고, 그 후로 관련 정보를 빈틈없이 장악하고서 찔끔 찔끔 내보내기 시작했다. 그래도 인터넷 상에는 계속 보도가 올라왔다. 살아 움직이는 시체에 대한 갖가지 주장과 근거 없는 소문은 이 사태가 외계인의 침공, 반 그리스도 단체, 유전자 실험, 지하세계의 괴물 때문이라고 단정하는 웹사이트와 아울러 범람했다.

하지만 모두가 동의하는 점이 한 가지 있었다. 그게 무엇인지는 모르겠지만, 아주 전염성이 강하고 치명적인 바이러스라는 것이다. 그리고 감염자는 여지없이 질병을 퍼뜨린다는 것도.

고작 2주 전까지만 해도 뉴스에 짤막하게 언급되던 그 재난이 마침내 스페인을 덮쳤다. 우리의 변호사는 1981년 쿠데타 때처럼 군복을 입은 국왕 후안 카를로스가 TV에 나와 계엄령을 선포하는 걸 보고서야 상황의 심각성을 깨달았다.

그러고 나서 이들 유럽 정부들은 궁리 끝에 번지수 틀린 대책안 중에서도 가장 최악의 안을 선택하게 된다. 감염자를 제거하여 비감염자를 위험으로부터 떼어놓는, 의학적으로 논리에 합당한 방법을 여전히 무시한 채 전국에 보호구역을 만들어 비감염자를 집결시켰다. 피난처라고 이름 붙인 그곳은 경비 부대로 에워싼 광활한 지역이었다. 그때쯤엔 감염된 사람과 접촉하면 아주 끔찍한 일을 당한다는 사실을 모두가 잘 알게 되었다.

당시 우리의 변호사가 내린 결정은 지금 돌아보면 최선의 선택이었다. 그는 피난처에 가기를 꺼렸다. 듣기만 해도 바르샤바의 게토가 연상되어 께름칙했다. 그래서 철수 작전을 맡은 군대가 그의 동네를 훑으며 지나갈 때, 집에 숨어 버린다. 모든 사람들이 군대를 따라 떠나는 와중에 남아 있기로 마음먹은 것이다. 그것도 혼자서. 하지만 혼자만의 시간도 그리 오래 가지 않았다.

며칠 만에 우리가 알던 세계가 무너져 내리기 시작했다. 사람들은 직장에 출근하지 않거나 대뜸 사라져버렸고, 전기가 끊어지고 통신이 두절되었다. 전 세계 TV채널은 쇼 프로그램을 녹화 방송하는 간간이 신경질적으로 피난처에 모이라는 명령뿐인 뉴스 단신을 송출했다. 뉴스 검열은 이제 완전히 뚫렸다. 관계자들은 감염된 사람들이 죽은 뒤에 어떤 연유인지 다시 살아나서 아주 공격적으로 변한다고 밝혔다. B급 영화에서 튀어나온 것 같은 모습이었는데 실제상황이 아니었더라면 정말 웃겼을 것이다. 전 세계가 그처럼 단 며칠 만에 무너져 내리는 상황이 아니었더라면 말이다. 20일 전, 우연히 시험관 밖으로 풀려난 괴물이 마침내 그 실체를 드러내는 순간이었다.

그 후 48시간 동안 일어난 일은 이루 다 형언할 수 없을 정도였다. 사회 기반 시설이 곳곳에서 무너져 내렸다. 세계적으로 전력망이 끊겨 세상이 어떻게 돌아가는지 누구도 알 수 없었다. 피난처는 죽음의 덫이었다. 그곳에 집결한 사람들의 소음과 움직임을 감지한 언데드가 자석에 끌리듯 몰려들었다. 언데드 떼가 피난처를 포위하자 모두가 공포에 사로잡혔고 경계가 무너지면서 괴물들이 모든 것을 짓밟았다. 피난민들 대부분은 언데드가 되었다. 얼마 남지 않은 TV 채널에서는 이전과 상반된 공식 메시지를 방송하기 시작했다. 피난처에서 멀리 달아나라는 메시지였다.

하지만 그 메시지조차도, 이미 너무 늦은 뒤였다. 모든 것이 통제 불능이었다.

적막한 동네에서 홀로 집에 남아 있던 우리 변호사는 페르시안 고양이 루쿨루스와 함께 이 사태를 지켜보며 경악했다. 바야흐로 인터넷이 끊겼고 그는 최악의 상황을 대비했다.

그리고 그 상황은 금방 찾아왔다. 48시간이 채 되기도 전에 그가 사는 스페인 남부의 적막한 교외 길 가에 최초로 언데드가 어슬렁거리며 나타난 것이었다. 그는 자기 집에 갇힌 셈이었다. 이후 며칠간 그는 공포에 질린 채 창밖에 펼쳐진 끝없는 언데드의 행렬을 목도했다.

제일 가까운 대도시인 비고에 있는 피난처로 가야겠다고 마음을 굳힌 것이 그때였다. 살아 있는 사람을 봐야겠다는 생각이 절박했고, 음식과 물도 동이 나던 차였다. 선택은 둘 중 하나였다. 언데드를 따돌리고 안전한 장소를 찾아 가든지 집에서 굶어 죽든지. TV에서 경고를 했지만 피난처밖에는 갈 곳이 없었다.

그렇게 시작한 위험한 여정은 사흘 내내 목숨을 건 순간의 연속이었다. 그는 파괴된 도시들을 지나 아무도 치우지 않은 자동차 잔해를 피해 폰테베드라 항구로 운전해 갔다. 그리고 거기에서 발견한 버려진 배를 타고 비고로 항해했다. 마침내 비고의 피난처에 당도했을 때, 그가 품었던 마지막 희망은 물거품이 되었다. 그곳은 폐허였다. 산 사람은 아무도 없었고 수천의 언데드만 정처 없이 방황하고 있었다.

진지하게 자살을 생각하고 있던 그의 눈에 녹슬고 낡은 화물선, '자렌 키비슈'가 항구에 정박하고 있는 모습이 포착되었다. 배에는 어중이떠중이가 모인 듯 보이는 생존자들이 타고 있었다. 선장에게서 비고 피난처의 최후를, 그곳이 어떻게 무너져갔는지를 들을 수 있었다. 세계 곳곳의 숱한 피난처와 마찬가지로 기아와 질병으로 시작해서 언데드의 공격으로 끝난 그곳의 모든 이야기를.

그리고 한 번 더, 행운이 우리의 변호사에게 미소 지었다. '자렌 키비슈'에서 그는 비고 피난처의 몇 안 되는 생존자 중 빅토르 프리첸코라는 우크라이나 사내를 만났다. 40대의 작달막한 체구에 커다란 금발 콧수염, 담청색 눈을 가진 자였다. 알고 보니 그는 스페인 정부가 매년 여름 산불에 대비해 고용하는 동유럽 헬리콥터 조종사들 중 하나였다. 그도 집과 가족에게서 멀리 떠나와 홀로 발이 묶인 신세인 것이다. 프리첸코는 우리의 변호사와 친구가 되기로 한다.

언데드와 정신적으로 불안한 '자렌 키비슈'호의 폭군 선장 때문에 끔찍한 몇 주를 보낸 뒤, 마침내 두 사람은 묘안을 세운다. 항구에서 몇 킬로미터 떨어진 산림 경비 기지에 있는 소콜 헬리콥터를 찾아가는 것이었다. 그리고 거기에서 카나리아 제도로 날아갈 심산이었다. 섬이란 원래 완전히 격리된 곳이니 지구상에서 이 전염병이 피해간 몇 안 되는 곳 중 하나일 거라는 이유였다. 잔존한 스페인 정부와 생존자들 일부가 그곳에 모여 있다고 최후의 뉴스를 통해 들은 바도 있었다.

미친 선장과 무장한 선원들을 따돌리는 문제가 남았다. 그자들은 자신들의 계획을 성사하고 싶으면서도 제 몸을 사리는데 혈안이 되어 프리첸코와 변호사를 희생시키려고 했다. 파괴된 도시 비고를 가로지르는 위험천만한 여행 끝에 두 사람은 마침내 희망에 부푼 탈출을 하게 된다.

하지만 그들의 용기를 시험하는 마지막 관문이 남아 있었다.

하룻밤 숙소로 삼은 버려진 자동차 판매점에서 기폭장치를 다루던 프리첸코가 불의의 사고로 2도 화상을 입고 손가락 몇 개를 잃은 것이다. 예전 같으면 목숨을 위협할 정도의 사고가 아니지만 확연히 달라진 요즘 같은 상황에서는 목숨을 좌지우지할 일이었다. 우리의 변호사는 죽음의 기로에 선 친구를 데리고 비고의 한 병원을 찾아갔다. 의사를 만날 리도 만무하고 어딜 가나 언데드가 우글거렸지만 친구에게 급한 약을 당장 찾아야 했다.

버려진 광활한 병원의 어두운 복도, 홀과 계단이 죽음의 덫이 되어 결국 언데드에게 둘러싸이리라는 생각은 미처 못했던 것이다.

그렇게 상황이 절망적으로 치닫고 있을 때, 루시아가 나타나 두 사람을 구해준다.

열일곱 살의, 큰 키와 호리호리한 몸매, 긴 흑발과 짙은 초록색 눈을 가진 루시아와의 만남은 휑뎅그렁한 건물에서 전혀 예상치 못한 일이었다. 소름끼치는 악몽 속에서 그녀를 발견한 것 자체가 너무나 기이한 일이라, 우리의 주인공들은 자신들이 환영을 보는 거라고 여길 정도였다. 그녀가 자신의 사정을 털어놓자 그들은 그녀 또한 운명적으로 이곳에 남겨진 겁에 질린 생존자임을 알게 된다.

피난처로 이동하던 중에 가족과 헤어진 루시아는 잃어버린 부모의 행방을 찾으려고 근방을 배회하다가 여기까지 왔다. 난리 중에 수천의 사람들에 휩쓸려 가족을 영영 찾지 못한 그녀는 고집스럽게 병원을 지키느라 기진맥진한 의사들을 도우며 이곳에 머물렀다.

언데드 무리가 병원으로 모여들자 루시아는 안전하고 넓은 병원 지하실로 숨었다. 양식이 넉넉하고 물샐틈없는 곳이었다. 입구 또한 육중한 철문으로 보강되어 있었다. 그녀 외에는 세실리아라는 수녀뿐이었다. 간호사 교육을 받던 수녀는 끝까지 병원에 남아 자원봉사를 하고 있었다. 그 후로 두 사람은 지하실에서 지내며 절대 오지 않을 구조팀을 기다렸던 것이다.

그러다 총성과 사람 목소리를 들은 루시아가 동향을 살피러 안전한 은신처에서 빠져 나왔고, 예상 밖에 변호사와 파일럿을 만났다. 그녀 또한 두 사람 못지않게 놀랄 수밖에 없었다. 전쟁으로 단련된 구조팀 대신 지저분하고, 굶주린, 길 잃은 피난민 둘을 만났는데 한 사람은 심각한 부상을 입은 데다 둘 다 정신적으로 공황상태에 빠져 있으니 말이다. 그 와중에 소녀는 훨씬 나이 들고 현명한 성인 여자처럼 지체 없이 두 사람과 주황색 고양이를 지하실에 있는 세실리아 수녀에게로 이끈다. 근방 수백 킬로미터 내에서 유일하게 생존한 간호사인 세실리아 수녀는 우크라이나인의 상처를 보살펴 주었다. 우리의 변호사와 그의 친구는 공포로 점철된 몇 주 만에 처음으로 진짜 피난처를 찾은 셈이었다.

꿈같은 몇 달이 지나갔다. 발전기와 수백 명을 먹이고도 남을 식량이 있는 편안한 지하실 덕에 기운을 북돋은 네 명의 생존자들은 마음의 평안과 한숨 돌릴 여유를 얻었고, 바깥세상으로 나갈 방법을 찾아야겠다는 희망을 다시금 품게 된다.

그러나 편안한 은신처를 떠나야만 하는 사건이 터져 카나리아 제도로 날아가려던 계획을 재 점화하는데, 그 사건이란 강력한 여름 뇌우로 병원에서 몇 킬로미터 떨어진 곳에 발생한 화재였다. 진압할 사람이 없는 불길은 통제 불능으로 마른 잡초와 잔해를 태우고 병원 현관 앞까지 번진다. 이에 네 사람은 화염을 피해 차를 몰고 가까스로 병원을 탈출한다.

이틀 후, 헬리콥터에 달고 온 기름을 연료 탱크 가득 채운 그들은 사람의 흔적을 찾아 카나리아 제도로 향한다. 그들의 목표는 하나였다. 생존.

1

"프리첸코! 프리첸코! 내 말 들려?" 내가 물었다. "이 정신 나간 우크라이나 양반아."

한숨과 함께 욕이 절로 나왔다. 망할 인터콤이 또 끊긴 것이다. 비고를 떠난 이후로 세 번째였다. 나는 기체 내벽에 달린 지지대를 붙잡았다. 육중한 헬리콥터가 다시 한 번 뜨거운 에어포켓을 만나 휘청거렸다. 프리첸코는 당황하지 않고 최고 속력으로 에어포켓을 통과했다. 그는 내 말을 못 듣지만 내 인터콤을 통해 그가 즐겁게 흥얼거리는 끔찍한 콧노래가 들렸다. 제임스 브라운의 「I Feel Good」이다.

루쿨루스는 이동장 안에 들어앉아 있다. 엔진의 굉음이 무색하게 곯아떨어진 주황색 털 뭉치 녀석이 너무나 부럽다. 이 소음을 어떻게 참는 걸까? 헬멧으로 귀를 덮고 있어도 닷새 연속 소음에 시달렸더니 미쳐버릴 것 같았다. 고양이들은 뭐든 잘 적응하나 보다.

뒷좌석을 넘겨다보았다. 안전벨트를 단단히 채운 세실리아 수녀는 손가락으로 천천히 묵주 알을 짚어가며 단조로운 목소리로 기도를 하고 있었다. 흠잡을 데 없는 제복을 입고 큼지막한 빨간 헬멧을 쓴 자그마한 수녀라니. 혼자 보기 아까운 광경이 아닐 수 없다. 비록 헬리콥터가 돌풍을 맞을 때마다 근심으로 얼굴이 새파랗게 질리지만 말이다. 비행이 수녀에게 맞을 턱이 없는데 그녀는 불평 한마디 없이 잘 참고 있다.

루시아는 깊이 잠들어 앞좌석에 뻗어 있었다. 딱 달라붙는 너덜너덜한 반바지와 기름 얼룩이 진 티셔츠가 눈에 들어왔다. 이전 기착지에서 프리첸코를 도와주면서 생긴 지저분한 흔적이었다. 잠을 깨울세라 조심스레 눈을 가린 머리칼을 걷어 주었다.

한숨이 나왔다. 이 소녀에 대한 내 감정이 제법 커져 문제인데 해결할 방법을 모르겠다. 지난 5일 동안 루시아와 나는 풀로 붙인 듯 함께였다. 그녀의 올리브색 피부와 긴 다리, 굴곡이 드러나는 몸매와 고양이 같은 눈매의 매력에 깊이 빠져버린 것이 사실이지만 나는 나름의 평정심을 지키려 노력했다. 무엇보다 지금은 연애질을 할 계제가 아니고 나이 차이도 있으니까. 그 애는 열일곱 살 꼬마인데 나는 서른이나 먹은 아저씨다. 13년의 나이 차는 결코 적지 않다.

루시아가 무슨 말인지 잠꼬대를 하며 뒤척였다. 기분 좋은 표정이 만연한 얼굴을 보니 절로 침이 넘어갔다. 바람을 좀 쐬어야겠다.

나는 화물칸과 조종석을 연결해 주는 좁은 통로를 넘어가 프리첸코의 옆자리에 털썩 앉았다. 우크라이나인은 얼굴을 돌려 함박 미소를 짓더니 보온병을 건넸다. 나는 병을 받아들고 한참을 쭉 들이켰다. 곧이어 두 눈에 눈물이 맺히면서 기침이 터져 가까스로 숨을 골랐다. 보드카가 반이나 섞인 커피였다.

"독한 커피지." 우크라이나인은 보온병을 낚아채 남아 있는 양의 반을 들이켰다. 눈도 깜짝하지 않고 가슴을 두들기며 크게 트림까지

했다. "비행할 때는 더 끝내주거든." 그가 병을 다시 내게 건넸다. "그렇고말고. 아주 끝내주는데." 만족스러운 듯 입맛을 다시던 그가 한바탕 웃었다. "체첸의 우리 중대에선 다들 보드카만 마셨어……. 거긴 훨씬 추웠거든."

나는 머리를 절레절레 흔들었다. 대책 없는 양반이다. 후텁지근한 조종석에서 땀에 흠뻑 젖은 셔츠를 벗어던진 우크라이나인은 피로에 절어 너덜너덜한 정신 상태로 어느 술집에서 주운 검고 큰 카우보이 모자와 초록색 미러 선글라스를 쓰고 있었다. 멋들어진 콧수염이 눈에 띄어 영화 「지옥의 묵시록」에 나오는 등장인물을 연상시켰다.

프리첸코는 정말 훌륭한 파일럿이다. 비고에서 탱크 가득 연료를 수 톤 싣고도 드럼통으로 몇 톤을 더 매달은 이 헬리콥터를 이륙시킨 그다.

그 때의 광경이 줄곧 뇌리에 반복해서 떠올랐다. 우리는 매일 대재앙의 실체를 마주했다. 우리가 두 눈으로 똑똑히 확인한 바로 확신하건대, 인류 문명은 지옥에 떨어졌다.

처음 몇 시간이 가장 힘들었다. 지상에서 몇 십 미터 부양한 채 포르투갈의 해안을 따라 남쪽으로 이동하던 우리는 광활하게 펼쳐진 혼돈과 황폐함에 입이 딱 벌어졌다.

제일 먼저 눈에 들어온 것은 빛이었다. 공장들이 수개월간 폐쇄되고 자동차 배기가스가 없었다 치더라손 대기가 기이하리만치 깨끗해서 거의 투명할 지경이었다. 썩어가는 살과 쓰레기 냄새가 진동하지 않았더라면 오천 년간 인적이 닿지 않은 미개척지라는 환상에 빠졌을 것이다. 사방에 어슬렁거리는 놈들을 본 순간 그 환상은 여지없이 무너졌다.

고속도로는 통행 불가였다. 일그러진 자동차 잔해들이 도로 위에 점을 뿌린 듯 몇 킬로미터마다 뒤덮였는데, 말도 안 되게 쌓인 잔해 더미로 도로 전체가 막힌 부분도 왕왕 있었다. 심지어 무너진 고가도로와 산사태에 흔적 없이 매몰된 고속도로도 보였다. 오포르토에서 리스본으로 이어지는 도로의 어느 가파른 구간은 몇 킬로미터에 걸쳐 험하고 거센 개울로 변했다. 터진 댐에서 흘러나온 강물이 자동차의 잔해가 만든 암초에 부딪혀 포말을 일으켰다.

자연은 천천히 제 영토를 되찾고 있었다. 자랑스러운 인류의 건축물과 공학의 놀라운 업적이 점차 잡초와 물, 흙, 그리고 여타 신이 창조한 것에 잠식되었다.

헬멧의 인터콤에서 나는 치직거리는 소리에 백일몽을 깨고 다시 사하라 상공으로 돌아왔다. 망할 놈의 무전기가 다시 일할 마음이 생긴 모양이다.

"연료 탱크가 거의 바닥났어." 쇳소리가 섞인 프리첸코의 목소리다. "여기서는 안 되겠고, 어디 내릴만한 좋은 장소를 찾아봐야지."

두 눈 똑바로 뜨라고. 나는 혼잣말을 했다. 이 이상 문젯거리가 생기면 안 되니까. 지금처럼 목적지가 코앞일 때는 더욱 더.

또 한 번의 착륙이 순조롭게 이루어졌지만 우리는 매우 신중하게 행동했다. 나는 전날 겪은 일에 대한 생각을 떨쳐버릴 수가 없었다.

2

포르투갈과 에스트레마두라 사이의 버려진 그 곳, 스페인 서부의 황량한 지역에서 프리첸코는 노변 식당의 주차장에 헬리콥터를 착륙시켰더랬다. 주차장 전체를 덮은 시멘트 위에는 녹슨 폭스바겐 SUV 한 대와 타이어 네 개가 모두 펑크 난 피아트 해치백 한 대만이 덩그러니 놓여 있었다. 버려진 식당은 쓸쓸함을 자아냈고 네온 간판에는 일 년치의 묵은 먼지가 쌓여 있었다.

소콜 헬리콥터가 거대한 먼지와 모래 구름을 일으키며 땅에 닿았는데, 조바심이 난 프리첸코와 나는 프로펠러가 멈추기도 전에 손에 권총을 쥐고 헬기에서 뛰어내렸다. 그리고 근방을 어슬렁대는 언데드가 있는지 살피기 위해 필사적으로 먼지 구름 너머를 살폈다.

주차장에 인적이 없는 것을 확인한 뒤에야 가슴의 요동이 멈췄다. 소콜의 엔진이 꺼지자 죽음과 같은 적막이 깔렸다. 아무 소리도, 새들이 지저귀는 소리조차도 들리지 않았다. 헬리콥터의 굉음에 다들 놀라 달아난 모양이라 생각했다. 그게 아니면 처음부터 아예 망할 놈의 새가 한 마리도 남아있지 않았거나.

잠시 동안, 이 지구상에 남은 사람은 우리뿐인 것 같은 불안감이 엄습했다. 마침 겁을 먹은 루쿨루스가 이상한 울음소리를 내는 바람에 정신이 바짝 곤두섰다.

프리첸코와 루시아가 헬리콥터의 수송망을 풀어 제트 연료가 가득 찬 노란 드럼통을 꺼냈다. 우크라이나인은 빈 통을 옆으로 밀쳐내고 기름이 가득 찬 통을 헬리콥터 쪽으로 굴렸다. 손목의 반동을 이용해서 마개를 딴 뒤에 고무호스의 한쪽 끝을 통에 집어넣고 다른 쪽 끝은 소콜의 연료 탱크에 연결했다.

탱크가 가득 차는 몇 분간이 가장 위험했다. 헬리콥터는 땅 위에 있고 수송망은 풀려 있고 고도의 인화성 물질이 탱크에 주입되고 있는 상황에서 신속한 이륙을 하기란 불가능하기 때문이다. 언데드가 나타나기라도 하면 우리는 끝장인 것이다.

근방에 아무런 움직임이 없다는 것을 확신한 나는 프리첸코에게 담배 좀 피워야겠다고 말했다. 기내를 샅샅이 뒤졌지만 찌부러지고 눅눅한 카멜 담배 몇 개비뿐이었다. 그 때문에 나는 열이 받은 상태였다. 병원을 떠나올 때 여러 보급품과 약을 챙겼건만 담배가 바닥이 나다니.

마침 주차장 끝 멀리 식당이 보였다. 혹시 모르지, 싸구려 선술집이지만 입구에 담배 자동판매기가 있다는 데에 백만 유로를 걸어도 좋다는 생각이 들었다. 인적이 없는 곳이니까 가보기로 했다.

그 전에 모두에게 다녀오겠다고 말하려고 뒤를 돌아보니 프리첸코와 루시아는 내 쪽을 등진 채 빈 드럼통을 수송망에 어떻게 쌓을 것인지 열띤 논쟁을 펴고 있었다. 세실리아 수녀는 끔찍한 상공에서 내려와 단단한 땅을 다시 밟게 된 것에 감사하며 쪽잠을 자는 중이었고. 루쿨루스는 내게 아랑곳없이 그루밍을 하며 세상사를 잊고 있었다. '뭐 별 일 있으랴. 잠시 갔다 오는 건데.'

문이 잠겨 있었기 때문에 들어갈 다른 방도를 찾아 안을 살펴보았다. 말라비틀어진 화분이 프런트에 일렬로 서 있었다. 햇빛에 색이 바랜 아이스크림 메뉴 그림이 누더기가 된 우산과 함께 바닥에 나뒹굴었다. 먼지가 켜켜이 쌓인 탁자와 플라스틱 의자 두어 개가 눈에 들어왔다. 한쪽 구석에는 덩어리진 먼지마냥 청재킷이 널브러져 있는데 색이 너무 빠져서 청재킷인지 알아보기도 힘들 정도였다.

문은 꿈쩍도 안 했다. 틀이 나무로 된 낡은 주방 창문에 기대를 거는 편이 나을 것 같았다. 오랜 세월 그릴에서 뿜어져 나오는 열기를 맞아 뒤틀린 탓에 위쪽에 몇 센티미터 정도 틈이 벌어져 있었다. 칼을 꺼내 그 틈에 끼워 지렛대처럼 밀어 올려보았다. 몇 분 지났을까, 쩍 하는 소리를 내면서 걸쇠가 부서졌다. 조용히 창문을 들어 올려 그 서늘하고 음침한 내부로 몸을 들이밀 공간을 만들었다.

살금살금 주방으로 진입한 나는 어둠 속을 응시했다. 밝은 곳에 있다가 안에 들어오니 몇 초 동안은 보이는 것이 없었다. 더 나쁜 변화는 썩은 내가 진동해 숨을 쉴 수 없을 지경인 것이다. 소매로 코를 막았다. 눈물이 왈칵 쏟아지며 욕지기가 치밀었다.

어둠에 적응하자 주방의 모습이 눈에 들어왔다. 냄새의 근원지는 문이 활짝 열린 커다란 업소용 냉장고였다. 수십 킬로그램의 돼지고기와 소고기가 몇 개월 내내 그 안에서 썩고 있었다. 조리대 위에서는 한때 돼지 갈비였던 덩어리와 식칼의 손잡이에까지 수천 마리의 구더기가 붙어 우글거리고 있었다. 바로 옆에는 결코 완성될 리 없는 샐러드에 들어갈 썩은 토마토 한 더미가 돌아오지 않은 누군가를 기다리고 있었다.

그을린 팬이 놓인 스토브의 천장에는 커다랗고 둥근 연기 자국이 남았다. 가스 버너는 켜져 있지만 가스가 떨어진 지 오래였다. 식당 전체가 불에 타버리지 않은 것이 기적이었다.

보아하니 이 싸구려 식당에 있던 사람들은 혼비백산 달아난 모양이고 그 와중에 가장 기본적인 처치도 못했으리라. 그들을 그토록 놀라게 했던 것이 무엇이었는지 나는 너무나도 잘 알고 있다.

가뿐히 주방문을 열고 나갔다. 식당 안에는 썩은 음식물이 쌓인 열두어 개의 테이블이 둘러 서 있었다. 마치 대가가 그린 정물화처럼 명암이 두드러져 보였다. 멀리 핸드백 하나가 의자에 걸려 있었는데, 달아난 주인에게 버림 받은 순간의 모습 그대로였다.

매력적인 구석이라고는 조금도 없는 식당 안을 쭉 훑어보다가 바 옆에 서 있는 담배 자동판매기에 시선이 꽂혔다. 꼬냑 병들과 레알 마드리드 휘장 사진으로 치장한 거울. 그 거울에 붙은 달력은 영영 2월에 머물러 있었다. 바 안으로 들어가 영수증이 가득 찬 서랍을 뒤져 열쇠꾸러미를 찾아냈다. 그 중에 저 자동판매기를 열어줄 열쇠가 뭔지 알 것 같아 기분이 좋아졌다. 절로 미소가 나왔다.

멀리 밖에서 깡통을 서로 두들기는 소리가 들렸다. 짐을 실은 그물을 묶고 이륙할 준비가 다 되었다는 뜻으로 프리첸코와 루시아가 보내는 신호였다. 신도 버린 이 더럽고 잊혀진 촌구석에 나를 버리고 이륙하는 그들을 상상하는 순간 극심한 공포가 밀려왔다. 말도 안 되는 터무니없는 상상이라고 하겠지만 조금도 방심할 수 없는 정신 상태에서는 그럴싸할 수밖에. 나는 서둘러 최대한 많은 담뱃갑을 배낭에 쑤셔 넣었다. 그 와중에 담뱃갑들이 바닥에 쏟아졌다. 싸구려 상표의 담배까지 알뜰히 챙겼다. 언제 또 담배를 구하게 될지 누가 장담하겠는가?

참았던 볼일을 보고 식당을 나서기로 했다. 쉬지도 않고 일곱 시간을 날아왔더니 방광이 터지기 일보 직전이다. 프리첸코는 비행 중에도 병에 소변을 볼 수 있다고 자랑이 이만저만이 아니었다. 프리첸코야 그럴 수 있겠지만 나로선 수녀님과 열일곱 살짜리 매력 덩어리

앞에서 일을 본다는 것이 께름칙했다. 그래서 참았다. 지금까지.

소총을 등에 걸어 멘 나는 시간을 절약하는 차원에서 지퍼만 열었다. 소변기 앞에 서자 엄청난 안도감이 밀려왔다.

지퍼를 올리려는데 크롬 도금된 변기에 손 하나가 반사되어 보였다. 그 손 뒤로 팔과 여자의 나머지 몸뚱이가 드러났다. 여자는 몸집이 엄청나게 커서 90킬로그램은 되어 보였다. 누군가 혹은 뭔가가 여자의 곱슬머리로 가려진 왼쪽 얼굴을 먹어 치우고 몸뚱이에 붙어 있던 양 팔을 뽑아 놓았다. 그러고 보니 화장실 바닥의 말라붙어가는 피 웅덩이에 반쯤 썩은 팔 하나가 떨어져 있었다. 또 다른 팔은 몇 가닥의 힘줄이 붙은 채 여자의 어깨에 매달려서 움직일 때마다 좌우로 덜렁거리며 심하게 흔들거린다.

미처 뒤돌아서기도 전에 괴물이 달려들어 나를 벽으로 밀어붙였다. 여자는 내 목덜미에 숨을 몰아쉬었고 소총을 문 이빨이 맞부딪혀 딱딱 소리를 냈다. 팔이 없었기에 망정이지 하마터면 단숨에 내 목숨을 끊어놓을 뻔했다. 여자의 맹렬한 첫 번째 공격은 물리칠 수 있었지만 상황이 여전히 심각했다. 벽에 손을 대고 버티면서 뒤로 밀어내 보았지만 여자는 단단히 총을 물고 놓지 않았다. 그 때, 내 발이 미끄러졌다.

우리는 땅에 넘어지면서 굴렀다. 나는 엄청난 무게의 여자에게서 가까스로 빠져 나와 문을 향해 기었다. 여자가 나의 한쪽 부츠에 매달려 무서운 기세로 허공을 씹어댔고 공포에 질린 나는 다른 쪽 발을 크게 휘둘러 여자의 얼굴이 떨어져 나간 자리에 남아 있는 시뻘건 구멍을 힘껏 걷어찼다.

죽고 싶지 않다. 이런 망할 싸구려 식당의 역겨운 화장실에서 바지 지펴도 다 못 올린 채로 바닥을 기다가 뒈지기는 더더욱 싫다. 늘 다리에 감고 있던 칼집으로 양 손을 뻗어 작살을 꺼내 쥐었다. 작살총은 헬리콥터에 두고 왔다. 머리 위로 팔을 들어 올렸다가 온 힘을 다해 여자의 머리통 한가운데에 작살을 박아 넣었다. 부드럽게 으깨지는 소리가 들리면서 작살의 강철 끝이 머리통으로 밀고 들어가더니 뼈에 닿아 멈추었다.

세상에! 모든 공포스러운 움직임이 단번에 멈추었다. 길어야 15초였다.

나는 아래에서부터 벽을 조금씩 짚고 올라가 몸을 일으켜 두 발로 서면서도 언데드에게서 추호도 눈을 떼지 않았다. 그렇게 한바탕 싸우고 나면 매번 잔뜩 긴장한 채 식은땀을 쏟는다. 담뱃불을 붙여보려 했지만 손이 너무나 떨려서 라이터를 켤 수가 없었다. 그래서 포기했다.

토사물의 쓴 내를 입안 가득히 맡으며 비틀비틀 화장실을 걸어 나오는데 아드레날린이 온 몸을 관통하는 기분이었다. 놈들을 죽이는 일은 아무래도 익숙해지지 않았다. 산 사람이 아니라는 걸 알면서도 매번 구역질이 났다. 목숨이 위태로운 순간에는 항상 공포에 질려 몸이 마비되는 것 같았다. 그리고 밤이면 밤마다, 수개월간을 끔찍한 악몽에 시달리게 됐다.

나뿐만 아니다. 루시아도 밤이면 악몽에 쫓겨 몸을 뒤척였다. 프리첸코는 정신이 나간 눈으로 벌떡 깨곤 했다. 그 눈빛으로 몇 시간이고 허공만 쳐다보다가 보드카 기운에 다시 곯아떨어졌다. 내가 한밤중에 깨면 그와 똑같은 표정일 것이다. 몇 개월 동안 우리 중 누구도 다섯 시간 이상 푹 자본 적이 없었다.

나는 가까스로 담뱃불을 붙이고 밖으로 뛰쳐나갔다. 햇빛에 적응하느라 잠시 눈을 찌푸렸다. 소콜이 있는 쪽을 보니 커다란 날개가 공중에 천천히 큰 원을 그렸다. 부조종석 창문으로 루시아가 내 쪽을 유심히 바라보는 한편 프리첸코는 이륙 준비를 하며 계기판을 확인 중이었다.

먼지 속을 근근이 걸어 헬리콥터에 다다랐다. 나를 보는 루시아의 눈초리가 날카로웠다. 분명 무슨 일이 있었던 거라고 의심하는 눈치였다. 나는 지친데다 심적으로 무기력해졌다. 그 사소한 사건은 변해버린 내 삶의 축약판이었다. 결코 지칠 줄 모르는 악몽 같은 삶.

3

"이봐! *다바이! 다바이!* (Dabai. 영어의 'come on'에 해당하는 '어서', '이봐'라는 뜻의 러시아어. —옮긴이) 내 목소리 들려?"

기계음과 섞인 프리첸코의 목소리가 인터콤으로 흘러들어 온다. 어제 일을 생각하느라 넋을 놓은 모양이다. 악몽을 떨치려고 고개를 가로저으면서 쏜살처럼 사하라를 통과하는 소콜에 집중했다.

"말해, 프리첸코!"

나는 소콜의 엔진 소리를 이기려고 마이크에 대고 크게 외쳤다. 엔진이 땅 위에 커다란 나선형의 자취를 만들며 웅웅거렸다.

"저기가 내리기 좋겠는데."

그가 가리키는 곳을 내려다보았다. 사하라의 모래가 차가운 바다로 씻겨 들어가는 대서양 해안. 그곳에 자리 잡은 보잘것없는 마을이다. 스무 채 정도의 가옥이 서 있고 회반죽을 바른 모스크 하나가 덜 자란 농작물이 심어진 밭에 둘러싸여 있다. 대여섯 척의 기다란 낚싯배가 바닷가에 정박한 채 햇볕에 바래간다. 마을을 남북으로 가로지르는 흙길이 저 멀리 사라져 가는 것이 보인다.

마을의 남쪽에 다 허물어져 가는 나무 울타리가 쳐진 너른 공터가 있는데 제일 근접한 가옥에서 150미터 떨어져 있다. 아마도 염소 우리였겠지 싶지만 어디에도 염소는 보이지 않는다. 착륙하기에 최적이다.

지루하고 우아한 선회 끝에 프리첸코는 헬리콥터를 염소 울타리 위, 지상 20여 미터까지 끌어내렸다. 수하물 그물이 땅에 닿자 연료 드럼통이 서로 부딪히는 소리가 난다. 우크라이나인은 조종판을 가볍게 딸깍거리더니 그물 옆에 나란히 헬리콥터를 위치시켰다. 몇 초 지났을까. 모래 폭풍 때문에 나무 울타리가 날아가는가 싶더니 소콜이 다시 땅을 밟았다.

모래 바람이 잠잠해지자 우리는 침착하게 주변을 살폈다. 토담집들 사이를 통과하는 바람소리만 간간이 들린다. 곧이어 폭염이 밀려왔다. 43도는 될 것이다. 뜨거운 죽 마냥 빽빽하고 무거운 공기 때문에 숨 쉬는 것 자체가 버겁다. 날이 좋은 때였던들 황량한 사막의 끄트머리에 자리 잡은 이 음산한 마을이 살기에 쾌적한 곳이겠냐마는. 이제는 사람도 살지 않고 폐허만 남아 불길한 기운만 감돈다.

프리첸코와 나는 잔뜩 경계하면서 위험을 무릅쓰고 울타리 밖으로 나갔다. 장시간의 비행으로 굳은 다리도 풀어줄 겸 주변을 둘러볼 심산이었다. 마을에 나 있는 대로는 엉망이었다. 곳곳에 거대한 구멍이 뚫려 포장된 도로면을 삼켜버렸고 그 위로 모래가 쌓였다. 사람의 발이 닿지 않은 지 수개월은 되었을 것이다.

우리는 발밑을 살피면서 조심스럽게 마을 안으로 진입했다. 이 마을은 폴리사리오 자유 전선이 북아프리카 식민 지배를 종식시키고자 스페인과 전투를 벌인 지역과 매우 가깝다. 그 지역의 노변 배수로에는 폴리사리오와 모로코 군대가 설치한 지뢰가 산재하다. 카나리아 제도를 지척에 두고 지뢰를 밟아 몸이 산산조각이 나면 정말 엿 같겠지.

우리가 처음 들어선 집들 중 한 곳에서 우유 썩은 냄새랄까, 그런 악취가 진동했다. 일반적으로 살이 썩을 때 나는 냄새가 아니었다. 그보다는 확 끼치는 느낌이 덜하고, 시고, 심지어 매콤하기까지 해서 당황스러웠다.

우리는 고개를 주억거리며 서로 말없이 소총의 방아쇠를 재었다. 심호흡을 길게 한 뒤에 골목 모퉁이를 재빨리 돌아 나오며 사방으로 총신을 겨누었다.

우크라이나인은 완전히 당혹스러운 표정이었다.

"이런 망할, 대체 이건 뭐야?"

"젠장. 나도 모르겠어, 프리첸코." 나는 총을 거두고 머리를 벅벅 긁었다. "뭐였든 다 끝난 뒤에 와서 다행이지."

우리 앞으로 뻗은 좁은 골목 가득, 약 스무네댓 구의 시체가 누워 있었다. 그간 봐온 수많은 시체들과 다를 것이 없었다. 다만 부패하지 않은 점이 특이했다. 폭염과 극도로 건조한 사막의 공기 때문에 미라가 된 것이다. 햇볕 아래에 마호가니처럼 짙게 그을린 망자의 뼈만 남은 사지가 누더기랄 수밖에 없는 옷자락에 간신히 덮여 있었다. 피부는 겨우 흔적만 남았다.

우리는 조심스럽게 시체들 쪽으로 발길을 옮겼다. 보고 있자니 카이로 이집트 미술관의 미라가 연상되었다. 제일 가까이 널브러진 시체를 발로 차자 장작 도막 소리가 났다. 완전히 건조된 상태다. 시체들은 하나같이 훼손된 상태로 머리에 총상이 남아 있다든가 하는 등 상처투성이고 옷에는 마른 핏자국이 보였다. 언데드와 섞여 수개월을 살았더니 누군가 놈들의 숨통을 끊기 전까지 이것들이 어떤 상태였을지 뻔히 짐작이 되었다.

프리첸코가 몸을 숙여 땅바닥에서 반짝이는 구리 탄피를 집어 들었다.

"5.56 NATO. 아마도 자네가 메고 있는 것과 같은 종류의 소총에서 나온 탄피 같은데."

탄피를 살펴보던 그가 말했다. 굳이 더 말할 필요도 없다.

모로코 군대는 아직도 구식 7.61x51밀리 CETME 자동 소총을 쓴다. 스페인 군대가 병기를 업그레이드 하면서 90년대에 수천 정씩 팔아치운 것이다. 즉, 이건 모로코 군대가 한 짓이 아니라는 말이다. 그럼 누가 …… 그리고 언제 이런 짓을 했단 말인가?

시체 더미에서 불현듯 낮게 으르렁대는 소리가 났다. 프리첸코와 나는 소몰이용 막대에라도 찔린 사람처럼 화들짝 놀랐다. 깊고도 거친 그 소리가 재차 들렸다. 하지만 언덕처럼 쌓인 시체 더미에서는 어떤 움직임도 보이지 않았다.

나는 신경질적으로 HK 자동소총의 안전장치를 풀면서 프리첸코에게 어리둥절한 눈초리를 보냈다. 우크라이나인이 바짝 탄 입술을 핥았다. 망설이던 그는 흡사 원자 폭탄에 접근하는 양 시체 언덕을 향해 조금씩 발을 옮겼다.

세 번째로 그 소리가 났을 때가 되어야 비로소 벽을 등지고 바닥에 앉아 있던 시체에서 나는 소리임을 깨닫게 되었다. 양 다리를 쭉 뻗고 두 팔이 몸통 옆에 떨어져 나가 있는 그 시체는 머리가 남자의 가슴팍에 놓여 있었다. 남자의 몸은 총알 구멍으로 벌집이 되었고, 그의 피가 등진 벽면에 물들어 얼룩져 있다. 벽에 기대어 미끄러져 주저앉은 흔적이 역력하다. 무릎은 둘 다 총에 맞아 날아갔는지 몇 가닥의 힘줄만 남아 다리 주인의 몸과 이어져 있었다.

나직이 휘파람을 불었다. 보고도 믿을 수 없는 광경이었다. 그 총알 세례를 맞고도 살아남은 불운의 언데드라니. 머리를 피해간 총알들은 사내를 불구로 만드는데 그쳤다. 그 골목에 버려진 채 수개월간 사막의 태양에 말라가면서 옴짝달싹할 수도 죽을 수도 없었으리라.

놈을 자세히 보기 위해 몸을 숙였다. 사지는 탈수로 완전히 말라 비틀어져 굳은 상태였다. 살은 서서히 육포나 장작처럼 변해가고 있었다. 놈은 근육 한 올도 움직이지 못하면서 쪼글쪼글한 눈알을 여전히 약하게나마 희번덕거렸다. 처음으로 놈들에게 측은한 감정이 들었다. 나무 조각에 옥죄어 사는 것 같은 그런 지옥 같은 기분은 도저히 상상이 안 된다. 그가 예전의 자신의 존재를 기억할지 어떨지 모르겠지만 미쳐 날뛰는 존재로서의 광포함은 비쩍 마른 두개골 깊숙이 갇힌 채 영원히 남게 될 것이다.

소리의 진원지를 밝혀내고 나자 조금은 안심이 되었다. 이 근방에 언데드가 있다고 해 봤자 고작 몇 주밖에 안된 놈들이고 에스파르토(esparto. 아프리카 수염새. 띠 류의 풀. —옮긴이)처럼 안쓰럽게 바싹 말라 꼼짝도 못할 테니까.

참으로 *아이러니지.* 씁쓸했다. 지구상에서 가장 살 만한 곳이 못되는 사막이 어느새 인간에게 안전한 유일한 곳이 되어 버렸다. 그래도 합당하지 않은 거주지라는 사실 때문에 여전히 인간이 정착할 만한 장소에서 배제된다.

프리첸코는 그 괴물을 바라보고 있었다. 마음 속 깊이 어떤 생각이 뒤얽히는 모양이었다.

"프리첸코, 자네 왜 그래?"

내가 어깨에 손을 얹자 우크라이나인이 움찔 놀랐다.

"뭘 좀 생각하느라……" 주저하더니 그가 혀로 입술을 축였다. "강렬한 열기 때문에 이렇게 된다면 추위도 놈들을 얼려버리겠지 싶어서. 내 말, 무슨 말인지 알겠어?"

"무슨 말을 하는 건지 모르겠지만, 프리첸코, 그럴 것 같진 않은……"

"독일은 겨울이 혹독하거든, 아주 매섭다고." 그의 눈이 흥분으로 일렁인다. "집사람과 아들이 뒤셀도르프에 있는데, 거긴 겨울이면 영하 23도에서 왔다 갔다 해. 만약 언데드가 다 얼어버리면 우리 가족은 살아남을 수도 있지 않겠어!" 우크라이나인은 너무 격양된 나머지 거의 방방 뛰다시피 했다. "거기 가봐야겠어!"

나는 낙심한 표정으로 그 친구를 바라보았다. 아직도 가족이 살아 있으리라는 실낱같은 희망을 품고 있다니.

"프리첸코, 오해하고 있는 것 같은데……" 나는 그가 상처받지 않도록 조근조근 말했다. "강렬한 열기와 강렬한 냉기는 달라. 이 언데드들은 계속해서 움직이는 한 얼어 죽지 않을 거라고. 영하 45도나 50도 아래로 떨어지는 곳이라면 또 모르지만. 그런데 그런 곳에서는 사람도 살아남기 불가능하잖아."

"하지만……이해가 안 돼. 왜……."

그의 얼굴이 불안감에 일그러졌다.

"프리첸코, 잠시만 생각을 해봐. 놈들이 이렇게 된 건 탈수 때문이지, 기온 때문이 아니라고." 나는 우리 발치에 있는 언데드를 가리켰다. "인간의 몸은 대부분이 물로 이루어져 있어. 기온이 엄청나게 높으면 그 수분들이 다 말라버리겠지. 저 위 북쪽이 아무리 추워진다고 해도 공기 중에는 수분이 항상 충분해서 놈들은 계속 살아 움직이는 거야."

프리첸코의 눈에 맥이 풀린 것으로 보아 내 말을 이해한 모양이었다. 독일의 가족들이 살아있을 확률은 희박하다. *내 가족들이 살아있으리란 확률과 마찬가지지.* 입맛이 썼다. 우리는 「라스트 모히칸」 신세나 다름없었다.

증오심 때문인지 연민에서 우러나온 행동인지는 모르겠으나 프리첸코가 언데드의 눈에 칼을 찔러 넣었고, 우리는 천천히 놈에게서 멀어졌다. 으르렁거리던 놈의 소리가 즉시 멎었다.

마을의 남은 곳곳을 모두 살펴보았지만 딱히 놀랄 거는 없었다. 그도 그럴 것이 언데드 소탕 작전으로 마을 전체를 확실히 뒤엎어버린 모양이었다. 쓸 만한 물건이 전혀 남아 있지 않았다. 빠르게 줄어드는 보급품을 대체할 음식은커녕, 연료, 무기, 물조차도 찾을 수 없었다. 모스크 앞, 어느 헛간의 그늘진 곳에서 깊은 우물을 하나 발견했지만 마을 사람들이 모터 펌프로 물을 끌어올린 흔적만 있을 뿐, 모터는 온데간데없었다. 누군가 훔쳐갔겠지. 남은 것이라고는 헛간 바닥에 모터를 고정하느라 썼던 나사뿐이었다.

사막의 찌는 열기에 토담집들은 하나같이 쩍쩍 갈라져 있었다. 강풍에 지붕이 날아간 집도 몇몇 보였다. 아무도 손을 쓰지 않고 이 상태로 몇 년이 지나면 사막이 마을을 흔적 없이 먹어치울 것이다. 이런 마을 따위, 애초에 있지도 않았던 것처럼 감쪽같이 사라지겠지.

태양이 하늘에 화려한 붉은 빛을 수놓으면서 바다로 저물고 있었다. 아울러 기온이 떨어졌다. 어느 집에도 언데드가 도사리고 있지 않으니 모스크에 캠프를 꾸리기로 했다. 바닥에 카펫이 깔린 건물은 그 모스크뿐이라 그곳에서 밤을 보내기로 한 것이다.

그날 밤, 해변에 앉아 담배를 들고 별빛 가득한 하늘을 올려다보고 있노라니 실로 몇 달 만에 처음, 긴장이 풀렸다. 그러자 문득 ……해냈구나. 내가 아직 살아 있구나. 하는 생각이 들었다. 여정을 시작한 이래 처음으로 나는 정신을 놓고 울었다.

4
카나리아 제도

"성모 마리아시여! 우린 살았어요!"

란사로테 섬의 형태가 수평선 위로 흐릿하게 드러나자 세실리아 수녀가 격양된 목소리로 외쳤다. 열도의 최동단에 자리 잡은 섬에 다다른 것이다. 나는 놀란 눈으로 자그마한 수녀를 바라보았다. 그녀는 육지를 보자마자 가수면 상태에서 벗어나더니 흥분한 나머지 갑갑한 기내가 쩌렁쩌렁 울리도록 소리를 질러댔다. 루시아도 프리첸코와 나에게 키스를 퍼부으며 우리를 너무 꽉 껴안아대는 통에 하마터면 목이 졸릴 뻔했다.

모두 이 기쁨을 누릴 자격이 있었다. 우리의 목적지가 눈앞에 있다.

몇 시간 전에 아프리카를 떠나면서 순풍을 맞은 덕분에 예상보다 빨리 날아올 수 있었다. 그리고 지금, 터키석 빛깔의 바다 한가운데에 란사로테 섬이 태양 빛을 받아 신기루처럼 빛나고 있었다. 요 몇 달간 본 것 중 가장 아름다운 광경이었다.

프리첸코는 짐짓 태연한 척, 약 20분 뒤에 착륙하게 될 것이라고 모두에게 알렸다.

"그리고 나서 20분 후엔, 저는 맛 좋고 시원한 맥주 한 병을 마시고 있을 겁니다. 아니, 카나리아 제도 산 시가를 주머니 가득 넣고 피우면서 맥주 한 통을 다 마시면 더욱 좋겠군요!"

내 뒤에 앉은 루시아는 세 사이즈나 큰 옷이 아닌 진짜 새 옷을 구하는 이야기로 세실리아 수녀에게 연신 재잘거렸다.

"팔 길이가 맞아 손가락이 보이면서 좀 여성스러운 걸로요."

루쿨루스도 들뜬 분위기를 감지했다. 녀석이 기내의 한쪽 끝에서 다른 쪽 끝까지 어지럽게 돌아다니며 울부짖고 반항하기에 캐리어 안에 집어넣을 수밖에 없었다. 나는 그저 우리가 작은 사고도 없이 거의 5000킬로미터나 되는 긴 여정을 마치게 되어 마음이 놓였다. 상황을 감안하면 실로 놀라운 위업이 아닐 수 없다.

나는 무전기를 만지작거리며 주파수를 찾기 시작했다. 섬과 교신을 해서 우리의 신원을 밝혀야 했다. 방아쇠를 당기려고 노리고 있으면 곤란하니까. 이 구역에 대해서는 아는 바가 전혀 없으니 주의하는 편이 좋았다.

그러나 내 표정이 심각해지면서 기내에 흐르던 기쁨의 물결이 멎었다. 아무리 다이얼을 돌려도 잡음뿐이었다. 가슴이 얼음장처럼 굳는 것 같았다. 무전기에 아무런 방송도 잡히지 않는다면 둘 중의 하나다. 저 섬에서 무전기를 꺼두었거나, 무전기를 작동시킬 사람이 아무도 없거나…….

속이 울렁거렸다. 여기 카나리아 제도에까지 전염병이 퍼졌다면 우리들이 살아남을 가능성은 곤두박질치게 된다. 유럽에서 5000킬로미터 떨어진 곳, 대서양 한가운데의 섬 위를 날고 있지 않은가. 그리고 마지막 남은 연료가 바닥나는 중이다. 이제는 돌아갈 수도 다른 곳으로 날아갈 수도 없었다. 이 카나리아 제도에 모든 것을 걸고 왔는데…… 이제 보니 틀린 것 같았다.

정적 속에서 세 쌍의 눈이 내 목만 뚫어져라 보고 있는 시선이 느껴졌다. 헬리콥터는 우리와 육지 사이에 남은 마지막 몇 해리를 날고 있었다. 몇 분 후엔 프리첸코가 '드라이 피트'라고 부르는 짧은 거리만 남게 될 것이다.

대체 모두에게 뭐라고 말하지?

이제 우린 뭘 어떻게 해야 하는 거야?

"아무런 신호가 없군요. 그렇죠?"

세실리아 수녀가 체념한 어조로 무거운 침묵을 깼다.

"아니에요, 수녀님. 누군가 있을 겁니다."

란사로테 섬의 해안선이 우리의 발밑을 지나갔다.

"이럴 순 없어요! 이럴 순 없잖아요!" 루시아가 고개를 흔들었다. "제가 해 볼게요."

그녀는 나를 옆으로 밀치더니 헤드폰을 낚아챘다.

나는 기계음이나 잡음 하나하나마다 멈추면서 사람이 보낸 신호가 있을 만한 주파수를 찾는, 금 세공사처럼 섬세하고도 꼼꼼하게 다이얼을 돌리는 루시아의 가느다란 손가락을 홀린 듯 바라보았다. 루시아의 정교한 손놀림에 비하면 나는 스스로 감정을 주체 못하고 무전기를 너무 대강 돌린 셈이었다.

갑자기 그녀의 안색이 밝아지자 내 가슴이 요동치기 시작했다.

"여기 뭔가 잡혀요!" 거의 발작적으로 헤드폰을 벗으면서 루시아가 소리쳤다. "들어 봐요!"

프리첸코는 무전기를 기내 방송으로 연결하는 레버를 켜더니 눈앞에 펼쳐진 경치에 시선을 고정했다.

"테네리페 북 공항 GCXO. 자동 긴급 경보…… 해더스 트웰브 써티 프리. 주 활주로 준비 완료…… 36번 채널로 관제탑 교신바람. 허가 없이 착륙 불가. 격리 구역에 바로 보고 바람. 테네리페 북 공항 GCXO. 자동 긴급 경보…… 해더스 트웰브 써티 프리."

똑같은 내용이 스페인어로 두 번 더 반복되더니 다시 영어가 들렸다.

"무슨 말이에요?" 루시아가 물었다. "뭐라고 하는 거냐고요?"

"테네리페 북 공항." 프리첸코가 숨죽인 채 중얼거렸다. "로스 로데오스 공항 말이야."

내가 고개를 끄덕였다. 테네리페 북 공항은 테네리페 섬에 있는 두 개의 공항 중 하나로 섬의 남쪽 끝에는 레이나 소피아 공항이 있다. 자동 경보가 송출되고 있다는 건 전염병으로부터 살아남은 사람이 있다는 뜻이다. 나는 '격리 구역'이라는 말에 확신이 들었다. 희소식이었다.

그건 동시에 아직 갈 길이 남았다는 나쁜 소식이기도 했다. 연료

눈금을 힐긋 보았지만 거기까지 가기에는 무리였다. 조종판에 빨간 불이 깜빡이며 새된 경보가 울렸다. 프리첸코가 작은 레버를 당기자 점멸이 멈추더니 주황색 빛으로 바뀐다. 모두 우크라이나인을 향해 영문을 모르겠다는 눈초리를 보냈다.

"예비 탱크로 바꿨어요. 앞으로 십오 분은 더 날 수 있을 만큼 충분한 연료예요. 그런 다음에⋯⋯."

"다음엔 어떻게 하려고?" 내가 끼어들었다.

"란사로테 공항의 무전기 신호로 아직도 방송이 잡히잖아. 하지만 그게 큰 의미는 없어. 태양 전지로 작동하는 거니까. 그래서 몇 달이고 계속해서 신호를 송출할 수 있지. 즉, 거기에서 사람을 만날 수 있다는 뜻은 아니란 말이야."

무거운 침묵이 흘렀다. 별다른 수가 없었다.

잠시 생각 끝에 내가 입을 열었다.

"여기까지 왔잖아. 아레시페에 있는 란사로테 공항으로 가자고. 그 수뿐이야."

우크라이나인이 고개를 끄덕였다. 육중한 소콜이 왼쪽으로 기울어 무전기 신호가 오는 곳을 향해 날기 시작했다.

5

6, 7분이 지나도록 우리는 줄곧 아레시페의 지붕들만 훑어보고 있다. 전염병이 돌기 전까지 인구가 5만이나 되는 도시였건만 길거리에

는 한 사람도 보이지 않았다.

우리가 끈질기게 여정을 헤쳐 오는 동안 보았던 모든 도시와 마찬 가지였다. 딱 한 가지, 전쟁의 흔적이나 버려진 차들의 무덤, 불타 무너진 건물 등 여타 종말의 징후가 없다는 것이 다를 뿐이다. 공원은 제멋대로 방치되어 폐허로 변했지만 일 년 이상 버려졌던 다른 도시의 공원처럼 정글화 되지는 않았다. 길은 지저분했으나 거대한 쓰레기 더미나 파괴된 잔해, 나뒹구는 종이 나부랭이도 보이지 않았다. 마치 도시 전체가 잠들어 있는 것처럼, 흔한 일요일 이른 아침의 풍경처럼 보였다. 금방이라도 신문을 가득 실은 배달 트럭이 모퉁이를 돌아 나타날 것 같다.

"저기요!" 루시아가 소리쳤다. "저기 광장에, 초록색 버스 두 대 사이를 보세요!"

모두 그녀가 가리키는 곳을 내려다보았다. 나는 마른 침을 삼켰다. 마침 두 명의 사내가 버스에서 걸어 나온다. 한 사람은 스페인 외인부대 군복을 입었다. 다른 사람은 사십 줄에 들어 보이는데 고위 관리쯤 되는지 양복에 넥타이를 맸으나 머리는 헝클어져 있다. 둘은 친구처럼 담소를 나누며 나란히 걷고 있었는데 머리 위에서 굉음을 내고 있는 소콜을 인식하지 못하는 것 같았다. 완벽하리만큼 정상적으로 보였다. 다만 그 민간인은 얼굴의 절반이 없고 군인의 가슴은 피로 칠갑이 되어 있었다.

언데드다.

전염병이 저 광장 아래에 퍼졌던 것이다.

프리첸코가 러시아어로 욕을 내뱉는 것과 동시에 나는 헬리콥터의 내부 기둥에 주먹질을 했다. 충격에 빠진 루시아는 믿을 수 없다는 듯 망원경으로 두 남자를 자세히 살펴보았다. 세실리아 수녀는 단조로운 목소리로 더듬더듬 묵주 기도를 시작했다. 나이든 수녀의 얼굴에서 이상하리만큼 평온함이 감돈다. 그녀는 우리에게 길어봐야 몇 시간밖에 남지 않았다는 걸 알고 있다. 그래서 마음을 가다듬으며 신을 맞을 준비를 하는 것이다. 무슨 수를 쓰지 않으면 정말로 그 때가 닥칠 것이다.

"이건 뭔가 이상해. 도시가 폐허가 된 건 알겠어. 확실해. 하지만 싸운 흔적이 전혀 없잖아!" 나는 프로펠러 소리에 묻히지 않도록 큰 목소리로 외쳤다. "잘 보라고! 거리에는 언데드도 극소수밖에 없어. 많아봐야 열두어 명이잖아!"

"자네 말이 맞아!" 프리첸코도 소리를 질렀다. "질서정연하게 도시를 비운 것 같아! 저 아래 언데드들은 시민들이 대피하고 난 뒤에 다른 곳에서 온 놈들이라는 데에 내 남은 보드카를 다 걸지!"

"그렇지 않고서야 놈들의 숫자가 저렇게 적을 수는 없어. 그래도 다들 어디로 갔는지, 왜 도시를 버렸는지는 여전히 설명이 안 돼."

"저 언데드가 어디에서 왔는지도요."

루시아가 진지한 얼굴로 거들었다.

공항까지 몇 킬로미터를 날아가는 동안 우리는 생각에 잠겼다. 내가 소총의 노리쇠를 장전하자 모두가 움찔했다. 머릿속에는 우리가 맞닥뜨리게 될 것들에 대한 질문이 끝없이 쏟아졌다. 엄청나게 땀을 흘리는데도 등줄기가 오싹해졌다. 공항에 도착하기 전에 기내 뒤쪽으로 가서 다 낡아 기워놓은 잠수복을 꺼내 곡예하다시피 낑낑대며 껴입었다. 기운 자국이 어떻게 보면 흉터 같았다. 오래 전 사건이 남긴 기념이랄까.

잠수복을 다 입어갈 즈음 소콜의 그림자는 란사로테 공항의 활주로를 미끄러져 가고 있었다.

"저기 봐!" 프리첸코가 관제탑을 가리키며 말했다. "저 위에서 싸움이라도 났던 모양이지!"

관제탑은 연기와 불꽃에 그슬려 반파되어 있었다. 그 아래에는 잡석과 깨진 유리가 쌓여 있고 이빨에 생긴 충치마냥 꼭대기 창문에 크게 구멍이 뚫려 있다. 고의로 불태운 흔적이 역력하다. 공항의 멀쩡한 나머지 부분은 한낮의 태양을 받아 환히 빛났다. 넉 대의 소형 비행기가 버려진 채 시나브로 허물어지고 있었다. 'BINTER'라는 이름이 선명히 보인다. 카나리아 제도의 섬들을 이어주던 항공사였다.

활주로 끝에는 거대한 747기가 모래 언덕에 코를 처박고 누워 있었다. 흰 동체와 꼬리 날개를 가로질러 커다랗고 빨간 블록체로 TALA AIRWAYS라고 쓰여 있다. 어느 나라 항공사인지 모르겠다. 저런 색은 유럽이나 아시아 항공사도 아닐 텐데. 아마 전세기인 모양이다. 란사로테의 활주로는 저렇게 코끼리만 한 덩치의 항공기가 착륙하기에는 너무 짧다. 어떻게든 착륙은 했는데 멈출 수가 없으니 옆으로 미끄러져 활주로를 이탈했을 것이다.

하지만 어디에도 잔해는 보이지 않는다. 현장이 그야말로 깔끔하게 정돈되어 있는 모양새가 마치 누군가 가까스로 착륙한 비행기의 파편을 주워 모으고 그 주변을 깨끗이 청소한 것 같았다. 소콜이 얼마 남지 않은 거리를 좁히자 비로소 기체의 보조 날개를 비롯한 일부분이 정교하게 제거된 것을 알 수 있었다.

"부품을 뜯어낸 거야." 프리첸코가 인터콤을 통해 나직이 말했다.

"그게 무슨 말이야?"

"부품 재활용. 체첸에서는 때로 부품이나 보급품 조달에 문제가 생겼어. 특히 무자헤딘이 대공 미사일을 쏠 줄 알게 되면서부터 상황이 심각해졌지. 최소한의 비행기는 띄워야 하니까 망가진 기체에서 뜯어낸 부품을 작동하는 비행기에 끼워 쓰는 식이었어." 그는 잠시 말을 끊었다. "동족끼리 먹고 먹히듯이 말이지."

그의 목소리가 나직이 들렸다. 그는 소콜을 그 비행기의 연료 탱크 옆에 착륙시키려고 애쓰는 중이었다.

얼마 지났을까, 헬리콥터가 부드럽게 땅을 밟았다. 프리첸코가 엔진을 끄자 프로펠러의 윙윙거리는 소리가 잦아들었다. 나는 곧장 뛰어 내려 공중에서 봐두었던 연료 트럭 중 하나를 향해 달렸다. 가까이 가자마자 '아차' 싶다. 그 트럭도 '부품 재활용'을 당한 모양이다. 바퀴 네 개가 온데간데없이 콘크리트 벽돌 위에 서 있다. 활짝 열린 보닛 안에는 모터가 있어야 할 자리에 커다란 구멍만 남았다. 보나마나 연료 탱크도 사하라 사막처럼 바싹 말라 있을 것이다.

나는 프리첸코 쪽을 돌아보았다. 프리첸코와 루시아는 연료 펌프로 보이는 것을 둘러싼 낮은 철제 펜스를 향해 뛰어가고 있었다. 우크라이나인이 철문을 흔들었는데 맹꽁이 자물쇠가 하나 걸려 있었다. 그는 뒤로 몇 발짝 물러서더니 문으로 뛰어들며 힘차게 발길질을 했고 자물쇠가 부서지는 소리가 크게 났다. 희한하게도 경첩이 떨어져 나가면서 루시아가 뱀장어처럼 비집고 들어가기 충분한 공간이 생겼다.

우크라이나인은 호스를 연료 펌프 주둥이에 연결하면서 속사포처럼 루시아에게 지시했다.

"그 레버를 눌러. 아니, 다른 것! 네가 그걸 누르고 있어야 돼. 말고, 그 옆에 있는 것!"

두 사람을 도우러 가던 나는 멈칫했다. 저 멀리 흔들거리는 실루엣 몇 개가 공항 터미널에서 나오는 것이 보였다. 뒤이어 수십 개가 더 출구로 나왔다. 하나같이 우리 네 명의 생존자를 향하고 있는데 이런 위험을 눈치 채지 못한 두 사람은 호스를 연결하는 데 여념이 없었다.

"손님 왔어!" 나는 있는 힘껏 소리를 질렀다.

할리우드 영화마다 빠지지 않는 그 표현. 불꽃 튀는 싸움 중에 그 대사를 하는 남자 주인공들에게선 자신감과 사나이다움, 강인함이 느껴졌었다. 하지만 내 목소리는 겁쟁이의 날카로운 절규였다.

루시아와 프리첸코가 그 쪽을 보곤 잠시 머뭇거리다가 펌프를 작동시키는 일에 더욱 박차를 가했다. 나는 타는 듯이 뜨거운 바닥에 한쪽 무릎을 꿇고 앉아 어깨에 멘 소총을 꺼내 들었다.

우리가 빠져나갈 확률을 계산해 보았다. 수학의 신이 아니라도 놈들이 우리가 있는 곳에 닿기 전에 소콜의 연료 탱크를 채우기 힘들다는 건 금방 알 수 있었다. 순간적으로 오줌을 지릴 뻔했다.

에라, 모르겠다. 이만하면 죽기에 좋은 날인데. 적어도 우린 끝까지 해보는 거다.

땀에 흠뻑 젖은 두 손이 끈적거렸다. 뒤에서 프리첸코와 루시아가 펌프를 수동으로 작동시키느라 끙끙대는 소리가 들렸다. 모터를 돌릴 전기가 없으니 어쩔 수 없었다. 수녀도 늘 그랬듯 기꺼이 합류해서 힘을 보태려 하는 모양인데 펜스 안의 공간이 너무 좁아서 끼어 있는 것처럼 보인다. 하지만 그녀가 왜 그러고 있는지 확실히 이해할 수 있다. 나라도 죽음의 전조가 다가오는 것을 쳐다보며 홀로 있기는 싫을 것이다.

내게도 나름의 문제가 있었다. 언데드들은 발을 질질 끌면서도 지치지 않고 휘청대며 활주로를 걸어 우리에게 오는 중이었다. 터미널에서 여기까지 500미터. 저 놈들에게 상당한 거리니까 아직 시간이 있다. 그래도 펌프를 작동시키고 소콜 탱크에 연료를 담기에는 촉박한 시간이었다.

HK 소총에 서른 발이 들어 있고 내 벨트에 탄창이 두 개 더 있다. 속으로 다시 계산을 해봤지만 나 혼자서는 밀려드는 언데드를 멈추기는커녕 속도를 늦추는 것조차 불가능하다.

이백 명은 넘어 보이는 놈들에 맞서서 백 개도 안 되는 총알로 싸워야 한다니. 상황이 그처럼 비관적이지 않았던들 몇 번은 총질을 해보았을 것이다. 며칠 전 벌판에서 프리첸코에게 특별 훈련도 받았지 않은가. 하지만 무엇보다 나는 명사수가 아니기 때문에 그처럼 먼 거리에서는 더 명중시키기 어렵다. 실탄을 충분히 가지고 접전을 해도 겨우 언데드를 쓰러뜨릴까 말까 한 수준의 실력이었다.

"대체 뭐하고 있는 거예요?" 루시아가 소리쳤다. "쏘라고요! 젠장! 쏘란 말이야!"

루시아는 트럭 운전수들보다도 차지게 욕을 할 줄 안다. 겁먹었을 때는 더욱 잘 한다.

"제발! 저것들 좀 멈춰요!"

공포에 질린 세실리아 수녀의 목소리가 들린다.

*저것들*을 *멈춰요*라니. 망할, 지금 이게 장난인가? 난들 왜 왈츠를 추며 놈들에게 다가가 공항 바에서 맥주 한잔 사주마고 유인하고 싶지 않겠냐고? 해변으로 데리고 가서 선탠도 시키고 배구를 한 게임 한다든지!

서늘한 공포가 나를 서서히 잠식해 왔다. 시간이 멈춘 느낌이었다. 명확한 판단이 서지 않았다. 동료들의 울부짖는 소리만 들릴 뿐. 나는 활주로 한가운데에 한쪽 무릎을 꿇고 앉은 채 나무판자가 된 듯 뻣뻣하게 굳어 있었다. 갑자기 색이 바랜 티셔츠와 반바지를 입은 키 큰 중년 남자 언데드 하나가 옆에 있던 녀석과 부딪히더니 얼굴을 처박고 뻗었다. 슬리퍼 한 짝은 잃어버린 지 오래고 맨발이 바닥에 쓸려 완전히 망가져 있었다. 그 순간 모든 것이 명확하게 한 눈에 들어왔다. 발을 뚫고 튀어나와 있는 놈의 새하얀 뼈, 저 멀리 빛나는 태양, 바람에 실려 오는 옅은 썩은 냄새, 꿇고 앉은 무릎 옆 콘크리트 균열 사이로 삐죽 솟아 있는 풀잎 하나……

"쏴!" 프리첸코가 외쳤다.

그는 붉게 상기된 얼굴로 목에 핏대를 올리며 뭐에 홀린 사람처럼 펌프질을 하고 있었다.

그제야 정신이 돌아왔다. 우크라이나인에게 배운 대로 가늠쇠를 일렬로 정렬했다. 조준경을 최대로 확대하고 놈들 무리를 향해 조준한 뒤 마음을 완전히 비웠다.

괴물 같은 얼굴의 바다가 바로 눈앞에서 펼쳐지며 또렷이 일렁였다. 남자, 여자, 아이들, 젊은이들과 늙은이들, 상류층과 하류층 할 것 없이 모두의 눈에 사악함이 번뜩였다. 그 죽은 눈들을 보고 있자니 공포에 질려 뒷덜미까지 모골이 송연하다. 그처럼 어둡고 무심한 눈을 몇 년 전에 잠수를 하면서 한 번 본 적이 있다. 회색 상어의 눈빛이었다.

첫발은 높았다. 내가 겨냥한 언데드를 스치지도 못할 정도였다. 그다음 몇 발은 겨눈 데로 맞았는데 넷이 흐느적거리며 활주로에 쓰러졌다. 시간이 흘러 언데드가 30미터쯤 다가왔다. 두려움에 휩싸인 나는 놈들이 우리를 덮칠 때까지 아무리 잘 해봐야 손가락으로 꼽을 숫자밖에 해치우지 못한다는 것을 깨달았다. 총을 쏘면서 나도 모르게 기도를 하기 시작했다.

펌프에 연결된 호스가 기침소리를 냈다. 이어서 땅속에서 쇠 부딪히는 소리가 울리더니 마침내 벤젠 냄새가 강하게 올라왔다. 탱크가 열린 것이다. 바닥에 놓인 호스 끝으로 연료가 쏟아져 나와 활주로를 물들였다.

프리첸코가 환호를 질렀고 신이 난 루시아가 그를 안으며 등을 두들겼다. 그런데 프리첸코의 목소리가 뚝 끊겼다. 콸콸 흐르던 물줄기가 가늘어지는가 싶더니 그걸로 끝이었다.

"말도 안 돼." 그가 중얼거렸다. "이럴 수가!"

"루시아!" 소총의 탄창을 가는데 그가 외쳤다. "내가 이 레버를 누를 테니 압력이 얼마로 나오는지 봐! 준비됐어?"

언데드는 150미터 가까이 왔다.

"됐어요, 프리첸코!" 루시아가 소리쳤다.

우크라이나인이 레버를 누르자 날카로운 휘파람소리가 들리면서 기름에 전 공기가 펌프에서 새어나왔다.

"얼마야?" 프리첸코가 소리를 질렀다. "얼마 나왔나 말해!"

"900!"

우리와 다를 바 없이 겁먹고 혼란스러운 목소리로 루시아가 대답했다.

언데드는 그새 15미터를 전진해 왔다. 이제 열두엇 놈의 시체가 활주로에 점처럼 박혀 있다. 놈들이 가깝다. 너무 가깝다.

"젠장!" 우크라이나인은 밸브에 주먹질을 하며 소리를 질렀다. "빌어먹을."

몇 번이고 그 말을 내뱉더니 몹시 화가 난 듯 언데드 무리를 향해 렌치를 집어 던졌다.

나는 잠시 그를 바라보았다. 그는 눈물이 가득한 눈으로 비탄에 빠져 소리를 질렀다.

"탱크가 비었어. 공기만 찼다고. 비었어."

"끝이야." 내가 말했다.

"끝이지."

양 팔이 축 늘어진 그의 목소리에서 깊은 슬픔이 묻어났다.

펜스에 기대어 쓰러지는 루시아의 얼굴이 하얗게 질린다. 프리첸코는 루시아와 수녀를 번갈아 보더니 내가 쥐고 있는 HK 소총으로 시선을 옮겼다. 언데드가 되는 고통은 겪게 하지 말자. 그의 눈이 내게 말했다.

굳이 말로 할 필요는 없었다. 나는 내가 해야 할 일이 뭔지 알고 있었다. 산 채로 놈들에게 잡히지는 않을 것이다. 내게 이 일을 끝까지 해 낼 용기가 있기를, 그리고 내 차례가 왔을 때 손을 떨지 않기만을 바랐다.

루시아를 바라보았다. 양처럼 하얗게 질려 사시나무처럼 몸을 떨고 있었지만 눈에는 결연한 의지가 비쳤다.

그녀가 내 눈을 바라보며 고개를 끄덕였다. 이제 어떻게 될 것인지 그녀도 알고 있다. 그녀의 입술에서 '사랑해요.'를 읽은 내가 답했다. "나도." 무슨 일이 일어날지 아는 내 영혼이 두 갈래로 찢어지는 것만 같다. 몸서리가 쳤다. 눈물이 두 뺨에 흘러내려 앞이 보이지 않았다.

총을 들어 루시아를 겨냥했다. 그렇게 몇 초가 지났을까 총 소리가 활주로를 울렸다.

루시아는 눈을 감고 몸을 움츠려 총격을 맞을 준비를 했다. 그런데 아무 일도 일어나지 않은 것을 깨닫고 눈을 뜬 그녀 앞에 나와 프리첸코의 놀란 표정과 세실리아 수녀의 넋 나간 얼굴이 보였다.

총성이 아니었다. 헬리콥터였다. 헬리콥터 한 대가 빠르게 날아오고 있었다.

6

"저기!" 우크라이나인이 소리치며 지평선 위의 작은 점 하나를 가리켰다. 시간이 지날수록 점이 점점 커지고 있었다. "곧장 우리 쪽으로 오고 있어!"

말하기는 조심스러웠지만 다시금 희망이 생겼다. 그래도 헬리콥터가 오려면 몇 분이 더 걸릴 텐데 언데드가 지척이었다. 놈들은 이제 90미터도 채 안 되는 거리를 좁혀오고 있었다. 시간이 없었다.

"관제탑으로 가!" 우크라이나인이 소리쳤다. "뛰어! 젠장! 뛰라고!"

"잠깐." 나는 HK 소총에 마지막 남은 탄창을 밀어 넣으며 말했다. 제일 가까운 놈이 30미터 앞까지 와 있었다. "루쿨루스를 두고 갈 순 없어!"

불쌍한 내 고양이는 헬리콥터 안, 캐리어에 갇힌 채로 총성에 겁을 먹어 구슬프게 울고 있었다. 소총을 프리첸코에게 넘기고 헬리콥터까지 뛰어가면서 등에 지고 있던 작살 총을 장전했다. 여섯 발이 남아 있었다. 아예 없는 것보다는 낫다.

헬리콥터 안으로 뛰어들다가 정강이를 강철 기둥에 부딪혔다. 일단 루쿨루스의 캐리어를 집어 들고 배낭 뒤에 숨겨둔 다른 HK 소총을 찾느라 손을 넣어 더듬었다. 마침내 쇠로 된 차가운 총신이 손가락에 닿았다. 쌓여 있는 짐을 한쪽으로 밀어내면서 탄약을 어디에 넣어뒀던가를 기억해 내려고 애썼다. 그러자 섬광처럼 세실리아 수녀와 루시아가 커다란 상자를 다른 장비들 아래, 의료 구급함 뒤로 옮기던 모습이 떠올랐다.

나는 짐 꾸러미들을 옆으로 던져 치우려다가 창밖으로 한 번 눈길을 준 뒤에 포기하고 말았다. 여덟이나 되는 한 무리의 언데드가 헬리콥터에서 10미터 거리에 접근 중이었다. 놈들이 그만한 거리에서 나를 향해 몰려들면 그대로 죽은 목숨이다.

뒤도 안 돌아보고 욕을 하며 잽싸게 헬리콥터를 뛰쳐나왔다. 바로 그 때, 헬리콥터 날개 돌아가는 소리에 묻혀 프리첸코의 총성이 들렸다. 그는 앞서 달리고 있는 세실리아 수녀와 루시아를 엄호하면서도 놀라우리만큼 평정을 유지하며 관제탑으로 서서히 달아나고 있었다. 007만큼 침착하게 총을 겨눈 채로 뒷걸음질을 치는데 때때로 멈춰서서 밀려드는 놈들의 파도를 차분히 겨냥했다. 쏠 때마다 놓치지 않고 언데드를 꼬꾸라뜨렸지만 언데드와의 거리는 6미터도 남지 않았고 탄약도 거의 바닥이 났다.

나는 소콜에서 벗어나면서도 그 주변을 에워싸고 있는 여덟 놈의 언데드 무리에게서 시선을 떼지 않고 있었다. 그 때, 루쿨루스가 격하게 울부짖으면서 위험을 알렸다. 하마터면 또 다른 언데드 넷과 부딪힐 뻔했던 것이다. 헬리콥터를 우회해서 가던 놈들이 관제탑으로 가는 내 길을 막아선 모양이다. 루쿨루스의 캐리어를 왼손으로 옮겨 든 채 제일 가까이 있는 언데드를 겨냥해 방아쇠를 당겼다. 작살이 부드럽게 츕 소리를 내며 위를 향한 각도로 놈의 목 아래를 관통했다. 놈이 바닥에 쓰러지더니 간질 발작이라도 일으키는 것처럼 팔다리를 마구 흔들었다. 나는 총을 거두고 신속하게 재장전한 뒤, 팔이 뻗으면 닿을 거리에까지 접근한 다른 세 놈을 향해 조준했다.

아주 잠깐이었지만 놀라지 않을 수 없었다. 놈들 중 둘은 모로코 군인이었다. 제복을 보고 알았지만 그저 그뿐. 놈들은 이제 망할 놈의 언데드다. 나머지 하나는 반바지에 노란 비키니 상의를 입은 십대 소녀였는데 상의가 벗겨져서 가슴이 드러나 있었다. 복부에 구더기가 득시글한 구멍이 없었더라면 제법 볼만했을 것이다.

모로코 군인들이 손을 뻗으며 나란히 다가왔다. *절망적인 때에는 절망적인 대책이 필요하지.* 나는 미식 축구 선수처럼 몸을 숙이고 함성을 내지르며 놈들을 들이받았다. 내 갑작스러운 행동으로 놀란 언데드들은 볼링 핀 마냥 쓰러졌다. 그런데 가속도가 붙어 발을 헛디디는 바람에 소녀의 발치에 나자빠지고 말았다. 소녀는 맹렬하게 내 목을 향해 달려들었다.

생각할 겨를도 없이 왼팔을 들어 루쿨루스의 캐리어로 안면을 가격했다. 캐리어는 물론 여자 애의 턱이 흉측하게 부서져 산산 조각났다. 벌떡 일어서는데 모로코 군인의 팔 하나가 내 다리를 잡으려고 더듬는 것이 느껴졌다. 잠수복에 감사의 기도를 드렸다. 다른 걸 입고 있었더라면 저 놈이 나를 꽉 쥐고 시간을 버는 동안 저기 여덟 놈이 우리가 있는 곳까지 다가왔을 것이다.

가까스로 일어서서 보니, 충격으로 움츠린 채 내 쪽을 바라보던 루쿨루스가 일어나려고 버둥거리는 언데드에게로 시선을 옮기고 있었다.

"가, 루쿨루스." 나는 HK 총을 장전하면서 외쳤다. "뛰어!"

고양이가 주인의 말을 알아듣는지는 모르겠지만 워낙 생존 본능이 강한 동물이니까. 내가 소리를 질러서인지, 그보다는 우리를 사냥하려는 저 놈들 때문인지, 루쿨루스가 쏜살같이 루시아를 향해 달려갔다. 저 멀리 관제탑에 루시아의 실루엣이 보였다.

자세히 살펴볼 겨를이 없었다. 살려면 뛰어야 한다!

7

하이메는 나쁜 녀석이 아니었다. 20대 중반의 키가 크고 건장한 체격의 하이메는 친구가 아주 많았고, 여자 친구도, 직장도, 차도 있었다. 핸드볼 팀에서 선수로 뛰었고 주말은 남들처럼 교외에서 보냈다. 턱수염을 기르고 머리카락도 장발로 길렀는데 썩 잘 어울리는 편은 아니었지만 본인은 몇 년 전에 새긴 원시부족 타투와 어울린다고 만족해했다. 평범한 녀석이었다.

딱 한 가지 문제가 있다면 하이메가 이제는 그 어떤 것도 기억하지 못한다는 것이다. 란사로테 공항의 활주로를 내리쬐는 뜨거운 햇살 아래 수십 명의 동료와 어슬렁거리며 돌아다니는 지금도 마찬가지다. 녀석은 이제 그들 중 하나가 되었다.

하이메는 언데드다.

하이메의 정신이랄까, 인간이 이성이라고 부르는 그 무언가가 닫혀버린 때는 그가 언데드가 되기 거의 일 년 전이었다. 의사가 CT로 하이메의 뇌를 찍어보기라도 했다면 그의 뇌 활동이 소위 '파충류 뇌'라고 하는 뇌간, 그 가장 원시적인 부분에 지배당하는 것을 알 수 있었을 텐데. 그랬다면 하이메의 파충류 뇌가 선명한 색으로 커지면서 비정상적인 활동량을 보이며 잠식해 가는 것이 보였을 것이다. 뇌의 나머지 부분이 정전된 도시처럼 어둡게 덮여가는 모습이 말이다.

하이메는 어쩌다 공항까지 왔는지 혹은 어디서 왔는지, 어디로 가고 있는지 전혀 기억하지 못한다. 헤진 옷가지로 보아 수개월째 그런 상태였음을 짐작할 수 있다. 오른팔의 탄 자국은 언젠가 불에 너무 가까이 갔던 흔적이다. 그가 아직 사람이라면 그 화상은 엄청나게 고통스러웠을 것이다. 하지만 하이메는 아무런 느낌이 없다. 오른쪽 허벅지의 크게 파인 상처조차도 아무렇지 않다. 언데드에게 물린 그 자리 때문에 다리도 전다. 그 교상이 바로 지옥의 입구, 아베누스 호수로 가는 티켓이었다.

하이메는 비록 말이나 생각은 못해도 기본적인 감정은 느낀다. 배고픔, 흥분, 그리고 분노가 그것이다. 살아있는 존재가 그의 앞을 지나쳐 갈 때면 욕망과 강렬한 식욕이 그를 압도한다. 대상이 인간일 경우에는 특히 더 강렬하다.

인간은 제일 맛있는 사냥감이다. 악몽 같던 시절, 인간들은 하이메와 그의 동료들을 보면 뛰어다니며 소리를 질렀다. 가까스로 달아난 이들도 있었다. 어떤 인간들은 쇠와 화기를 들고 언데드의 머리를 산산이 박살내기도 했다. 하지만 그들은 예외고 대다수는 절망적이었다.

하이메는 언데드가 된 후 자신이 얼마나 많은 인간을 사냥했는지 몰랐다. 그의 폐에 총알이 박힌 것도, 산 사람이었더라면 제대로 숨을 쉬지 못했으리라는 것도 몰랐다. 사람들이 그의 모습을 보고 겁먹는 줄도 몰랐다. 치렁한 갈색 머리칼, 피에 절어 말라붙은 반바지와 하와이안 셔츠. 그 핏자국은 자기의 피와 인간의 피가 섞인 것이었다. 정맥이 터져 벌집이 된 피부는 물론, 무엇보다도 초점을 잃고 증오에 차 있는 그의 눈빛을 사람들은 두려워했다.

하이메는 옆에서 걷고 있는 게 누구인지도 몰랐다. 아마도 옆에 누가 있다는 것 자체를 모를 것이다. 그저 정처 없이 그 건물 안을 돌아다니고 있는데 하늘에서 소리가 나기에 자석에 붙는 쇳가루처럼 밖으로 이끌려 나간 것이다. 이제 보니 저 앞에 인간 서너 명이 뛰고 있었다. 늘 그랬듯이 따뜻하고 살아 팔딱거리는 느낌에 대한 욕망, 잡아서 베어 물어 씹고 싶은 욕망, 입가에 흐르는 따뜻한 피에 대한 욕망으로 온 몸의 세포가 신음했다.

그것이 그의 삶의 이유였다. 혹은 그의 생명 없는 삶의 이유라 할까.

최소 네 명이었다. 둘은 비교적 연약해 보였다. 하이메는 남자와 여자의 차이를 기억하지 못했다. 둘은 높은 건물 가까이 있었고 다른 하나는 발밑에 뛰어다니는 작고 털이 많은 주황색 동물과 함께 언데드 무리를 피해 달아나고 있었다. 그리고 마지막 인간, 자그마한 체구에 금발 수염을 잔뜩 기르고 냉정한 파란 눈을 한 자는 천천히 뒷걸음질을 치며 하이메의 무리에서 눈을 떼지 않고 있었다. 때때로 그 자가 쇳덩어리 같은 것을 얼굴에 갖다 대니 끝에서 불꽃이 솟으며 빵 소리가 났다. 하이메의 죽은 뇌는 그 섬광이 왠지 몰라도 무서웠다.

불꽃이 터질 때마다 무엇인가 하이메의 머리를 쌩하고 스쳐 지나갔는데 '윙'하고 고통스러운 소리가 크게 이어지다가 '퍽'하는 소리를 내며 멎었다. 그러면 피와 뼈의 파편이 날아다니며 언데드 하나가 바닥에 쓰러져서 다시는 일어나지 않았다. 하지만 그에겐 아무 상관이 없었다. 아무렇지 않았다. 그는 오직 손을 뻗어 저들의 살아있는 온기를 느끼고 싶을 뿐이었다.

작은 두 인간이 탑에 다다라 입구를 막고 있는 잔해를 치우려 했다. 곧 작은 주황색 동물을 데리고 있는 자와 만나게 될 것이다. 작은 인간은 하이메의 무리와 겨우 몇 발자국 떨어져 있었다. 벌써부터 인간의 따뜻하고 생생한 냄새가 풍기며 하이메를 자극했다.

그 작은 인간이 또 쇳덩이를 들어올렸다. 그런데 이번에는 딸깍하는 소리뿐, 불꽃이 안 났다. 주춤거리다 쇳덩이를 살펴보던 인간은 화가 났는지 소리를 지르며 하이메의 무리에게 그것을 집어던졌다. 그리고 냅다 탑을 향해 뛰었다.

탑 밑에 모인 인간들이 입을 모아 소리를 질렀다. 하이메와 다른 언데드가 할 수 없게 된 행동이었다. 하이메는 그 소리가 무슨 뜻인지는 알아들을 수 없었지만 덕분에 사냥 본능이 더 솟구쳤다. 하이메뿐만 아니라 무리에 있는 언데드 모두가 더 빠르게 움직이기 시작했다.

탑에 도착해 보니 육중한 쇠문이 닫혀 있었다. 보통의 상황이라면 하이메와 동료들이 극복할 수 없는 난관이었다. 하지만 이 문은 내부로부터 폭발로 부서진 적이 있어 완전히 닫혀 있지 않았다.

분노에 찬 하이메는 온 힘을 다해 철문을 내리쳤다. 주변의 언데드 무리도 같은 목적으로 움직이는 터에 하마터면 하이메까지 문에 밀려 납작해질 뻔했다. 고장 난 자전거 바퀴처럼 한 가지 생각만 그의 뇌를 맴돌았다. *저들에게 가야 해······. 저들에게 가야 해······. 저들에게 가야 해······.*

부서진 문은 무리 전체가 미는 힘을 오래 버티지 못했다. 문은 뒤틀리며 끼익하는 소리와 함께 열려 바닥에 쓰러졌다. 이제 거칠 것이 없었다.

앞줄에 있었던 하이메는 계단을 달려 올라가는 무리에 끼어 탑 꼭대기로 향했다. 저 위에 인간들이 있다는 걸 알 수 있었다. 그들이 느껴졌다.

이 경주가 끝나면 주어질 상품을 향해 미친 듯 계단을 오르는 수십의 언데드 발소리가 계단참을 울렸다. 다음 계단을 오르려던 하이메는 인간 하나와 부딪히는 바람에 얼굴을 처박고 엎어질 뻔했다. 뭔지 모를 미끌 미끌한 것을 입은 남자가 다음 계단참 아래를 막고 서서 그에게 이상한 막대를 겨누고 있었다. 옛날의 하이메라면 작살 총을 알아보았을 것이다.

'슉' 소리를 내며 작살이 날아왔다. 하이메는 이마를 뚫고 뇌 깊숙이 밀고 들어오는 금속 조각이 느껴졌다. 작살의 끝이 언제 소뇌에 닿을지는 하이메도 적인 인간도 알 수 없었다. 하이메는 처음으로 고통을 느꼈다. 고통이 물결 치듯 그의 몸을 관통해 퍼지며 분노를 부채질했다. 그 인간을 향해 두 팔을 뻗었지만 한 발짝도 움직일 수 없었다. 바닥이 솟아오르는 것이 보였다. 머리가 콘크리트 바닥에 부딪히고 나서야 자신이 쓰러졌음을 깨달았다.

자신을 뒤쫓는 무리를 향해 두려운 시선을 던지고 재차 계단을 오르는 남자가 보였다. 하이메는 스쳐 지나가는 다른 언데드의 발이 느껴졌다. 말할 것도 없이 그들은 계속해서 사냥감을 쫓는 것이다. 순식간에 세상이 아득히 멀어지며 암흑이 하이메의 정신을 서서히 잠식해갔다. 그리고 어느 순간, 그가 수개월간 느꼈던 채울 수 없는 광기가 썰물처럼 빠져나갔다.

마지막 찰나에 하이메는 자신이 누구였는지 다시 한 번 깨달았다. 그의 삶이 영영 소멸되기 직전에 느낀 것은 마침내 찾아온 안도감, 그리고 평화였다.

8

관제탑 안은 서늘하고 어두웠다. 활주로의 숨 막혔던 열기에 비하면 반가운 변화다. 나는 세실리아 수녀와 루시아가 기다리고 있는 이중문 앞에 멈춰 서서 숨을 골랐다. 소시지마냥 잠수복을 입고 300미터 정도를 전력 질주했더니 허파가 터질 것 같았다. 메익소에이로 병원 지하실에서 몇 달을 편히 앉아 지낸 타격이 컸다. 반면, 루쿨루스는 감방 같은 캐리어에서 나온 것이 기쁜지 내 주위에서 폴짝거렸다.

저 아래 활주로에서 프리첸코가 내 쪽으로 등을 진 채 서서히 다가오는 것이 보였다. 그는 자신을 향해 다가오는 언데드에게 시선을 고정하고 있었다. 몇 초마다 멈춰 서서 신중하게 목표물을 겨누고 놀라우리만큼 정확히 명중시켰다. 햇볕에 피 웅덩이가 마르면서 언데드의 시체가 꿴 진주알처럼 활주로에 박혀 있다. 그는 총을 쏘려고 멈추어 설 때마다 몇 걸음씩 포기해야 했고 결국 놈들 무리가 그에게 가까워지고 있었다.

갑자기 프리첸코의 표정이 일그러졌다. 총알이 바닥난 것이다. 분노에 찬 그는 HK 소총을 언데드에게 집어 던지고 전속력으로 달렸다.

나는 폭발로 떨어져나간 쇠문 한 짝을 다시 끼우느라 사력을 다하고 있는 수녀님과 루시아를 향해 소리쳤다.

"어서요. 문을 끼우지 못하면 우린 끝장이야!"

"변호사 양반, 말만 하지 말고 와서 좀 도우란 말이에요. 젠장!"

루시아가 버럭 화를 냈다.

미안해진 나는 휘어진 나머지 문짝 하나를 들어 올려 덮고 있던 잔해들을 털어냈다. 땀이 한말은 흐른다. 낮게 욕지기를 하면서 있는 힘껏 문을 문틀에 맞추어 끼운 다음 버팀목을 댔다. 루시아와 세실리아 수녀는 목이 터져라 소리치며 프리첸코를 재촉했다. 프리첸코는 악마가 쫓아오기라도 하는 것처럼 활주로를 달리고 있다. 두 사람의 목소리는 섬 전체를 쩌렁쩌렁 울렸다. 저 괴물들이 그 소리를 들으면 더 빨리 움직일 텐데.

마침내 문 틈새로 몸을 날린 프리첸코가 박격포탄처럼 우리 뒤에 쌓인 잔해더미에 떨어졌다.

"다쳤어, 프리첸코?"

콘크리트 대들보를 버팀목삼아 문에 세우면서 내가 물었다.

"자존심만 조금." 언제나처럼 간결한 대답이었다. 그는 바지에 묻은 먼지를 털어내고 내 HK 소총을 집어 들었다. "이걸로 버틸까?"

그는 미심쩍게 물으며 문에 쳐놓은 바리케이드를 살폈다.

"모르지. 떼로 밀고 들어오면 힘들 거야. 그래도 시간은 벌어주겠지."

나는 마지막 콘크리트 대들보를 버텨 놓으며 대답했다.

관제탑 위를 맴도는 헬리콥터의 굉음 때문에 대화를 이어가기가 쉽지 않았다. 헬리콥터에 탄 사람이 관제탑에 착륙하려면 상황을 살피느라 시간이 걸릴 것이다. 문득, 저 헬리콥터의 조종사는 수많은 놈들이 타워를 향해 압박해 오고 있고 소콜이 멀리 활주로에 버려져 있는 광경을 보고 무슨 생각을 할까 싶다.

"꼭대기로 가!"

작살 총을 장전하는데 프리첸코가 외쳤다. 언데드 몇 놈이 문 앞에 당도했는지 거칠게 문을 두드리기 시작했다. 놈들의 목구멍에서 광기 섞인 신음소리가 터져 나왔다. 비고의 어둡고 소름끼치는 가게에 꼼짝없이 갇혀 밀실 공포증에 시달린 몸서리치는 기억이 순식간에 되살아났다. 양 손이 떨려오는 건 어쩔 도리가 없었다.

세실리아 수녀와 루쿨루스를 안은 루시아가 프리첸코의 뒤를 따라 계단을 올랐다. 때때로 프리첸코가 계단을 막고 있는 깨진 돌 더미를 옆으로 밀어내야 했다. 잔해들이 우리가 아까 서 있던 지점으로 떨어지면서 엄청난 먼지 구름을 일으키는 통에 문이 어느 쪽이었던가 가늠하기가 어려웠다.

나는 온통 먼지를 뒤집어쓰고 주체할 수 없을 정도로 기침을 하면서 첫 번째 층계참에 몸을 웅크리고 앉아 기다렸다. 그리고 으르렁대는 무리들이 유독 문을 세게 밀 때마다 문 쪽을 바라보았다.

나는 어둠 속에서 계단을 오르기 시작했다. 3층에 다다라 숨을 고르기 위해 주저앉았을 때였다. 탕 하는 폭음처럼 커다란 굉음에 흠칫 놀랐다. 그리고 언데드의 신음소리가 두 배로 크게 들렸다. 문이 떨어져나간 것이다.

놈들이 들어왔다.

놈들의 절뚝거리는 발자국 소리가 철제 계단을 울렸다. 나는 마른 침을 삼키며 기다렸다. 땀에 젖은 손으로 작살 총을 꽉 쥐고 계단 난간에 기대었다.

첫 번째 언데드가 불현듯 계단에 모습을 드러냈다. 작은 창문 틈새로 들어오는 빛에 놈의 실루엣이 보인다. 긴 머리칼에 수염이 자란 이십 대로 보이는 어린 녀석이다. 옷은 낡을 대로 낡았고 가슴에는 총알 구멍이 두 개 나 있다. 오른쪽 다리에 생긴 큰 상처 때문에 다리를 저는 모양인데 계단을 오르지 못할 정도는 아니었다. 놈의 얼굴이며 옷 전체에 피가 말라 범벅이 되어 있었다. 놈의 죽은 눈깔이 증오에 찬 시선으로 희번덕인다. 놈의 몸을 덮은 시멘트 먼지가 사악함을 한층 더했다. 나를 발견했는지 얼굴에 끔찍한 조소가 번졌다. 놈이 절뚝거리며 내 쪽으로 몇 발자국을 옮기는 찰나, 심호흡과 함께 작살을 녀석의 얼굴에 겨냥했다. 1.5미터도 안 되는 거리다. 빗맞을 수가 없다. 철퍽하고 으깨지는 소리가 나면서 작살이 이마에 깔끔하게 꽂혀 지옥 같은 놈의 뇌 깊숙이 빨려 들어갔다.

놈은 잠시 어리둥절한 표정을 짓는가 싶더니 콘크리트 바닥에 나가 떨어졌다. 그걸 감상하고 있을 시간은 없었다. 관제탑 꼭대기를 향해 뛰어올라갔다. 머리 바로 위에서 헬리콥터가 웅웅거린다.

계단 꼭대기에서 새까맣게 탄 두개골이 나를 내려다보며 웃고 있다. 몸서리치면서 두개골을 뛰어넘으니 지붕을 향해 열린 들창으로 사다리가 보였다.

사다리를 오르려니 탑의 둥근 지붕으로 밀고 들어오는 언데드의 소리가 들렸다. 프리첸코가 잠수복의 등허리를 잡고 나를 끌어올렸고 세실리아 수녀가 급히 사다리를 거둬들였다. 들창을 통해 아래를 내려다 본 나는 숨이 멎는 줄 알았다. 우리를 잡으려는 수십의 언데 드가 맹렬한 기세로 득실거리고 있었다.

간발의 차이로 해낸 것이다.

안심한 나는 프리첸코의 표정을 살폈지만 충격에 빠진 그의 얼굴은 차마 볼 수가 없었다. 나는 머리 위를 날고 있는 헬리콥터를 쳐다보았다가 눈앞의 광경에 몸이 얼어붙어 버렸다. 위장색을 칠한 헬리콥터는 우리에게 사다리를 던져주느라 약간 기울어져 있었다. 문에는 크고 굵은 글씨로 '아르헨티나 공군'이라고 쓰여 있었다.

9

아르헨티나 군용 헬리콥터라니.

카나리아 제도에.

모로코 군인, 아르헨티나 헬리콥터······. 대체 뭐가 어떻게 되어가는 걸까? 이 사다리 끝, 저 위에 있는 누군가에게 답을 들을 수 있기를 바랄 뿐이었다.

칙칙한 황록색 제복을 입고 손에 장갑을 낀 팔 하나가 나를 기내로 끌어올렸다. 모두를 태운 헬리콥터가 전속력으로 활주로를 선회하며 날아올랐다. 바닥에 앉아 숨을 헐떡이고 있자니 죽을 고비를 넘길 때마다 찾아오던 욕지기가 밀려왔다. 나는 앉아서 마음을 진정하려 애썼다. 첫인상부터 헬리콥터 문 밖으로 토하는 사람이 될 수는 없었다.

나는 장갑 낀 남자를 향해 미소를 지었다. 키가 크고 마른 삼십 대의 남자는 비행복을 입고 얼굴을 헬멧과 반사 고글로 가린 채였다. 뭐라고 말을 꺼내기도 전에 그가 입을 열었다.

"격벽에 기대시죠."

공손하지만 단호한 목소리였다. 분명한 아르헨티나 억양이다.

"안녕하시오. 내 이름은……."

구세주를 향해 손을 내밀던 나는 그의 총구가 내 복부를 겨냥하는 순간 움찔했다.

"선생, 격벽에 기대시오……. **당장!**"

나는 두 손을 들고 시선을 소총에 고정한 채 고물 쪽 격벽으로 움직였다. 그 곳에 나머지 '가족들'이 줄지어 있었다. 루시아는 겁을 먹은 듯 보였다. 세실리아 수녀는 로마시대에 사자 우리에 던져진 기독교인들이 지었을 법한 표정을 짓고 있었다. 소총을 빼앗긴 프리첸코는 눈빛이 이글이글 타올랐다. 그보다는 온 몸이 분노로 이글거렸다고 해야 옳을 것이다. 조금이라도 도발하면 누구든 목 하나쯤은 거뜬히 부러뜨릴 기세다. 더하면 더했지 충분히 그러고도 남는다는 걸 알기 때문에 어깨를 다독여 그 친구를 진정시켜야 했다.

"이봐, 참아." 나는 그에게 속삭였다. "엉뚱한 짓 하지 말고. 어찌된 일인지 두고 보세."

고개를 돌려 정면을 응시했다. 군용 헬리콥터의 기체 내부는 소콜 헬리콥터보다 많이 좁았기 때문에 새로 생긴 여행 동지들과의 거리는 고작 90센티미터밖에 안 되었다. 남자 하나와 여자 하나. 둘 다 전투복 차림이었다. 저 앞에는 조종사와 부조종사가 마침 상승기류에 갇혀 심하게 흔들리고 있는 헬리콥터를 조종하느라 바빴다. 부조종사는 무전기로 연신 누군가와 교신을 했다. 헬리콥터 날개의 소음 때문에 그가 하는 말을 제대로 들을 수는 없었지만 목소리에서 느껴지는 음악적 리듬으로 보아 부에노스아이레스 출신이 분명했다.

아르헨티나인들이 헬리콥터를 좋아하지. 하지만 비행복 오른쪽 팔에는 스페인 공군 휘장이 수놓아져 있었다. 여자가 남자 쪽으로 몸을 기울여 무슨 말을 하는데 억양은 영락없는 스페인 북부 카탈로니아 사람이었다.

"대접이 변변치 않아서 미안합니다!" 소음 때문에 여자가 크게 소리쳤다. "규정이라 어쩔 수 없어요! 불쾌하게 받아들이지 마십시오. 검역을 통과할 때까지는 절차에 따라야 합니다."

여자는 잠시 말을 끊고 호기심 어린 눈빛으로 우리를 쳐다보았다.

"당신들 프로일리스트예요?"

"프로일리스트?" 어리둥절하여 내가 물었다. "그게 뭡니까?"

여자는 손을 가로저으며 대답했다.

"곧 알게 됩니다. 오래 살아남으면."

별로 그렇게 될 것 같지 않았다.

"어디서 왔습니까?"

키 큰 아르헨티나 사내가 물었다. 제법 누그러진 대화를 하면서도 우리에게 시선을 떼지 않고 있다. 특히 프리첸코에게 그의 시선이 고정되어 있었다. 소총 방아쇠에 걸쳐진 그의 손가락은 *조금이라도 엉뚱한 짓 할 생각은 집어 쳐*라고 말하는 듯했다. 자기가 하는 일이 뭔지를 잘 아는 남자다.

"폰테베드라…… 그러니까 비고요. 갈리시아에 있는." 루시아였다.

"본토에서 왔다고?" 믿지 못하겠다는 투다. "좋아! 그래서?"

그 젠체하는 어조가 사람을 열 받게 했다.

"아프리카 해안을 따라 카나리아 제도로 날아갔소. 마지막 기착지가 란사로테였는데 연료가 바닥났지. 그러고 나서 이렇게…… 당신들을 만나서……."

말을 끝맺지 않고 꾹 눌러 참은 나는 우리를 심문하던 그들에게 도전적인 눈빛을 쏘아붙였다. 이제 그들의 차례다. 둘은 서로 마주 보더니 살짝 긴장을 풀었다.

"이봐요! 진정해요!" 아르헨티나 사내가 나를 달랬지만 나보다 프리첸코를 두고 하는 말일 것이다. "우리는 당신들이 누군지, 어디에서 왔는지, 당신들이 하는 말이 사실인지 아닌지도 모릅니다. 무엇보다 심각한 건 당신들의 감염 여부를 모른다는 거고요. 확실해질 때까지는 예방 규정에 따를 수밖에 없습니다. 알겠요?"

이제야 이해가 되었다. 생존자로서 겪는 마지막 전쟁의 한 단계였다. 물론 검역도 하고 온갖 예방책을 갖추어 생존자들을 맞이하겠지. 우리를 구해준 은인들은 우리가 언데드 바이러스에 감염되었는지 어떤지 알 수 없었다. 그들이 조금이라도 감염을 의심했다면 환영 인사를 머리통에 진하게 받았을 거라는 데에 생각이 미치자 소름이 끼쳤다.

"정말로…… 갈리시아에서 왔단 말입니까?"

카탈로니아 여자도 의구심 가득한 목소리로 루시아에게 물었다.

"그렇다니까요!" 루시아가 버럭 화를 냈다. "내가 그 고물 러시아 프로펠러를 타고 3000킬로미터 넘는 거리를 날아서 반도 넘어 사하라 사막을 통과해 왔단 말이에요. 여기까지 오느라 그 고생을 했다고요! 알겠요? 따뜻한 밥 먹고 샤워도 제대로 하고, 진짜 침대에 누워서 사흘 내리 자보겠다고 말이에요! 그러니까 진짜니 가짜니 묻지 말라고요. 쓸데없이 이러는 거 짜증나니까! 알았어요?”

그동안 받은 압박이 컸던 모양이다. 폭발해 버린 그녀가 끝내 눈물을 훌쩍였다.

나는 그녀의 머리칼을 쓰다듬으며 어깨를 꼭 감싸 안아주었다. 지금껏 그렇게 강인하게 버텼지만 결국 그녀도 세상을 송두리째 잃은 열일곱 살 어린애였다. 울컥 터져 버리는 게 당연했다.

“어디로 가는 겁니까?” 내가 물었다.

“테네리페.” 아르헨티나 사내가 누그러진 목소리로 대답했다. “지구상에 유일하게 남은 안전한 곳이죠.” 그가 나의 눈을 깊이 응시했다. “이제 집으로 가는 겁니다.”

10

한낮의 후끈한 태양이 수백 갈래의 햇살을 대서양에 수놓으며 빛났다. 지저귀는 가넷(gannet. 하얀 깃털의 바다새. —옮긴이) 떼와 낮게 나는 헬리콥터의 소음만이 정적을 깼다. 소금기 섞인 바람이 열려 있는 옆문으로 휘파람 소리를 내며 들어와 머리칼에 부딪혀 흩어졌다.

“테네리페는 어때요?”

기내에서 잘 들리게 말하려면 소리를 질러야 했다.

“미안하지만. 말할 수 없습니다.” 키 큰 아르헨티나 사내가 야무지게 대답했다. “당국이 당신들에 대해 판단을 내리기 전까지는 뭐든 모르는 게 낫습니다.”

체구가 자그마한 카탈로니아 억양의 삼십 대 여자가 거들었다.

"검역을 통과한다고 해도 이민국의 승인을 받아야 합니다. 우리가 결정하는 것이 아니에요."

"이민국이요? 무슨 말입니까? 난 스페인 국민입니다. 여기 두 여자 분도 마찬가지고. 프리첸코도 서류상으로 합법적인 사람입니다. 유럽 땅에 발을 들여놓는데 따로 허가받을 필요 없잖아요. 전에도 그런 적 없잖습니까."

여자는 영민한 눈을 반짝이며 고개를 가로 저었다. 나는 어리둥절해서 라텍스 장갑을 잡아당기고 있는 여자를 바라보았다.

"대재앙 이후로는 달라졌습니다. 상황이 아주 복잡하죠. 이전의 규칙, 규정, 법은 쓸모없어졌어요. 카나리아 제도는 천국이 아니라 개척 시대의 황량한 서부입니다." 그녀의 말이 끝나자 헬리콥터에 무거운 침묵이 흘렀다. "하지만 이 모든 엿 같은 상황에서도 산 사람을 발견하는 건 언제나 반가운 일이죠." 여자가 라텍스 장갑 낀 손을 내밀며 진심으로 활짝 웃었다. "제 이름은 파울라 마리아입니다. 다들 '파울리'라고 부르죠!" 소리치는 여자의 목소리가 활기찼다. "문명 세계로 돌아오신 걸 환영합니다!"

"고마워요, 파울리!" 나는 친근하면서도 진지하게 여자의 장갑 낀 손을 잡고 흔들었다. "여긴 루시아. 저 구석에 계신 분은 세실리아 수녀님이시고, 콧수염이 멋진 이 매력남은 빅토르 프리첸코. 우크라이나에서 왔습니다."

"여기, 제 옆에 인상 쓰고 있는 친구는 마르셀로입니다. 억양 때문에 이미 눈치 채셨겠지만 부에노스 아이레스에서 온 포르테뇨죠."

여자의 소총 끝이 남자를 정답게 쿡 찌른다.

마르셀로는 재빨리 목례를 했지만 엄숙한 표정에 변함이 없다. 그는 파울리가 상냥한 만큼 아주 근엄한 친구였다. 둘의 대비가 신기하게도 잘 어울렸다.

"절차가 어떻게 됩니까?" 프리첸코가 처음으로 입을 열었다.

"간단합니다." 마르셀로가 대단치 않다는 투로 어깨를 으쓱했다. "검역선에 여러분을 내려드릴 겁니다. 일단 의학적인 검사로 이상이 없다고 확진되면 이민국 장교들이 서류 작업을 전담합니다. 신속하고 간단하죠."

"마르셀로 말만 들으면 너무 인정머리 없는 절차 같지만 극도로 신중하게 진행합니다." 파울리가 끼어들었다. "아마 알리시아가 여러분들 건을 맡게 될 거예요."

"알리시아?"

세상과 너무 오래 격리되어 있었더니 이름들이 머릿속에 섞여 뒤죽박죽이 되었다.

"알리시아 폰즈 대령은 테네리페 수송 및 이민부 수장이죠."

"오! 대령! 저희가 그런 대접을 받을 이유가 있나요?"

"간단합니다." 마르셀로가 답했다. "여러분들 이야기가 사실이라면 여러분은 유럽 본토에서 여기까지 살아서 온 최초의 생존자니까요."

치직거리는 무전기 소리만이 이따금씩 기내에 깔린 적막을 깼다. 테이데 산의 실루엣이 수평선 위에 드러났다. 테네리페에 도착한 것이다.

이제 문명으로 돌아간다.

그게 어떤 것이든.

11

모든 대화가 끊겼다. 나는 지난 몇 시간 동안 겪은 일로 심신이 지친 상태였다. 새로 사귄 동포들도 대체로 말이 많지 않은 편이었다. 파울리는 끊임없이 주절거렸지만 마르셀로는 함구한 채 의구심 어린 눈으로 우리를 주시하고 있었다. 기내의 긴장감을 뚫고 우울한 침묵만이 흘렀다.

이제 테네리페 섬 상공을 나는 건 시간문제다. 헬리콥터에서 만난 사람들의 말에 따르면 테네리페는 언데드 청정지역이다. 하지만 그 괴물들과 길고 긴 싸움을 겪은 나로서는 수긍하기 힘든 말이었다. 산타 크루즈 데 테네리페 변두리의 건물 하나가 시야에 들어왔다. 해가 서서히 저물어 밤의 그림자를 드리우고 있었다. 공기는 비교적 선선하고 짙은 노란색 구름이 저 멀리 보였다. 대여섯 개의 전파가 윙윙거리며 기내의 침묵을 깨뜨렸다. 거의 다 군용 송신망인데 듬성듬성 공중파를 타고 사람들의 대화 소리가 들렸다.

불현듯 스피커에서 일 년 전쯤 인기가 많았던 노래가 흘러나왔다. 무전기를 조작하는 사람이 좋아하는 곡인지 착륙 지시를 받을 군용 무전 주파수에 연결하기 전에 잠시 들으려는 모양이었다.

"왜 그래요?"

루시아가 놀라서 내 팔을 움켜쥐며 물었다.

"나? 아무렇지 않은데. 왜?"

"속일 생각 말아요." 그녀가 두 손으로 내 얼굴을 감쌌다. "울고 있잖아요."

당황한 나는 손으로 눈을 비볐다. 눈물이 그렁그렁 맺혀 두 뺨을 타고 흘러내렸다. 아직도 시멘트 먼지를 잔뜩 묻힌 얼굴에 긴 물줄기가 생겼다.

"아무것도 아니야. 그냥 저 노래가, 저게……."

목이 메였다.

"노래 때문에 누가 생각났구나. 그렇죠? 나도 자주 그래요." 루시아의 낯빛이 어두워졌다. "우리 모두 사랑하는 사람들을 잃었잖아요."

나는 그녀의 어깨를 감싸 안았다. 머릿결을 쓸어내리며 그 달콤한 향기를 맡았다.

"그게 아니야. 거의 일 년 만에 처음이잖아. 음악을 들은 게. 그게 어떤 건지조차 잊고 있었어."

프리첸코가 끼어들었다.

"맞아. 이제 생각해 보니 그렇군. 내가 일 년을 음악 없이 살았다니. 신기하지…… 정말 신기해."

그가 혼잣말로 중얼거렸다.

좋은 징조다,라고 나는 생각했다. 라디오 방송으로 음악이, 그것도 온갖 음악이 다 흘러나오고, 그 괴물들에게 시달리지 않아도 되는 곳에 왔다. 사람들이 일상적인 삶을 누리고, 약간의 여흥도 즐기는 곳에 온 것이다. 여러모로 좋은 곳이다.

그 때, 저 밑 육지에서 어떤 움직임이 감지되었다. 헬리콥터에 오르자마자 그들에게 작살을 압수당한 걸 잊고 본능적으로 다리에 찬 칼집에 손을 댔다.

나는 옅어지는 햇빛 속에 드러난 저 아래의 상황을 살폈다. 열댓

명 정도 되는 한 무리의 사람들이 구불구불한 언덕길을 천천히 오르고 있었다. 헬리콥터가 전속력으로 날고 있었기 때문에 더 이상은 자세히 볼 수 없었다. 그래도 모두 무장하고 있었던 것만은 놓치지 않고 보았다.

마지막 언덕을 돌아가자 테네리페 항구가 눈앞에 모습을 드러냈다. 헬리콥터는 수천 명의 사람들이 일상적인 삶을 살고 있는 도심의 거리 위를 잽싸게 날았다. 기쁨에 들뜬 우리는 헬리콥터 문가에 모여 이제는 세계적으로 흔치않은 광경을 내려다보았다.

"프리첸코, 봐요! 사람들이에요! 끝도 없이 보여요!"

우크라이나인은 큰소리로 웃었다. 마구 자란 콧수염 아래로 만면에 미소가 번진다.

"우리가 해냈어! 해냈다고!"

그는 어린 아이처럼 신이 나서 광채가 도는 얼굴로 연신 이 곳 저 곳을 번갈아 보았다.

세실리아 수녀도 소녀처럼 소리 내어 웃으며 예수님과 수많은 성인들에게 감사의 기도를 드렸다. 루시아는 영원히 그 모습을 눈에 담으려는 듯, 보이는 것마다 손가락으로 가리키기 바빴다.

몇 분이 지났을까, 넓게 펼쳐진 도시의 광경이 뒤로 멀어져갔다. 너무나 순식간에 지나가버린 활기 넘치는 광경이 아직도 눈앞에 아른거리는 와중에 초조함이 밀려들었다.

헬리콥터는 다시 바다 위를 날아 커다란 배들이 다수 정박해 있는 번잡한 항구의 끄트머리로 향했다. 상당히 먼 곳에 정박해 있는 칙칙한 남회색의 배가 보였다. 선수에 난데없는 구조물이 끝까지 이어져 있고 선미는 자그마한 가설 활주로를 닮아 있다. 얼핏 보기에는 누군지 어느 멍청한 해군 엔지니어가 조선소에서 배를 가지고 오면서 선미를 떼놓고 온 것 같다.

L-51이라는 크고 흰 글씨로 보아 스페인 함대의 일부였음을 알 수 있었다. 우리가 내릴 곳이 바로 지금까지 본 중에 가장 이상하게 생긴 저 배다. 몇 개월 전까지만 해도 상륙 돌격용 배였다. 선미로 돌아가면서 선체에 쓰인 이름을 읽은 나는 씁쓸한 아이러니를 깨닫고 미소를 지었다. 목숨을 걸고 몇 천 킬로미터를 날아서 거의 일 년 만에 집에 돌아온 셈인가.

그 배의 이름은 *갈리시아*였다.

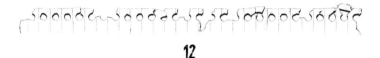

12

하늘이 핏빛으로 붉게 물들 무렵, 헬리콥터가 *갈리시아*의 갑판에 착륙했다. 마르셀로는 미닫이문을 가리키며 나가라는 몸짓을 했다. 갑자기 긴장감이 고조되었다. 그 아르헨티나 사내는 휴대하고 있는 무기를 뽑을 것 같은 시늉을 하며 만약의 사태를 대비했다. 쾌활하던 파울리의 얼굴도 사무적으로 굳었다. 그녀의 작은 손에 들린 큰 리볼버 권총이 기관포처럼 커 보인다. 총을 쏘면 그 반동 때문에 그녀가 날아가 버릴 것 같다. 조종사와 부조종사도 권총으로 무장한 상태였다. 그들은 기내를 향해 뒤로 돌아 있었는데 이렇게 된 이상, 상대적인 안전만 보장되는 헬리콥터를 떠나 갑판으로 뛰어내리는 편이 나을 것 같았다.

우리가 갈리시아의 갑판에 내려서자 비옥한 땅의 냄새를 가득 실은 따뜻한 바람이 코 끝에 닿았다. 둥글납작한 유리 덮개가 달린 작은 헬리콥터 두 대가 착륙장에 서 있었다. 아마도 정찰 헬리콥터일 것이다. 배의 깃대를 힐끗 올려다보았다. 땅거미가 반쯤 내린 와중에도 머리 위에 나부끼는 것이 스페인 국기임을 알 수 있었다. 국기 아래에 내가 모르는 깃발 하나가 더 펄럭이고 있었다. 진한 파란 바탕 한가운데 스페인 국기와 닮은 방패 무늬가 그려져 있다. 그런데 방패 위의 왕관을 보니 그냥 왕관이 아니라 벽 꼭대기에 올라앉아 있는 왕관이다. 다른 배들도 똑같이 그 두 개의 깃발을 달고 있었다.

나는 머리를 긁적이며 그 깃발의 정체를 생각해 보려고 했지만 곧 더 심각한 문젯거리가 나타났다. 방호복을 입은 열두어 명의 사람들이 선루 기층 입구에서 줄지어 나오기 시작했다. 편광 유리로 된 헬멧이 얼굴을 덮고 있어서 성별도 나이도 알 수 없었다. 키나 걸음걸이로 보니 서너 명을 제외하고는 대부분이 남자 같다. 그들이 가까이 다가올수록 나도 모르게 점점 프리첸코와 붙어 섰다. 프리첸코는 본능적으로 내게 등을 맞댔다.

"예감이 영 좋지 않은데, 친구."

우크라이나인은 그들에게 시선을 떼지 않은 채 내게 말했다.

"상황이 나빠지면 다 같이 배 밖으로 뛰어내리자, 알았지? 자네가 수녀님을 맡아. 내가 루시아와 고양이를 맡을게."

"루쿨루스는 해변까지 수영하는 것 별로 안 좋아할 텐데. 나도 마찬가지고."

프리첸코가 어깨를 으쓱했다.

"바닥이 안 보이는 물에서 수영하는 건 나도 싫어."

"총알보단 바닷물이 낫잖아, 프리첸코."

"일단은 침착하게 굴자고." 우크라이나인이 군인의 눈빛으로 근방을 훑으며 냉정하게 상황 판단을 시작했다. "이 배는 너무 높아. 물속에 떨어지기 전에 통구이가 될 거야. 저 위를 봐."

그가 눈으로 가리킨 쪽을 올려다보았다. 전투복을 입은 선원 몇 명이 기관총을 들고 배치되어 있었다. 활주로 전체가 내려다보이는 6미터 높이에 시야가 탁 트인 본부가 보였다. 거기에서는 아마 우리가 재채기를 하는 것도 훤히 보일 것이다.

루시아는 잔뜩 겁먹은 눈으로 우리의 말을 듣고 있었다. 나는 낙심해서 절로 한숨이 났다. 저들이 우리를 어떻게 하든 그대로 따를 수밖에 별 도리가 없었다.

방호복을 입은 사람 중 하나가 우리에게 다가왔다. 어디를 보는지 눈이 가려 알 수 없었지만 루시아에게 안겨 꿈틀대는 루쿨루스를 포함한 우리 '가족' 모두를 하나씩 꼼꼼하게 살펴보는 모양이었다. 그는 아주 오랜 시간 우리를 관찰했다. 그도 그럴 것이 우리는 정말 다채로운, 가히 충격적이랄 수 있는 구성의 그룹이 아닌가.

나는 곁눈질로 배 안에 있는 파울리와 마르셀로, 그리고 두 헬리콥터 조종사를 바라보았다. 그들은 반바지와 티셔츠만 입은 채 비행복을 벗어 유독성 폐기물 수거 자루에 담고 있었다. 그들에게 이런 것은 일상적인 절차일 뿐인 게다.

"걱정하지 마. 반도에서 온 친구들." 파울리가 옆으로 지나가면서 말했다. "검역소에서 나오면 보자고!"

힘차게 손을 흔들면서 그녀가 문 안으로 사라졌고, 뚱한 얼굴의 마르셀로가 그 뒤를 따랐다.

일이 참 잘 되어 가는군. 이제 뭐가 어떻게 되는 거지?

"테네리페에 오신 것을 환영합니다. 저는 닥터 조지 알론소입니다." 방호복의 필터 때문에 목소리가 이상하게 들렸다. 이 자가 담당자인 모양이다. "진정하십시오. 지시에 따라 협조해 주시면 모든 일이 순조롭게 진행될 겁니다. 이건 필수적인 의학적 절차니까 긴장 푸시고 저희에게 맡겨주세요. 빨리 끝날수록 여러분도 검역소를 빨리 빠져나가실 수 있습니다. 일을 어렵게 만들지 말자고요. 아시겠지요?"

달래는 듯 단호한 말투였다. 그는 헬리콥터 팀이 빠져나간 문을 가리켰다.

나는 어안이 벙벙해서 아무 말도 못하고 고개를 끄덕였다.

배의 복도는 규정에라도 맞춘 듯 한결같이 남회색이다. 천정에 수십 개의 파이프와 케이블선이 얼기설기 얽힌 것이 보였다. 굳게 잠겨 있는 문을 여러 개 지났다. 어떤 문에는 둥근 창이 나 있었는데 선원 서너 명이 달라붙어 '반도에서 온 생존자들'을 구경하고 있다. 이게 뭘까…… 우리가 살아온 것이 그렇게 놀랄 일인가? 그들이 놀란다는 건 좋을 수도 나쁠 수도 있겠지. 어쩌면 아주 나쁜 걸지도.

우리는 복도가 두 개로 갈라지는 곳에서 멈추어 섰다. 닥터 알론소가 다시 앞장서며 말했다.

"남자는 이쪽, 여자는 저쪽입니다."

"잠깐." 내가 말했다. "우린 다 같이 있고 싶습니다. 여기까지 함께 왔으니……."

"선생이 뭘 하고 싶은지 또는 하고 싶지 않은지 전혀 관심 없습니다." 그가 말을 끊었다. "규칙은 규칙입니다. 남자는 이쪽, 여자와 아이들은 저쪽 복도로 갑니다. 협조해 주십시오."

"이봐요, 타당한 말씀을 하셔야죠." 나는 내안에 있는 협상가로서의 자질을 끄집어냈다. "우리는 여기가 생소하잖습니까. 그러니 괜찮다면 되도록……."

이번에는 방호복을 입은 키 큰 남자가 목소리를 높여 말했다.

"이봐, 친구. 토론을 하자는 게 아니잖아. 이건 의논할 문제가 아니야. 우리가 시키는 대로 해. 더 말할 필요 없어. 알아들었어? 우리 방식이 마음에 안 들면 수영깨나 할 줄 알아야 할 거야. 여기서 땅까지는 꽤 멀거든. 그러니 그만 쫑알대고 알론소 선생 말대로 해. 남자는 오른쪽, 여자는 왼쪽! **출발!**"

남자는 전기 봉을 휘두르며 소리쳤다.

나는 두 손을 들고 오른쪽 복도로 향했다. 그 남자를 죽일 듯이 노려보던 프리첸코도 뒤를 따랐다. 내가 그 남자라면 절대 프리첸코와 어두운 골목에서 마주치고 싶지 않을 것이다.

세실리아 수녀와 루시아는 왼쪽 복도로 향했다. 갑자기 루시아가 내게로 달려오더니 루쿨루스를 안겨 주었다.

"데려가요." 그녀가 서둘러 내게 키스를 했다. "란사로테에서 했던 말 잊지 않았어요."

"침착하게 굴어. 괜찮을 거야." 목이 메었다. "수녀님, 잘 부탁드려요!" 그들이 복도를 따라 멀어질 때쯤 내가 외쳤다. "몸 조심하세요! 곧 보게 될 겁니다!"

"걱정 말아요! 신께서 우리를 굽어 살피고 계셔요!"

나는 속으로 생각했다. 아니, 이제 모든 것은 이 사람들에게 달려 있어요, 수녀님. 그리고 아마도 그리 좋은 일은 아닐 겁니다.

"저 사람들은 어디로 가는 거지? 우릴 어쩔 셈이야?"

79

프리첸코가 불같이 화를 냈다.

닥터 알론소는 어깨를 들썩여보였다. 그의 목소리는 소름끼칠 만큼 부드럽고 친절했다.

"말씀드렸지 않습니까, 여러분. 검역소로 가는 겁니다. 이제, 괜찮으시다면 저 문으로 들어갈까요."

13

바실리오 이리사리는 알코올 중독자다. 단골 술집으로 한 잔 하러 나가면 돌아올 때는 동료가 그를 배까지 끌고 온다. 바실리오는 무슨 일이 있었는지 기억하지 못하지만 그가 모르는 자세한 내막 덕분에 아직도 살아있달 수밖에.

바실리오는 단순하고 직설적이고 거친 구식 수병이다. 그는 열일곱 살에 처음 항해를 나갔다. 주로 갑판장으로서 유지 보수를 담당하며 여러 배에서 경험과 실력을 쌓았다. 고급 하사관으로 몇 번 승진도 했지만 공격적인 성향과 폭음 때문에 매번 강등되었다. 45세가 된 그는 피스톤 같은 팔뚝과 큼지막한 두 손, 전 세계의 항구에서 벌인 싸움으로 단련된 손가락 관절을 갖게 되었고 키는 컸지만 허리에는 뱃살이 불어나 있었다.

일 년 반쯤 전에 바실리오는 스페인 해군의 유조선인 *마르케스 델라 엔세나다* 호에 합류했었다. 콜롬비아의 카르타헤나에 정박했을 때의 일이었다. 상륙한 지 여섯 시간이 지났을까, 바실리오와 동료들 몇

이 술에 취해 주점을 때려 부순 일이 있었다. 포주의 머리를 의자로 내려치고 콜롬비아 경찰관들에게 시비를 걸었던 것이다. 헌병에게 체포되어 배로 돌아간 그들은 각자 선실에 갇히게 되었다.

바실리오는 이후 48시간 동안 끔찍한 숙취에 시달렸다. 하지만 그 와중에도 사람들의 비명 소리와 수병들이 배 위를 뛰어다니는 소리를 들을 수 있었다. 선실 문에 달린 둥근 창밖으로 내다본 카르타헤나 군항은 어느새 쑥대밭으로 변해 있었다.

사람을 가득 실은 수많은 배들이 허둥지둥 닻을 올리더니 항구를 빠져 나가려고 입구로 모여들었다. 육지에서는 대다수가 시민인 수천 명의 사람들이 물에 뜨는 것이라면 뭐든 타려고 안간힘이었다. 어떤 대가를 치르든 상관이 없었다. 당국은 바다에 면한 이 도시의 시민들을 대피시키려고 계획했었지만 상황이 여의치 않았다. 사람 수에 비해 배가 턱없이 부족했다. 콜롬비아 군대가 종종걸음을 치며 혼란을 수습하려 했지만 겁에 질린 군중들을 통제할 수 없었다.

바실리오는 신문을 읽지 않는다. 요 며칠간은 라디오를 듣거나 TV를 본 적도 없었다. 그래서 대재앙이 오는 것도, 이런 혼란이 전 세계에 걸쳐 만연한 상황도 몰랐다. 처음에는 총소리와 폭발음이 도시를 뒤흔들었다. 그는 콜롬비아에 내전이나 혁명이 일어난 줄로 알았다. 그래도 극도로 흥분한 군인들의 움직임으로 보아 뭔가 있다는 생각은 했었다.

마르케스 델 라 엔세나다 호 옆에는 미군 구축함과 프랑스군 호위함이 정박해 있었다. 바실리오처럼 방에 감금되거나 아픈 이들을 제외한 선원 대부분은 공황 상태에 빠진 군중을 통제하느라 정신없는 콜롬비아 군대를 지원하기 위해 상륙했다. 바실리오는 미군과 프랑스군을 장난감 병정처럼 휩쓸고 바다를 향해 산사태처럼 달려가는 수천 명의 군중을 목도하고 공포에 떨었다.

해안가는 순식간에 혼란에 빠졌다. 수천 명의 남자와 여자, 아이들이 물속에서 허우적대고 서로 주먹질을 하고, 물에 빠지지 않으려 안간힘을 썼다. 어떤 사람들은 기어오르다 추락하는 사람에 맞아 몸이 으스러지곤 했다. 수천 개의 팔다리들이 바닷물을 휘저었다. 혼란의 늪에서 허우적대다가 숨을 쉬려고 머리를 쳐드는가 싶던 사람들이 그대로 정신을 잃었다.

사람들이 모인 곳에 불을 지르는 정신 나간 이들도 있었다. 머지않아 수백 명이 서로 총질을 해댔고 항구에 남아 있던 배를 타려고 필사적으로 덤벼들었다. 도시 전체에 검은 연기 기둥이 솟아올랐다. 치안은 무너졌고 누구도 그들을 막을 수 없었다.

바실리오의 입이 사막처럼 바짝 말라갔다. 술 때문에 생긴 섬망증으로 환각을 보는 것이길 바라며 눈을 비비고 다시 봤지만 끔찍하게도 눈앞에서 벌어지는 일은 모두 현실이었다. 차마 더는 보지 못하고 창문에서 멀리 뒷걸음질 쳤으나 여전히 몇 미터도 안 되는 거리에서 물에 빠져 죽어가는 수천 명의 울부짖는 소리가 들려왔다. 미끄러운 배를 기어오르려는 헛된 노력을 하는가 하면 배를 두드리거나 손톱으로 긁는 사람들의 모습은 머리를 세게 얻어맞은 것 같은 충격이었다. 그래도 바실리오는 눈물 한 방울 흘리지 않았다. 그는 안전했으니까. *각자도생.* 그것이 그의 생각이었다.

여섯 시간 후, 한 중위가 방문을 열었다. 제복이 물에 젖고 뜯겨져 있었다. 머리에 난 커다란 상처에서는 피가 쏟아졌다. 상륙했던 선원 중에 그와 병장 하나만이 살아 돌아온 것이다. 시민들이 대부분인 칠

백 명 이상의 군중이 유조선을 에워싸고 몰려들었다. 바실리오를 포함하여 혼란 속에서 살아남은 선원들은 고작 네 명이었다.

피난민을 가득 실은 *마르케스 델 라 엔세나다*는 고향으로 돌아가는 비참한 항해를 시작했다. 배에는 그 수많은 사람들에게 줄 충분한 음식은커녕 물도, 의약품도 없었다. 선원들은 배를 조종하는 방법만 겨우 알았다. 맹렬한 허리케인을 만나 거의 배가 뒤집힐 뻔도 했다. 항해 중 사람들이 백 명 넘게 죽어나갔고 가까스로 카나리아 제도의 산타크루즈 데 테네리페 항구에 닿았다. '의심스러운 상처'가 있는 열두 명이 선상에서 처형되었다. 그래도 열다섯 명의 감염자가 있었다. 그 때문에 모든 사람들이 검역소 항구에 남아 한 달을 물 위에 떠서 지내야 했다.

바실리오에게 술 한 방울 없이 한 달을 견디는 건 고문이었다. 바실리오는 줄곧 테네리페에 살았고 이 곳 해군에도 등재되어 있었다. 일 년 만에 세상이 변했지만 문제를 일으키는 그의 성향은 그대로였다. 5개월 전에 술에 취해 흥청거리다 일으킨 소동에 대한 징계로 검역소 배의 보초 근무를 서게 되었다. 도시에서 외따로 떨어져 감염되었을지도 모르는 사람들에 둘러싸이다니, 최악의 비운이었다. 나쁜 술버릇 때문에 테네리페에서 가장 지옥에 가까운 곳으로 떨어진 것이다. 그는 매일 그놈의 넨장맞을 보초 근무를 저주했다.

바실리오는 독방으로 가는 복도에 설치된 초소로 배치되었다. 의자 두 개, 나무 탁자 하나, 광나는 검정색 자동 소총 대여섯 자루가 걸린 선반이 전부인 간소하고 좁은 초소였다. 탄약 상자에 숨겨둔 럼주 병을 꺼내 커다란 유리잔에 따르는 그의 손이 바들바들 떨었다. 뭐든지 얼른 생각해 내야 했다. 엿 같은 상황에 빠졌고, 쉽게 벗어나지 못한다는 건 알았다. 다 그 망할 수녀 때문이다. 그 재수 없는 수녀 년. 왜 쓸데없이 남의 일에 참견이야? 아니지, 그 빌어먹을 반도 놈들 때문이다. 놈들이 문제의 시작이다. 대체 거기 누가 살아있을 거라고 생각이나 했던가?

대재앙 이후 몇 개월 간, 극소수의 생존자들이 테네리프로 왔다. 검역을 통과한 이들은 더 적었다. *갈리시아호* 근무는 불쾌해도 힘든 일은 아니었다. 이따금씩 북아프리카부터 사하라 사막에 이르기까지 소수의 무리들이 닥치는 대로 보트를 타고 카나리아 제도에 상륙했다. 바실리오는 그들을 경멸했다. 그냥 집에서 뒈지고 말 것이지 거의 빈사상태인 이 아프리카 쓰레기들은 염치도 없단 말이지. 보급품 부족이 우려할만한 수준인데도 당국이 그들을 받아주는 이유를 이해할 수 없었다. 바실리오라면 대갈통을 꿰어 모두 아프리카로 돌려보냈을 것이다. 이 망할, 샌님 같은 정부 놈들은 사내답게 상황을 처리하는 법을 모른다.

바실리오는 혐오감을 담아 바닥에 침을 뱉었다. 아프리카인들은 골칫거리였지만 한편으로는 일종의 기분전환이 되었다. 특히 여자들이 그랬다. 대부분이 스페인어나 영어 같은 언어를 전혀 몰랐다. 아랍어만 겨우 하거나 하느님도 못 알아들을 아프리카 방언을 하는 게 고작이었다. 하지만 그 바람에 선원들이 덕을 봤다. 바실리오와 몇몇 경비원들은 자기네들끼리 '천국'이라고 부르는 뒷방에서 종종 아프리카 여자아이들과 재미를 보았다.

물론 의료진이나 대령, 당국에서는 바실리오와 친구들의 작은 비밀을 전혀 모르고 있었다. 어느 쪽이든 그 사실을 알게 되면 모두 심각한 상황에 처하게 될 터였다. 계엄령이 아직 발효 중이고 강간은 사형에 처할 범죄니까. 하지만 짓밟힌 아프리카 소녀들은 스페인어를 모르니 상황을 설명할 수 없었다. 게다가 대부분 오는 도중에 그런 일을 심하게 겪었기 때문에 한 번 더 당하는 것 정도는 대수롭지 않게 여겼다. 3000킬로미터가 넘는 먼 곳까지 겨우 안전한 곳을 찾아온 그들 대부분은 그저 잠자코 당하고만 있었다. 누구든 말썽을 일으키는 여자애가 있으면, 뭐……. 바실리오는 코웃음을 치며 잔에 담긴 럼을 반이나 꿀꺽 삼켰다. 그런 여자애의 파일을 뽑아서 '감염 의심'으로 분류된 파일에 끼워 넣는 건 한 두 번 해본 일도 아니었다. 그러면 다음 단계로 자연스레 고기밥이 되는 것이다.

그런데 이번에 들어온 무리는 달랐다. 모두 유럽인이기 때문에 상황이 바뀌었다. 뿐만 아니라 본토에서 날아온 이들이 아닌가! 어찌된 일인지 그들은 언데드에 둘러싸여 일 년이 넘게 살아남은 모양이었다. 당국도 그들에게 지대한 관심을 보이고 있어서 알리시아 폰즈가 직접 그들 건을 맡았다.

제길. 바실리오, 너 완전 큰일 났다! 그는 한 잔을 더 부으면서 생각했다. *그 여자가 이 일을 알게 되면 넌 죽은 목숨이야. 폰즈 그 년이라면 네 불알을 잘라서 핫소스에 찍어 먹이고도 남지.* 그는 주먹으로 탁자를 내리치며 빠져나갈 방법을 쥐어짜내려 애썼다.

그들 무리는 특이했다. 고양이를 데리고 있는 망할 놈의 변호사부터 그랬다. 놈은 첫날부터 담당자에게 할 말이 있다며 끊임없이 투덜거렸다. 고양이 새끼를 죽이려고 했을 때도 그자가 엄청나게 화를 내는 바람에 의사들이 포기했을 정도다. 의사 팔을 두 동강 내버리다니! 알리시아 폰즈가 고양이를 살려두기로 결정했다는 소문은 지금까지 들은 중 가장 믿기지 않는 이야기였다. 어떻게 그런 서류쟁이

자식이 지금껏 살아남은 걸까. 그 자가 총을 쏘는 모습은 도저히 상상이 안 되었다.

우크라이나 놈은 또 다르다. 그 치는 위험하다. 키도 작고 금발에 노란 수염을 잔뜩 기른 사십 대의 사내로, 오른 손가락 몇 개가 없는데 분명 싸우다가 잃었을 것이다. 겉보기엔 아주 조용하고 차분하지만 그 자의 눈빛은……오, 빌어먹을 그 놈의 허연 눈깔을 보면 뒷목이 다 서늘해지는데, 마치 어떻게하면 나를 더 빨리 해치울까 궁리하는 것처럼 보였다. 그 생각이 실제와 얼마나 맞아 떨어졌는지 바실리오는 상상도 못 할 것이다.

어린 여자애는 완전 섹시했다. 정신이 어질해질 만큼 볼륨 있는 몸매에 그 얼굴은…… 신이내린 축복이랄까, 출가한 수도사들이라도 피가 끓게 만들 여자애였다. 그런데 그런 애가 손 뻗으면 닿을 곳에 있으니.

첫 주 동안은 바실리오도 조심했다. 순찰을 돌면서 추잡스러운 말을 던졌지만 여자애를 건드리지는 않았다. 그런데 여자애와 수녀를 검진하러 데리고 가던 날 아침, 그는 스치듯이 여자애의 가슴을 만졌다. 그는 만취한 상태에서 자기가 무슨 짓을 하는지 완전히 자각하지도 못하고 있었다. 아프리카 여자애들에게도 그런 짓을 했었는데 잔뜩 주눅이 들어 있던 여자애들은 그가 하는 대로 내버려 두곤 했다. 그런데 이 여자애는 불같이 화를 내며 그의 뺨을 갈기는 것이다.

바실리오는 경험상 술과 분노는 섞이지 않는다는 걸 안다. 한 번도 이겨본 적 없는 독한 칵테일과 자신의 관계와 비슷하달까. 그가 미처 깨닫기도 전에 눈앞이 붉게 번지면서 관자놀이가 지끈거렸다. 여자가 감히 그에게 손찌검을 하다니, 그것도 자신의 패거리들 앞에서 말이다. 그가 주먹을 날리자 얼굴을 맞은 계집애가 통나무 인형처럼 바닥에 쓰러졌다. 그는 뜨거운 맛을 보여줄 심산으로 곤봉을 머리 높이 치켜들었다. 그런데 갑자기 망할 년의 수녀가 끼어들며 가로 막더니, 놀랍게도, 그의 뺨을 때렸다.

그러자 그는 이성을 잃었다.

바실리오는 수녀의 머리를 벽에 머리를 찧으며 이게 무슨 바보 같은 짓인가 싶었다. 그리고 정신이 돌아왔을 때, 수녀는 깨진 머리에서 피를 흘리며 바닥에 기절해 있었다.

자신이 수녀를 죽인 건지 어쩐 건지조차 몰랐다. 이 망할 상황이 더 심각한 까닭은 그 날이 검역소에서의 마지막 날이었기 때문이다. 그들은 몇 시간 후면 검역소를 나가게 될 참이었다. 바로 그 순간 폰즈 대령은 그들을 육지로 데려가기 위한 서류작업 차 *갈리시아*로 오는 중이었다. 수녀는 삶보다 죽음에 가까운 상태로 의무실에 보내졌고 다른 경비들은 한 차례 폭풍이 지나갈 때까지 숨어 있을 곳을 찾아 흩어졌다.

40분 뒤면, 바실리오 이리사리는 아주 심각한 상황에 빠지게 될 것이다. 뭔가 생각해 내지 않으면 말이다. 그것도 빨리.

14

하루하루가 지나 한 달이 되었다. 침상에 누운 나는 천장에 페인트가 벗겨지면서 생긴 무늬를 바라보았다. 몇 주간 자란 턱수염을 쓰다듬으며 시간이 얼마나 흘렀는지를 새삼 깨달았다. 그들은 처음에는 면도날과 면도 크림을 주더니 내가 루쿨루스를 살리려고 싸운 이후로는 날카롭거나 뾰족한 물건을 모두 가져가버렸다. 내 몰골은 누가 봐도 영락없는 노숙자나 우스꽝스런 초록색 병원복을 입은 정신병자였다.

나의 몸집 큰 털북숭이 고양이가 바닥에서 홀쩍 뛰어올라 내 가랑이 사이로 우아하게 내려앉았다. 움쩔 놀란 나는 루쿨루스의 살찐 배 주변을 움켜쥐고 침상 위 내 옆으로 당겨 앉혔다. 귀 뒤를 긁어주자 녀석이 가르랑거렸다.

내가 담당자와 이야기하고 싶다며 소리친 것이 일의 시작이었다. 협박, 간청, 애원도 했지만 모두 허사였다. 말로는 어쩔 수 없게 되자 가로 세로 2미터도 되지 않는 독방 벽에 기대어 주저앉았다. 방에는 창문도 없고 가구라고는 침상 몇 개, 나사로 벽에 고정된 벤치 하나, 물도 안 나오는 세면대, 뚜껑 없는 변기가 전부였다. 두꺼운 강철판으로 된 벽은 바닥과 천장에 용접되어 있다. 천장 한가운데에 나 있는 환기구는 나중에 만든 모양이었다. 이런 방이 위와 아래 사방으로 붙어 있을 거라는 느낌이 들었다. 난민들을 모두 수용하기 위해 *갈리시아*의 거대한 화물칸을 벌집 같은 독방으로 개조했을 것이다.

이 배에 관한 다큐멘터리를 본 적이 있다. 선미에 있는 커다란 문을 통해 바닷물이 들이차면 *갈리시아*의 선창이 바닷물로 넘친다. 선창에는 상륙용 주정을 보관하고 있다. 저 환기구가 유사시에 독방 안에 바닷물을 집어넣는 통로로 변할지 모른다는 생각이 미치자 몸서리가 났다.

이 검역소 시설을 설계한 자가 누구였던 모든 상황을 다 계산했을 것이다. 폭동까지 포함해서. 누구든 스위치 하나만으로 선창에 있는 모두를 익사시킬 수 있다. 빠르고, 쉽다. 신중하게 고려한 방법이다. 그렇게 생각하고부터는 난동 피우는 일은 그만 두었다. 조용한 걸 보니 이 배는 실제로 텅텅 빈 모양이었다. 아마도 나와 내 친구들이 *갈리시아*의 유일한 손님일 것이다.

하루에 세 번, 음식을 담은 접시가 문에 나 있는 틈새로 들어왔다. 맛은 없지만 다양하게 나온다. 푸짐한 쌀과 콩, 동결 건조된 음식에 놀랍게도 상추, 당근, 감자 같은 신선한 야채도 있었다. 신선한 야채를 먹은 것은 거의 일 년 만의 일이었다. 메익소에이로 병원에서 챙긴 비타민 C가 없었더라면 벌써 빈혈이나 괴혈병에 걸렸을 것이다. 접시에 딸려온 신선한 토마토를 본 순간의 기쁨은 이루 다 말로 표현할 수 없었다. 그 작은 토마토 하나가 지금껏 먹은 어떤 성찬보다도 훨씬 맛있었다. 토마토의 즙이 목을 넘어가는 순간, 절로 눈이 감겼다.

이 모든 일이 없었던 일이라면, 눈을 뜨면 집에서 TV로 야구 중계를 보며 루쿨루스와 소파에 늘어져 있었으면 하는 환상도 품었다. 물론 슬프게도 눈을 떴을 땐 빌어먹을 흠집이 난 천장만 눈에 들어올 뿐이었다.

하루에 한 번, 세 명의 의사가 내 방으로 들어와 피를 뽑아갔다. 체온과 맥박, 혈압을 측정해서 언데드가 되어 가는지 확인하는 것이다. 처음에는 무장한 군인 몇 명이 복도에 서서 호위를 했다. 조그만 독방에 모두 다 들어올 수 없었기 때문이다. 그러다가 내 순종적인 태도 때문에 자신감이 생겼는지 의사들은 곧 호위 없이 검사를 하게 되었다. 두 주 전만 해도 그랬다.

그날 아침, 빨간색 신분 증명 밴드를 팔에 착용한 그들이 내 방에 들어왔다. 그런데 검사를 시작하기 전, 그들 중 하나가 내 고양이를 '임상 실험'에 데려가야 한다고 말하는 것이었다. 남자의 어조에서 불길한 기운이 느껴졌다. 다년간 변호사로 일한 덕에 나는 누가 거짓말을 하면 바로 눈치를 챌 수 있게 되었다. 그 자는 거짓말에 소질이 없었다.

그들이 내 행동을 알아채기도 전에 무의식적으로 몸이 움직였다. 의사가 내 발치에 웅크리고 있던 루쿨루스를 잡으려고 허리를 굽히자 나는 놈의 목을 누르면서 무릎으로 코를 강타했다. 거짓말쟁이 의사가 아파서 소리를 질렀다. 코가 부러져 그 자의 플렉시글라스 마스크 내부를 선명한 피로 물들였다. 놈이 바닥에 엎드려 고통스러워하는 동안 나는 놀라서 꼼짝없이 서 있는 다른 두 놈에게 달려들었다.

키 큰 사내의 팔을 붙잡아 내 쪽으로 당기니 놈이 거짓말쟁이 의사에게 걸려 넘어져 세면대를 박았다. 거짓말쟁이 놈이 일어나기에 등을 발로 차 키 큰 놈이 넘어진 곳으로 날려 보냈다. 놈의 왼쪽 팔이 변기와 세면대 사이에 끼었고 거짓말쟁이 의사는 놈과 몸이 부딪히면서 부서지는 소리와 함께 어깨가 부자연스레 꺾이는 것이 아마도 복합 골절을 당한 모양이었다.

나는 세 번째 의사 쪽을 보았지만 놈이 복도를 달려가 경보를 울렸다. 그제야 정신이 들었다. 나는 독방 한가운데에 얼어붙은 듯 서 있었다. 거짓말쟁이 의사와 키 큰 의사가 고통으로 신음하며 서로를 부축한 채 비틀비틀 독방을 빠져나갔다. 누군가 문을 닫았고 전등이 꺼졌다. 나는 완전한 암흑 속에 남겨졌다.

떨리는 손으로 루쿨루스를 들어 침상 위에 웅크려 앉아 문을 응시했다. 나는 혼잣말을 했다. *이제 난 완전히 끝장이야. 당장이라도 누*

가 저 문을 열 텐데, 그러면 난 끝나는 거야. 네 스스로 사형 집행 영 장에 서명을 한 거라고, 이 멍청한 놈. 그래도 내가 애원하는 꼴은 못 봐서 다행이지. 스스로 기운을 북돋으려는 마음에서였다. 자존심이 란 건 정말 웃긴다. 하지만 절박한 상황에서는 그것밖에는 남는 것이 없다. 그게 제일 가치 있는 자산이 되는 것이다.

나는 독방 한 쪽 구석에 웅크려 류트 현처럼 바싹 긴장한 채로 언 제든 들이닥칠 서너 명의 싸움꾼들을 기다렸다. 내가 한 짓에 합당한 엄청난 구타를 하거나 머리에 총알을 하나 박아주겠지.

하지만 아무 일도 일어나지 않았다. 한 시간이 지난 뒤에도. 그 다 음 날에도. 전혀.

달라진 거라고는 검진을 오지 않는 것뿐이다. 변함없이 매일 누군 가 음식을 밀어 넣어주었다. 문구멍으로 나를 살피는 것만은 확실했 지만 2주가 되도록 누구 하나 내 방에 들어와 뭐라고 하는 이가 없었 다. 그 좁은 방에 혼자 감금되어 있자니 미칠 것 같았다. 미국에서 가 장 경비가 삼엄한 감옥의 좁디좁은 감방에서 종신형을 받고 수감된 재소자가 미쳐버린 이야기를 읽은 적이 있다. 나도 그렇게 되지 않을 까 싶었다.

어느 날 아침, 턱수염을 긁으며 그런 생각에 넋을 놓고 있는데 갑 자기 복도를 걸어오는 발자국소리와 귀에 익은 목소리가 들렸다. 돌 연 발걸음이 내 방 앞에서 멈추었다. 요란한 열쇠 소리가 울리며 누군 가 자물쇠를 돌렸다. 나는 루쿨루스를 등 뒤로 숨기며 침대에서 벌떡 일어났다. 드디어 왔구나. 앞으로 일어날 사태를 대비해 온 몸의 근육 을 긴장시켰다.

문 밖에서 들어오는 어슴푸레한 빛 사이로 여자의 형체가 뒷짐을

지고 서 있었다. 나는 밝은 빛 때문에 눈을 찡그렸다. 형체가 방 안으로 한 발짝 들어오자 여자의 모습이 완전하게 드러났다. 우리는 잠시 서로를 조용히 바라보았다. 곧 여자가 입을 열었다.

"나는 알리시아 폰즈 대령, 의무대장입니다." 여자의 목소리는 단호하면서도 부드러웠다. "당신의 검역이 끝났습니다. 하지만 *문제*가 좀 있었죠." 비꼬는가 싶던 목소리가 금세 다시 진지해졌다. "당신 말고도 당신 무리에서 *사고*에 연루된 사람이 또 있습니다만. 어쨌든, 당신들 모두 검역을 통과했습니다. 테네리페 안전 구역에 오신 것을 공식적으로 환영하는 바입니다."

우리는 복도로 나갔다. 좁은 방에 갇혀 한 달을 지낸 끝에 내딛는 첫 발이 떨려왔다. 루쿨루스를 안은 팔로 어깨를 감싸 안고 벽에 기대어 다른 한 손으로 균형을 잡았다. 경비병 하나가 동행했지만 자신이 얼마나 쓸데없는 짓을 하는지는 모르고 있었다. 나는 너무 약해진 상태였기 때문에 배에서 도망치거나 해안가로 수영을 하기는커녕 30미터도 뛰지 못할 처지였다.

조종실 갑판 위의 커다란 창문이 나 있는 밝게 불을 밝힌 방에 다다랐다. 방 한가운데에는 장교 하나가 프린터기 같은 다른 기계들에 둘러싸인 컴퓨터 앞에 앉아 일을 하고 있었다. 일 년 넘게 도망 다니며 처음 본 컴퓨터. 그 장교가 정중하게 내 지문을 채취해 가는 동안 친절한 민간인 하나가 사진을 몇 장 찍었다. 나는 묘한 기분이 들었다. 거친 서부 개척기의 도망자가 되어 일 년이 넘게 살았더니 예전의 사회 시스템으로 돌아왔는데도 그게 어떤 건지 전혀 기억나지 않았다.

"조금만 기다리시면 서류가 준비됩니다, 선생님." 컴퓨터 자판을 빠른 속도로 두드리며 장교가 말했다. "신분증, 통행증, 배급 카드. 모두 테네리페에서 사는 데 필요한 것들이지요. 그동안……."

"할 말이 있습니다." 알리시아 폰즈가 말을 끊었다. "그동안의 일에 대해서 이야기를 나누었으면 하는데, 어떻습니까?"

"그거 좋은 생각이시네요." 나는 약간 비꼬는 투로 말했다. "대체 뭐가 어떻게 돌아가는 건지 정말로 알고 싶거든요."

"따라오시죠." 폰즈가 말했다. "옆방으로 가시면 조용히 이야기를 나눌 수 있습니다. 게다가 다과도 준비되어 있는 모양이니. 기다리기 지루하지 않으실 겁니다."

옆방으로 들어서는 순간 눈이 휘둥그레졌다. 탁자 위에는 신선한 과일, 샌드위치, 갓 구운 빵과 스페인식 오믈렛 접시가 정갈하게 놓여 있었다. 따끈한 커피의 자극적인 향기가 방안 가득 퍼졌다. 비고에서는 캔에 든 음식만 먹었기 때문에 눈앞에 펼쳐진 것들은 마치 세계에서 가장 호화로운 레스토랑에서 볼법한 광경이었다. 미친 독일 놈처럼 식탁에 뛰어들지 않으려고 정신력을 다해 버텼다.

"어서 앉으세요. 마음껏 드십시오." 알리시아 폰즈가 진하고도 뜨끈뜨끈한 커피를 잔에 부으면서 말했다. "시장하실 겁니다. 뭐든 원하시는 대로 드세요."

나는 그녀에게 감사를 표하고 샌드위치 접시에 덤벼들었다. 그동안 미즈 폰즈는 편히 앉아 나를 유심히 뜯어보았다. 나 또한 그 순간을 그녀를 살펴볼 기회로 삼았다. 삼십 대에 중간 정도 되는 키, 적갈색의 머리카락, 호리호리한 몸에 섬세한 이목구비의 여자다. 대체로 미인상이랄 수 있겠다. 해군 제복을 입었지만 모자는 쓰지 않았고, 올이 굵은 머리카락을 목덜미 뒤로 쪽지고 있었다. 여자가 무의식적으로 파란색 펜을 톡톡 두드리는데 손에 낀 금으로 된 결혼반지가 눈에 들어왔다. 겉보기에는 연약한 것 같지만 일단 눈빛을 보면 단호하고 용감한 여자라는 것을 읽을 수 있었다. 군인들, 장교들, 민간인들 할 것 없이 모두 깊은 존경심을 가지고 그녀를 대했다. 분명히 이곳에서의 영향력이 막강할 것이고 스스로도 그처럼 존경받는 법을 잘 알고 있을 것이다.

"그래서……." 여자는 책상 위에 놓인 서류를 읽으며 대화를 시작했다. "의사 하나는 비중격 골절상을 당했고, 다른 하나는 팔 골절상에 어깨 탈골상을 입었군요. 대체 무슨 생각으로 그런 짓을 했는지 설명해 주시겠습니까?"

"사고였습니다." 나는 음식이 반쯤 든 입으로 대답하면서 샌드위치 하나를 더 집어 들었다. "팔 말입니다. 코는, 뭐…… 그렇게 세게 칠 생각은 없었어요."

나는 약간 놀라서 먹던 것을 멈추었다. 여자의 파란 눈이 나를 뚫어버릴 기세로 노려보고 있었다.

"당신과 당신 친구들의 이야기는 정말 놀라웠습니다." 여자가 서류 뭉치를 쭉 넘겨다보았다. "러시아 선박, 폭발한 서류 가방, 병원에서의 은신, 불타버린 도시, 3000킬로미터가 넘는 헬리콥터 비행……." 여자는 고개를 들어 나를 보더니 미소를 지었다. "지난 몇 달간 그야말로 지루할 틈이 없었겠군요."

"꽤 힘들었죠."

샌드위치를 씹던 입을 우물거리며 내가 대답했다. 눈으로는 탁자에 놓인 접시들을 이리저리 살폈다.

"우리 모두 힘들었지요."

서류를 더 들춰보면서 여자가 말했다. 산처럼 쌓인 서류 더미 중에 나와 프리첸코, 루시아, 세실리아 수녀의 사진이 여러 장 있었다. 심지어 루쿨루스의 사진도 보였다. 공중에서 찍은 사진에는 우리 모두가 란사로테 공항의 활주로를 달리고 있었다. 바짝 붙어 따라오는 언데드 무리도 보였다.

"여기 있는 사람들 모두 흥미로운 사연을 가지고 있어요. 재미있는 이야기도 있지만 대개 드라마틱하죠. 장담하건대 당신들의 이야기는 누구의 사연보다 더 흥미로울 겁니다."

"그저 살려고 애쓴 것뿐입니다." 커피포트로 손을 뻗으면서 내가 말했다. "다른 사람들과 마찬가지죠."

"진심입니다. 당신들은 놀라우리만큼 잘해냈어요. 사실, 심판 작전 이후 반도에서 살아온 최초의 생존자니까요. 그 때문에 더 놀라운 겁니다."

"심판 작전이요?"

"반도에 남은 피난처를 철수하는 작전이었습니다. 10개월 전의 일이지요." 여자는 이상한 눈빛으로 나를 보았다. "그때 무슨 일이 있었는지 모르는군요?"

"신문 사 본 지 오래되어서 말이오, 폰즈 중위." 사과를 베어 물면서 대답하느라 즙이 내 턱을 타고 흘러내렸다. "우리 동네에 문 연 가판대가 하나도 없습디다."

"대령입니다."

"네?"

"폰즈 대령입니다. 민간인들은 대개 미시즈 폰즈라고 부르지요. 무슨 말씀을 하시던 중이었죠?"

95

"아, 폰즈 *대령*님, 나는 거의 일 년 간 어떤 소식도 접할 수 없는 상황이었습니다. 세상이 어떻게 돌아가는지, 뭐가 남아 있고 뭐가 끝장났는지 알 턱이 없죠. 여기가 어딘지, 내가 어떤 상황에 놓인 건지, 친구들은 어디에 있는지, 당신이 당최 누구이며 어떤 이들을 대표해서 여기 있는 건지 전혀 몰라요." 여자가 끼어들 틈도 없이 말이 계속해서 빨라졌다. "내가 아는 거라고는 우리가 일 년 동안 언데드로 가득 찬 지옥 같은 곳을 돌아다녔다는 것뿐입니다. 도처에 널려 있던 놈들에게서 가까스로 벗어난 곳에 도착했더니 범죄자 취급을 당하고 한 달 동안 갇히는 신세가 되었고요. 이제는 여기 이렇게 앉아 있군요. 잡범처럼 손가락 지문 채취를 당한데다가 당신은, *대령* 당신은, 이게 다 어찌된 영문인지 명확히 설명해 줄 예의도 없는 사람이고 말입니다……. *각하*." 나는 속에 억눌러 놓았던 모든 분노를 쏟아냈다. "그러니 아니라고 해야겠죠. 나는 무슨 일이 있었는지 모릅니다."

알리시아 폰즈는 잠자코 있었다. 내가 폭발해 버린 데에 놀란 모양이었다. 그러고는 고개를 뒤로 젖혀 주체할 수 없다는 듯 웃음을 터뜨렸다. 나를 눈곱만큼도 존중해 주지 않는 것 같아 불쑥 화가 치밀었다. 그런데 여자의 웃음소리가 어느덧 신선한 공기처럼 전염되어 결국엔 나도 미소를 짓고 말았다.

"정말이지, 너무나 죄송합니다. 용서하십시오." 다시 평정을 되찾으려고 애쓰는 여자의 얼굴에 여전히 살짝 미소가 비쳤다. "이곳의 상황은 너무나 복잡해서 가끔 저조차도 이게 얼마나 터무니없고 지루한 절차인지를 잊어버릴 정도니까요. 화가 나실 만합니다. 그래도 부디 진정하세요. 친구 분들도 여기 같이 계십니다. 정말이에요. 다시 시작하실까요." 여자가 탁자 위로 손을 뻗었다. "저는 알리시아 폰즈 대령입니다. 알리시아라고 부르셔도 됩니다."

"반가워요, 알리시아." 그제야 약간 긴장이 풀렸다. "제 이야기는 다 알고 계시잖습니까. 대체 무슨 일이 있었던 건지 말씀 좀 해 주시죠?"

"물론입니다." 알리시아는 다소 진지해진 얼굴로 대답했다. "기분 좋은 이야기는 아니라고 미리 주의를 드려야겠군요. 그런 것과는 아주 거리가 멉니다. 당신이 알고 있던 세계는 사라졌고 이제 우리에겐 …… 음, 이건 이야기를 다 듣고 난 뒤에 말씀드리는 것이 낫겠죠."

순간, 놀랍게도 기시감이 들었다. 고작 몇 달 전, 이와 비슷한 대화를 다른 보트 안에서 다른 '대령'과 함께 나누었던 일이. 눈 깜짝할 사이에 지옥 같은 긴 여정을 시작하게 된 것도 그 때문이었다. 이번의 대화는 전보다 나은 곳으로 나를 이끌어주길 바라야겠지.

"처음에는 아무도 심각하게 생각하지 않았습니다." 알리시아가 커피 잔을 다시 채웠다. "첫 주간은 믿을만한 소식이 없었어요. 푸틴은 예상대로 러시아인 특유의 피해망상에 사로잡혀서 보도관제를 발표했습니다. 아마도 기억하시겠지만 그때의 뉴스 내용들이 하나같이…… 아무것도 없었죠. 모든 정부가 다 같은 처지였습니다. 뭘 아는 사람이 아무도 없었어요. 러시아가 정보를 다 움켜쥐고 있었고 서방 정부들은 CNN이 아는 것과 비슷한 수준이었습니다."

"어떻게 그럴 수가 있죠? 위성도 있고……."

"위성은 고작해야 사진을 찍는 기계일 뿐입니다. 사람들은 그 사진을 '보고' 해석하지요. 뭔가 찾아내려면 뭘 찾아내려는 건지부터 알아야 해요. 그때는 위성사진에서 언데드를 찾는 사람이 아무도 없었습니다. 그런 것이 있다고는 생각도 안 했지요. 다게스탄은 그 때, 지금도 그렇지만 아주 외진 곳이었어요. 당시에는 정보가 그다지 많지 않았습니다. 결국, 여드레 후에 미국 정부가 크렘린 내부에 있는 CIA 정보원을 통해 모든 보고서를 입수했지요."

"여드레요? 일이 심각해지기 전이군요. 그동안 왜 아무 조치도 취하지 않았죠?"

"간단합니다. 그 보고서를 믿지 않았던 겁니다." 여자가 커피를 마셨다. "911과 이라크의 실존하지 않는 대량 학살 무기 이후로 미국의 고위 관리들은 CIA 보고서의 정확성을 의심하게 되었지요. 그런데 시체가 살아나서 산 사람을 공격한다는 보고를 받았으니 B급 저질 영화 같은 소리라고 일축했을 겁니다. 아무도 진지하게 받아들이지 않았어요. 아주 결정적인 시간을 그렇게 낭비하고 말았지요. 하지만 뭔가 벌어지고 있다는 감은 잡았습니다. 그게 에볼라나 마르부르크 바이러스도, 웨스트 나일 바이러스도, 러시아가 첫 주에 둘러댔던 그 어떤 것도 아니라는 건 알고 있었어요. 그리고 그 *무언가*가 살아 움직인다는 것도. 잔뜩 겁을 먹은 크렘린 궁은 결국 세계 보건 기구와 질병 통제 센터에서 파견한 팀을 다게스탄에 들여보내기로 했습니다. 유럽, 일본, 오스트레일리아 정부도 의료팀을 보내서 그들이 유행병이라고 생각하던 그것을 막아보려고 했는데……."

"자세히 기억납니다." 내가 끼어들었다. "상황 통제를 위해서 육군 의무 부대들이 러시아와 협력하기로 했었죠."

"그리고 그 와중에 그곳에서 일어나는 일을 보고 알게 된 겁니다." 여자가 허공을 응시한 채 고개를 가로 저었다. "그 당시에 내렸던 잘못된 판단 중에서 그야말로 최악의 판단이었어요. 수백 명의 의료팀이 가장 위급한 상황에 그 곳에 결집한 겁니다. 전염을 막는 것은 이미 불가능한 일이었어요. 다게스탄은 수천의 언데드가 떼를 지어 다니는 '거점'이 되어버렸죠. 지금 생각해 보면 너무나 뻔한 상황인데, 나중에야 알게 되었지만 그 당시에는 그런 줄을 전혀 몰랐습니다."

알리시아 폰즈는 잠시 말이 없었다. 무심히 내 파일의 서류뭉치를 뒤적거리더니 이야기를 이어갔다.

"의료팀은 그곳에 도착한 뒤 사나흘이 지나서야 상황을 파악했습니다. 다게스탄에 절실하게 필요한 건 그 해충 같은 놈들을 죽일 전투 병력임을 금방 깨달았지요. 불행하게도 이미 몇몇 의사들이 환자들에게 공격당한 후였어요. 당시 그들은 환자들이 쇼크 상태에 빠져서 그렇게 된 거라고 생각했습니다."

"언데드가 된 것 말이군요."

"네, 맞습니다. 그곳에 배치되었던 의료팀은 가능한 빨리 본국으로 돌아오라는 명령을 받았습니다. 당연히, 상처 입은 의료진도 함께 귀환을 했지요. 일본 팀은 '환자'들도 몇 명 데리고 간 모양이었습니다. 바이러스를 연구하려고요."

"세상에."

나는 두 손으로 머리를 쓸어 넘겼다.

"그 의료팀들이 혼란을 퍼트리는데 일조한 겁니다."

"48시간이 채 지나지 않아 다수의 '최초 감염자'들이 각국에서 발견되었고 오직 카나리아 제도처럼 격리된 곳만 감염에서 자유로웠습니다. 이곳에서 신고된 건들은 신속하게 처리되었죠. 그 때쯤에는 일이 어떻게 돌아가는 건지 제법 명확히 알게 되었습니다. 솔직히 처음에는 아무도 감염 매개체가 뭔지 몰랐으니까요. 불행하게도 그걸 알아내는데 그리 오래 걸리지 않았지요."

"어떻게 그럴 수가 있죠? 눈이 있으면 언데드에게 물린 사람이 언데드가 되어버린다는 걸 뻔히 알 것 아닙니까? 대체 어쩌자고 감염된 사람들을 유럽이니 아시아니, 미국까지 도로 데리고 온 거냐고요?"

"말씀드렸다시피 제정신이 박힌 사람이라면 죽은 사람이 되살아난다고 믿지 않지요. 사실이라기엔 정신 나간 소리처럼 들리니까요. 그 당시에 떠돌던 온갖 낭설들도 마찬가지 아니던가요. 사실이었지만 그게 사실이라는 건 당시에는 아무도 몰랐습니다. 이걸 보시죠."

여자가 손에 커피 잔을 든 채로 검정색 폴더를 뒤지더니 서류 하나를 뽑아 내 앞에 펼쳤다. 수천 배 확대한 현미경으로 찍은 사진이었다. 첫 번째 사진은 어떤 세포를 배양한 것이었다. 세포벽이 자그마한 화산 모양의 균열처럼 보이는 수십 개의 점으로 덮여 있었다. 세포 물질 일부가 이 균열을 따라 흘러나와 사방에 흩어져 있는데, 다른 부분은 새카맣게 탄 것이 마치 작은 토치로 그을려 놓은 것 같았다.

여자가 다른 사진을 보여주었다. 이번에는 확대한 세포들의 내부가 작은 점으로 가득 차 있었다. 어떤 점들은 세포벽에 있는 것과 똑같은 균열을 뚫고 나와 배지에서 자라고 있는 다른 세포에까지 침윤했다. 가장 큰 배율로 확대된 마지막 사진은 작고 가늘면서 긴, 평범한 튜브처럼 보였는데 끝이 굽어 있는 모습이 양치기의 지팡이를 연상시켰다.

"TSJ-다게스탄입니다."

알리시아는 손목의 스냅을 이용하여 사진을 빙글빙글 돌렸다. 사진이 내 앞에 와서 멈추었다. 나는 그 악의 없이 생긴 막대에 시선을 고정했다. 어떻게 이 작은 놈이 인류를 눈 깜짝할 사이에 전멸시켰다는 말인가?

"둘째 주가 되자 상황이 아주 흥미진진해졌습니다. 이야기를 계속하기 전에 커피 한잔 더 해야겠는데요? 드릴 말씀이 아주 많거든요."

대령은 천천히 컵을 채웠다. 블랙 커피였다.

"2주 후, 상황이 통제 불가능해졌습니다." 여자는 커피를 한 모금 마시다 움찔하더니 설탕을 조금 넣었다. "정보를 안정적으로 확보할 수 없었고 그나마 얻은 것도 불확실하거나 그냥 사라져버렸습니다. 많은 나라들이 국경을 폐쇄했지만 그 때는 소용없는 짓이었어요. 마치 적이 침입한 뒤에 성문을 닫는 격이었습니다. 어떤 추측도 100퍼센트 신용할 수 없지만 의료팀이 다게스탄에서 복귀하고 72시간 후에 바이러스가 걷잡을 수 없이 퍼졌다는 것만은 확실히 알 수 있습니다."

"어떻게 그럴 수가? 어떻게 그렇게 급속히 번졌죠?"

"간단합니다." 폰즈가 신중하게 답했다. "이 TSJ 바이러스는 아주 약아빠진 놈입니다. 누가 만든 건지는 몰라도 바이러스학에 대한 폭넓은 지식을 가진데다가 바이러스가 잘 확산되게 만드는 법도 알고 있는 자였을 겁니다. 전문가들은 TSJ-다게스탄 바이러스를 에볼라 바이러스의 변종으로 봅니다. 다른 바이러스의 유전적 부하가 일부 더 해진 형태죠. 애틀랜타의 질병통제센터 전문가들의 말로는 정말 천재적인 결과물이라고 하더군요. 에볼라에 대해서 좀 아십니까?"

"에볼라요?" 시험 치는 초등학생도 아니고. "아프리카의 출혈성 바이러스죠. 치료제도 없고 유사 바이러스도 있지 않습니까. 대재앙이 오기 전 몇 주간 기사에서 자주 언급되었죠."

"에볼라 바이러스는 피, 침, 정액이나 땀 등의 체액 접촉을 통해 전염되는 무자비한 살인마입니다. 그래서 아주 전염성이 높은 병원체라고 할 수 있습니다. 감염자는 며칠 내로 고열과 극심한 두통에 시달립니다. 사나흘 뒤에는 몸에 있는 모든 구멍으로 피를 흘리면서 내부 장기를 죽은 세포 퓌레로 만들어버리죠. 눈, 입, 귀, 항문에서 피를 흘리게 되는데, 사실 부패한 장기가 그렇게 강처럼 흘러내리는 겁니다. 시간문제일 뿐, 환자의 90퍼센트가 사망하게 됩니다. 효과적이고, 빠르고, 치명적이죠."

"제기랄." 나는 숨을 내뱉었다.

"하지만 그처럼 효과적이라는 점이 가장 큰 약점입니다. 에볼라는 너무 치명적이고 빠르게 진행되기 때문에 숙주가 심각한 증상을 보이기 전에 먼 거리를 이동해 퍼지지 못합니다. 원래 아프리카 정글 깊숙한 곳에서 유래한 바이러스인데 그런 곳에서는 이동이 아주 느리고 어렵지요. 그래서 에볼라가 창궐하면 반경 몇 킬로미터 내의 사람들에게만 영향을 미칩니다. 너무 완벽한 암살자이다 보니 새 숙주에게 감염될 시간도 주지 않고 감염자를 제거해 버리죠."

"맞혀볼까요. TSJ는 그런 약점이 없군요."

알리시아는 엷은 미소를 지었다.

"에볼라는 TSJ에 비하면 감기죠. 에볼라처럼 체액으로 감염됩니다. 침과 피가 완벽한 번식 매개죠. 일단 숙주에 침투하면 빠른 속도로 복제가 이루어지고 내부 장기에 안착하게 됩니다. 거기에서 숙주를 잠식해 들어가는 것은 에볼라와 마찬가지죠. 그러면서 숙주가 사망하게 되는 겁니다. 닷새 안에 숙주가 죽고 나면 훨씬 끔찍한 것으로 변하는데, 그 때 TSJ의 악마적인 본성이 드러납니다. 보통의 바이러스들과는 달리, TSJ는 숙주가 죽는다고 해서 사라지지 않죠. 그 부분을 파악하기 위해서 계속 연구 중입니다만 TSJ는 숙주의 시체를 가사상태로 유지할 수 있는데……." 여자는 갑자기 씁쓸한 표정으로 소리 내어 웃더니 놀란 내 얼굴을 보고 웃음을 멈추었다. "뭐 하러 구구절절 이야기를 하겠습니까? 그 다음에 어떻게 되는지 저만큼이나 잘 알고 계시는 분한테!"

"그렇군요. 하지만 제가 본 감염자들은 닷새가 아니라 몇 시간 만에 언데드가 되더군요."

자렌 키비슈 호의 파키스탄 항해사 샤피크의 모습이 떠올랐다. 비고를 탈출하던 중에 놈들 중 하나가 그를 공격했다. 그날 밤, 프리첸코와 나는 그가 언데드로 변하는 모습을 지켜보았다. 그 과정이 얼마나 소름끼치는지는 그렇게 직접 겪어서 잘 알고 있다. 아주 오래 전의 일 같이 느껴지건만 일 년도 채 지나지 않은 일이었다.

"분명 다른 이유로 죽었을 겁니다. 대부분의 언데드가 아주 짧은 시간 내에 그런 상태가 됩니다. 저희가 추산하기로는 감염된 사람이 죽어서 언데드가 되기까지 20분에서 사흘이 걸립니다."

"그러면……."

"그러니까, 언데드에게 공격을 당한 이들 중 50퍼센트는 그 자리에서 즉사하거나 감염된 상처 때문에 몇 시간 내로 죽습니다. 20분 뒤에 그들이 언데드가 되죠. 사람들이 그 감염자들에게 상처를 입거나 놈들의 체액에 접촉해서 또 전염되고 끔찍한 일이 반복되죠. 피나 침이 튀기는 경우는…… 수천 가지 가능성이 있으니까요. 철수한 의료팀과 군인들은 부지불식간에 인류에게 사형선고를 내린 겁니다. 집으로 돌아가서 각자의 남편과 아내, 아이들에게 키스를 하고 친구들과 바에 앉아 술을 마시면서 질병을 퍼트렸어요. 결과가 드러나기 시작했을 때 발견된 '최초 감염자'는 한 명이 아니었어요. 수천 명이 전 세계에 퍼져 있었습니다. 아무도 모르는 사이에 전염병이 창궐했고 번져나가고 있었던 겁니다."

여자는 불길한 어조로 말을 마쳤다.

머릿속이 핑핑 돌았다. 바이러스가 어떻게 전염되는지 알고 있다고 생각했던 나는 그 바이러스가 얼마나 치명적이고 전염성이 강한지 공식적인 설명을 듣고 나자 전혀 감당이 안 되었다. 놈들과 접촉하게 될 때마다 극도로 조심했지만 나도 모르는 사이에 언데드가 될 수도 있었다니. 수천 명 중에 수십 명의 사람들이 그랬던 것처럼 말이다. 끔찍한 퍼즐 조각이 제자리를 찾아 맞추어진 기분이었다.

"이 망할 바이러스는 얼마나 오래 살아남습니까? 백신은 있나요?"

생각이 꼬리를 물었다.

알리시아 폰즈는 잠시 나를 유심히 관찰하면서 무슨 말을 할 지 고민하는 것 같았다. 마침내 탁자에 올린 양 손을 움켜쥔 폰즈가 마른 침을 삼켰다.

"현재 아는 바대로라면, 놈들은 무기한 살아있을 겁니다. 놈들의 몸은 자연적인 부패 과정이 정지되거나 아주 늦춰져 있어요. 숨을 쉬지 않으니 산화하지도 않습니다. 신진대사가 아주 느리고 양분조차도 필요하지 않은 것 같아요. 어쩌면……."

"어쩌면, 뭐요?"

가슴이 철렁 내려앉았다. 나는 내심 답을 알 것 같았다.

"영원히." 폰즈의 목소리에는 힘이 없었다. "인류는 어쩌면 영원히 놈들과 함께 살아야 할지도 모릅니다. 우리가 놈들을 제거하거나…… 놈들이 우리를 제거하지 않는 한."

여자의 목소리가 총성처럼 머릿속을 울렸다. 만약 내가 쉴 새 없이 그 괴물들과 싸우면서 위기일발의 일 년을 보내지 않았더라면 여자의 말을 다 꾸며낸 이야기로 여겼을 것이다. 과장된 이야기가 아니라는 것을 아는데도 여전히 믿기 어려운 말이었다.

"이건 정말…… 말도 안 됩니다."

내가 할 수 있는 말은 그뿐이었다.

"그렇지요." 폰즈는 자리에서 일어나 냉장고로 향했다. "죽었다가 살아나서 산 사람들을 공격한다니 말도 안 되지요. 놈들이 먹지도, 숨 쉬지도, 자지도 않는다는 것 또한 그렇고요. 부패하지도 않고 어떤 상처에도 고통 받지 않는다거나, 죽었는데도 움직이며 돌아다닌다는 건 정말 정신 나간 소립니다. 이 모든 것이 아무리 믿기 어렵게 들리더라도, 당신은 나만큼이나 잘 알겠지만, 제가 한 말 모두가 사실이에요."

냉장고 안을 뒤지는 알리시아의 목소리가 유리병이 부딪히는 소리 너머로 작게 들렸다. 그녀는 승리의 환호와 함께 냉장고 구석에서 소다 한 캔을 끄집어내더니 곧추 선 몸을 돌려 캔과 유리잔을 손에 들고 탁자로 돌아왔다.

"마셔요." 그녀는 캔을 따서 절반을 컵에 부으며 말했다. "이성과 과학의 견지에서 불가능한 사건을 맞닥뜨리는 건 언제나 충격이지만, 어쩌겠습니까. 그런 일이 일어나는 것을요. 전 세계적으로 비슷한 반응을 보이죠. 그리고 지금, 당신은 아주 안 좋아 보여요."

나는 알리시아가 내미는 소다를 기꺼이 받아들었다. 입이 바짝 말라 있었다. 반 캔을 벌컥벌컥 마시고 나자 조금 기분이 누그러졌다. 하지만 머릿속은 여전히 핑핑 돌았다.

"놈들의 피와 내장을 뒤집어 쓴 적이 너무 많아서 이루 다 기억할수도 없어요, 알리시아." 나는 진정하려고 애쓰며 쉰 목소리로 말했다. "만약 TSJ가 당신이 말한 방식으로 전염되는 거라면 왜 나는 전염되지 않은 겁니까?"

알리시아는 넋을 놓고 멍하니 탁자 위의 빈 유리잔을 바라보았다.

"있죠, 그 소다. 그렇게 빨리 마셔버리면 안 되는 거였어요. 그건 암시장에서도 구하기 힘들거든요. 어마어마한 가격에 거래된다고 들었는데, 다시 마시기까지 아주 오래 걸릴 겁니다."

비탄에 잠긴 그녀의 눈길이 반쯤 비어 있는 캔으로 가다가 다시내 얼굴을 응시했다.

"당신이나 당신 친구들이 감염자의 피나 침, 눈물, 혹은 콧물에 접촉했다면 당신도 그들 중 하나가 되었겠죠. 지금쯤이면 머리에 총알이 제법 많이 박혀 있을 겁니다, 선생." 그녀는 소다를 약간 더 부으면서 말했다. "그래서 검역소가 있는 겁니다. 그래야 우리도 100퍼센트확신할 수 있거든요. 새로 온 사람들이…… *문젯거리*가 되지 않을 거라는 확신." 알리시아가 의자에 기대었다. "확실히 당신들 모두 그럴일은 없었어요."

그녀의 설명으로는 안심이 되지 않았다. 내게 상처가 있었거나 눈에 체액이 들어갔더라면 내 이야기는 그 때 그곳에서 바로 끝났을 것이다. 나도 언데드 군단의 일부가 되었겠지.

"감염 매개체가 세계 곳곳에서 발견되면서 전 지구가 생지옥이 되는 건 시간문제였습니다. 맨 처음으로 의료 서비스가 무너졌는데, 병원에 있는 수백 명의 감염자들은 전혀 치료되지 않고 있었습니다. 언데드로 변한 감염자들이 병원을 도살장으로, 죽음의 덫으로 만들었죠. 군대가 투입되었을 무렵에는 너무 늦었습니다. 다른 나라의 통계는 알 수 없지만 스페인에서만 70퍼센트의 의료진이 최초 창궐 후 48시간 내에 사망했지요."

"70퍼센트요?"

"낮춰 잡은 것이 그렇습니다. 현재 섬에 있는 생존한 의사와 간호사의 수를 감안하면 수치를 더 높여야 맞을 겁니다." 알리시아의 얼굴이 어두워졌다. "경찰, 소방관, 구급대원들도 마찬가지였습니다. 처음 몇 시간동안 혼란을 수습하려던 사람들 모두가 TSJ에 노출되었지요."

알리시아의 말이 끝나기 무섭게 에어컨이 웅웅거렸다. 드라마틱한 태피스트리 조각들이 제 자리를 찾아가기 시작하는 기분이었다.

"각국 정부에서 세계가 무너지고 있다는 사실을 납득하고 나니까 각 나라의 국무부는 전화통에 불이 났습니다. 심지어는 연설을 하겠다고 유럽 연합 회의를 열었어요."

"기억납니다. 그 사람들 표정과 했던 말까지."

"드디어 겁을 먹게 되었던 거죠." 냉담한 목소리로 알리시아가 말했다. "그래도, 여전히 그들은 유럽 대륙을 살릴, 어쩌면 전 세계를 살릴 수 있는 계획에 동의하지 않았습니다. 합동 위기 위원회를 지명하고 뉴스 보도 관제를 발표한 다음 겁을 잔뜩 먹어 꼬리를 내리고 각자 제 나라로 내뺀 게 다였습니다. 언데드의 머리를 날려버리겠다는 바람으로 그 나라들 대부분이 국경을 경계하게 되었어요." 커피를 한 모금 마신 그녀가 혀를 찼다. "하지만 그 때쯤엔 모든 나라에 언데드가 퍼져 있었죠. 국경이란 그 무자비한 사냥꾼들에게 아무 의미가 없었습니다."

"놈들이 전 세계에 퍼졌다는 말입니까?"

알리시아가 서글프게 소리 내어 웃었다. 내 반응이 믿기지 않는다는 듯이, 어쩌면 그렇게 모를 수 있을까 놀랍다는 표정이었다.

"그게 아니죠." 얼굴을 찌푸리며 그녀가 대답했다. "더 심각했습니다."

"더 심각해요? 그 이상 뭐가 더 *심각해졌죠?*"

"더 빠르고, 더 강해져서 더욱 끔찍한 결과를 만들었어요. 예를 들자면, 미국은 세상 어느 곳보다 감염 매개체가 많았어요. 미국에서 다게스탄으로 보낸 의료진과 군대가 다른 나라보다 월등히 많았기 때문입니다. 게다가 미국 군대가 쿠르드 자치구의 감염된 다게스탄 피난민 임시 거처를 관리했었으니까요. 미국 정부가 정신을 차렸을 쯤에는 이미 바이러스가 전국의 서른 개가 넘는 도시를 뒤덮고 있었습니다."

나는 미국처럼 큰 나라에서 전국적으로 바이러스가 퍼지는 모습을 상상하며 나직이 휘파람을 불었다.

"무슨 일이 벌어지고 있는지 알아낸 CBS의 기자들이 검열을 피해 특보를 내보냈어요. 그 방송 직후 전국이 패닉 상태에 빠졌습니다. 수백만의 사람들이 공항과 고속도로로 밀어닥쳤고 도시를 벗어나려고 안간힘을 썼어요. 모든 것을 버리고 차를 탄 가족들이 시골마을로 향했습니다. 그런 곳은 안전할 거라고 생각한 겁니다. 자기들 중에 바이러스를 가지고 있는 사람이 있다는 생각은 못했지요. 덕분에 바이러스가 빠른 속도로 전국에 퍼졌습니다. 미국 정부는 급히 유럽식 피난처를 모방해 만들었지만 이미 늦었죠. 집단 히스테리가 휩쓸고 있었습니다. 정부 기관은 당국자들이 하나 둘 사라지면서 무너지기 시작했는데 다들 도망을 갔거나 죽었던 거였어요."

나는 그 끔찍한 광경을 상상하며 몸을 떨었다. 미국은 고속도로와 공항 연결망이 복잡한데 수천 명의 감염자들이 달아났다면 그야말로 트로이의 목마가 되어 TSJ 바이러스를 거대한 나라 곳곳에 퍼트린 셈이다.

"언데드가 점령하지 못한 구역이 아직 있다고 믿습니다. 특히 미국 한가운데에요. 광활한 면적, 사막, 낮은 인구밀도, 그리고 총기 소유법이 대재앙 이전에 보편화된 덕분에 남아 있을 수 있었던 구역입니다. 이들 지역의 생활 조건이 어떤지, 누군가 통제를 하는지 아니면 무정부 상태인지, 그런 자세한 상황은 알 길이 없습니다. 우리의 제한된 정보에 따르면 상황이 지역마다 아주 다르다는 것뿐이지요. 어떤 곳은 잔해 속에서도 외견상 조직된 사회를 재건하려는 노력을 쏟고 있는가 하면, 또 어떤 곳은 생존자들이 목숨을 부지하는 것만도 버거운 상태입니다.

"남미는 어떻습니까?"

"그게, 다 다르죠. 멕시코는 거의 유럽과 미국 수준으로 타격을 받았습니다. 수백 수천의 미국인들이 국경만 넘으면 안전할 거라고 생각했던 겁니다. 결국 바이러스를 퍼트리는 데에만 일조했어요. 부유하고 자신만만하던 북쪽의 이웃나라 사람들이 '밀입국자'가 되어버린 모습을 보고 놀란 멕시코 국경 경비대의 비현실적인 상황을 상상해보십시오. 국경을 봉쇄했지만 이미 늦었죠. 공포에 질린 수천 명의 *아메리카노*들이 몰래 국경을 넘어왔던 겁니다. 멕시코 전역에서 '그링고 사냥'이 벌어졌습니다. 멕시코 언론이 사태를 부추겼죠. 양키처럼 생긴 사람이라면 누구든지, 그들 표현을 빌자면, '총알을 삼켜'야 했습니다. 무조건 쏘고 본 거죠. 하지만 열흘이 채 되기도 전에 멕시코인들에게 문제가 생겼어요. 그런 일이 베네수엘라에서도 일어난 겁니다. 오직 거기에……."

"칠레와 볼리비아 간의 전쟁에 대해서는 저도 들은 기억이 납니다." 내가 끼어들었다.

"맞아요. 그 혼란 와중에도 칠레 군대는 불쌍한 볼리비아 군대를 쳐부수고 볼리비아 남쪽까지 깊숙이 밀어붙였던 겁니다. 그런데 자국의 정신없는 상황 때문에 돌아가야 할 처지가 되었죠. 그 대혼란과, 국경을 넘고 있는 아르헨티나 피난민 때문에 말입니다."

"아르헨티나요?"

"아르헨티나 사람들이야말로 그 광기의 와중에 제일 엿 같은 타격을 받았죠."

알리시아가 비웃는 조로 말했다.

나는 미소를 지었다. 대화가 이어질수록 알리시아의 말씨는 더욱 다채로워졌다. 그녀는 내게 이야기하면서 점차 편안해진 모양이었고 그건 나도 마찬가지였다.

"부에노스 아이레스는 남반구에서 제일 큰 도시 중 하나였어요. 수백 명의 사람들이 비교적 좁은 공간에 가득 들어차 살았죠. 나머지 세계가 무너져가는 동안 부에노스 아이레스에는 한 건의 감염 사례도 없었습니다. 단 한 건도. 지구상에 몇 안 남은 '깨끗한' 문명 도시 중 하나였어요. 하지만 누구도 예방 조치를 취하지 않았습니다. 일주일 뒤, 수천 명의 피난민들이 떼를 지어 부에노스 아이레스로 몰려들었는데 누구도 그들이 도착하는 것을 감시하거나 건강 상태를 확인하거나 검역소를 설치하지도 않았어요. 놀라우리만큼 아무런 조치가 없었습니다. 초만원인 도시에 전염병이 발생하는데 아무도, 누구 한 사람도 상황을 통제하려들지 않았지요. 아르헨티나 군대가 이웃 칠레를 모방해서 정부를 전복시키려던 때였습니다. 문민정부는 쉽게 와해되지 않았고 시위와 총격, 실패한 '임종의 쿠데타'가 있었습니다. 세계가 붕괴되고 있는데 아르헨티나는 지도자들 간의 힘겨루기로 인사불성이었죠. 마침내 누군가 정말로 두려움에 떨게 되었을 때는 이미 늦은 뒤였습니다. 정부 인사들은 양 손 가득 공금을 횡령해서 비행기를 타고 달아났어요. 어디로 갔는지는 신만이 아시겠지요."

알리시아는 담배를 한 갑 꺼내 나에게도 하나 권했다. 나는 말없이 담배를 받아 그녀가 불을 붙이게 들고 있었다. 그녀는 흥미롭게도 자신의 담배에는 불을 붙이지 않고 담뱃갑을 주머니에 도로 넣었다. 나는 최면에 걸린 듯이 그녀가 켰다 껐다 하는 라이터를 보면서 이야기를 들었다.

"나도 그 망할 놈들이 어디에 갔는지 모릅니다. 하지만 놈들이 하나도 빠짐없이 그 괴물들에게 당했기를 바라지요." 그녀는 머리를 가로저으며 한숨을 내쉬었다. "그 일이 있고 2주 후에 코르도바 근처에 있는 엠발세 원자력 발전소가 폭발했습니다. 북부 전체를 방사능 구름으로 덮으면서 말입니다. 발전소 폐쇄를 지시할 사람이 없었어요. 발전기를 조작하는 사람들이 사라졌으니 시스템이 파괴되는 걸 막을 사람이 없었죠. 잔인하리만큼 태만하게도 모든 정부 인사들이 손을 뗐던 겁니다. 짐작건대 그 발전소는 방치된 채로 우라늄이 불안정해질 때까지 돌아가고 있었을 겁니다. 그러다 연쇄 반응이 터지면서 핵폭발에 이르게 되었겠죠. 아르헨티나 북부와 브라질 남부는 이제 방사능으로 황폐화되었습니다. 언데드를 제외하고는 생명이 살 수 없는 곳이죠. 물론 놈들은 이미 죽은 상태입니다만."

그녀가 얼굴을 찌푸리며 말했다.

"사람들이 어쩌면 그런 짓을 할 수가 있죠?"

"아시아는 더 심합니다. 중국도 당황한 나머지 전염병의 뿌리를 뽑 겠다고 인구가 밀집한 주요 도심에서 핵폭발 장치를 사용했어요."

"핵폭탄을 말입니까?"

아직 TV 뉴스가 방송되던 때 들은 적이 있지만 도저히 믿기지 않 았다.

"어떤 문화권에서는 사람 목숨의 가치가 아주 상대적이더군요. 서 구 사회에서는 상상조차 할 수 없는 일이 개인보다 공동체를 가장 중 요시하는 동구권에서는 이치에 합당한 일이 되니까 말입니다. 한 번 에 수백 톤의 개인을 죽여서 공동체를 구할 수 있다면 그 사람들이 건강한 사람들이든 감염된 사람들이든 주저할 이유가 없는 거지요."

"그리고 그게 전략이었군요."

"그게 그들의 전략이었습니다."

알리시아가 고개를 끄덕이며 대답했다.

"효과가 있었나요?"

"전혀요. 이미 죽은 상태인 사람을 방사선으로 죽일 수는 없는 일 입니다. 물론 수백만의 언데드를 불로 태워버리긴 했지만 동시에 수 백만의 무고한 사람들까지 함께 희생되었죠. 그 나라의 인구 밀도를 감안하면 극히 일부의 언데드가 폭발에서 살아남았다 가정해도 수백 만에 맞먹을 텐데, 그놈들은 이후 쑥대밭이 된 도시를 떠나 사방으로 흩어졌을 겁니다." 그녀의 눈이 나를 깊이 응시했다. "상상해 보세요."

"총체적 혼란이…… 전 세계로." 내가 나직이 말했다.

"우리 정도로는 최악이라고 할 수 없어요. 아시아와 중동은 인간의 삶 자체가 불가능합니다. 적어도 우리가 익히 알고 있는 삶은 말입니다. 아프리카에 대해서 말하자면……. 생존자 몇 명에게서 들은 이야기가 정말 충격적입니다. 아프리카는 지구상에 실재하는 지옥이에요. 아프리카 대륙에는 살아있는 사람이 거의 없다고 추측하고 있습니다. 열대우림에 흩어져 있는 소규모의 고립된 무리들과 사하라 사막을 배회하고 있는 투아레그족 유목민들을 제외하면 말이지요. 정부가 와해되자 풋내기 왕과 군벌들 수십 명이 권력 공백을 채웠습니다. 질병, 전쟁, 기근, 자연재해도 언데드가 해치우지 못한 사람들을 덮쳤어요. 아프리카는 수백 년 전으로 퇴보했습니다." 그녀는 얼굴을 찡그렸다. "그곳의 삶은 언데드 만큼이나 위험합니다."

"우리도 모로코 해안가의 어촌 마을에 상륙한 적이 있습니다."

"당신의 진술서에 '총칼'에 휩쓸렸다는 말이 있더군요. 아프리카 대륙 전체가 그런 식입니다. 물자, 그리고 생존을 위해서 죽도록 싸우는 거지요."

"물자요? 아프리카라면 모르긴 해도 지구상에서 가장 비옥한 곳이지 않습니까! 남은 사람들이 쉽게 식량을 조달할 수 있었을 텐데요!"

알리시아는 마치 자신이 알고 있는 굉장한 비밀을 내게 말해줘도 될지 모르겠다는 눈빛으로 나를 바라보더니 소리 내어 웃었다.

"음식만 필요한 것이 아니에요. 기본적인 것들이 절망적으로 바닥나고 있습니다. 의약품, 연료, 의복, 탄약, 작동 가능한 운송 수단. 생각해 보세요. 우리 병원들이 의약품 박스 하나를 소비하면 이 세상에 남아 있는 의약품 박스 하나가 줄어드는 셈이에요. 우리 헬리콥터가 연료 1갤런을 태울 때마다 공중을 나는 운송 수단을 그만큼 못 쓰게 된다는 걸 의미하지요. 총알 하나를 그 놈들에게 쏠 때마다 우리는 활과 화살로 방어해야 할 순간에 한 발짝 가까워진다고요! 공장도 없고, 국제적인 무역도 없고, 기술도, 항구로 연료를 실어올 유조선도 없습니다. 세상이 엉망진창이 된 것 같은가요? 몇 년 더 기다리면 지금을 회상하면서 좋은 시절이었다고 하겠죠. 우리는 신 암흑기로 돌진하고 있는 겁니다. 그리고 저 놈들이 저 밖에 있는 한 손 쓸 방법이 아무것도 없어요!"

"하지만 분명 우리가 할 수 있는 뭔가가……."

"이봐요, 만약에 당신한테 우리 중 누구도 생각해 내지 못한 묘책이 있다면 당장 이 탁자 위에 올려놔 보세요." 반쯤은 농담 같고, 반쯤은 진지한 어조였다. "그러면 내가 장담하건대 당신은 이 섬에서 제일 유명한 사람이 될 겁니다."

"그래도 섬의 문명화는 아직 잘 이루어지고 있는 것 같던데요. 여기야말로 우리가 삶을 이어갈 수 있는 진짜 피난처가 될 수 있을 겁니다!"

알리시아는 잠시 나를 바라보다가 자리에서 일어나더니 따라오라는 시늉을 했다.

"같이 가시죠. 보여주고 싶은 것이 있습니다."

15

우리는 다시 갑판으로 나왔다. 수평선 위로 황혼이 타올랐고 항구를 가로질러 부는 따뜻한 모랫바람이 대기를 뜨겁고 질퍽한 스프처럼 만들었다. 숨을 들이쉴 때마다 펄펄 끓는 공기를 폐에 삽질해 넣는 기분이었다. 우리는 에어컨 바람이 시원하게 불던 건물 안을 벗어나자마자 땀을 흘리기 시작했다. 아까 그 소다를 조금 남겨둘 걸 하는 생각이 들었다.

알리시아는 뱃전까지 걷더니 건성으로 담배 한 대를 더 권했다. 나는 고개를 저었다. 머리가 어지럽고 입이 사막처럼 말랐다. 독방에서 한 달을 보내고 나자 *갈리시아*의 긴 활주로를 걷는 것만으로도 현기증이 생겼다. 우리는 말없이 해안을 둘러싸고 있는 도시를 바라보았다. 어둠이 짙어지며 불빛이 빛나기 시작했다. 내 친구들이 어떻게 되었는지 물으려던 찰나에 알리시아가 항구를 가리켰다.

"저 배 보이죠? 저기 높은 빌딩들 맞은편에 제일 큰 배."

나는 그녀가 가리키는 곳을 보았다. 항구에 있는 다른 배들보다도 월등히 큰, 밝은 파란색으로 페인트칠이 된 거대한 배가 파도에 따라 위아래로 천천히 흔들렸다. 특이하게도 물 위에 높이 떠 있는 것이, 보통은 물속에 잠기기 마련인 배 상부를 대부분을 수면 위에 드러내고 있다. 그건 선창에 화물이 없다는 뜻으로밖엔 설명이 안 된다.

"저건 *케이텐 마루*라는 초대형 일본 유조선입니다. 대재앙 전에는 일본 최대의 기업의 소유였지요. 저 놈은 11만 5000톤의 원유를 실어 나를 수 있습니다. 순식간에 온 세상이 아수라장이 되어가고 있을 무렵, 저 배는 북해에서 노르웨이 유(油)를 싣고 일본으로 돌아가던 길이었어요. 카나리아 제도에 닿기 전, 일등 항해사를 포함한 세 명의 선원이 TSJ로 사망했습니다. 선원들이 병들어가던 와중에 감염되지 않은 생존자들이 언데드를 몰아서 선창에 가뒀죠. 하지만 극심한 공포에 휩싸인 그들은 이곳에 정박하게 되었습니다. 곧 세계가 붕괴되었고 이 배는 영영 오도 가도 못하는 신세로 전락했습니다. 역설적이게도 배의 불운이 우리에겐 구원이 되었습니다. *게이텐 마루*가 아니었더라면 우리에겐 가망이 없었을 겁니다."

알리시아의 흐릿한 눈이 나를 꿰뚫어 보는 것 같았다.

"뭐죠? 이 배와 언데드에 대항해 싸우는 것이 무슨 관계가 있습니까?"

"엄청난 양의 원유. 그것을 원료로 우리는 온갖 멋진 것들을 제련할 수 있었습니다."

그녀가 지평선에 점처럼 서 있는 탑들을 가리켰다.

그렇구나! 셉사 정유공장.

"시스템이 무너지자 카나리아 제도는 세상과 단절되었고 우리에게는 많아야 2주를 버틸 양의 연료뿐이었습니다. *케이텐 마루* 덕분에 다행히도 충분한 연료를 공급받을 수 있었어요. 하지만 할당량을 엄격하게 지켰는데도 불구하고 한 달 분의 보급량을 다 쓰고 말았습니다. 이대로라면 4~5주 내에 연료가 바닥날 겁니다."

"상황이 나쁘군요, 그렇죠?"

"나쁜 것보다 더 심각합니다. 재앙이라고 해야죠. 연료가 없다면 우리가 가진 기술적 이점을 잃게 됩니다. 비행기, 헬리콥터는 물론 보트나 차도 이용할 수 없어요. 촛불을 켜고 말을 타던 시절로 돌아가야 합니다. 굶어 죽게 될 것도 거의 자명하지요."

"나이지리아나 베네수엘라로 가서 펌프를 연결하고 연료를 채워오지 않고요?"

"그렇게 쉬운 문제가 아닙니다. 혼란이 퍼지면서 많은 산유국들이 유정을 잠가 버렸어요. 그걸 작동시킬 사람이 없다면 시한폭탄인 셈입니다. 기업들이 베네수엘라와 멕시코의 유정을 모조리 닫았지만 나이지리아에서는 아무런 예방 조치를 취하지 않았죠. 항공 정찰을 해봤는데 다수의 유정이 폭발하면서 기름이 대량으로 유출되었더군요. 파이프 관만 해도……아무도 손을 쓰지 않은 상태로 일 년만 지나면 모두 고철 덩어리가 됩니다."

그녀는 담배 연기를 삼키더니 어깨 너머로 나를 넘겨다보았다.

"유정의 상태가 좋고 대재앙 전처럼 작동을 시킨다고 해도 수천의 언데드에 맞서 기술자들을 보호할 대규모의 경호 팀을 배치하지 않고서는 펌프질이 불가능합니다. 우리에게 그런 기술자가 *있더라도* 말입니다. 장비도 없이 석유 굴착 장치를 수리해야 일 년이 넘게 방치된 파이프 관으로 원유를 뽑아 올려 9만 톤의 배에 연결해야 하는데 경험이 풍부한 파일럿의 도움 없이는 못 갑니다. 예인선을 몰 군대가 없어서 그 배를 펌프장으로 옮길 수도 없고, 그 펌프장이 아직 있을지도 미지수죠. 이제 아시겠죠. 그렇게 쉬운 일이 아니란 걸."

"페르시아 만은요? 멀긴 하지만 그 큰 배라면 거기까지는 쉽게 갈 겁니다. 게다가 거기 배들은 바다에 정박한 채 호스를 통해서……."

"페르시아 만에는 아무것도 남아 있지 않습니다. 와하브파들을 아십니까?"

나는 어리둥절해서 고개를 가로 저었다. 상황이 더욱 절망으로 치닫고 있는 느낌이었다.

"걸프 지역의 이슬람 극단주의 종파인데 코란과 이슬람 율법의 자의적으로 해석하여 주장하는 자들입니다. 중동은 다게스탄과 인접하기 때문에 최초로 TSJ의 타격을 입은 지역 중 하나였어요. 전 세계적인 붕괴가 있기 전 몇 주간 와하브파들은 TSJ가 인간의 탐욕과 사악함에 대한 신의 형벌이라고 주장했습니다. 죽음을 피하고 TSJ 바이러스의 끔찍한 운명에서 벗어나는 유일한 길은 정화의 의식뿐이라고요. 돈이 인간의 정신을 타락시켰고, 원시의 순수함으로 돌아가는 것만이 문명을 구할 수 있는 유일한 방법이라고 말입니다. 원유 때문에 중동에 돈이 넘치게 되었고 그 대가로 타락과 신앙의 부재가 만연해졌다는 주장이었어요. 정화와 구원의 차원에서 광신도 무리들은 걸프에 있는 정유 굴착 장치를 하나도 남김없이 공격하고 부수었습니다. 감염되지 않게 해달라고 알라신에게 간청하면서 말이지요."

"그 말은……."

"그 말은 걸프에 있는 수백 개의 유정이 일 년이 지난 지금도 여전히 타오르고 있다는 뜻입니다. 중동은 답이 아니에요. 해결책을 빨리 찾지 않으면 지금의 망한 상태보다 더, 완전히 망한 상태가 되는 겁니다. 신 암흑기가 목전에 있어요."

나는 어리벙벙하여 고개를 내저었다. 황금빛 천국일 거라 상상했던 카나리아 제도, 암흑 같은 몇 달을 버티며 오아시스처럼 꿈꾸어 온 이곳은 사실 일상이 투쟁인 열악하고, 절박하고, 사방이 막혀 꼼짝할 수 없는 곳이었다. 나는 어떻게 될 것인가, 그리고 내 친구들은. 그러다 뻔한 질문이 머릿속을 스쳤다.

"환대해 주어서 감사합니다. 그동안 있었던 일을 이야기해 주고 그 모든 서류작업을 해 준 것도요. 그런데 한 가지 의문이 계속 머릿속을 떠나지 않아요. 왜 납니까? 왜 나한테 이런 이야기를 하는 거죠?"

"우리에게 심각한 문제가 생겼는데," 그녀는 묘한 미소를 지으며 대답했다. "당신과 프리첸코 씨가 그 문제를 해결하는 걸 도와줄 수 있을 것 같아서요."

16

순간, 잘못 들은 것이 아닌가 생각했다. 그 마지막 말에 깜짝 놀라서 기가 막혔다.

"프리첸코와 내가요? 대체 당신들한테 우리 도움이 왜 필요합니까?"

"뻔하지 않습니까. 프리첸코 씨는 수천 시간의 비행 경력에 장기간의 전투 경험을 겸비한 헬리콥터 조종사입니다. 본토에서 카나리아 제도까지 헬리콥터로 날아온 것은 말할 것도 없죠. 우리 공동체에 가치 있는 사람일 뿐만 아니라 그야말로 하늘에서 떨어진 선물입니다."

"저는요? 제가 이 모든 일에 무슨 관련이 있습니까? 한낱 변호사가, 그것도 문명 세계가 무너지기 전에나 변호사였지, 제 지식과 경험이 유정을 찾는데 보탬이 될 거라고는 생각하지 않습니다. 언데드를 고소할 생각이라면 저는 강력하게 반대합니다. 놈들은 보상할 능력도 없으니까요. 그것들은 법정에 나타나지도 않을 거라고요."

"쓸데없는 소리는 집어 치워요!" 알리시아가 내 말을 끊었다. "당신의 농담이 아니라 기술이 필요하다고 했습니다. 당신은 저 밖에서 우리 기습 부대보다도 훨씬 오래 살아남았어요. 당신에게 정말 기술이 있는 건지 그냥 운이 좋았던 건지 난 모르겠습니다. 지금으로선 프리첸코 씨가 제일 가치 있는 인력입니다. 우린 *절실하게* 당신이…… 당신들이 필요합니다."

"프리첸코가 필요하다는 건 알겠습니다. 하지만 우리가 겪은 일을 생각하면 아시겠지만 우리 중 누구도 이 섬을 오랫동안 떠나고 싶지 않아요. 심신이 지쳐 있단 말입니다. 우리가 원하는 건 안전한 곳에서 살며 일하는 것뿐입니다. 놈들에게서 멀리 떨어진 곳에서요. 그리고." 나는 계속해서 농담을 덧붙였다. "나는 아직도 왜 당신이 변호사를 필요로 하는 이유를 모르겠군요."

"오! 이해를 못하시네요." 알리시아는 진심으로 놀란 표정이었다. 그녀는 고개를 가로 젓더니 부드럽게 말했다. "변호사가 필요한 쪽으로 따지자면 정부는 아닙니다."

"무슨 뜻이죠. 그럼 대체 누가……?"

"프리첸코 씨가 당신 도움이 필요하죠." 알리시아는 말을 질질 끌었다. "그리고 당신은 일을 정말 잘 해내야 할 겁니다. 왜냐하면 그 사람은 당신의 도움이 너무나 절실해질 테니까요."

나는 너무 놀라서 잠시 할 말을 잃었다. 그들이 갈리시아호의 레이더 안테나를 씹어 먹으라고 해도 그처럼 놀라지는 않았을 것이다. 나는 전혀 이해할 수 없었다.

"프리첸코가? 내 도움을? 대체 뭡니까?"

"오늘 아침 9시 45분 경, 빅토르 프리첸코 씨가 독방에서 나와 검사실로 이송되고 있었습니다. 당신처럼 검역소를 벗어나 체류 허가를 위한 서류작업을 받아야 했죠." 알리시아의 표정은 진지했다. "복도에서 당신네 무리의 다른 사람들과 마주쳤어요. 같은 곳으로 가던 세실리아 이글레시아스 수녀였습니다. 그 때, 갑자기 프리첸코 씨가 경비의 곤봉을 빼앗더니 진압할 새도 없이 세실리아 수녀의 머리를 내리쳐서 바닥에 기절시킨 겁니다."

나는 주먹으로 배를 한 대 맞은 사람처럼 비틀거렸다. 프리첸코가 세실리아 수녀님을 공격했다고? 말도 안 돼! 분명히 뭔가 오해한 거야. 내 슬라브인 친구는 진심으로 그 만면에 미소를 띤, 당차고 쾌활한 수녀님을 존경했다. 그처럼 오랫동안 대화와 이해로 자신을 깊은 우울의 수렁에서 꺼내 인도해 주고 위로해 준 사람을 공격했다고? 전혀 말이 안 된다.

"유감이지만 세실리아 수녀는 선내의 의무실에서 혼수상태에 빠져 있습니다. 부상이 심해서 아마 72시간 이내에 사망하게 될 겁니다."

"이건 분명 오햅니다." 나는 최대한 침착한 어조로 말했다. "프리첸코는 그 분을 어머니처럼 아꼈어요. 절대 그럴 리가 없소."

"받아들이기 어려울 거라는 건 압니다. 하지만 사실에는 반박할 여지가 없어요." 알리시아가 슬픈 목소리로 대답했다. "그들을 호위하던 경비원 셋이 직접 목격했습니다. 그들 중 한 명은 경호 대장으로 우리가 전적으로 신임하고 있는 사람이지요. 그들의 진술에도 불일치하는 점이 없습니다."

프리첸코가 살인을 했다니. 불가능하다. 만나서 대체 어떻게 된 일인지 밝혀내야 했다. 다시 한 번 나는 내 통제를 벗어난 상황에 걸려들고 만 것이다. 이런 느낌은 천 년 전 일처럼 아득한 *자렌 키비슈* 호 이후로 처음이다. 폰즈 대령의 눈이 나를 뚫어지게 쳐다보았다. 나는 머릿속으로 계획을 짜내느라 심장이 요동치기 시작했다.

"프리첸코와 내 도움이 필요하죠? 우선 나를 프리첸코에게 데려다 줘요. 내일도 안 되고 10분 뒤도, 당신이 시간이 날 때도 안 됩니다. 내 친구를 만나러 가야겠어요. *당장*."

"그러죠." 알리시아는 내 반응에 약간 놀란 것 같았다. "따라오십시오."

우리는 좁은 계단을 따라 험한 얼굴을 하고 있는 장교 둘이 지키고 선 밀실로 내려갔다. 안에 들어선 나는 겁에 질려 우뚝 멈춰 서고 말았다. 셔츠도 입지 않고 온 몸이 멍으로 뒤덮인 내 친구가 구석에 누워 있었다. 오른쪽 눈은 부어오른 채 감겨 있고 입술도 퉁퉁 붓고 수염에는 피가 말라붙은 몰골이었다. 나를 본 우크라이나인이 절뚝거리며 일어났다. 기진맥진한 상태였다.

"프리첸코! 대체 놈들이 무슨 짓을 한 거야? 괜찮아?"

나는 갈비뼈라도 부러지지 않았는지 그의 옆구리를 살펴보았다.

"잘 들어." 그는 말하는 중에도 기침을 쏟았다. "놈들이 뭐라고 했는지는 모르겠지만 난 아무 짓도 안 했어! 알았어?" 그는 내 옷소매를 움켜잡았다. "놈들이 하는 말은 한 마디도 믿지 말라고!"

"프리첸코." 나는 팔로 그의 어깨를 감싸면서 침착하게 말했다. "자네가 사실대로 말하고 있다는 거 알아. 내가 추호라도 자네를 의심하면 난 친구 자격이 없지. 걱정 마, 이 친구야. 내가 이 궁지에서 꺼내 줄게."

"간호사 일보다는 변호사 일을 더 잘하길 바라네."

프리첸코는 비꼬는 듯이 두 손가락이 없는 왼손을 들어 보였다.

메르세데스 자동차 대리점에서 그 부상을 치료하려던 나의 애처로운 노력을 회상하자니 입가에 엷은 미소가 번졌다. 이 지긋지긋한 우크라이나인과 나는 많은 일을 함께 겪었다. 도움이 필요한 그를 저버리는 일은 있을 수 없었다.

"어이, 존경심을 좀 보이라고, 이 사람아! 자네 형편에는 내가 최선의 변호사니까!"

나는 농담 끝에 주먹으로 그의 팔을 장난삼아 툭 쳤다.

프리첸코는 우리 어머니에 대한 외설적인 말로 맞받아치더니 부어

터진 입술을 벌려 다시 한 번 미소를 지었다. 벌어진 상처가 아픈지 그가 움찔했다.

"자, 우리를 궁지에 몰아넣었군요. 미즈 폰즈. 루시아는 어디 있습니까? 루쿨루스는요?"

여자가 대답을 하기도 전에 방 입구에 키 크고 호리호리한 형체가 나타났다. 그녀는 들어오기를 주저했다. 둥근 창으로 들어오는 빛에 팔의 주근깨가 드러나 보였다. 내가 수없이 봐왔던 것이기 때문에 주근깨의 위치라면 눈을 감고도 그릴 수 있었다. 그녀는 발버둥치는 주황색 털뭉치를 진정시키려고 애쓰고 있었다. 분에 찬 야옹 소리와 함께 루쿨루스가 그녀의 팔에서 풀려나 가볍게 네 번 깡충거리더니 내 무릎에 올라앉았다. 그러고는 만족스러운 듯 가르랑거렸다.

내가 뭔가 재치 있는 말을 하기도 전에 루시아가 방을 가로질러 들어왔다. 나는 그녀를 껴안고 긴 키스를 나누었다. 한참 뒤에야 한숨을 돌리고 그녀를 더 자세히 살펴보았다. 왼쪽 관자놀이에 흉측한 멍이 들어 있고 눈에 띄게 여위고 창백해졌지만 그럼에도 불구하고 한층 더 아름다워 보였다. 눈물이 맺힌 그녀의 초록색 눈에 분노가 번뜩였다.

"놈들이 무슨 짓을 했는지 내가 다 알아요. 그 놈들…… 그 놈들이……"

그녀는 너무 화가 나서 제대로 말을 하지 못했지만 나는 다 이해할 수 있었다.

나는 그녀의 어깨를 꼭 안고 귓가에 속삭이며 달래 주었다. 그러자 내 안에 투지가 샘솟았다. 몇 개월 만에 처음으로 힘이 넘치는 기분이었다. 세상이 무너져가는 중에도 나를 살아있게 했던 그 묘한 힘이었다.

폰즈 대령은 당장 해안으로 가야 한다고 말했지만 나는 그녀의 말을 무시했다. '가족'들이 거의 다 모였다. 안심이 되었다. 세실리아 수녀의 부재가 못내 마음에 걸리지만 그녀가 회복하리라는 확신이 들었다. 지금까지 우리는 뭐든 다 해내지 않았던가. 우리 앞에 어떤 일이 닥치든, 그게 누구든, 우리는 피하지 않을 것이다.

루시아와 나는 두들겨 맞은 친구를 양쪽에서 부축해 일으켜 세워 뒤도 돌아보지 않고 방을 나왔다. 마침내 해안으로 간다. 그게 어떤 모습이든지, 인류에게 남은 신세계를 마주하러.

17
테네리페

우리는 육지에 도착했다. 보트에서 내리기 전에 모두에게 서류 뭉치가 하나씩 주어졌다. 여권, 검역 증명서, 배급 카드, 통행증, 그리고 프리첸코와 나의 신분을 'B급 해군 보조'로 명기한 카드가 코팅되어 있었다. 루시아는 주황색 카드에 '민간인 거주자'로 분류되어 있었다. 나중에 그게 문제를 일으킬 줄은 그때는 몰랐다.

나는 루쿨루스에게서 눈을 떼지 말라는 경고를 받았다. 살아남은 몇 안 되는 고양이들은 '인기가 많다'고 했다. 그 말이 무슨 뜻인지는 몰랐지만 그리 좋은 의미로 들리지 않았다.

작은 보트를 타고 항구까지의 10분 거리가 마치 백 년처럼 길게 느껴졌다. 신식 엔진도 감당 못하는 저질 디젤유를 먹은 낡은 엔진으로선 최선을 다하는 모양이었다. 털털거리는 2행정 엔진은 가는 내내 연신 역화를 했다. 스페인이 아프리카 전쟁을 하던 무렵에 만들어진 것 같은 보트였다. 타고 가면서도 이러다 곧장 항구 밑바닥으로 가라 앉아 버리는 것이 아닌가 불안했다. 테네리페 항구는 수백 명의 사람들로 북적거렸다. 일터로 가는 사람들, 깨끗하게 차려입은 사람들, 영양 결핍일 뿐 다들 건강해보였다. 유달리 행복해보이지는 않았지만 최소한 평온해보였다. 아마 대재앙에서 살아남은 사실이 아직도 꿈만 같지 않을까.

보트의 선장은 말이 많고 재치 있는 사람이었다. 그가 말하길 전염병 이전에는 80만 명 남짓한 수가 테네리페에 살았단다. 대재앙의 초기 며칠 간 그 숫자가 수백만까지 치솟았고 유럽과 아메리카 대륙의 피난민들의 카나리아 제도까지 물결치며 밀려왔다. 지금의 인구 밀도는 150만밖에 되지 않는다.

인류에게 대체 무슨 일이 일어난 걸까? 인류는 어떻게 되는 걸까? 사내의 말대로라면 엄청나게 많은 사람들이 사라진 셈이다.

제복을 입은 남자가 우리의 서류를 확인하기 위해 부두에서 기다리고 있었다. 나는 사방에 휘날리는 깃발을 보고 눈이 휘둥그레졌다. 흡사 생존자들이 애국심의 공격에 초토화된 것 같았다. 심지어 우리를 태워 새 보금자리로 데려다 준 버스에도 깃발 그림이 그려져 있었다. 스페인 깃발뿐 아니라 갈리시아의 돛대에서 나부끼던 그 이상한 파란색 휘장도 함께. 나는 그게 뭘 상징하는지 몰랐지만 누군가에게 서둘러 물어보려 하지도 않았다.

18

정말이지 놀라운 주말이었다. 몇 년 전에 카나리아 제도에서 휴가를 보낸 적이 있었던 나는 이후로 줄곧 이곳을 다시 찾고 싶었다. 이런 특수한 상황에서 다시 이곳에 돌아올 줄은 꿈에도 몰랐다.

제복을 입고 스트레스에 찌들어 부두에서 우리를 기다리던 사내는 땀을 흘리면서 오만 일을 한꺼번에 해냈다. 그렇게 순식간에 우리의 서류를 확인한 뒤, 신속하게 악수를 건넨 그는 또 다른 급한 용무를 보러 사라져 버렸다. 프리첸코, 루시아, 그리고 나는 발치에 놓인 짐가방과 함께 부두에 우두커니 남아 버스가 오기만을 기다렸다. 달리 뭘 해야 할지 몰랐다.

뭔가 꺼림칙한 기분에 신경이 날카로워졌다. 루시아와 프리첸코의 얼굴에도 나와 같은 감정이 서려 있었다. 우크라이나인은 혀로 마른 입술을 축였다. 그는 초조한 눈으로 사방을 살피는가 싶더니 있지도 않은 총을 찾아 손을 뻗었다. 루시아는 거의 감지할 수 없을 정도로 미세하게 몸을 앞뒤로 흔들며 루쿨루스를 꼭 껴안고 있었다. 그러자 고양이도 몸을 움찔거렸다.

마침내 이해가 되었다. 우리가 어쩔 줄 몰라 하는 것은 저 수많은 사람 무리 때문이었다. 사람들은 제각기 볼일에 바빠 서둘러 지나가거나 우리에게 부딪히기도 했다. 사방에서 겁에 질린 우리 세 사람을 대충 훑어보는 눈길이 느껴졌다. 나는 기절하지 않으려고 눈을 감았다. 소음이 우리를 에워쌌다. 고함치는 소리, 스쳐가는 대화, 웃음소리, 어린 아이의 울음, 히이잉 하는 말의 울음소리, 그걸 배경 음악삼아 수백 개의 입이 동시에 말하면서 만드는 웅웅거림. 무덤 같은 침묵 속에서 일 년을 보낸 우리의 신경계에 실로 충격적인 자극이었다.

그 때, 루시아가 뭔가를 지적했다. 살 썩는 냄새가 나지 않는다는 것이었다. 기분 좋은 냄새, 그렇지 않은 냄새, 수천 가지의 냄새가 공기 중에 떠다녔다. 항구에 있는데도 사람 냄새가 났다.

할 일이 없다는 점이 제일 어색했다. 달아날 필요가 없었다. 우리 뒤를 쫓는 언데드가 하나도 없었다. 지금처럼 말 그대로 빈둥거리기는 몇 달 만에 처음 있는 일이었다.

하지만 부두의 광경을 평범해 보인다고 생각한 것은 우리의 오해였다. 대재앙 전에는 부둣가가 이처럼 붐비지 않았다. 도로에 다니는 차라고는 스페인산 험비 URO뿐, 원래는 차대를 개조한 수레를 끄는 동물들만 득시글거리는 곳이었다. 우리를 새 집까지 태워 준 '버스'도 사실은 황소 두 마리가 끄는 수레였다.

우리는 과거에 3성급 호텔이었던 70층짜리 건물 앞에 내렸다. 태양과 모래를 갈망하며 유럽에서 온 여행자 무리를 수십 년간 반겨주었던 건물이다. 깨끗하고 정돈이 잘 되어 있는 이 낡은 건물도 나름 화려했던 시절이 있었을 터. 피난민 숙소가 되기 전에도 섬 최고의 호텔은 아니었다. 호텔 프런트는 이제 이 주거 단지의 각 세대에서 모인 아이들이 비명을 지르는 공동 놀이방으로 바뀌었다. 살아남은 아이들은 극히 일부였기 때문에 우리는 아이들을 자주 본 적이 없었다. 아기와 임산부의 수가 가히 압도적이었다. 여성들 절반은 당장이라도 분만을 할 기세였다. 원시적인 생존 본능은 생존자가 어떻게 해서든 종족을 재생산하게끔 이끈다. 홀로코스트에서 살아남은 사람들에게서 유사한 현상이 일어난 사례를 읽은 적이 있지만 이렇게 직접 보게 될 줄은 몰랐다.

이 건물에는 프리첸코와 나 같은 해군 보조로 분류된 사람들이 가족과 함께 거주하고 있었다. 대개 기계공, 엔지니어, 고도로 숙련된 건설 노동자, 전기공, 심지어 수의사처럼 공동체의 생존에 필수적인 기술을 가진 사람들이었다. *나 빼고는 다들 그렇지.* 씁쓸했다. 나야 섬의 관료들이 프리첸코와 한데 묶어 '숙련된 생존자'로 분류했기 때문에 여기에 온 것이었다. 그 말이 그처럼 비극적인 의미가 아니었더라면 쾌재를 불렀겠지.

우리는 15층에 나란히 붙어 있는 방 세 개를 할당받았다. 전기는 오후 6시부터 자정까지 하루에 여섯 시간만 들어오는데 여간 불편한 게 아니다. 엘리베이터를 탈 수 없으니 층마다 계단을 터벅터벅 걸어 올라가야 했다.

다행히도 이전에 살던 입주자들이 벽을 다 허물고 살았는지 방 세 개가 서로 연결되어 있어 아파트처럼 쓸 수 있었다. 방은 하나같이 우중충했지만 제법 깨끗했고 온수는 아니더라도 수도 시설이 구비되어 있었다. 전기가 들어오면 침대 위쪽 벽에 고정된 텔레비전을 틀어 TV 방송을 볼 수도 있다. 그럭저럭 다 괜찮았다.

나쁜 점이라면 20일 후, 프리첸코와 내가 시내의 병영에 '특수 임무 그룹'으로 출석해야 한다는 것이었다. 그 '특수 임무'란 왠지 전혀 좋은 일이 아닐 것 같았다.

19

섬에 살게 된 지 이제 고작 몇 주인데 벌써부터 나쁜 상황에 말려들다니! 너무 화가 나서 비명이라도 지르고 싶다. 사무소에서 나오다가 홧김에 걷어 찬 쓰레기통이 시끄러운 소리를 내며 몇 계단 아래로 굴렀다. 나를 노려보는 비서의 눈빛과 아픈 발밖에는 아무것도 느껴지지 않았다.

짧지만 행복한 휴가와 같은 몇 주를 보내고 있었다. 죽은 듯이 푹 자고 해변에서 일광욕을 하며 마음껏 휴식을 취했다. 그러던 어느 날 아침, 전령 하나가 프리첸코와 내 앞으로 된 소환장을 가져왔다. 우리가 정오에 출석한 곳은 시내의 웨일러 광장에 있는 과거 카나리아 제도의 지휘 본부이자 군수 협력 단체인 MALCAN의 본사였다. 그날 아침, 루시아의 옆에서 꾸벅꾸벅 졸고 있는데 옆방에서 전령과 말다툼을 하는 프리첸코의 목소리가 들렸다. 옥신각신 끝에 결국은 그가 어쩔 수 없이 인수증에 서명을 하는 모양이었다. 자리에서 일어난 나는 그 친구의 근심 가득한 얼굴에 모골이 송연해지며 눈에 핏발이 섰다. 좋은 일이 아닌 게다.

"대체 뭣 때문에 그런데?"

나는 여기 사람들이 커피라고 부르는 싸구려 가루를 커피 포트에 부으며 물었다.

"직접 봐." 우크라이나인이 중얼거리며 종이를 내밀었다.

"슬슬 밥벌이를 시작하라는 말이군."

우리는 아침식사 후 샤워를 마치고 밖으로 나갔다. 속이 울렁거렸다.

그들이 우리에게 원하는 게 뭔지도 정확히 모른다.

바짝 경계를 했다.

낡아빠진 URO 한 대가 오래된 호텔 앞에 와서 섰다. 이제 겨우 열여덟 살이 되었을법한 어린 아이가 몸에 맞지도 않는 제복을 입고 운전석에 앉아 있었다. 그 아이가 이제 막 군대에 입대했다는 데에 내백 유로를 걸겠다. 아마 몇 달 전까지만 해도 우리처럼 피난민 신세였을 것이다. 대재앙 이후 몇 주 간, 대피소를 방어하던 군 병력이 엄청난 타격을 입었었다. 이제는 누구든 닥치는 대로 끌어다가 그 빈자리를 메우는 실정이었다.

5분쯤 달리고 난 뒤에야 그 소년이 URO 같은 험비를 본 경험이 전혀 없다는 걸 알 수 있었다. 소년은 출퇴근 시간대의 카이로 택시 운전자처럼 요란하게 경적을 울리며 차, 트럭, 행인들로 혼잡한 거리를 뚫고 쌩쌩 지나쳤다. 기어를 바꿀 때마다 변속기가 갈가리 찢어지는 소리를 냈다. 40분 후, 우리는 기적처럼 멀쩡히 웨일러 광장에 당도했다.

주변을 둘러본 프리첸코와 나는 우리의 눈을 의심했다. 광장에 들어선 오래된 아르누보 건물들은 대부분 어느 정도 전소된 상태였다. 벽마다 곰보 자국처럼 남아 있는 파편과 총탄의 흔적이 이곳에서 치열한 전투가 있었음을 여실히 증명해 주었다. 나는 카펫에 남은 기분 나쁜 얼룩마냥 검게 그을린 곳을 말없이 가리켰다. 프리첸코가 몸을 숙여 표면을 긁더니 능숙하게 냄새를 맡는다. 그가 고개를 절레절레 흔들면서 중얼거렸다.

"네이팜탄이군."

대체 무슨 일을 하는지 건물 안은 사방으로 종종거리는 사무직 직원들로 가득했다. 우리가 한참 동안 머물며 기다린 작은 방은 이제 사람들의 기억 속에만 남아 있는 십여 개 연대의 깃발로 장식되어 있었다. 태양이 중천에 떴을 때쯤, 마침내 하사관 하나가 서둘러 우리를 어느 사무실로 안내했다.

대머리에 땅딸막한 체구의 오십 줄에 든 남자가 책상에 앉아 있었다. 창백한 피부 때문에 검은 턱수염이 도드라져 보였다. 턱수염은 그가 말할 때마다 위 아래로 움직였다. 이 건물에서 평상복을 입은 사람은 우리뿐이었기 때문에 제복을 입고 있지 않은 그의 모습에 놀랐다. 한꺼번에 두 대의 전화기를 들고 속사포처럼 통화를 하는 그의 두 손이 키보드 위를 날아다녔다. 그의 옆에는 비서 하나가 어마어마한 양의 서류 폴더를 붙잡고 씨름 중이고, 또 다른 비서는 정신 나간 사람처럼 보조 탁자에 쌓여 있는 서류 더미를 뒤지고 있었다. 사무실을 체계적으로 들락날락하는 사람들의 모습은 마치 훌륭하게 조직된 개미집을 보는 것 같았다. 남자는 끊임없이 전화기에 대고 명령조로 소리를 지르면서 나와 프리첸코를 향해 책상 앞 의자에 앉으라는 손짓을 했다.

우리는 남자의 통화가 끝날 때까지 기다려야 했다. 나는 그의 주변에 어지럽게 쌓여 있는 서류 더미에 눈길이 갔다. 거의 모든 폴더에 '2차 작전 군수 부대' 직인이 찍혀 있었는데 그런 이름의 부대는 한 번도 들어본 적이 없다. 남자가 전화상으로 하는 말을 들어보니 여기가 그 부대의 행정 본부인 모양이었다.

"루이스 비에나, 2차 군수 부대 행정 수반이오."

우리를 초대한 장본인인 그는 무뚝뚝하게 자기 소개를 하더니 다시 전화기 저 편에 있는 누군가와 몇 백 리터의 헬리콥터 연료 인수 건을 두고 입씨름을 계속했다. 그는 당장 연료를 받고 싶은데 상대방이 거절하고 있었다. 결국 그가 '대통령 우선권'이란 것을 내세우고 나서야 두 사람 사이에 합의가 이루어졌고, 그는 만족한 얼굴로 전화를 끊었다.

그리고 그렇게 앉은 채로 몇 초간, 그는 긴 생각에 잠겼다. 마침내 그가 눈을 깜박이더니 손수건을 꺼내 식은땀에 젖은 이마를 닦았다. 만면에 웃음을 머금은 그의 얼굴이 우리를 바라보았다.

"좋은 아침입니다, 안녕하십니까." 말이 청산유수로 쏟아졌다. "이렇게 오래 기다리시게 해서 정말 미안합니다. 이런 규모의 기지를 꾸려나가기가 어쩌나 힘든지…… 아주 죽겠군요. 아무렴요. 특히 자원도 적고 직원도 극소수라…… *직원이란 것들이……*" 그가 경멸조로 콧방귀를 뀌는가 싶더니 손을 과장되게 흔들었다. "오 물론, 대부분 좋은 사람들입니다. 남자나 여자나 열심히 일하고 헌신적이죠. 아주 헌신적이에요. 그럼요. 하지만 훈련이라든가 경험이…… 무슨 뜻인지 아시죠? 하룻밤 사이에 훈련을 다 받고 경험을 쌓을 순 없으니까요, 가당치도 않죠." 그의 손이 도끼처럼 허공을 가른다. "절대 불가능해요."

프리첸코와 나는 줄곧 입을 다물고 있었다. 지나치게 활동적인 그 자그마한 남자가 자리에서 일어나 문서 보관함을 이리저리 뒤지며 계속해서 목에 핏대를 올렸다. 우리의 이름이 적힌 폴더를 찾아내자 부채처럼 흔들면서 의기양양하게 우리 쪽으로 돌아왔다.

"정리. 정리와 체계." 그가 자랑스럽게 말했다. "그게 비결이죠, 그렇고 말고요."

그는 등을 기대어 앉으면서도 끊임없이 조잘거렸다. 그리고 책상 위에 산처럼 쌓여 있는 서류 더미에서 보고서 몇 개를 정신없이 뽑더니 가지고 온 폴더에 끼워 넣었다.

우리 이름을 큰 소리를 읽은 그는 이후 10분 동안 제법 두툼한 그 폴더를 면밀하게 살펴보았다. 이따금씩 '으흠'이나 '아하' 혹은 두어 번 놀란 듯이 '오'를 연발하며 우리의 얼굴을 번갈아 쳐다보기도 했다. 마침내 폴더를 책상 위에 내려놓고 안경을 벗은 그는 지친 눈을 문질렀다. 그리고 다시 말을 하기 시작했다.

특무 부대를 전담하고 있다는 그는 이후 장장 30분간, 우리에게 자기 자신에 대한 모든 이야기를 들려주었다. 그는 군에서 일을 하지만 이제는 군인이 아니기 때문에 제복을 입고 있지 않았던 것이었다. 대재앙 전에 그는 세계 최대 의류 기업 인디텍스의 임원으로 15년 넘게 사라고사에 있는 회사의 거대한 물류센터를 운영하고 있었다. 그러다 세상이 지옥으로 변하자 아내와 딸들을 데리고 카나리아 제도에 있는 자택에 들어와 조용히 휴가를 보냈다. 그리고 붕괴되는 세계와 언데드의 손아귀에 스러진 인류, 엄청난 충격을 받은 채 섬에 도착하는 생존자들을 무력하게 지켜보았던 것이다. 처음에는 생존자들이 밀물처럼 모여들었다고 했다. 폭우 같던 그 기세가 점차 낙숫물이 되었고 우리를 끝으로 아예 멎었다. 일단 기반을 잡고 난 군대는 그를 군수 장교로 뽑아 무너진 보급망을 정비시켰다. 그야말로 엄청난 양의 자원을 정리한 경험이 있는 이력을 감안하면 그가 유일한 적임자였다. 그리고 지금까지 일을 아주 훌륭하게 처리해 왔다.

나는 수다스럽고 극도로 들떠 있는 상태의 이 남자가 부러웠다. 카나리아 제도의 자택에서 가족들에 둘러싸여 평화롭게 대재앙을 이겨냈을 뿐만 아니라, 언데드와 그 모든 엿 같은 것들로부터 몇 백 킬로미터 떨어진 책상에 앉아 편안하게 일하고 있지 않은가. 그동안 우리가 겪은 일에 비하면 식은 죽 먹기다.

저 남자는 아니겠지만 프리첸코와 나는 곧 그 엿 같은 것들의 냄새를 지척에서 맡게 될 것이다. 직감이 왔다.

TSJ는 이용가치가 없는 이들과 범죄자들만 죽인 것이 아니었다. 사회의 생존에 필수적인 지식과 기술이 수많은 사람들과 함께 죽었다. 엔지니어, 건축가, 농학자, 의사, 파일럿, 의사, 군인들…… 모든 분야에서 엄청난 수가 사람들이 사라졌다. 특히 군인들의 타격이 아주 컸다. TSJ와의 전투에 패배하면서 최전방을 사수하던 막대한 수의 의료진과 군인을 잃었다. 정부는 가능한 빨리 군대와 의료진을 재건하려 했지만 시간이 걸렸다.

그 때 우리가 온 것이다. 프리첸코는 얼마 남지 않은 헬리콥터 조종사로 그의 오랜 비행 경험 때문에 매우 중요한 존재가 되었다. 나의 경우, 언데드에 감염된 지역을 일컫는 군대식 표현으로 말하자면, '황량한 서부'에서 일 년이 넘는 시간을 보냈다는 사실 때문에 순식간에 '노련한 베테랑'으로 둔갑되었다. 내가 열악한 환경에서 살아남거나 경험이 적은 팀원을 보호할 수 있을 거라고 기대하는 모양이었다.

비에나가 말을 하면 할수록 얼굴에 핏기가 가시는 느낌이 왔다. 농담이겠지. 내가? 노련한 *베테랑*? 겁먹은 토끼마냥 여기저기 뛰어 도망 다니고 메익소에이로 병원 지하실에 숨으며 일 년을 보냈는데! 난 람보가 아니라고!

나는 그런 점을 들며 비에나 씨에게 정중하게 설명했다. 그리고 혹시 그가 아직 눈치를 못 챘나 싶어서 빅토르 프리첸코가 뛰어난 조종사임은 확실하지만 폭발 사고 당시 손의 절반을 잃었다는 사실도 짚어주었다. 우리는 당신네들이 생각하는 사람이 아니라 새로운 삶을 시작하고 싶은 지친 생존자들일 뿐이다. 우리에게 무슨 일을 맡기든 하겠지만 군인이 될 수는 없다. 세상의 금을 다 준다고 해도 소위 황량한 서부로 돌아갈 일은 없을 것이다. 나는 이 모든 이야기로 일장 연설을 한 뒤 의자에 기대어 앉아 그의 안색을 살폈다.

비에나는 잠시 굳은 표정으로 우리를 바라보더니 헛기침을 했다.

"신사 분들, 오해를 하신 것 같군요. 저는 저보다 훨씬 높은 상부의 지시를 전달하는 것뿐입니다. 혹시라도 대재앙 전의 평화로운 삶을 되찾을 수 있다고 생각하신다면, 재고하십시오. 세계는 완전히 달라져버렸고 그 변화가 우리 모두에게 영향을 미치고 있죠. 우리 모두에게요. 여러분들도 포함해서 말입니다, 신사 여러분." 그가 프리첸코에게 말했다. "그리고 프리첸코 씨는 아주 곤란한 상황에 처해 계십니다. 이 섬에서 가장 노련한 조종사라는 것은 명백한 사실이고 우리에게 훌륭한 파일럿이 필요하다는 건 신도 아시죠. 하지만 수녀와 얽힌 그 불미스러운 사건이 있지 않습니까."

프리첸코가 러시아어로 욕을 퍼부었고 나는 책상을 넘어 달려들려는 그의 팔을 붙잡았다.

"그래서 상황이 다음과 같이 변했습니다." 비에나는 프리첸코의 반응에 아랑곳하지 않고 고개를 주억거리며 깊은 생각에 빠졌다. "만약 프리첸코 씨가 군수 부대에 자발적으로 입대를 한다면 저희도…… 이걸 어떻게 말하면 좋을지……. 갈리시아호 일에 관련된 모든 당사자 간에 합의 가능한 해결책을 찾아드릴 겁니다. 재판도 없을 것이고 모든 혐의가 벗겨지죠."

"당신의 경우는." 그가 이번에는 내 쪽을 보았다. "우리가 그 괴물들과 맞설 경험자를 얼마나 필요로 하는지 잘 아시겠지요. 저 황량한 서부에는 기습 부대원들도 많아야 서너 번밖에 안 다녀왔을 겁니다. 그런데 당신과 당신 친구 분은." 그는 말을 끊고 내 파일을 들춰보았다. "자그마치 일 년 넘게 그곳에서 살아남았어요. 우리들 중 누구도 불가능한 일입니다."

그가 미소를 지었다.

나는 할 말을 잃고 가만히 앉아 있었다. 그가 말하는 것을 듣고 보니 이해가 되었다. 그들이 프리첸코의 급소를 쥐고 있기 때문에 프리첸코는 어쩔 수 없이 받아들여야 할 것이다. 내 유일한 친구를 배신하자니 가슴이 먹먹했다. 게다가 내가 그 임무를 거절하면 여기서 대체 어떻게 살아가야 할지 대책이 없었다. 어디 가서 물어봐도 변호사가 필요하다는 이야기는 못 들었다.

나는 프리첸코를 쳐다봤다. *다른 선택의 여지가 있나?* 그의 눈이 말했다.

"적어도 우리는 같이 있는 거네. 그렇지?"

그가 내 어깨에 손을 올리며 물었다.

"물론이야, 프리첸코. 걱정 마."

나는 괴로운 기색을 감추며 대답했다. 가슴이 견딜 수 없이 방망이질했다. 다시 그 망할 곳으로 가야 한다니.

"좋습니다, 신사 분들!" 비에나가 손뼉을 쳤다. 그가 재빨리 무슨 양식에 서명을 하더니 우리 앞에 놓으며 서명을 청했다. "이곳을 나가시면 여러분을 해당 그룹의 본부로 데리고 갈 겁니다. 집에서 챙겨야 할 것이 있다면 바로 처리하시는 것이 좋아요." 그가 안경 너머로 우리를 넘겨다보았다. "내일 반도로 떠납니다. 거기서 뭘 찾게 될지는, 여러분에게 굳이 말할 필요 없겠죠."

20

그날 아침은 카나리아 제도에 어울리지 않게 추웠다. 하늘에는 금성이 반짝였다. 우리 조는 레이나 소피아 공항의 차가운 콘크리트 바닥에 서서 발을 동동 구르고 손을 비비며 냉혹한 추위와 싸우고 있었다.

루이스 비에나와의 면담이 끝난 뒤, 우리에게는 고작 집에 달려가 몇 가지 소지품을 챙기고 루시아에게 작별 인사를 할 정도의 시간만 허락되었다. 더욱이 루시아에게 프리첸코와 내가 '징집'되어 지원 병력의 일원으로 반도에 돌아가게 되었다고 말해야 하는 최악의 상황이었다. 그 몇 시간 동안 나의 사랑스러운 소녀는 슬픔의 일곱 단계를 한 번에 거쳤다. 분노, 분개, 눈물, 또 분노. 그리고 그녀는 마침내 상황을 체념했다. 오늘 아침 내게 작별인사를 하던 그녀는 마음이 멀어진 듯 냉정해 보였다. 그녀를 비난할 수 없는 일이다.

사실 그녀는 일이 이렇게 된 데에 내 탓을 하지는 않았지만 우리 사이에 왠지 벽이 생긴 느낌이 들었다. 이유는 누가 봐도 명백한데 나는 단번에 이해하지 못했다. 결국 프리첸코가 직접 설명을 해 주었을 때야 나도 그 이유를 알게 되었다. 루시아는 자신이 사랑했던 사람들을 순식간에 잃은 끔찍한 트라우마가 있다. 이제 그녀에게 남은 가족은 프리첸코, 세실리아 수녀, 그리고 내가 전부이다. 그런데 수녀는 사경을 헤매고 있고 우리는 너무나 위험한 여정을 떠나려고 한다. 루시아는 비고에서의 끔찍했던 시절을 또 한 번 겪게 될까봐 두려운 것이었다. 그런데 멍청하게도 나는 그녀가 내게 화가 났다고 생각했으니.

이런 바보 같은 놈! 그녀를 감싸 안고 걱정하지 말라고, 세상 무슨 일이 있어도 집으로 돌아오겠다고, 모든 일이 다 잘 될 거라고 말해줬어야 했는데 그럴 기회가 있을 때 하지 못했다.

이후 몇 시간 또한 녹록지 않았다. 우리는 테네리페 북 공항에 있는 기지에서 팀에 합류했고, 임무 중에 사용할 무기로 훈련도 받았다.

15분 전 쯤, 제복을 잘 갖춰 입은 장교 하나가 우리를 공항 끄트머리에 있는 빈 격납고로 데려갔다. 그는 URO 험비의 지붕에 올라서서 우리의 임무를 발표했다. 그가 말을 하면 할수록 끔찍한 기억이 되살아났다. 차라리 이 모든 것이 잔인한 장난이었다면 좋았을 것을. 하지만 이건 실제 상황이다. 끝장이다. 그들은 정말로 우리를 반도에 돌려보낼 심산이었다. 유럽에서도 가장 위험한 곳 중 하나인 마드리드로.

마드리드는 한적한 곳도 세상의 한 구석에 버려진 곳도 아니었다. 대재앙 전에는 교외에 이르기까지 육백만 명에 육박하는 인구가 살던 도시였다. 그 곳에서 섬으로 피난을 온 사람들은 고작 1만 5000명이었으니 수백만의 언데드가 바글거리며 우리를 기다리고 있는 셈이다.

"우리의 목표는 다섯 개 난민촌 중 하나인 제3 피난처다." 장교가 소리쳤다. "언데드의 공격을 받고 나흘 만에 무너졌다고 한다. 75만 명 이상이 목숨을 잃었다."

그는 그 무시무시한 숫자가 와 닿는 듯 한동안 우리들을 둘러보았다.

"너희들은 전쟁터를 구경하러 가는 것이 아니다! 그 피난처 안의 제일 큰 건물. 사무실, 가게, 카페, 기숙사까지 들어서 있는 라 파즈 종합 병원이 목표다. 병원 바로 옆에 마드리드 최대의 약품 창고가 있다. 비행기로 다른 피난처들에 약품을 보급하던 보급처였는데," 그의 말이 잠시 멎었다. "불행하게도, 언데드에게 휩쓸리는 바람에 그 계획이 좌절되었다."

나는 프리첸코를 바라보았다. 그도 나처럼 장교의 설명에 몰입하고 있었다. 그의 말이 사실이라면 그 혼란스러웠던 최후의 며칠 간 베이엘, 파이저 등 근처의 제약업체 창고에서 몰수한 수 톤의 약품이 아직도 거기에 남아 있는 것이 분명하다. 의약품은 연료나 무기 못지 않게 중요하다. 어쩌면 그런 것보다 훨씬 더 중요한 것일 수 있다. 우리의 보건 체계는 의료진의 부족으로 이미 위태롭지 않은가. 약품이 없다면 18세기로 회귀하게 될 것이다. 테네리페에 있는 병원의 상황은 암담했다. 항생제, 인슐린, 혈청, 마취제, 진통제, 진정제. 필요한 약품 목록을 대라면 끝이 없다. 보급품은 바닥이 나고 있는데 생산량이 수요를 감당하지 못하고 있다. 무엇보다도 재료나 노하우가 부족해서 만들어내는 것 자체가 불가능한 의약품이 문제였다. 달리 방도가 없다. 우리가 그곳에 가야만 한다.

다른 섬에 있는 병원은 언데드에 감염되었거나 우리 같은 팀이 가서 다 쓸어왔다고 했다. 더 심각한 건, 그 와중에 생긴 사상자의 수가 엄청났던 것이다. 그래서 이번에는 크게 한 탕을 노리려는 심산이었다. 그곳 마드리드에서.

통신 체계가 무너지기 전에는 스페인과 프랑스가 정찰 위성인 헬리오스 2 위성을 공유했다. 중앙 제어국은 프랑스에 있고 스페인 반도에 부 제어국이 하나 더 있었다.

몇 남지 않은 컴퓨터 프로그래머들이 몇 번의 시도 끝에 마침내 그 부 제어국을 테네리페에 복제할 수 있었고 헬리오스 2 위성의 카메라가 우리의 눈이 되어 남유럽을 보고 있는 것이다. 사실, 그들이 아무 문제없이 위성을 제어할 수 있게 되었다는 말에, 나는 프랑스가 그 위성에 아무 관심이 없거나 중앙 제어국에 남은 사람이 아무도 없을 거라는 확신이 들었다.

항공사진 상으로 보면 마드리드는 도시의 대부분이 고스란히 남아 있지만 어떤 지역들은 흔적 없이 불타 사라져 있었다. 창고 건물은 아직 그대로 남은 것이 보이는데 거기에 가서 뭘 맞닥뜨리게 될지 누가 알겠는가?

해가 완전히 뜨기 전의 어스름 속에서 우리는 에어버스 A-320기를 타고 반도로 향했다. 좌석은 거의 다 뜯어내고 엄청난 크기의 화물선으로 개조한 비행기였다. 목적지는 콰트로 비엔토스 공항. 수도에서 십여 킬로미터 떨어진 군용 비행장이었다. 비행장을 둘러싸고 있는 철망이 온전한 상태임을 몇 개월 전에 위성을 통해 확인했다고 한다. 게다가 그 곳에서는 어떤 움직임도 보이지 않았다고. 수 주간 지켜본 결과, 공항 시설이 텅텅 비어 보이니 아마도 안전하리라 결론을 내린 모양이다. *아마도* 라는 말이 내게는 아주 거슬렸다.

공항에 접근하는 유일한 방법은 주 건물을 통하는 것뿐이었다. 마지막 교신에서 피난처가 무너지고 있고 비행장이 굳게 잠겨 있다고 했으니 그 말대로라면 공항은 안전하고 비어 있을 터였다.

우리의 첫 번째 목표는 공항을 확보하는 것이다. 임무 완수를 위해서 스페인 외인부대 생존자 몇 명으로 이루어진 소대가 함께 가기로 했다. 실전으로 단련된 완전무장한 특공대원들이었다. 일단 공항을 확보하면 그들이 주변을 둘러서 봉쇄할 것이다. 그 다음은 우리 차례. 정말로 힘든 일은 그 때부터다.

21

"젠장!"

루시아는 우유가 끓어 넘치는 걸 막아보려고 냄비를 난로 위로 들어 올렸지만 그 와중에 우유를 반이나 흘리고 말았다. 탄 우유의 톡 쏘는 냄새가 순식간에 방 안에 퍼졌다.

눈물이 왈칵 쏟아졌다. 이런 바보 같으니! 잠시 한눈을 팔았던 것이다. 우유 배급이 얼마나 엄격한지 그녀는 너무나 잘 알고 있었다. 2주마다 한 사람당 1리터만 배급된다. 그런데 딴 짓을 하느라 거의 반 리터를 쏟아버렸다. 어쩌면 그렇게 멍청할 수가 있을까? 대체 어디서 우유를 더 얻는단 말인가?

풀이 죽은 그녀는 의자에 주저앉아 주변을 둘러보았다. 카나리아 제도에 도착한 뒤로 모든 일들이 끝도 없이 잘못되어갔다. 우선, 그 망할 배의 작은 방에 갇혀 검역을 당하느라 앞으로 어떻게 될지도 모른 채 한 달을 보냈다. 땀에 절어 숨을 헐떡이며 한 밤중에 잠을 깰 때면 사방의 벽들이 그녀를 향해 밀려오는 것만 같았다. 반복되는 일상에 휴식이라고는 귀신 같은 보호복을 단단히 감싸 입은 의사들이 검진하러 올 때뿐이었다. 그러다가 어느 날 갑자기 풀려나게 되었다. 그리고 그녀는 경비원들이 세실리아 수녀를 때린 것에, 그것도 나치 강제 수용소의 가학적인 간수들처럼 사람이 거의 죽을 정도로 때렸다는 데에 치를 떨었다.

그녀 일행은 뭍에 닿자마자 그 경비원을 고발했지만 3주가 지나도록 아무 일도 일어나지 않았다. 산사태처럼 밀려드는 피난민을 정착

시키고 최소한의 배급을 하는 것만으로도 섬에 있는 관료들 수가 모자랐다. 범죄 혐의를 조사할 만한 인력도 시간적 여유도 없었다. 그리고 그들이 따질 수 있는 상황은 그녀가 기절하기 전에 본 것이 전부였다.

그 모든 것이 벌써 거의 한 달 전의 일이 되었다. 그날 이후로 수녀는 섬에 있는 혼잡한 병원 중 한 곳에서 생사를 오가고 있다. 몇 안 되는 인원으로 격무에 시달리는 의사와 간호사와 지친 자원봉사자가 비품도 없이 돌보고 있는 아프고 상처 입은 수천 명의 환자들 중 하나가 된 것이다.

그리고 망할 놈의 아파트! 대재앙 전, 루시아는 부모님과 함께 커다란 3층집에 살았다. 지금 살고 있는 아파트는 그에 비해 크기도 작고 가구가 하나도 없다. 그녀는 수십 명의 사람들이 매우 협소한 공간에 처박혀 있던 영화 「쉰들러 리스트」의 크라쿠프 게토를 떠올렸다. 테네리페에는 벽도 경비원도 없지만 숨 막히는 느낌은 게토와 완전히 똑같았다.

그들은 운 좋게도 '좋은' 구역에서 살게 되었다. 프리첸코가 섬에 얼마 남지 않은 파일럿으로 필수 인력에 분류된 덕분에 어느 정도 혜택을 받을 자격이 세 사람 모두에게 생긴 것이다. 더 나은 배급을 받고 바퀴벌레가 적은 '고급' 아파트에서 살게 되었다. 이보다 험한 상태의 초만원 아파트에서 사는 사람이 수천 명이나 된다는 것을 루시아도 알고 있었다. 제일 후미진 동네까지 피난민들로 꽉 들어찼다. 기아는 거주지와 분류에 관계없이 누구에게나 위협이 되었다. 암시장에 연줄이 있거나 팔만한 물건이 있는 게 아니라면 모두가 마찬가지였다.

루시아도 남자친구와 프리첸코가 곁에 있을 때에는 안전하다고 느겼기 때문에 2톤짜리 판에 깔리기라도 한 것처럼 끔찍한 생활 형편을 푸념하지 않았다. 당시에는 그녀가 싫어하는 모든 문제에서 차단된 채 속 편하게 지낼수 있었던 것이다. '변호사 양반'과의 짧고도 즉흥적인 신혼 생활에 마음이 온통 쏠려 있기도 했다. 그녀가 그에게 그런 별명을 지어 준 이유는 그가 늘 이곳 체계의 부당함과 여기 정부에서 발표할 필요가 있는 문제점에 대해 장광설을 늘어놓았기 때문이었다.

루시아는 로맨틱한 열일곱 살 소녀들이 으레 그렇듯 사랑에 푹 빠져 있었다. 밤이면 이따금씩 그가 깰세라 가만히 침대에 누운 채, 괴물들에 시달리는 건지 뭔지 모를 악몽에 뒤척이는 그의 모습을 지켜보곤 했었다.

루시아는 자신이 그에게 최고의 치료약인 것을 알고 있었다. 섬에 도착한 뒤부터 그는 잠을 점점 더 잘 자게 되었고 심지어 잠결에 웃은 적도 두어 번 있었다. 그런데 갑자기, 그와 프리첸코가 제대로 작별인사를 할 겨를도 없이 떠난 것이다.

세 사람 모두 조만간 정부가 '헬리콥터 타고 온 자들'을 징집해서 필수 보급품인지 하는 신이나 아실 뭔가를 찾으러 반도에 보낼 걸 진즉 알고 있었지만 그렇다고 해서 작별이 쉬워지지는 않았다.

그녀는 수백 킬로미터 내에 언데드가 얼씬도 않는, 경찰과 군인이 가득한 섬에 남겨지면서도 어느 때보다 더 두려웠다. 이 악몽 같은 일이 시작된 이래 처음으로 혼자 남겨진 그녀는 이제 오롯이 자신에게 의지해야 했기 때문이다.

문을 두드리는 소리에 정신이 든 그녀가 천천히 문 쪽으로 걸음을 옮겨 건물 관리인 로자리오 부인과 대면했다. 자그마한 체구에 뚱한 표정의 오십 줄에 든 여자로 다리에는 끔찍한 정맥류가 있었다. 푸르스름한 회색 머리칼을 정수리에 단단히 틀어 올린 부인은 거친 갈색 천으로 만든 드레스를 입어 실제보다 훨씬 날씬해 보였다. 로자리오 부인이 자그마한 올빼미 눈으로 루시아를 유심히 살피더니 집안을 힐긋거렸다.

"괜찮니, 얘야? 목소리가 들린 것 같아서 말이야."

"걱정 마세요, 로자리오 씨." 루시아는 문을 당겨 반쯤 닫으며 문밖으로 나갔다. "아무 일도 없어요. 그냥 우유를 좀 쏟았을 뿐이에요."

정부로부터 '건물 대표'라는 직함을 받은 로자리오 부인은 플라스틱 배지를 자랑스레 달고 있었다. 사방에 밀고자들이 널렸다는 사실은 루시아가 무엇보다 가장 먼저 배운 것이다. 지난주에는 섬의 북쪽 끝에 있는 농장 중 한 군데에서 일하는 농업 기술자인 이웃 사람 하나가 계단에서 그녀를 불러 세웠다. 그의 말에 따르면 로자리오 부인은 정부로부터 감독을 승인받은 이 빌딩의 공식적인 정보원이었다. 동독에서 건물마다 '건물 대표'를 두었던 것처럼 말이다.

"그뿐만이 아니야." 그가 조심스럽게 주변을 살피더니 덧붙여 말했다. "건물 대표 말고도 여기는 수십, 아니 수백 명의 밀고자들이 잠복해 있거든. 네 남자친구나 룸메이트도 알고보면 정보부 일을 하고 있을지도 몰라. 꼭 옛날 GDR(옛 동독의 독일 민주 공화국. ─옮긴이)의 망할 슈타지(Stasi. 비밀경찰 ─옮긴이) 같단 말이지."

그의 씁쓸한 말투가 아직도 루시아의 머릿속을 울렸다. 전에는 그다지 주의를 기울이지 않았었다. 그런데 이제 보니 다들 거의 집착에 가까운 피해망상에 빠져 있었다. 그녀는 그가 전해준 은밀한 이야기를 사방에 만연한 음모에 시달린 늙은이의 악다구니 정도로 치부했었다. 그런데 이제 보니 그의 말이 옳았다. 그에게 그 말을 직접 해 줄 수 없어서 안타까웠다. 그는 이틀 전에 다른 거주 단지로 '이주'되어 갔기 때문이다. 거주지 이전은 흔히 있는 일이었지만 새벽 4시에 말이 끄는 버스도 아닌 군용 트럭으로 이주된 것으로 보아 속내를 털어놓을 이웃 사람을 잘못 고른 모양이었다.

"잊지 말아, 젊은 아가씨. 이 구역은 4시 이후에 방문객을 들이면 안 돼." 로자리오 부인이 거슬리는 목소리로 말을 이어갔다. "손님이 있으면 반드시 보고를 해야 해."

"직접 보세요. 여긴 아무도 없어요."

루시아는 마지못해 투덜거리면서 문을 활짝 열어 여자가 안을 들여다보도록 했다. 바로 그 때, 루쿨루스가 몸집과 다르게 쏜살같이 어두운 복도에서 모습을 드러내더니 루시아의 다리를 스치며 아파트 안으로 미끄러지듯이 들어왔다. 어딘지는 몰라도 산책을 다녀온 모양이었다.

역겹다는 표정으로 방안에 퍼진 냄새를 맡는 로자리오 부인의 모습은 루시아에게 너무나 웃겨보였다. 노파의 얼굴은 마치 길가의 냄새 고약한 똥에 코를 대고 킁킁거리는 불독을 연상시켰기 때문이다.

루시아는 가까스로 터지는 웃음을 참았다. 이 노인네와는 문젯거리는 지금 있는 것만으로도 충분했기 때문에 거기에 굳이 하나를 더 추가하고 싶지 않았다. 루시아는 새로 온 거주자이고 '필수' 구역의 거주 단지에서 직업이 없는 유일한 사람이었다. 그런 이유와 아울러 테네리페에서 스튜가 되지 않은 애완동물을 기르는 몇 안 되는 사람이라는 점 때문에 부인은 관리자로서 유독 그녀에 대해 의구심을 갖고 있었다.

그녀의 남자친구와 프리첸코가 아파트에 같이 있을 때는 로자리오 부인도 거리를 두었지만 두 사람이 영장을 받고 나자 가차 없는 공격이 시작되었다. 그녀의 아파트는 특히 탐이 날 만했기 때문에 루시아는 로자리오가 어떻게든 자기를 정당하게 쫓아낼 일말의 꼬투리라도 잡으려는 거라고 의심했다. 그게 아니라면 이 노파는 자기보다 어리고 예쁜 여자에 대한 증오심이 있는 것이다. 어쨌든 조심해야 했다.

"아무 일 없어요. 맹세해요." 루시아는 억지 미소를 지으며 다시 한 번 말했다. "이제 곧 나가봐야 해요. 병원에 가야 하거든요. 아시잖아요. 제 일이요."

"그래, 그래, 물론 알다마다. 병원 말이지." 박쥐 같은 노파가 머리를 흔들더니 *네가 어디 날 속여*라는 표정으로 말을 이었다. "남편이 병원 일을 구해주었다니 잘 되었어. 그 덕에 네 어머니도 돌볼 수 있고 농업 여단 의무에서 제외되었으니까 말이지. 고운 손을 괭이질하느라 망가뜨렸으면 어쩔 뻔했니, 애야."

"그 분은 제 어머니가 아니라 수녀님이세요." 루시아가 가방을 들고 문을 닫고 나오면서 콕 집어 말했다. 로자리오는 나무라도 된 듯 복도에 못 박혀 있었다. 노파를 지나가려면 그 늙은 잔소리꾼을 옆으로 밀쳐야 하는 상황이었다. 진한 향수와 퀴퀴한 땀 냄새가 끼쳤다. "그리고 남편이 아니라 남자친구예요. 제 일에 대해서는……."

"오, 구차한 변명은 집어치워." 표독스럽게 쏘아보던 로자리오의 목소리가 바뀌었다. "정보부는 속였을지 몰라도 나는 못 속여! 너와 네 친구들은 어느 날 갑자기 나타나서는 반도에서 왔다고 우겼잖아! 그리고 넌 이 좋은 곳에서 살게 되었지. 너보다 더 나은 사람들이 허리가 끊어져라 밭일을 하고 있는데도! 하! 이런 망할 경우가 다 있나! 네가 추잡한 프로일리스트 스파이라는 걸 모를 줄 알고! 알겠어? 프로일리스트, 바로 너잖아!"

루시아는 계단을 내려오는 내내 관리인의 고함치는 소리를 들을 수 있었다.

"프로일리스트, 이 쓰레기야!"

하지만 그녀는 전혀 신경 쓰지 않았다. 그런 말은 전에도 들은 적이 있었다. 그녀는 노파가 신고를 할 어떤 구실도 주지 않았지만 자신이 계속해서 감시당하는 것을 알고 있었다. 그리고 스파이는 로자리오 하나뿐만이 아닐 것이다. 누군가 자신을 미행하는 것도 알았다. 하지만 그녀는 프로일리스트가 아니었다. 자신이 아는 한은.

22
마드리드

이 냄새⋯⋯. 화장용 장작더미에 던져진 수십 구의 시체에서 살이 타는 냄새가 났다.

고기를 구울 때와 같은 냄새가 아닐까 했는데 더 자욱하고, 진하고, 약간 맵싸하다. 마치 우리의 코가 예사롭지 않은 냄새라는 걸 눈치 채기라도 한 것처럼 거북했다. 이상한 건, 5분 정도 지나 냄새가 익숙해질 쯤, 비행기에 잠시 들어갔다가 밖으로 나오면 그 냄새가 다시 공격해 오는 것이다. 숨이 막힐 것 같았다.

나는 에어버스 계단에 앉아 외인부대가 활주로 끄트머리에 있는 구덩이 속으로 연이어 시체를 던지는 모습을 지켜보았다. 맨 처음 던진 시체는 가솔린으로 흠뻑 적셔 불을 붙이는 데에 사용했다. 그 다음부터 화염 속에 던져진 새로운 시체들은 지방을 연료삼아 불길을 더욱 거세게 만들며 타올랐다.

여기에 온 지 고작 세 시간밖에 지나지 않았다는 사실이 믿기지 않았다. 흡사 한 세기를 보낸 기분이었다. 낮게 웅웅대는 소리를 들으며 비행을 했더니 이상하리만치 마음이 진정되었다. 그때는 우리 모두 다 기이할 정도로 의기양양해 보였다. 나는 이내 그 이유를 깨달았다. 우리가 언데드로부터 안전한 지상 수백 미터 상공에 있었기 때문이었다. 그 망할 것들의 손이 우리에게 닿기란 불가능하다는 것을 알고 있었기에 전 대원이 긴장을 풀고 있었다.

그건 마치 공포 영화를 보면 흉가의 참혹한 밤에서 살아남은 배우들이 다음 날 한낮에 현관에 둘러앉아 잡담을 나누는 장면 같은 휴식이었다. 하지만 대개 그런 휴식은 더욱 경악스러운 밤의 서곡일 뿐이지 않던가. 우리가 맞게 될 상황도 그럴까?

우리 그룹은 20명이 외인부대, 2명이 장교, 2명이 민간인이고 거기에 기장과 부기장까지 포함된다. 말솜씨가 번드르르한 작전 장교는 우리 그룹을 '침투 조'라고 불렀다. 애써 명랑한 척하는 모습이 누가 보면 지옥의 중심부로 가는 것이 아니라 정규 항공편을 타고 적도 상공을 날고 있나 싶을 것이다.

지휘관은 놀라운 사람이었다. 이름은 커트 탱크인데 우리더러 자신을 하웁트만 탱크나 그냥 탱크로 불러달라고 했다. 세상이 붕괴되기 전에 그는 독일군에 있었다. 대재앙은 수많은 그의 동포를 덮쳤듯 카나리아 제도의 별장에 있던 그를 덮쳤다. 살아남은 이들이 아무도 없기 때문에 돌아갈 고향이 없어진 탱크는 다른 외국인 군인들을 따라 생존자 군대에 입대했다. 모험천만하고 위험한 일임은 말할 것 없지만 최소한 무장을 하고 스스로를 방어할 수 있다는 생각에서였다.

그렇게 군대 냄새가 물씬 느껴지는 이름을 가진 사람이라면 풍채도 당당할 거라고 생각하겠지만 그는 전형적인 아리안 인과는 거리가 멀었다. 창백하고 깡마른 체구인 그는 초록색 눈으로 사람을 뚫어지게 쳐다보곤 했다. 찬찬하고도 절제된 태도 때문에 유연하고 온화한 사람이라는 인상을 주었다. 그리고 실제로도 그랬다. 우리 팀의 외인 부대원들과 함께 담배를 피우면서 상상조차 할 수 없는 상황에서 부대원들을 이끈 그의 무용담을 들었다. 두 달 전에 카디즈에서 '침투 임무'를 지휘할 때였는데 그와 두 명의 대원만이 살아남았다는 것이다. 그는 진정한 터프 가이였다.

콰트로 비엔토스 공항에 착륙하는 것부터가 실전 경험이었다. 20세기 초에 세워진 공군 기지다 보니 에어버스 A-320처럼 커다란 민간 항공기가 착륙하기에는 활주로가 너무 짧았다. 하지만 우리에게는 어떤 규제도 따라야 할 비행 계획도 없었다.

엄청난 항의를 받을 염려 없이 낮은 고도로 도시 상공을 날아 최대한 감속하여 착륙 가능성을 높이면서 공항에 접근했다.

기체가 쥐 죽은 듯이 고요하고 황폐한 마드리드 교외 상공을 약 90미터 선회하며 지상으로 내려갔다. 창밖으로 수백 년 된 수도를 둘러싸고 있는 거대한 베드타운들이 보였다. 그런 지역은 원래 거주민 대부분이 도시로 출근한 낮 시간대에 아주 조용하게 마련이다. 하지만 인기척이 전혀 느껴지지 않으니 뭐라고 말로 표현하기 힘든 기분이었다. 아까까지도 주고받던 농담은커녕 웃음기마저 싹 가셨다. 기름처럼 짙고 걸쭉한 침묵이 퍼지면서 모두의 가슴 속에 끈적끈적한 공포가 자리 잡았다.

이런 상황에 대응하는 사람들의 방식이 놀라웠다. 군인들은, 지난 수 세기 동안 여느 군인들이 그랬듯이, 적어도 겉보기에는 제법 담담하게 받아들이는 눈치였다. 대부분 정성 들여 장비 점검에 몰두했다. 1조에 있는 외인 부대원 넷은 구석에서 낮잠을 자며 마지막이 될 이 평온한 때를 만끽하고 있었다. 그들은 가장 큰 위험 부담을 안고 공항 외곽 경비를 위해 제일 먼저 투입될 것이다. 일이 손 쓸 수 없게 잘못되어서 그들이 활주로와 공항 건물 일대를 지키지 못하게 될 경우에는 그들을 남겨둔 채 작전에서 철수하고 재빨리 이곳을 떠야 한다는 걸 우리 모두 알고 있었다.

내 친구 프리첸코처럼 군대 경험만 있는 다른 이들은 부산하게 움직이며 불안감을 쫓으려 했다. 침착한 우크라이나인은 껌을 불어 큰 소리로 터뜨렸다. 그는 면도날같이 날카로운 칼로 나무에 조각을 새기느라 정성을 쏟고 있었다. 비고에서 언데드를 죽이고 내 목숨을 살린 바로 그 칼이었다.

그의 옆에서 긴장한 듯 수다를 떨며 귀에 거슬리게 웃는 여자의 목소리가 아니었다면 두 사람을 눈여겨보지 않았을 것이다. 란사로테 공항의 죽음의 구렁텅이에서 우리를 빼내 준 마르셀로와 파울리 팀이었다. 그 때 우리와 같이 비행을 했었으니 침투 조 일도 함께 잘 하리라고 생각한 사람이 있었던 모양이다. 그들이 이 경악할 임무에 차출된 게 순전히 우리 때문이 아닌지 의구심이 들었다.

또 다른 민간인은 20대에 다부진 체격의 흑발 청년 다비드 브로토. 바르셀로나에서 온 조용한 녀석이다. 먼 곳을 응시하고 있는 그의 눈빛에 고통이 역력하다. 그도 다른 사람들과 마찬가지로 이 불운한 시대에 사랑하는 이를 잃고 극복하지 못한 것이리라.

생존자들 대부분이 그랬다. 그 총기 없는 눈을 자세히 들여다보기 전까지는 다들 평범하고, 건강하고 잘 극복해낸 것처럼 보인다. 먹고, 숨 쉬고, 말도 하고, 소리 내어 웃고, 심지어 농담도 하지만 그저 겉으로만 그런 동작들을 할 뿐이다. 다들 영혼이 죽어 있다. 완전히 망가지고 정신이 나가거나 상심한 나머지 살아야 할 이유를 찾고 있는 것이다. 이전의 삶의 방식도, 가족과 개인사도 잃고, 살아남은 죄책감에 시달리는 것 자체는 절대 극복할 수 없는 일이다. 그들에게는 그 무엇도 의미가 없다.

그런 상태를 두고 외상 후 스트레스라고 하는 이들이 있지만 다 헛소리다. 누구도 무엇이라고 정의내릴 수 없는 엄청나게 심각한 고통이기 때문이다. 그렇게 광범위한 감정적인 압박에도 불구하고 섬에서는 단 한 건의 자살도 없었다고 했다. 단 한 건도. 우리 생존자들은 공포에 시달리면서도 삶의 의지를 부여받은 이들이었다. 아니면 본능이라 할지. 어쩌면 신념일지도 모르겠다.

힘겹게 날던 기체가 끼익하는 소리를 내며 착륙 장치를 펼쳤다. 엔진 우는 소리가 두 옥타브나 올라갔고 짧은 활주로를 질주하는 내내 브레이크가 50톤의 A-320기를 멈추려고 굉음을 냈다. 나는 모두와 마찬가지로 그 소음이 이 도시에 가득 차 있는 언데드의 관심을 끌까 봐 염려스러웠다. 우리의 비행기는 건물 지붕에 닿을 만큼 아주 낮게 날아 포효하면서 잠들어 있는 수백 수천의 언데드를 깨우지 않왔던가.

벽에 걸린 전화기가 울렸다. 몇 미터 떨어진 조종실과 바로 연결되어 있는 전화였다. 하웁트만 탱크가 수화기를 들고 몇 번 고개를 끄덕이더니 퉁명스럽게 '고맙소.' 라고 말하며 전화를 끊었다.

"조종사의 보고에 따르면 1분 이내에 상륙이다!" 그는 엔진의 소음 때문에 소리를 질렀다. "흔들릴 거라고 하니까 벨트를 착용해라!"

나는 똥줄 당기게 겁이 나서 벨트를 한껏 조였다. 프리첸코는 러시아어로 뭐라고 중얼댔는데 아마도 조종사나 탱크의 어머니에 대한 욕이었을 것이다. 그게 아니라면 자신이 에어버스의 조종석이 아니라 우리들과 함께 순한 양처럼 잠자코 앉아 있어야 해서 화가 났을지도 모르겠다. 프리첸코는 당최 종잡을 수 없는 친구니까.

"비행기가 멈추면 1조는 즉시 자리를 잡는다!" 넘어지지 않으려고 짐칸을 붙잡고 있던 탱크가 거센 독일 억양으로 소리쳤다. "근방을 싹 쓸어서 확인해라. 움직이는 건 뭐든 쏴버려! 혹시라도 활주로에 있는 헬리콥터에 흠집이라도 냈다가는 내가 총질한 놈들 배를 따 주겠어! 알았나?"

스무 개의 목구멍에서 동의의 울음소리가 크게 터져 나오는 동시에 땀이 흥건한 스무 쌍의 손이 HK 소총 스무 자루의 공이치기를 당기고 헬멧을 조였다.

날카로운 충격에 모두가 휘청거렸고 곧이어 착륙 장치에서 끔찍한 비명 소리가 났다. 협소한 공간에서 거대한 에어버스를 멈추느라 엔진의 속도가 최대로 올라가자 굉음은 더욱 커졌다.

"너무 빨라."

프리첸코가 투덜거리며 우리 뒤로 스쳐가는 활주로를 바라보았다.

타이어에서 짙고 검은 연기가 피어올랐다. 조종사가 어떻게든 기체를 세우려고 바퀴의 잠금장치를 고정시켰다. 비행기가 산산이 부서질 것처럼 기내가 심하게 흔들렸다. 마찰 때문에 타이어가 찢어질 것 같다. 고무 타는 냄새가 지독했다.

그 속도로 펑크가 났더라면 기체가 엎어지면서 활주로를 굴러 통구이가 되었을 것이다. 겁이 나서 불알이 쪼그라들었다. 그랬다면 우리 모두 죽었겠지.

에어버스의 속도가 점점 느려졌지만 아직까지도 안심할 수 없는 굉음을 냈다. 화물칸에서는 고정이 풀린 뭔가가 바닥으로 떨어져 부딪히는 소리가 들렸다. 그리고 나서 더 이상은 아무 소리도 들리지 않았다. 마침내 구슬픈 비명소리를 남기며 비행기가 완전히 멈추었다. 혹사당하느라 지친 엔진이 여전히 웅웅거렸다.

외인 부대원들이 일사불란하게 움직이기 시작했다. 둘은 문을 맡고 세 번째 대원이 줄사다리를 활주로로 펼쳐 내렸다. 내가 눈을 세 번 깜빡이기도 전에 모두 미끄러지듯 사다리를 내려가 갈라진 활주로 바닥에 다다랐다.

그리고 몇 초 지났을까. 첫 번째 총성이 들렸고, 이어서 두어 번 기관총 사격 소리가 길게 났다. 활주로의 적막을 깨며 폭발음이 크게 울렸다.

이제 춤을 춰 보실까.

23

테네리페

아파트 건물을 나서는데 폭염이 루시아를 덮쳤다. 건물 앞에는 수십 명의 사람들이 끈기 있게 버스를 기다리고 있었다. 이따금 자전거가 한 대 지나가거나 기진맥진한 늙은 말이 재생 타이어가 달린 낡아빠진 짐차를 끌고 지나갈 뿐 차는 한 대도 안 보였다.

병원까지는 고작 몇 킬로미터 거리였지만 거기까지 가려면 정말 오래 걸렸다. 엄격한 연료 배급 때문에 도로에는 필수 업무로 바쁜 몇 대를 제외하고 차가 거의 다니지 않았다. 짐차를 끄는 동물들도 아주 극소수였지만 자전거는 훨씬 더 적었다. 바퀴와 페달이 달린 고물 자전거 따위, 대재앙 전에는 거들떠보지 않던 물건이었지만 이제는 거금의 값어치를 호가했다. 계엄령 하에서는 자전거 도둑을 중노동 형에 처했다. 휘발유 도둑은 더욱 가중한 총살형이었다. 사실상 가혹한 처벌이긴 하지만 취약하기 쉬운 섬의 법과 질서는 어떤 희생을 치르더라도 유지되어야 했다. 그렇지 않으면 붕괴뿐이다.

루시아는 시내로 데려다 줄 교통편을 기다리는 사람들의 줄에 합류했다. 오래지 않아 행운이 그녀에게 미소를 지었다. 예전에 코카콜라 회사의 배달용 트럭이었던 차가 느릿느릿 다가왔다. 섬에서 정제한 저질 디젤유 때문에 하늘색 연기를 자욱하게 뿜고 있었다. 화학 첨가제가 부족한 디젤유는 때때로 엔진 고장을 일으켰다.

없는 것보다야 낫지. 루시아는 그런 생각을 하며 재빨리 차에 올랐다. 트럭이 거칠게 덜컥거리며 출발했다. 그녀와 다른 승객들은 차

154

에서 떨어지지 않으려고 뭐든 잡고 매달렸다. 루시아는 몇 년 전 부모님과 휴가차 갔던 쿠바 길거리에서 본 그림 같은 소비에트 트럭과 버스의 모습을 떠올렸다. 당시에는 그렇게 웃겨 보이던 광경이었는데 이젠 그 비슷한 것도 탈수 있는 날이 오지 않을 것 같다. 이 역설적인 상황에 웃음이 번지면서도 전염병이 쿠바까지 삼켰을지 궁금해졌다. 당연히 그랬겠지! 그 망할 TSJ는 지구에서 제일 구석진 먼 곳까지 퍼졌으니까. 인류 역사상 가장 치명적인 역병이지 않은가. 카나리아 제도처럼 외지기로 손꼽을 만한 몇 곳만 겨우 살아남았으니.

그녀는 소문이 사실이라는 것도 너무나 잘 알고 있었다. 그녀와 그녀의 친구들이 유럽에서 카나리아 제도까지 살아온 마지막 생존자라는 소문 말이다. 그들 뒤에 남은 것은 죽음과 황폐함, 그리고 영원히 떠돌아다니는 수백만의 언데드뿐이었다.

그녀는 섬에 도착한 것이 기뻤다. 배급 체계와 과밀한 인구 때문에 천국 같은 삶은 아니지만 최소한 언데드 떼가 문을 부수고 들어와 자신을 죽일 거라는 두려움에 떨지 않고 밤잠을 이룰 수 있었다.

실제 상황은 이상과 아주 멀었다. 수천 명이 굶주림에 허덕이고 있었다. 정부에서 최선을 다하고 있지만 식량 공급은 위험하리만치 열악했다. 매일 한 무리의 고깃배가 만선의 희망을 품고 바다로 나갔다. 하지만 어획량은 변변찮다. 섬의 광범위한 지역을 밭으로 일구기도 했으나 수확량이 여전히 미미한 상태였다. 전문가들과 농부들이 열심히 애썼지만 화학 비료와 농약이 부족해서 풍작이 어렵다. 수많은 사람들을 먹일 만큼 작황을 내지 못하는 이유가 부실한 화산토 때문이라는 게 전반적인 분위기였다. 신선한 고기를 먹을 수 있는 이들은 극소수의 부유한 사람들뿐이었다. 대다수의 사람들은 광대뼈가 도드라질 정도로 말랐으며 눈빛은 기아로 가득 차 있었다. 넉넉하게 사는 이들은 아주 적지만 누구도 이 섬의 상대적인 안전을 포기하고 떠나겠다는 말은 않는다. 농담으로라도 절대.

그러고 나면 프로일리스트 문제가 남는다.

루시아는 사람들이 무미건조하게 '나머지들'이라고 일컫던 프로일리스트에 대해 말하는 이야기를 듣고 자신과 친구들이 얼마나 어리둥절했던가를 떠올렸다. 처음에는 여기 카나리아 제도 사람들이 언데드를 부르는 말인가 보다 생각했다. 그리고 그게 오해였음을 곧 깨닫게 되었다.

카나리아 섬이 생존자들로 넘치던 초기에 사람들은 고통스러운 현실에 직면했다. 구세계에서 알던 체계가 연기처럼 사라져버렸기 때문이다. 한동안은 다들 달라진 게 아무것도 없는 것처럼 행동했었다.

붕괴 전 대혼란의 와중에 대부분의 정부가 사라졌다. 고작 몇 안 되는 지역의 장관들과 수장들만이 안전하게 섬으로 올 수 있었다. 총리의 자동차 행렬이 관저가 있는 몽클로아 궁전에서 토레혼 데 아르도즈의 군 기지로 오던 어디에선가 사라졌다는 소문이 돌았다. 하지만 누구도 확신이 없었다. 반대 당의 대표와 그의 가족들은 항공사 경영주인 오랜 친구의 도움으로 이 섬에 도착했는데, 어쩌면 운명이 그리도 잔인한지, 그 대표는 몇 주 뒤에 교통사고로 사망해 버렸다. 왕의 아들이자 후계자인 아스투리아스의 왕자, 크리스티나 공주, 그리고 공주의 남편을 제외한 왕실 가족 대부분이 카나리아 섬으로 왔다. 그들의 운명은 지금도 미스터리로 남아 있지만 누구도 그들이 온전히 살아남을 거라고 생각하지 않았다.

처음에 후안 카를로스 왕은 이 곳에 정부를 세우려고 했다. 본토를 잃은 마당에 통치할 땅이 어디 있냐는 회의적인 의견에도 불구하고 몇 달간은 일이 잘 진행되는 듯했다. 그러던 어느 날 아침, 왕은 뇌졸중으로 화장실 바닥에 누워 죽은 채 발견되었다. 폐하께선 얼마 남지 않은 세계인이 보는 앞에 인류 최후의 국장이라는 미심쩍은 영광을 누렸다. 그 이후로 상황은 맨 처음 언데드의 공격을 받았을 때보다 더욱 혼란 일로로 치달았다.

정통 정부가 없어 따라야 할 지휘권을 잃은 군부는 행정부의 조력도 건강 관리 체계도 없이 백만이 넘는 사람들을 먹이고 보호해야 할 막중한 책임감에 어쩔 줄을 몰랐다.

그 와중에 일단의 장군들이 정면 돌파에 나섰다. 그들은 왕의 딸이자 다음 후계자인 인판타 엘레나를 스페인의 여왕으로 추대하고 테네리페에 있는 시청에서 대관식을 치렀는데 황급히 이루어진 일이라 그 사실조차 아는 이가 별로 없었다.

머지않아 그 대관식의 유일한 목적이 드러났다. 그들은 역병에서 살아남은 그란 카나리와 테네리페 두 섬의 통치 배후 세력으로서 자신들의 군사 정권을 합법화하려던 것이었다. 엘레나 여왕은 추대된 지 3주 만에 공동 농장에 방문을 갔다가 공산당원인지 그 잔당의 일원에게 시해 당했다.

혼란이 일었다. 14일간 섬은 제3공화국을 지키려는 자들과 엘레나의 아들, 그러니까 새 왕인 프로일란을 지지하는 무리 간의 폭동에 휩싸였다. 어느 한쪽이 승리하기에는 둘 다 너무 약했고 양쪽 모두 지난한 내전이 소용없는 짓이라는 걸 너무나 잘 알고 있었다.

결국 양측은 휴전을 맺었다. 어린 프로일란을 명목상의 지도자로 삼은 왕당파들은 군사 정권의 비호 아래 그란 카나리아를 다스렸다.

공화당파는 경멸의 의미로 그들을 프로일리스트라고 명명했다. 테네리페는 호기롭게 스스로 '제3 스페인 공화국'임을 천명하고 수상을 뽑아 '국가 비상 민주 정부'를 구성했다. 사실상 두 정권 모두 민주주의라는 허울 좋은 명분 뒤에 숨어 권력을 장악해 살아남고자 한 것뿐이었다. 영락한 노부인이 한창때 입던 드레스를 벗지 못하고 조모대부터 상속받은 부에 집착하듯이 두 정권은 정통성의 찌꺼기로 자신들을 치장하려고 애썼다. 그러면서도 탁자 밑에서는 여전히 서로 주먹질을 해댔다. 공식적인 전쟁도 아니었지만 어느 쪽도 상대방의 정통성을 인정하려 들지 않았다. 기습 부대는 빈번히 물자를 훔치면서 언데드에게 당했을 때보다 더 많은 사상자를 내곤 했다.

루시아와 그의 친구들이 섬에 도착했을 때는 공화당파와 프로일리스트의 대립이 최고조로 치닫고 있었다. 양 측 정부 모두 상대가 내부에 잠입했을 거라는 망상에 시달리고 있었다. 상대방의 섬에 수천 명의 지지자들이 있다는 것도, 각자의 섬 내부에 마찬가지로 수천의 잠입자가 있다는 것도 알고 있었다. 적과 내통하고 있는 그들 제5열의 전쟁은 시간 문제였다.

24
마드리드

나는 총소리를 듣고 몸을 창문에 기대어 상황을 살폈다. 비행기에서 내린 외인 부대원들은 셋씩 나뉘어 움직였다. 네 조가 에어버스

근방의 활주로 위로 흩어졌고 다섯 번째 조는 멀리 공군 기지 끝에서 있는 터미널을 향해 내달렸다. 정말 재수 없게 뽑힌 이들이다. 그들은 시계상으로는 보이지 않는 격납고로 향하고 있는 것이다. 만약 문제가 생겨도 제 때에 가서 도와줄 수 없을 만큼 먼 거리였다. 자신들도 그 점을 분명히 잘 알고 있을 것이다.

나는 터미널 건물에서 들려오는 다른 총성에 화들짝 놀랐다. 활주로를 향해 열린 문으로 비틀거리는 언데드 셋이 보였다. 긴 콧수염에 피가 엉겨 붙은 중년 남자 하나와 여자 둘인데 여자 하나는 한쪽 팔이 어깨부터 떨어져 나가 있었다.

놈들이 저기 온다. 지칠 줄 모르는 망할 언데드들.

나는 그 광경에 몸서리를 쳤다. 저것들은 시간이 흘러도 전혀 변하지 않았다. 지금쯤이면 다 썩어 문드러졌겠지 했는데 놈들의 몸은 잘도 버티는 모양이었다. 부패하긴 한 것 같은데 그래 봐야 느리고 미미한 변화라서 뭐라고 콕 집어 말할 수가 없다. 그냥 처음만큼 '신선해' 보이지는 않는다 할까. 놈들이 '죽으'려면 수년 혹은 수세기가 걸릴 텐데 그건 우리 생존자들에게 남은 시간보다 훨씬 긴 세월이다.

세 놈이 입고 있는 옷은 상태가 아주 좋았다. 대부분의 시간을 터미널 안에서 보내느라 비바람을 맞지 않은 것이 분명했다. 피 묻은 콧수염 녀석은 공항 청소부들이 입는 초록색 점프 수트를 입고 있다. 나머지 둘은 일반인이나 승무원처럼 보이지만 옷이 피범벅이라서 확실히 뭔지 모르겠다.

문 가까이 있던 외인 부대원들은 놈들을 보고도 당황하지 않았다. 그들은 아주 태연하게 놈들이 몇 발자국 앞으로 올 때까지 기다려 처치했다.

대원들의 체계는 특이했다. 각 조에는 장거리 저격수와 단거리 저격수, 그리고 가운데에 서서 다가오는 언데드를 놓치지 않고 살피는 군인이 하나 있었다. 가운데의 군인은 다른 대원들의 무기 재장전까지 도맡아 했다. 두 저격수들은 수시로 자리를 바꾸고, 필요할 경우 똑같은 역할을 수행했다.

바로 그 때, 그들이 HK 총을 등에 가로질러 멨다. 그러고는 신속하게 플라스틱 안전 고글을 착용한 뒤 권총을 뽑아들었다. 그렇게 거의 일 분 정도, 놈들이 접근하는 걸 내버려두었더니 놈들은 어느덧 팔을 뻗으면 닿을 정도로 가까워졌다. 조장의 명령이 떨어지자 그들은 동시에 방아쇠를 당겼다.

언데드의 머리통 세 개가 거의 동시에 박살이 났다. 피와 뼛조각, 내부 장기가 분수처럼 터져 나왔다. 몸뚱이들은 경련을 일으키며 콘크리트 바닥에 쓰러졌다. 나도 모르게 뒷걸음질을 쳐 좌석으로 자빠지며 큰 소리를 질렀다. "제기랄." 예상 밖의 섬뜩한 장면에 아침 먹은 것이 다 넘어올 것 같았다.

"폭발탄이라." 프리첸코가 늑대 같은 미소를 지으며 중얼대더니 나를 일으켜 세웠다. "총알을 빗맞아도 결정타가 되겠는데. 저 친구들 일 좀 할 줄 아는 걸."

외인 부대원들은 시체를 뛰어넘어 계속해서 건물을 향해 달렸다. 다른 조는 벌써 관제탑에 들어섰고 세 번째 조는 부리나케 공항 전기차에 새 배터리를 끼웠다. 잠시 후, 그 소형 버스가 천천히 바퀴를 굴리며 움직이기 시작했다. 수개월을 밖에서 보낸 터라 타이어가 납작해져 있었다. 그리 오래 달리지는 못하겠지만 주변 순찰을 돌기엔 충분했다.

터미널 안에서는 총성이 계속 들렸다. 프리첸코는 굶주린 사냥꾼처럼 벌떡 일어섰다. 우크라이나인은 당장이라도 비행기에서 내려, 그의 표현을 그대로 옮기자면 '연못의 오리들을 쏘러' 가고 싶었다. 나는 그다지 밖으로 나가고 싶은 마음이 없었다.

"대체 뭘 기다리는 거야?" 우크라이나인이 으르렁거리다시피 말했다. "가자고!"

"너무 그렇게 서두르지 마." 프리첸코가 잠자코 있지 못하고 통로를 따라 뱀장어처럼 미끄러져 내려가려하자 파울리가 팔을 뻗어 그를 만류했다. "말 좀 들어, 제발! 저 외인 부대원들은 이번 작전을 몇 주씩 연습한 거야. 저들이 주변 안전을 확보할 때까지 우리는 비행기에서 기다려야 한다고. 그러고 나면 밖으로 나갈 수 있어. 게다가 당신 임무는 헬리콥터를 띄우는 거잖아. 그 것만 하면 돼. 알겠어?"

"저 사람들도 우리 도움이 필요할지 모르잖아!" 프리첸코가 코웃음을 치며 문 쪽으로 다급한 눈빛을 던졌다. "우리가 여기에 궁둥짝 붙이고 앉아 있는 동안 자기네끼리 바깥을 쓸어버리고 있단 말이야, 젠장!"

"저들도 우리가 여기 있는 걸 알잖아." 나는 내 친구를 납득시키려고 끼어들었다. "우리 도움이 필요하면 무전을 할 거야. 게다가 지금 우리가 나가면 우리를 언데드로 오해할지 몰라. 기다려야 해, 프리첸코. 좋게 생각 해."

우크라이나인은 골이 났는지 등을 돌리더니 나직이 욕을 뱉었다. 그는 당장 저 괴물들을 처치해 버리고 싶은데 주변에서 말리는 통에 가질 못하는 것이다. 나와 이렇게 다르다니! 솔직히 인정한다. 나는 언데드들이 무섭다. 하지만 프리첸코는 놈들을 두려워할 뿐만 아니라 증오하기 때문에 놈들에 대한 분노를 표출하고 싶어 한다.

터미널에서 폭발이 일어났다. 커다란 유리창은 굉음을 내며 산산이 조각났다. 쏟아지는 유리 파편 사이로 빛이 번뜩이는 총구가 보였다. 건물 내부는 노란 유황빛으로 물들었다. 머리가 짓이겨진 몸뚱이 몇 구가 창문 밖 아스팔트 위로 쿵하고 떨어졌다. 비행기 안에 적막이 흘렀다. 순간, 누군가의 무전기가 심하게 지지직거리는 바람에 다들 깜짝 놀랐다.

"알파 쓰리 위치 확보. 터미널은 안전하다. 문 안에 바리케이드가 쳐져 있다. 열두 명 사살. 아군 인명 피해 없음. 지시 요망. 오버."

"알파 쓰리 위치 유지." 무전에 답하는 탱크의 손이 활주로로 내려가는 줄사다리를 가리켰다. "2, 3조 건물 안으로 들어간다. 발사 중지!"

탱크가 총을 장전하며 우리 쪽을 돌아보았다. 바닷물처럼 푸른 눈빛이 내게 잠시 머무는가 싶더니 나머지 조원들을 살폈다. 등골이 오싹했다. 이제부터 어떤 일이 벌어질지는 뻔했다.

"우리 차례다, 제군들. 가자!"

25

줄사다리는 심하게 흔들렸다. 활주로로 내려가느라 거친 표면에 양 손이 찰과상을 입었다. 키가 크고 조용한 마르셀로가 앞서 가고 있었다. 일반적인 아르헨티나인과 다르게 말수가 적지만 뭘 하든 자신감 있어 보였다. 프리첸코가 뒤이어 사다리를 내려온다. 그는 약간 흥분한 상태인지 나지막하게 알아듣기 어려운 콧노래를 부르고 있었다. 컴퓨터 기술자 브로토와 파울리가 활주로에 서서 우리를 기다리고 있었다.

정신이 산만해진 탓인지 땅에 발을 헛디디며 한 번 깡충 뛰어 바닥에 섰다. "다시 한 번 돌진하세, 친구들이여." 나는 셰익스피어의 *헨리 5세*를 인용했다. 비행기를 올려다보며 저 위가 얼마나 안전했는지 새삼 실감했다. 부 조종사가 창문으로 우리를 내려다보고 놀리듯이 경례를 보냈다. 그러고 나서 플렉시글라스 창문이 닫혔다. 저 개새끼들. 우리가 언데드로 들끓는 마드리드에서 꽁지 빠져라 돌아다닐 동안 저 자식들은 안전한 비행기 안에 가만히 대기하고 있을 것이다. 이만한 크기의 비행기를 조종할 줄 아는 사람은 이제 고작 몇 명밖에 없으니 별 수 없는 일이다. 그들은 중요한 인재였다. 불평해 봐야 소용없는 일. 우리 모두 각자의 주어진 역할에 충실해야 한다.

나는 우리 조원들과 합류했다. 땀이 찬 내 손에 9밀리 구경 글록이 쥐어졌다. 집에 있을 때 군인 시체에서 *끄*집어냈던 것과 같은 종류다. 한 백만 년 전의 일처럼 아득했다. 배낭에는 탄창 열두 개를 챙겨 넣고 작살이 가득 들어 있는 싸개를 잠수복 다리에 꿰매 붙였다.

외인 부대원이 웃긴 듯이 나를 쳐다보며 잠수복을 가지고 농담을 했지만 그런 것 때문에 잠수복을 벗지는 않았다. 잠수복이야말로 내가 살아남았던 가장 중요한 이유였다. 효과가 있는 방법을 바꿀 필요는 없잖아? 게다가 잠수복을 입는 한 프리첸코나 내게 나쁜 일이 일어나지 않을 거라는 믿음이 있었다. 무엇보다 잠수복을 입고 있으면 기분이 한결 나아졌으니 그만한 가치가 있었다.

탱크와 상의 중인 외인 부대원의 표정이 불안해 보였다. 뭔가 잘못된 모양이다. 엿들어 보니 항공 박물관으로 간 조가 무전에 답을 하지 않는단다. 제길…….

목덜미가 오싹하면서 식은땀이 났다. 활주로로 연결된 모든 통로를 확보하지 못하면 수천의 언데드가 순식간에 몰려들게 될 것이다. 놈들이 너무 많으면 비행기가 뜨지 못할 수도 있다. 엔진에 수십 구의 시체가 빨려 들어가 폭발이라도 하는 날에는 영원히 이곳에 갇혀 버리는 것이다.

활주로를 둘러싼 튼튼한 펜스의 높이는 6미터가 넘었다. 남자, 여자, 애들 할 것 없이 모인 첫 번째 언데드 무리 열두어 명이 펜스를 흔들고 있었다. 술 취한 원숭이처럼 철망에 몸을 던지며 소음을 냈다. 저 펜스가 무너지면 정말로 망하는 거다.

10분도 채 안 되어 엄청난 수의 언데드가 몰려들었다. 한 시간 내에 몇 천 몇 만으로 늘어날 것이다. 나는 콰트로 비엔토스 공항으로 직행하는 마드리드 외곽의 M-30 고속도로를 따라 시체들의 긴 행렬을 상상해 보았다. 그렇게 요란하게 착륙을 했으니 놀랄 일도 아니지.

"거기 둘! 이리 와!" 커트 탱크가 바닥에 지도를 펴면서 우리를 손짓해 불렀다. "시간이 없어. 알파 포의 무전 신호가 없는 걸 보면 심각한 차질이 생긴 것이 분명하다."

"심각한 차질이라."

그렇게 표현했다. 그보다는 당했다는 표현이 맞는 것 같은데.

탱크가 망원경으로 어딘가를 살펴보았다.

"격납고로 가는 문은 잠겨 있다. 저기서는 안전하다. 아마 반대쪽에서 갇혀 있는 모양인데 확인해 볼 시간이 없어. 백만이 넘는 놈들이 몰려오기 전에 계획대로 진행한다."

"철조망이 잘 버티고 있는 것 같은데요."

컴퓨터 기술자 꼬마가 머뭇거리며 말했다. 그도 우리들과 마찬가지로 겁에 질려 있었다.

"저 펜스는 수천 명이 미는 힘을 버틸 수 있게 만들어진 게 아니야." 탱크의 옆에 서 있는 병장 계급의 군인이었다. 키가 크고 주름이 깊은 얼굴이 가무잡잡하게 햇볕에 그을려 있었다. "당장이라도 더 많은 놈들이 몰려온다. 그러면 저 것도 무너질 텐데 그 다음에 일어날 일은 별로 마음에 들지 않을 걸."

"꾸물거릴 시간 없어!" 탱크가 관제탑 근처에 서 있는 헬리콥터를 가리키며 소리쳤다. "저걸 띄워서 날게 만들어. **당장!** 무슨 수를 쓰든 상관없으니 공중에 띄우라고! 15분을 주겠다. 1분이라도 지체하면 엄청난 곤경에 빠지게 될 거야."

그는 옆에 서 있는 무표정한 외인 부대원에게 고개를 돌렸다.

"병장, 대원들을 모아서 근방을 정찰하되 펜스 밖 1.5미터를 유지해! 그리고 저 망할 시체들 좀 태워. 냄새가 나잖아!"

나는 영문도 모른 채 프리첸코와 나란히 헬리콥터를 향해 달렸다. 우리는 아주 무거운 기름 방수 천으로 감싼 커다란 보따리를 하나씩 받았다. 나는 그 우라질 짐 꾸러미가 손아귀에서 흘러내릴 때마다 욕을 하며 헐떡였다. 파울리와 마르셀로는 둘 다 무거운 나무 상자를 들고 앞서서 뛰고 있었다. 브로토는 배낭을 움켜쥐고 총총걸음으로 따라오고 있었다. 한 발자국씩 내디딜 때마다 그의 얼굴에 근심이 더해가는 것이 보였다.

헬리콥터에 다다른 나는 화물 열차처럼 숨을 헉헉대며 그 옆에 기대어 쓰러졌다. 다른 조는 활주로 끄트머리에 서 있는 소형 비행기들

쪽으로 달려간 모양이었다. 빨간 원통형 컨테이너 같은 것을 몇 개 실은 전기 버스가 그들이 있는 곳을 향해 가는 것이 보였다. 아마도 목적지에 도착해서 약품을 실어 담을 빈 컨테이너일 것이다.

우리가 혹시 도착을 하게 되면 말이다.

펜스 쪽 광경은 소름이 끼쳤다. 언데드들이 출렁이고 있었다. 3미터 거리에 대형 쇼핑몰이 있는 이곳은 대재앙 전만 해도 인구 밀도가 높은 지역이었다. 분명히 소위 망할 놈의 '뜨는 동네'였을 것이다. 그 광경을 본 프리첸코의 얼굴에 웃음기가 싹 가셨다.

"이봐, 꼬맹이." 마르셀로가 주먹 쥔 손을 내밀었다. "혹시 모르니까 받아 둬. 필요할 거야. 유용하게 쓰라고."

컴퓨터 기술자가 아르헨티나인을 물끄러미 바라보더니 그가 건네주는 물건을 받아 쥐었다. 그리고 가만히 손을 펴서 무슨 뜻인지 모르겠다는 표정으로 그것을 내려다보았다. 광이 나는 9밀리미터 구리 탄환이었다.

"이걸 어디에 쓰죠?" 그가 물었다.

"네 거잖아, 병신아. 아직 눈치 못 챘나 본데, 밖에는 저 썩어문드러진 놈들이 우리 탄약 개수보다도 더 많이 있다고. 한 발로 한 놈씩 처치한다 해도 총알이 부족한 거야. 그러니 궁지에 몰리게 되면…… 빵!"

마르셀로는 손가락으로 총을 자기 머리에 겨누는 시늉을 했다.

브로토는 사색이 되어 떨리는 손으로 총알을 주머니에 넣었다. 무장을 하지 않은 사람은 그 혼자뿐이다. 카나리아 섬에서 주는 글록을 마다한 자신에게 발길질이라도 하고 싶은 심정일 것이다.

"오, 이봐. 마르셀로. 왜 못되게 굴고 그래. 꼬맹이 좀 내버려 둬!"

파울리가 아르헨티나인의 팔에 장난스럽게 주먹을 날리며 한 마디 쏘아 붙였다.

"계산을 해보라고, 꼬맹이." 아르헨티나인은 파울리의 말에도 아랑곳하지 않고 우리 총과 펜스 뒤의 포악한 놈들 무리를 번갈아 가리켰다. "계산이 나오지."

그는 헬리콥터 쪽으로 가서 프리첸코와 내가 들고 온 꾸러미를 풀기 시작했다.

"저 사람 신경 쓰지 마." 파울리가 다비드에게 말했다. "그냥 약 올리려는 거야. 여기 있는 것도 싫고, 언데드도 싫고, 너 같은 신참 때문에 보모 노릇하는 게 싫어서 기분이 별로야. 모든 게 계획대로 잘 되면 지금보다 언데드에 가까이 갈 일은 없어. 걱정 말라고. 알았지?"

나는 자그마한 체구의 장교를 바라보았다. 근심에 찬 눈빛이었다. 일이 그렇게 쉽지 않을 거라는 건 나도 그녀도 잘 안다. 하지만 컴퓨터 기술자 녀석은 그녀의 말에 다소 진정이 되는 모양이었다.

그동안 프리첸코는 조종석에 앉아 있었다. 거대한 슈퍼 퓨마의 연료 수위와 유동체를 점검하느라 두 손이 연신 제어반 위를 날아다녔다. 거의 다 켜지는 걸로 봐선 적어도 전기 계통과 배터리는 손상되지 않았나 보다.

이 헬리콥터는 눈에 띄는 점이 있다. 군용 헬기인데도 머리끝에서 꼬리 끝까지 온통 하얀 페인트칠이 되어 있고 양 옆에 빨갛고 파란 줄무늬가 그려져 있다. 몇 달간 쌓인 먼지와 재가 거대한 기체를 덮고 있어서 SPANISH AIR FORCE 라는 글씨를 간신히 알아 볼 수 있을 정도였다.

용기를 내어 문의 레버를 당겼다. 문이 소리를 내며 열리더니 사다리처럼 아래로 접힌다. 총을 장전하고 세 발짝 올라가는데 아드레날린이 솟구쳤다. 흔히 보는 벤치형 의자 대신에 편안한 가죽 팔걸이 의자가 미세한 먼지를 한 꺼풀 입고 있는 것이 보였다. 조심스럽게 안으로 발을 디뎠다. 창문이 먼지에 덮여 있다 보니 내부는 어둡고 음울했다. 눈이 어둠에 적응하느라 몇 초가 걸릴 것이다. 눈이 거의 먼 것 같은 상태로 어찌해서 통로를 따라 내려가는데 바닥에 널브러져 있던 긴 원통형의 물체가 발에 채였다. 물체는 살짝 툭 하고 소리를 내며 구석으로 굴러갔다. 몸을 숙여 집어 들어 보니 은으로 된 손잡이에 문장이 각인되어 있는 마호가니 지팡이였다. 더 자세히 보려고 문간으로 가지고 갔다.

나는 헉 하고 놀랐다. 손잡이에 새겨진 것은 스페인 왕족 부르봉 가의 상징인 세 송이 백합 문장이었다. 잠시 얼떨떨해진 나는 이게 무슨 의미인지 생각하기 시작했다. 부르봉 일가는 많지 않았다. 그 소수도 나이가 많아서 지팡이를 짚어야 하는 이들이었다. 이 지팡이의 주인이 누군지 알 것 같다. 국왕인 후안 카를로스! 무슨 이런 일이 다 있담⋯⋯.

브로토가 무거운 배낭을 끌고 기내로 들어오다가 지팡이를 들고 서 있는 나를 발견했다.

"이 헬리콥터로 자르주엘라 성에 있던 왕실 가족을 대피시키려고 했었죠." 어제 있었던 경기 이야기를 하는 것처럼 대수롭지 않은 말투였다. "여기서 비행기 한 대가 그들을 기다리고 있었어요. 그 다음엔 어떻게 됐는지 잘 아시겠죠."

바로 그 때, 파울리가 문간에 얼굴을 내밀었다.

"대체 거기서 뭐하는 거야? 좀 도와. 이 망할 상자들이 저절로 실리지는 않는다고!"

브로토와 나는 잘못을 깨닫고 첫 번째 상자를 들어 올렸다. 검은 두 문자가 상형 문자처럼 뚜껑에 가로질러 등사되어 있었다. 나는 '7.62 X 51mm'라는 글자만 알아보았다. 기관총 탄약이었다. 마르셀로는 프리첸코와 내가 끌고 온 꾸러미를 풀었다. 기름칠이 잘 된 크고 사악해 보이는 MG3 기관총이 광을 내며 얌전히 누워 있다. 나는 나직이 휘파람을 불었다. 화력이 부족할 일은 확실히 없을 것이다. 그 정도면 충분하지 않은가.

슈퍼 퓨마의 엔진이 쉰 기침을 하며 연기와 먼지를 뿜었다. 엔진이 웽 하는 소리를 내며 살아나더니 프로펠러 날이 천천히 돌기 시작했다.

"전원 탑승!" 조종석에 앉은 프리첸코가 고함을 쳤다. "가자고!"

프리첸코가 엔진의 회전수를 올리자 거대한 헬리콥터의 날개에 속도가 붙었다. 무장한 열여덟 명의 대원이 타기엔 기내가 좁았다. 커트 탱크는 프리첸코의 옆에 앉았다.

갑자기 덜컥하더니 헬리콥터가 공중으로 떠올랐다. 돌연 기내에 경보음이 울리고 계기판에 있는 커다란 적색 표시등이 켜졌다.

"빌어먹을. 어떻게 된 거야, 프리첸코?"

놀란 내가 인터콤으로 물었다.

"거기 조용히 좀 있어 봐!" 헬리콥터를 흔드는 역풍과 싸우면서도 우크라이나인의 목소리는 침착했다. "엔진 온도 감지기가 먼지에 막혔거나 습기 때문에 망가진 게지! 계기판 상으로 보면 주 엔진이 불타기 일보 직전인데 그건 불가능하잖아. 그냥 이륙한다!"

"괜찮겠어?"

나는 재차 물었다. 예상했던 바다. 수 개월간 방치된 채로 비바람에 노출되면 어느 비행기인들 상태가 나쁠 수밖에 없다.

"백 퍼센트 확신은 못 해!" 프리첸코가 딱 잘라 말했다. "뭐 어쩌겠어! 다시 내려서 손 볼 수는 없잖아! 저 아래를 좀 보라고!"

나는 창밖을 내다보았다. 활주로를 따라 세워진 펜스에 수천의 성난 언데드 무리가 모여 있었다. 펜스 근방은 한 치의 공간도 없이 두세 줄로 빽빽하게 들어선 놈들로 덮여 있었다. 놈들은 철조망을 쥐고 미친 듯이 흔들었다. 으르렁대는 소리가 어찌나 큰지 헬리콥터 날개가 윙윙 도는 소리까지 뚫고 들려왔다. 어떤 놈들은 양 팔을 콘크리트 지지대와 철망 사이의 틈새로 집어넣었다.

직접 보지 않고는 믿지 못할 광경이었다. 젊은이, 늙은이, 어린애, 뚱뚱한 놈, 마른 놈…… 어쨌든 온갖 종류의 놈들이 다 있었다. 밀랍같이 누런 몸에는 터진 핏줄이 문신처럼 피부를 덮은 것이 보였다. 옷도 엉망이라 어떤 놈들은 완전히 발가벗은 채 머리에서 발끝까지 먼지만 뒤집어쓰고 있었다. 우리가 이륙하자 그 언데드 괴물들은 두 팔을 헬리콥터 쪽으로 뻗고 생기 없이 물컹한 눈으로 우리를 노렸다. 이 높은 곳에서도 놈들의 소름끼치는 시커먼 아가리가 들여다보였다.

그것들은 우리가 여기 있다는 걸 알고 있었다. 우리가 시끄러운 소음을 내서가 아니었다. 어떻게든 우리의 생명 징후를 감지한 것이다. 뭔가가 놈들을 우리에게로 이끌었다.

그 엽기적인 광경을 보고 우리 모두는 겁에 질렸다. 누군가 중얼거리는 소리가 들렸다. "하느님 세상에." 또 다른 목소리가 빠른 속도로 끝도 없이 주기도문을 외고 또 외었다. 나는 입이 말라서 한 마디도 할 수 없었다. 위스키 한 모금 마실 수 있다면 살인도 불사할 지경이었다.

언데드들은 홀로 혹은 작은 무리를 지어 골목길마다 꾸역꾸역 걸어 나왔다. M-40 고속도로에 운집한 놈들은 수십 명씩 서로 포개져 부딪히고 밀려가면서 우리 쪽으로 휘뚝휘뚝 걸어오고 있었다.

"펜스가 버틸까요?"

브로토의 침울한 목소리가 인터콤으로 들렸다.

"그러길 바라자고." 탱크가 어깨를 으쓱했다. "활주로에 있는 조종사들과 군인들은 언데드에게 띄지 않도록 에어버스로 피난 명령을 받았다. 가능한 한 숨죽이고 있으라고. 그렇게 하면 놈들이 더는 근방에 접근하지 않을 거라고 본다. 게다가 우리 헬리콥터가 내는 소음 때문에 놈들은 이제 우리에게 유인될 것이다."

"그거 다행이군요." 브로토가 하얗게 질려서 중얼댔다.

"왜 쏴버리지 않지?"

나는 MG3 기관총을 왼쪽 후방 창문에 기대고 있는 마르셀로에게 물었다. 아르헨티나인은 태연하게 총을 켠 채로 신중히 놈들 무리를 살피고 있었다.

"뭐 하려고? 탄약만 낭비지. 이 거리에서는 거의 다 빗맞아." 놈들을 내려다보는 그의 눈에 공포의 그림자가 서려 있었다. "바다에 대고 총질하는 거랑 다를 게 없어."

헬리콥터 아래로 언데드의 행렬을 지켜보는 모두가 말없이 앉아 있었다.

"6분!" 파울리의 목소리가 정적을 깼다. "다들 준비해. 아주 짧은 비행이 될 테니."

26
테네리페

"오, 제기랄!"

운전사의 외마디와 함께 차가 갓길로 방향을 홱 틀었다.

승객들은 트럭 바닥에 넘어져 팔다리가 엉켰고 욕이 몇 개 국어로 들렸다. 그 와중에 부딪혀 멍이 든 루시아는 일어서서 주변을 살폈다. 엔진에서 하얀 증기가 뿜어져 나오고 운전사의 표정이 침울한 것으로 보아 트럭이 퍼진 모양이었다.

"당신 미쳤소?" 남자 아이를 일으켜 세워주던 한 노인이 분개하여 물었다. "우리가 무슨 자갈 더미인 줄 아쇼?"

"내 탓이 아니에요!" 운전사가 연기 자욱한 엔진을 가리키며 어깨를 들썩했다. "이 고물 덩어리는 트럭 세 대에서 부품을 긁어모아 만든 거란 말입니다! 아직도 달리는 게 기적이지! 고속도로에서 퍼지지 않은 걸 다행으로 아세요!"

"우린 이제 어떻게 하죠?" 누군가 물었다.

"내려서 걸어야죠." 트럭 운전사가 사무적으로 대답하며 야구 모자를 당겨썼다. "난 여기 트럭에 남아 있을 겁니다. 어느 못된 놈이 연료를 훔쳐갈지 모르잖습니까."

그 말에 모두의 신음소리가 커졌다. 아직 이른 아침이지만 햇볕이 세차게 내리쬐었다. 다들 이런 상황에서 걷는 게 그리 즐겁지 않으리라는 걸 잘 알았다.

사슴처럼 트럭에서 뛰어 내린 루시아는 자신이 처한 상황을 새삼 깨달았다. ICU 교대 근무가 2시에 시작하는데 벌써 12시 30분이다. 병원까지는 6킬로미터가 넘으니 걸어가면 빠듯할 것이다. 일찍 나왔길 천만 다행이지. 그녀는 걷기 시작했지만 다른 승객들처럼 혹시 차가 오지 않나 뒤를 힐긋 돌아보았다.

괜찮아. 날씨도 좋으니 걷는 것도 나쁘지 않지.

길에는 수많은 사람들이 오고 갔다. 몇 주 전까지만 해도 길가에 과일과 채소를 파는 가판대가 있었다. 공화국 정부는 사람들이 집단 농장에 많이 참여하면 수확량이 늘 거라고 발표했다. 그 전략이 결실을 맺을지는 두고 볼 일이었다.

당장은 그런 일이 내키지 않았다. 지금은 암시장에서 세실리아 수녀에게 필요한 약을 어떻게 확보할 수 있을까 하는 문제에 더 신경을 써야 한다.

루시아는 시간이 날 때마다 세실리아 수녀를 찾아갔다. 붕대를 친친 감은 파리한 얼굴로 하얀 이불에 싸여 꼼짝 않고 누운 수녀의 모습은 충격적이었다.

지난 주, 루시아는 어머니의 다이아몬드 귀걸이 한 쌍을 팔았다. 그렇게 오랫동안 간직한 것이 기적이었다. 마음이 아팠다. 예전의 삶이 남긴 마지막 기념품으로 아주 오래 전에 이 버스를 타고 어려운 섬 생활을 시작했던 자신을 떠올리게 해 주던 물건이었다.

쓸쓸한 기분이 들었다. *힘든 시절은 사람을 너무 빨리 성숙하게 만들지. 예전에는 열일곱 살이면 아직 어린 아이였는데. 이제는 그렇지 않아.*

항만 공사에서 근무한다는 땀을 뻘뻘 흘리던 남자는 귀걸이를 받고 배급 쿠폰 6개를 주었다. 그리고 세실리아 수녀에게 줄, 섬에서 가장 비싸고 귀한 물품인, 모르핀 네 상자를 받았다. 루시아는 혹시 진통제가 모자라서 배급이 충분치 않으면 수녀는 어떻게 되나 걱정이었다.

문제는 그뿐이 아니다. 의사의 말에 따르면 뇌가 붓는 것을 완화시키는 마니톨이라는 약이 절실한데 의학 위원회는 수녀에게 가망이 없다고 보고 귀한 약인 마니톨을 낭비하지 않으려고 한단다. 하지만 루시아는 희망을 버리지 않았다.

20분 정도 걸었을까, 우스꽝스런 연료 탱크를 나사로 지붕에 고정시킨 만원 버스가 다가왔다. 운전기사는 루시아와 승객들을 안타깝게 여겨 태워주었다. 루시아는 한 시가 조금 지나서 마침내 병원에 도착했다.

공공 의료 서비스는 완전히 무너진 지 오래였다. 정부에서 서둘러 졸업을 시킨 라 라구나 대학의 의대생을 포함하여 섬에 있는 의료진은 최대 500명이었다.

복도는 환자들과 의료진, 각기 아주 터무니없는 병에 걸렸다고 주장하는 사람들로 그득했다. 병원에 입원하면 하루 세 끼를 먹을 수 있고 의무 근로 사업을 며칠 쉴 수 있기 때문이었다. 의사들은 매일 가짜 환자들 속에서 진짜를 가려내느라 녹초가 되어버렸다.

루시아는 금속 탐지기를 담당하고 있는 무장한 경비원들에게 목례를 하고 직원 출입구로 들어가면서 재빠르고 능숙하게 옷깃에 배지를 달았다. 경비원들은 그녀를 보고 알은체를 하더니 속임수로 어떻게든 들어오려는 끈질긴 사람들에게로 다시 시선을 돌렸다. 섬에서 유일하게 정상 운영 중인 병원이라 경비가 삼엄했다. 약품을 훔치려는 시도도 몇 번 있었다. 의약품은 암시장에서 제일 비싸게 팔린다.

"안녕, 루시아!"

키가 겨우 150센티미터밖에 안 되어 보이는 간호 조무사가 그녀를 반겼다. 여자는 경비원들 중 하나를 주시하면서 신분증을 블라우스의 목덜미 옷깃에 끼웠다. 병원보다는 술집에 어울릴법했다.

"안녕, 마이테! 잘 지냈어?"

루시아는 반갑게 웃으면서 그녀의 다정한 친구에게 다가갔다. 둘은 서로 안 지 몇 주밖에 되지 않았지만 생존자들은 놀라우리만큼 쉽게 친해지는 법이다. 언데드 지옥으로부터 벗어난 이들은 살아있다는 걸 느끼려고 사람들과의 교류를 유난히 절실해한다.

"나야 잘 지냈지!" 마이테는 익살스러운 미소를 지었다. "오늘 밤에 페르난도랑 저녁 약속 있어. 어쩌면 와인을 마실지도 몰라! 그 사람한테 특별 배급 쿠폰이 좀 있거든."

"페르난도라니…… 대체 그게 누구야?"

루시아는 꿈이라도 꾸는 눈을 하고 있는 마이테의 표정과 그 경비원을 번갈아 보고 금방 알아차렸다. 그녀는 고개를 절레절레 흔들었다. 그녀의 친구는 매주 남자친구가 바뀐다. 하나같이 마이테가 간절히 바라는 영원한 사랑을 약속했다. 물론 다음 주면 또 새로운 남자친구가 생기겠지만 그건 중요하지 않았다.

삶은 계속 되는 거지. 루시아는 라커룸에서 유니폼을 꺼내 입으면서 생각했다. 재잘대는 친구의 이야기가 아득하게 멀어져 간다. *우리가 겪은 그 모든 일들과 무관하게 여전히 사랑에 빠지고 꿈을 꾸는 거야. 비록 이런 식으로 살고 있지만 우리 생존자들은 제법 행복하게 지내잖아. 놀랍지만 사실인 걸. 삶에 대한 의지는 참 강하기도 하지.*

"……세실리아 수녀님은?"

"뭐라고, 마이테?" 루시아는 문득 정신이 들었다.

"네 친구 분 상태에 호전이 있냐고?"

루시아는 쓸쓸한 표정을 지으며 잠시 생각에 잠겼다.

"그대로야. 근무 들어가기 전에 뵈러 가려고 해." 그녀는 망할, 그대로야. 아마 영영 식물인간이 될 것 같은데 그렇게 내버려 둘 순 없어. 그랬다간 수녀님도 잃게 되잖아. 이제 사랑하는 사람들을 잃는 건 신물 나. 라고 말하고 싶었다. 그녀는 억지로 웃으며 마이테의 손을 감싸 쥐고 뿌루퉁한 표정을 지어보였다. "나랑 같이 갈래? 그러자. 응?"

"알았어. 먼저 간호사실에 들러서 커피라고 부르는 그 구정물 좀 가지고 가자. 괜찮지?"

마이테는 루시아를 사랑스럽게 안아주고 라커룸을 나갔다. 자신이 죽기까지 삼십 분도 채 남지 않은 줄은 모르고 있었다.

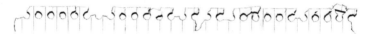

27
마드리드

마드리드는 죽었다.

한 때 육백만 명에 육박하는 사람들이 살면서 숨 쉬고 꿈을 꾸던 도시에 이제는 한 사람도 남아 있지 않았다. 아무도. 놈들밖에는.

수 킬로미터로 뻗어 있는 대도시에는 적막만이 흘렀다. 슈퍼 퓨마는 길거리와 광장 위를 아주 낮게 날면서 최고 속도로 도시를 가로질렀다. 프리첸코의 말에 따르면 엔진의 소음이 바닥을 치고 퍼지기 때문에 그런 식으로 비행을 하면 놈들이 소리의 근원지를 감지하기 어려워 눈에 덜 띄게 된단다.

아슬아슬하게 지붕을 스쳐가다 보니, 더군다나 불안한 헬리콥터를 탄 상황이라, 엄청난 긴장이 몰려왔다. 어디를 보나 똑같은 모습이었다. 광활하고 텅 빈 거리, 여기저기에 길을 가로막고 누워 있는 자동차, 쓰레기와 깨진 유리, 구더기가 파먹은 해골이 천지에 널렸다. 중심부에 위치한 레티로 공원은 한때 마드리드의 볼거리였는데 이제는 정글이 다 되었다. 잡초들은 산책로를 집어삼켰다. 햇빛을 받은 호수는 조류로 뒤덮여 초록색을 띠고 있었다. 호수의 제방에는 강철 뼈대와 깨진 유리만 남은 크리스털 궁전이 서 있다.

도시의 심장부를 관통하는 라 카스테야나 거리는 황량했다. 10차선 도로 위를 굴러가는 거대한 먼지 구름이 아직 몇 개 남아 버티고 서 있는 가로등을 달그락 달그락 흔들었다. 최후의 붕괴 직전에 통행금지령이 내렸기 때문에 차는 그야말로 한 대도 없다. 창문에 철창살이 달린 볼보 SUV 한 대만이 홀로 사막 같은 거리에 어울리지 않게 서 있었다. 왜 저 외딴 곳 한가운데에 차를 세웠을까?

언데드에 대항하여 방위군이 진을 쳤던 곳마다 미라 더미와 썩어가는 백골 시신이 보였다. 시체 더미들 주변마다 하나같이 빛나는 구리 탄피 더미가 에워싸고 있다. 죽은 언데드들은 드넓은 대양처럼 거리에 우글거리는 언데드들에 비하면 한 방울의 바닷물에 불과했다.

소름끼치는 광경이었다. 갓길과 도로가 수천의 놈들로 득시글하다. 마치 정신이 나간 듯 그 자리에 가만히 멈춰 서 있는 것이 보였다. 평범한 도시의 일상을 멈춰놓은 한순간의 항공사진을 보는 것 같았다. 하지만 놈들의 찢어지고 핏자국 밴 옷은 그런 환상을 여지없이 깨뜨렸다. 그나마 아직 옷을 입고 있는 놈들 말이다.

언데드들은 프로펠러 날이 소음을 내며 그림자를 만들고 지나가자 가수면 상태에서 깨어났다.

"저기 봐요!"

브로토가 지상의 한 곳을 가리키며 믿기지 않는다는 목소리로 외쳤다.

우리는 산티아고 베르나베우 축구 경기장을 지나는 참이었다. 대형 차량과 거대한 강철 산업용 컨테이너가 입구를 막고 있었다. 경기장 주변 갓길에 흩어져 있는 구더기 먹은 시체들의 수가 아까보다 훨씬 많았다. 남쪽 정면에는 건물 높이의 절반을 넘을 정도로 시체가 쌓여서 경기장 옆에 난 두 개의 입구를 이어주고 있는데, 우리 중 누구도 어찌된 영문인지 이해할 수 없었다.

분명 엄청나게 많은 사람들이 저기에서 방어를 했을 텐데 경기장 안은 사막처럼 변해 있었다. 무너진 건물 잔해가 관중석에 줄지어 쓰러져 있고 찢어진 비닐봉지가 녹슨 철주에 걸려 유령처럼 바람에 나부꼈다. 경기장의 잔디는 광활한 진창이 되어 자그마한 언덕들 수십 개가 불규칙하게 경기장 절반 이상을 덮고 있었다. 골대가 있어야 할 구석에는 누군가 관중석의 의자를 떼서 만든 *HELP* 라는 글자가 보였다.

"대체 저 언덕들은 뭐야?"

나는 잔디 곳곳의 언덕진 부분을 가리키며 물었다.

"무덤이잖아." 마르셀로가 냉정하게 중얼거렸다. "묘지."

우리 모두는 충격에 할 말을 잃었다. 저 곳에 갇힌 사람들의 고통을 상상해 보았다. 몇 개월이 지나자 보급품이 바닥났을 테고 도움을 요청하는 침묵의 울부짖음에도 누구 하나 대답하지 않는 상황이었으리라. 기아와 질병, 언데드, 그리고 무엇 때문이든 한 사람씩 죽어갈 때마다 절망을 느꼈겠지. 나는 숨 막히는 공포를 통감했다. 시간이 지날수록 이제 모두가 끝장났음을 깨달았을 것이다. 그들을 도우러 올 사람은 아무도 없었다.

"봐." 파울리였다. "저 끝에 있는 무덤은 지면의 높이와 거의 같아."

"아마 마지막에는 무덤을 팔 힘도 없었겠지."

누군가 투덜대듯 말했다.

"아직 누가 있을 거란 말이야?" 내가 물었다.

"설마." 마르셀로다. "어쨌든 그걸 알아보자고 멈출 수는 없어." 그는 내 눈을 응시했다. "당신도 나만큼이나 잘 알잖아. 우린 구조 임무를 하러 온 게 아니야."

나는 더는 말하지 않았다. 마르셀로의 말이 옳았다. 하지만 그렇게 매몰찬 그의 말에 수긍할 수는 없었다. 폰테베드라의 집을 떠나지 않았더라면 나는 내 집에 죄수처럼 갇힌 채로 미쳐 고통에 시달렸을 것이다. 머리 위를 날아가는 헬리콥터를 보고도 구조되지 못하면 어떤 기분이 들지 상상해 보았다. 그리고 그런 생각을 곧장 머릿속에서 떨쳐버렸다.

"뒤에 준비 됐나?" 인터콤에서 탱크의 목소리가 울렸다. "도착이다."

나는 목을 내밀어 아래를 내다보고 곧장 후회했다. 거대한 라 파즈 병원 건물이 지평선 위에 돌기둥처럼 우뚝 솟아 있었다. 한 때 제3 피난처였던 건물의 잔해가 주변에 흩어져 있고 소음 때문에 무기력 상태에서 깨어난 언데드 무리가 울부짖으며 소리 나는 쪽을 올려다

보고 있었다.

우리는 기다렸다. 저 수많은 놈들 사이를 어떻게 통과해 간다는 건지 도저히 상상이 안 되었다.

"대체 어떻게 착륙한다는 거죠?" 브로토의 목소리가 떨렸다. "헬리콥터에서 내리기도 전에 놈들이 우릴 묵사발로 만들 텐데!"

"진정해, 친구." 마르셀로는 이상하리만큼 침착했다. "걱정 말라고. 다 방법이 있으니까."

그는 말없이 담뱃불을 붙이며 시선을 저 아래의 놈들에게 고정하고 있었다.

나도 그처럼 침착하고 싶은데 내 심장은 컴퓨터 기술자의 말에 격렬하게 공감하고 있었다.

프리첸코가 기체를 한 바퀴, 그리고 또 한 바퀴, 병원 주차장 위를 선회할 때마다 상황이 더욱 나빠졌다. 이제 5000 혹은 6000명쯤 되는 언데드 무리가 우리 밑에서 서성거리게 되었다. 시시각각으로 더 많은 놈들이 주차장에 모여들었다.

정문은 경기가 끝날 무렵의 야구장 출구마냥 수십 명의 놈들이 밀려드는 바람에 서로 엉긴 채 빠져 나가려는 놈들이 비틀거리고 넘어져 아수라장이었다.

나는 몇몇 놈들이 산산 조각난 창문 밖으로 떨어져 바닥에 처박는 꼴을 보며 공포에 질렸다. 더 높은 층에서 득시글거리던 놈들이 머리 위를 선회하는 우리 헬리콥터를 보았다. 우리에게 오려는 놈들의 욕망은 생존 감각보다 강했다. 피에 굶주린 놈들은 우리를 잡으려고 창문 밖으로 몸을 내던졌다. 놈들의 몸은 허공으로 공중제비를 돌더니 더러운 빨래 보따리처럼 퍽 소리를 내며 약 6미터 아래의 바닥으로 처박혔다.

"망할, 어떻게 저럴 수가!" 파울리가 마르셀로를 쿡 찌르며 중얼거렸다. "저 썩을 놈들은 10층에서 추락하고도 여전히 움직이잖아!"

아르헨티나인이 고개를 내밀어 그녀가 가리키는 곳을 보았다. 그 악마 같은 불쌍한 청년은 상체를 발가벗은 상태였다. 바닥에 몸을 뻗고 있는 걸 보니 추락하면서 척추가 부러진 모양이었다. 충격으로 내부 장기가 터졌는지 몸에서 시커먼 액체가 흘러나오고 있다. 놈은 경련하듯이 일어서려고 안간힘을 썼다. 두개골이 깨지지 않아서 그 악몽을 끝낼 수 없으니 안타까울 뿐이다.

"걱정 마, 파울리." 마르셀로가 무미건조하게 말했다. "놈이 살날도 얼마 안 남았어."

"무슨 말이지?" 내가 물었다. "대체 어쩌려는 거야?"

탱크의 치지직거리는 목소리가 인터콤을 울리면서 내 질문을 가로챘다.

"좋아! 이제 놈들을 건물에서 쓸어내야지. 가라, 2조!"

헬리콥터가 긴 타원을 그리며 광장에서 멀어졌다. 대체 뭐가 어떻게 된 건지 어리둥절하기도 전에 시끄러운 소리가 들리며 모든 대화가 일시에 끊겼다. 소리의 진원지를 찾느라 대원 전원이 창문에 붙어 내다보는 바람에 헬리콥터가 약간 기울었다.

몇 초 후, 나는 작은 점 두 개가 공중에 떠서 전속력으로 우리에게 달려오는 모습을 포착했다. 점이 커지며 우리를 당황하게 한 그 비행기가 자세히 보였다. 비행기는 광장과 점점 가까워지고 있었다.

완전히 놀란 나는 큰소리로 *제에엔장*을 외쳤다.

"대체 저건 뭐야?" 나는 더듬 더듬 말했다.

꿈을 꾸는 건가 싶다.

"부촌(buchon. 목이 불룩한 비둘기라는 뜻의 스페인어. ―옮긴이)이잖
아!" 창문에 코를 바싹 붙이고 있던 다비드 브로토가 환호성을 질렀
다. "*넨장맞을!* 날아가는 것 좀 봐요! 엄청나네."

컴퓨터 기술자가 엉덩이를 들썩이며 병원 건물 주위를 우아하게
도는 프로펠러 달린 비행기들을 가리켰다.

"도대체 부촌이 뭔지 제발 설명 좀 해 줄 사람? 어디에서 나타난
거야?"

나는 헬리콥터 안의 환호성보다 더 큰 목소리로 물었다. 모두가 동
시에 소리를 지르고 떠들어대느라 아수라장이었다.

"저건 히스파노 HA-1112 M1L기, 부촌이에요!"

브로토는 그 작은 전투기에서 눈을 떼지 못한 채 큰 소리로 말
했다.

내 표정으로 미루어 내가 이해 못하는 걸 눈치 챈 모양이었다.

"2차 세계대전 후, 프랑코 장군이 어떻게든 나치 전투기에 대항할
계책으로 스페인 공군을 위해 만든 전투기죠. 그런데 독일 공장들이
전쟁 중에 파괴되어서 롤스-로이스 멀린 엔진을 달게 되었어요. 50년
대 후반까지도 스페인의 아프리카 식민지 정찰기였고요. 이제는 박물
관에 몇 대만 남았는데 부촌이 두 대나! 놀랠 노자잖아요!"

그는 전투기에 눈을 고정한 채로 소리를 질렀다.

탱크, 이 망할 놈. 나는 독일인의 배짱에 탄복했다. 저 팀은 몇 시
간 만에 항공 박물관에서 먼지를 덮어쓰고 있던 유물을 작동시킨 것
이었다. 언데드 무리들은 위협적으로 머리 위를 맴도는 전투기 엔진
의 소음 때문에 더욱 미쳐 날뛰고 있었다.

"잘 보라고, 친구." 열린 창가에 있던 마르셀로가 자신의 옆에 내 자리를 내어주었다. "곧 쇼가 시작하니까."

부촌들은 우리로부터 1킬로미터 떨어진 곳에서 마지막 선회를 마치고 폭음을 내며 곧장 광장을 향했다. 그제야 기체의 날개 밑에 달린 빨간 컨테이너가 눈에 띄었다. 다른 조가 공항 버스에 실어 힘들게 나르던 그 컨테이너였다. 나는 불현듯 일이 어떻게 되어가는지 알 것 같았다.

"네이팜탄!"

나는 참지 못하고 외마디를 질렀다. 굉장할 것이다!

전투기들은 약 90미터 상공에서 아주 낮게 주차장 위로 날았다. 신호에 맞추어 빨간 컨테이너가 분리되더니 천천히 돌면서 밑에 있던 놈들 위로 떨어졌다.

컨테이너가 땅에 닿자마자 퓨즈가 작동했다. 검은 연기와 동시에 두 개의 거대한 폭발이 일어났다. 화염이 믿을 수 없는 높이로 치솟고 굉장한 폭발음이 온 도시를 뒤흔들었다.

커다란 공기 주먹에 얻어맞기라도 한 듯 헬리콥터가 돌연 비틀거렸다. 프리첸코가 러시아어로 욕을 쏟아냈다. 두 화염은 엄청나게 큰 주황색 공 하나로 합쳐지며 시커먼 연기를 남겼다.

젤리 같은 네이팜 방울이 사방에 흩뿌려졌다. 나는 창가에서 떨어져야 했다. 몇 십 미터 떨어져 있는데도 그 지옥 같은 곳에서부터 걷잡을 수 없이 열기가 올라와 숨이 막혔다. 주차장에 둘러서 있던 고층 건물들은 네이팜탄의 효과가 집중되면서 거대한 스튜 냄비처럼 달아올랐다. 불꽃을 부채질하는 열기로 공기의 소용돌이가 일었다.

커트 탱크가 무전기로 하는 말을 들어보니 작전 결과에 열광하고 있었다. 그럴 만도 했다. 저 아래에는 이제 남아난 것이 별로 없을 것이다.

영겁처럼 느껴지는 순간이 지났다. 마침내 탈 것이 다 타고 나자 불꽃이 꺼졌다. 검은 연기 기둥들이 합쳐져 하나의 높은 기둥을 이루어 몇 킬로미터 밖에서도 보일 지경이었다.

"저기 봐!" 외인 부대원 하나가 외쳤다. "한 놈도 안 남았어!"

들떠서 외치는 목소리가 헬리콥터를 울렸다. 아까만 해도 주차장에 그득하던 놈들이 몇 백으로 줄어 횃불처럼 연기를 내며 이리저리 비틀거리다 결국 쓰러졌다. 바닥에 엎어진 그을린 시체들이 뿜는 기분 나쁘게 파리한 초록 불꽃이 주차장 전체를 덮은 검은 연기와 섞였다. 살이 타는 자극적인 냄새가 코를 찔러 눈물이 났다. 단테의 지옥도 이보다 독할 수는 없을 것이다.

"왜 저렇게 타는 거죠?" 브로토가 융단처럼 펼쳐진 숯 덩어리들을 바라보며 파울리에게 물었다. "빌어먹을, 엄청나잖아요! 순식간에 뼛속까지 타다니. 세상에!"

"간단해." 카탈로니아 여자가 방탄 조끼를 조이면서 말했다. "저것들 대부분은 일 년도 넘게 죽어 있었으니까."

"그거랑 무슨 상관이죠?" 브로토는 이해가 안 됐다.

"무슨 말이냐면." 파울리는 순순히 설명을 했다. "저것들은 비록 느리긴 해도 부패 중이었다는 뜻이지. 부패 과정에서 생기는……."

"가스야."

순간, 어찌된 영문인지 이해한 내가 불쑥 말을 내뱉었다.

"대부분 메탄 가스지. 그 상태로 오래 있으면 오래 있을수록 놈들의 지방에 찬 가스의 밀도가 높아지니까 성냥갑처럼 타버린 놈들은 초기에 당했던 거야. 나머지는," 그녀는 아직도 비틀거리고 있는 몇 놈을 턱으로 가리켰다. "언데드가 된 지 몇 달이 안 된 거고."

나는 아래에서 격렬하게 타고 있는 시체들을 다시금 내려다보았다. 기내는 승리감에 도취되어 있고 헬리콥터는 천천히 하강 중이었다. 그런데 곁눈질로 본 대원들의 얼굴에 긴장과 불안이 서려 있었다. 몇몇은 공포를 떨쳐버리려고 농담을 하기도 했다.

뭐라고 설명하기 어려운 기분이었다. 대원들은 대체로 두려움의 감정이었을 것이다. 우리가 방금 끊어놓은 수천 명의 목숨을 생각하면 고통스럽기도 했다. 저것들은 봉제인형이 아니었지 않은가. 그들은 모두 각자의 삶과 꿈이 있던 사람들이었다. 누구도 이런 식으로 죽을 이유가 없었다. 운이 없었더라면 나도 저 언데드 무리 속에서 최후를 맞았을 거라고 생각하니 마음이 아팠다.

나는 겁을 먹은 상태에 가까웠다.

무서웠다.

몇 분 후면 한창 젊고 앞날이 창창한 이 군인들이 용감하게 저 건물 안으로 진격해야 한다. 빅토르 프리첸코와 나는 그들을 기다리고 있을 공포에 대해 너무나 잘 알았다.

28
테네리페

바실리오 이리사리는 기분이 좋지 않았다. 그의 얼굴과 가늘고 초점 없는 눈에서 살기가 일었다. 그는 최근 들어 무서운 목소리로 이 말을 반복하곤 했다.

"알아들었어, 인마?"

바실리오는 자신에게 그런 버릇이 있는 줄은 몰랐다. 그런데 요즘엔 점점 심해진다. 마음속으로 어떤 생각을 떠올릴 때면 주문처럼 그 말을 주억거렸다. 그 수녀와 있었던 불미스러운 일 이후로 상황은 더 복잡해졌다. 바실리오는 이미 고위층과의 관계에서 곤란한 상황에 처해 있었다. 늘 상관들과 문제를 일으켰지만 이번에는 진짜 어려운 처지에 봉착했다.

우선 그는 더 이상 *갈리시아* 호에서 근무하지 않았다. 내사 동안에는 해군의 절차를 따라야 하기에 임무에서 '임시 해제'된 상태였다. 그는 그 부분에 대해선 전혀 괘념치 않았다. *갈리시아* 호는 근래에 거의 비어 있었다. 몰려오던 피난민들도 완전히 씨가 말랐다. 그 망할 수녀와 친구들이 배에서 검역을 받은 마지막 피난민이었던 것이다.

바실리오는 만 한가운데 정박한 빈 배의 경비를 서는 데에 분개했었다. 그는 결코 시인하지 않았지만 밤중에 손전등 하나만 들고 그 큼지막한 배의 순찰을 돌자면 수천 개의 격벽이 삐걱거리며 신음하는 소리에 소름이 끼치곤 했다.

좋은 점은 항구에서 '비즈니스 기회'가 생기면 제일 먼저 알게 된다는 것이었다. 암시장 최고의 거래가 감독관과 장교들의 감시 아래 부두에서 이루어진다는 건 누구나 아는 사실이었다. 담배 몇 갑이나 금 귀걸이를 제 때에 빼돌릴 수 있도록 경비원이 갑자기 소변을 보러 가거나 신기하게도 몇 시간 뒤면 저절로 고쳐지는 엔진 고장이 항구 순찰 보트에 곧잘 생기곤 했다. 그런 세상에서 바실리오는 물 만난 고기처럼 구미당기는 건수를 찾아내는 데 선천적인 재능을 가진 천재였다.

그의 삶에서 처음으로 일이 잘 풀리는 듯했다. 바실리오로서는 너무나 잘 풀렸다. 그의 판매책은 몇 주간 '협상' 후에 들어왔다. 장물, 특히 금으로 돈을 버는 자였다.

법정 통화가 없다는 점이 섬에서는 물론 암시장에서도 골칫거리였지만 어쩔 수 없었다. 유럽 대륙은 난장판이 되었지만 언데드를 마주할 자신이 있다면 도처에 깔린 수십억 유로를 챙길 수 있었다. 많은 피난민들은 수백만 달러와 유로, 파운드까지 각자 고향 땅에 흩뿌려져 있던 돈을 움켜쥐고 섬으로 왔다. 그들은 지지해 줄 정부가 없는 쓸모없는 통화로 시장을 가득 메웠다. 그 와중에 금, 은, 보석이야말로 진정한 통화 구실을 했고 바실리오는 그런 물건을 구할 방법을 잘 알고 있었다.

그런데 몇 주 전에 다시 일이 틀어졌다. 빌어먹을 불시 검문 때문에 대량으로 수송하던 밀주 럼을 고스란히 빼앗긴 일이 발단이었다. 게다가 그 망할 수녀가 아직 살아있다니!

바실리오의 수법은 조잡했지만 그는 보기보다 똑똑한 자였다. 수녀가 살아있다면 깨어나서 실제로 무슨 일이 있었는지 이야기하는 건 시간 문제였다. 그러면 밝은 미래도, 암시장 거래도 물 건너가게 된다. 말마따나 항구의 크레인으로 가는 편도 티켓에 당첨되어 눈 깜짝할 사이에 교수형 신세가 될 것이다. 그는 자신의 고객들 중 배급이 줄어든 코카인에 중독된 한 의사를 통해 그 늙은 년의 목숨이 간당간당하다는 이야기를 듣고 손을 쓰기로 했다.

바실리오는 겁쟁이가 아니었다. 그는 사람을 죽이는 데 전혀 거리낌이 없었다. 하지만 백주대낮에 경비원이 그득한 병원에 숨어들어 사람 많은 병실에 누워 있는 늙은 여편네를 해치우는 일은 까다로운 일이었다. 조심해야 했다. 만약 그 늙은 년이 극적으로 돼진다면 그가 제일 먼저 용의선상에 오르게 될 것이다.

바실리오는 며칠간 일이 되어가는 대로 두기로 했다. 연줄에 따르면 그 늙은 여편네가 식물인간 상태라서 절대 깨어나지 못할 수도 있다고 한다. 운이 좋으면 수녀는 골로 갈 것이다.

그런데 전날, 의약품을 구하러 반도로 떠난 팀이 있다는 소식이 들렸다. 어쩌면 그 늙은 박쥐 같은 년을 살릴 약을 가지고 돌아올지 모른다. 한편으로는, 사방이 언데드 천지인 곳에서 그 팀이 살아 돌아오지 못할 가능성도 있다. 그렇다고 요행을 바라고 있을 수만은 없었다.

그는 마침내 결심을 했다. 수녀를 직접 처리하기로. 그렇게 마음먹고 나니 한결 기분이 나아졌다.

그리고 이튿날 그는 휠체어를 미는 병원 직원으로 변장했다. 휠체어에 탄 에릭 데사우스는 억센 빨강머리에 주근깨가 있는 벨기에 사람으로 기침을 그럴싸하게 했다. 그는 '혹시 모르니까' 챙겨가야 된다고 우겨서 9밀리미터 베레타를 담요 밑에 움켜쥐고 있었다. 약쟁이 의사에게 마약으로 갚느라 비용이 제법 들었지만 덕분에 직원 유니폼과 출입증을 쉽게 구할 수 있었다. 에릭을 일에 끌어들이는 것도 쉬웠다. 그는 바실리오가 아는 몇 안 되는 지인 중 하나로 정신분열증 진단을 받은 자였다. 수녀를 죽인다는 생각만으로도 엄청 홍분한 그는 고통을 느낄 정도로 발기가 되어 담요로 몸을 가려야 했다. 바실리오는 그 우라질 병원에서 길을 찾느라 곤욕을 치르고 있었다. 약쟁이 의사는 수녀가 있는 병실로 가는 길을 알려주었다. 하지만 같이 가달라는 데에는 딱 잘라 거절하며 덧붙여 말했다.

"당신이 대체 무슨 짓거리를 하려는 건지 알고 싶지 않소. 당신이라는 작자 자체를 알고 싶지 않아."

그래서 바실리오와 에릭은 거의 20분간 병원을 배회했다. 기분이 언짢아진 바실리오는 뜨거운 스토브에 놓아둔 온도계의 수은주가 올라가듯 급격히 화가 치밀었다. 대책 없이 헤매고 있을 시간이 없다. 그가 똑같은 환자를 데리고 같은 장소를 세 번이나 지나가면 조만간 누군가 눈치를 챌 텐데, 그러면 일이 완전 틀어지는 거다.

"에릭, 문제가 생겼다. 알아들었어, 인마?"

"내 말이. 이 복도를 두 번째 지나가고 있잖아. 저 경비원이 우릴 아주 유심히 봤다고. 아무래도 다음에 다시 와야겠는데."

"젠장, 안 돼." 바실리오가 속삭였다. "그 코끼리 년을 쓰러뜨릴 모르핀을 주머니에 넉넉히 넣어 왔다고. 병원을 나가는 사람들은 직원들도 예외 없이 다 몸수색을 당하는데 네놈이 담요 밑에 숨긴 물건을 보면 놈들이 뭐라고 하겠어?"

"전부 어디 숨겨놓고 다음에 오면 되잖아."

에릭이 징징거렸다. 열의가 식은 모양이었다.

"다음은 없어. 알아들었어, 인마? 오늘 해야 돼. 이걸 놓치면 그 년이 깨어날 거야. 이봐! 저길 봐! 찾았어!"

바실리오는 **회복실 12**라고 적힌 오른쪽으로 향하는 화살표를 가리켰다.

바실리오는 휠체어를 더 빨리 몰았다. 대재앙이 오기 전에 그 방은 구급차 차고였다. 이제는 병원이 미어터질 지경이라 방을 흰색 페인트를 칠하고 남쪽 벽에 전망창 4개를 단 병실로 꾸며 쓰고 있었다.

두 총잡이는 문을 열고 들어갔다가 질병과 죽음의 악취가 너무 강렬해서 입을 막았다. 병원 직원들은 그 방을 '영안실'이라고 불렀다. 그리로 들어가는 환자는 많았지만 살아 나오는 이는 드물었다. 대개 회복될 방도가 없는 환자들이라 돌연 사망하여 불귀객이 되었다. 예전 같으면 며칠 만에 회복할 수 있는 환자들이었다. 이제는 몹시 아픈 환자들은 그곳에 가둬두고 다른 이들이 보지 않도록 한다. 그래야 사람들이 모든 것이 괜찮은 척 각자의 삶을 살아갈 수 있기 때문이다. 지옥보다 더 끔찍한 일이었다.

쉰 개의 침상이 커다란 병실 한 가운데 널찍한 통로를 만들며 단정하게 두 줄로 들어서 있었다. 매트리스가 말려 올라가 용수철이 튀어나온 침상 몇 개를 빼고 거의 모든 침대마다 환자들이 누워 있는 것이 보였다. 바실리오는 핏자국이 묻은 매트리스를 보고 잠시 주춤했다. 그는 이 침대 저 침대를 살피며 죽어가는 환자들 사이로 수녀의 얼굴을 찾았다. 그리고 마침내, 그가 수녀를 발견했다.

저 멀리, 방 한쪽 구석에서는 두 명의 간호사가 위기 상황에 처한 환자를 돌보고 있었다. 간호사 하나가 도움을 청하기 위해 반대쪽 문 밖으로 서둘러 나갔다. 남아 있는 간호사는 등을 돌리고 있어서 바실리오와 에릭이 통로 한가운데에 서 있는 것을 보지 못했다. 벨기에인은 베레타를 쥐고 몸을 일으켜 벽에 기대어 서서 양 문을 주시했다.

바실리오는 지체 없이 모르핀을 가득 채운 주사기를 꺼내 들고 무방비 상태로 누워 있는 수녀의 침대로 다가갔다. 암살자가 된 선원은 여자를 유심히 살펴보았다. 늙은 여편네는 고작 몇 주 만에 몸이 자그마해져 있었다. 머리에 커다란 붕대를 감고 있으니 고치를 튼 거대한 곤충처럼 보였다. *미안하게 됐네, 여편네야.* 그는 들고 있던 주사기를 링거 병에 꽂아 약을 주입했다. *개인적인 감정은 없어. 그렇게 끼어 들지 말았어야지……*

빵! 총성이 커다란 방을 쩌렁쩌렁 울렸다. 흠칫 놀란 바실리오는 정신이 아득해졌다. 그는 뒤돌아 에릭을 보았다. 에릭은 한쪽 무릎을 세우고 앉아서 베레타를 연속 세 발 쏘았다. 방 뒤편에서 의사 하나 가 갑자기 그 자리에 멈춰 서더니 목에서 분수처럼 피를 쏟으며 콘크리트 벽에 부딪혀 쓰러졌다. 간호사도 쓰러진 의사의 발치에 엎어졌 다. 등을 돌리고 있던 간호사는 피와 뇌수를 철철 흘리며 환자 위로 고꾸라졌다.

"에릭! 대체 뭐하는 짓이야?" 바실리오가 소리쳤다.

"저 간호사가 우릴 봤어." 벨기에인이 이상하리만큼 느린 목소리 로 대답했다. 그는 실성한 듯 입가에 미소를 지었다. "비상벨을 울리 려고 했다고, 바스! 다른 수가 없잖아?"

*내 탓이 아니야*라는 식으로 그가 어깨를 으쓱했다.

바실리오는 화가 끝까지 치밀어 올랐지만 참았다. 냉정하고 사악 한 그의 머릿속에 두 가지 생각이 스쳤다. 첫째, 저 미치광이 벨기에 놈을 데리고 오는 게 아니었다. 둘째, 여길 빠져나가야 한다. 빨리. 사 람들이 온 병원이 떠나가라 소리치고 비명을 질렀고 멀리서 비상벨 소리가 울렸다.

"이봐, 일을 잘도 이 지경으로 만들었겠다!"

바실리오는 수녀의 링거에 주사액을 마저 밀어 넣으며 잡아먹을 듯이 이죽거렸다. 주사액을 한 방울도 빠짐없이 수녀의 몸에 밀어 넣 으려고 그나마 촉박한 시간이 몇 초 지체되었다. 차분히 담배나 한 대 피우며 늙은 여편네가 계획대로 죽어가는 모습을 지켜볼 시간은 없었다. 혼란스런 와중이었지만 병원에서 손을 쓸 수 없도록 여자의 몸에 모르핀을 확실히 주입해야 했다.

"됐다." 그는 주사기를 주머니에 넣고 마지막으로 세실리아 수녀의 창백한 얼굴을 힐긋 쳐다본 뒤에 쏜살같이 문밖으로 달렸다. "빨리 나가지 않으면……."

바실리오는 그대로 얼어붙은 듯 말이 없었다. 늙은 선원의 눈이 왕방울 만해져서 출입구에 선 두 사람의 모습에 멎었다. 하나는 목선이 깊이 파인 옷을 입고 과하게 화장을 한 키가 작은 간호사였다. 그런데 그 옆의 간호사……. 바실리오는 그 생김새와 초록색 눈을 어디에서 만나든 알아볼 수 있었다. 몇 주 내내 악몽에 시달린 모습 그대로였다.

"그 년이야." 그는 믿을 수 없다는 듯이 중얼거렸다. 그리고 분노에 차서 소리쳤다. "그 때 있었던 다른 년이다! 죽여!"

악마도 공포에 떨고 갈 뒤틀린 미소와 함께 벨기에인이 입맛을 다시며 총을 겨누었다.

두 번의 총성이 울렸다.

29
마드리드

슈퍼 퓨마가 덜컥거리며 주차장에 착륙했다. 프로펠러 때문에 연기가 소용돌이쳐 올라갔다. 그런데 육지에 닿자마자 찢어지게 쇳소리가 났다. 경고음이 울리더니 계기판에 빨간 불이 들어왔다.

"세상에, 프리첸코! 어찌된 거야?"

나는 공포에 질려 새된 목소리로 소리쳐 물었다.

"나도 어떻게 된 건지 ……."

우크라이나인은 기체를 조정하느라 말을 얼버무렸다. 앞바퀴 두 개가 땅에 닿았을 뿐인데 미친 듯이 최고 속도로 회전하고 있다. 묶어놓거나 벽에 고정하지 않은 물건들이 날아다니자 여기저기에서 비명 소리가 들렸다. 제각기 의자를 움켜쥐고 있느라 손마디가 하얘졌다.

영원히 끝나지 않을 것 같던 1분이 지나고 회전이 느려지더니 마침내 슈퍼 퓨마가 완전히 멈춰 섰다. 기내에는 잠시 침묵이 흘렀다.

"다들 괜찮아?" 누군가 물었다.

우리는 프리첸코가 또 혼이 빠지게 운전을 하지 않을까 싶어서 조심스레 자리에서 일어나며 신음소리로 답을 대신했다.

"대체 어떻게 된 건지 누가 말 좀 해 주겠나?" 탱크가 물었다.

"파일럿한테 물어보시죠." 병장이 신랄하게 말했다. "저는 아직도 속이 울렁거립니다."

탱크는 파일럿에게 물을 수 없었다. 프리첸코는 안전벨트를 풀고 내려 새까맣게 탄 헬리콥터 꽁무니로 달려갔다. 잠시 후, 우크라이나인이 조종석으로 되돌아왔다.

"꼬리 날개가 빠졌어." 그는 수통 뚜껑을 열며 침착한 목소리로 말했다. "이륙 못 해."

"이륙 못한다니 무슨 소리야?" 대원 하나가 숨죽여 물었다. "이륙 *하려면* 얼마나 걸려?"

"절대 못 해." 프리첸코는 일요일에 있었던 게임 이야기를 하듯이 무미건조하게 대답하더니 생각에 잠겨 머리를 긁적였다. "네이팜 폭발 때문에 생긴 파편이 꼬리 날개를 쳐서 헐거워졌던 모양이야. 어쩌면 그냥 떨어져 나갔는지도 모르지. 몇 달 내내 밖에 서 있었으니까 딱히 뭐라고 단정하기 어려워. *고장*은 확실해. 죽었다고."

"고칠 수 있나?" 탱크가 물었다.

"어쩌면……. 새 프로펠러하고 차동기 한 세트, 맥주 한 상자, 수리를 도와 줄 전문 수리공 몇 명, 고치는 데 소요되는 스무 시간이 있으면 가능하지. 그런데 없으니까, 못 고쳐."

"우린 어떻게 해요?" 두려움이 섞인 목소리다. "어떻게 돌아가느냐고요?"

"다른 운송 수단을 찾아야지." 프리첸코가 어깨를 들썩이며 말했다. "달리 별 수가 있나?"

기내에 차가운 침묵이 흐른다. 우리가 살아 돌아갈 가능성이 희박해졌다는 건 천재가 아니라도 알 수 있었다.

"프리첸코," 내 목소리도 겁에 질려 있다. "그 말은, 우리도 같이 들어가야 한단 말이야……. 저 안에."

"알아."

그는 해변에 산책을 간다는 것처럼 아무렇지 않게 대답했다.

"제기랄, 어떻게 그렇게 침착할 수가 있어!" 나는 버럭 화를 냈다.

"숙명인 거야." 슬픈 미소가 그의 얼굴에 번졌다.

"그건 또 무슨 소리야?"

그는 수통을 쭉 들이켰다.

"음, 헬리콥터가 망가져서 이륙을 못 해. 그런데 우리가 여기 있다고 해서 고쳐지는 건 아니잖아. 운명이지. 알겠어? 그런 거야. 화낸다고 달라지는 건 없어. 안 그래?"

나는 그를 노려보았다.

"가끔 사람 엄청나게 열 받게 만드는 거 알지! 제기랄, 생각하는 게 너무 러시아식이야!"

"우크라이나식이지." 프리첸코의 미소는 전혀 동요하지 않았다. "우크라이나식 사고 방식이라고. 러시아는 훨씬 북쪽이야."

"여부가 있겠습니까."

나는 완전히 기가 꺾였다. 뭐 저런 친구가 있나. 이런 때에 프리첸코의 슬라브식 농사꾼 정신이 나오다니. 그는 선조들이 수세기에 걸쳐 해왔던 것처럼 어려운 상황을 체념하며 기꺼이 받아들였다. 다시 되돌릴 방법이 없으니 그냥 이를 악물고 계속 전진하는 것이다.

몇몇 조원들은 벌써 문을 열고 밖으로 뛰어내릴 태세다. 나는 주저했다. 땀이 비 오듯 등줄기를 타고 흐르는데도 불구하고 갑자기 엄청난 한기가 느껴졌다. 어떻게든 넘겨보려고 하는데 목구멍이 사막처럼 말랐다. 담배를 찾아 주머니를 더듬거렸지만 손이 심하게 떨려서 주머니의 단추를 열기도 힘들었다. 보이지 않는 손이 심장을 쥐어짜는 것 같은 불안감이 엄습했다. 밖으로 몇 발자국을 내딛기도 전에 이 상태라면 끝이다. 눈앞에 어떤 생각이 스치며 그대로 죽을 것만 같은 기분이 들었다. 시야가 흐려지고 머리가 핑핑 돌기 시작했다. 맙소사!

"이봐! 침착해."

익숙한 프리첸코의 목소리에 마음이 진정되며 정신이 돌아왔다. 우크라이나인이 내 어깨에 손을 얹은 채 얼굴을 가까이 마주 본다.

그는 침착하게 내 주머니에서 담뱃갑을 꺼내 한 개비를 물려주더니 불을 붙였다.

"프리첸코, 난 못 가겠어." 내 목소리가 떨려왔다. "놈들이 날 죽일 텐데, 눈 깜짝할 사이에 놈들한테 잡힐 거라고. 제기랄! 대체 우리가 여기서 뭐하는 거야?"

"자넨 괜찮을 거야." 그는 한 손으로 나를 일으켜 주더니 소총을 어깨에 멨다. "전에도 훌륭하게 해냈듯이 이번에도 잘 해낼 거라고. 걱정하지 마. 우린 이것보다 더한 것도 겪었잖아. 자네랑 나, 둘 다 괜찮았어. 그렇지?"

나는 주저하며 고개를 끄덕였다. 다들 헬리콥터 밖에 나가 있었다. 모두가 조를 짜는 동안 탱크는 우리의 이름을 부르고 있었다.

"비고의 그 작은 가게 기억나지?" 프리첸코의 얼굴에 미소가 스쳐 갔다. "정말 끝장나는 줄 알았잖아. 무기도 차도 없이 둘이서 그 괴물들에게 둘러싸여 그 망할 끔찍한 가게에 갇혔었지. 거기서도 나왔는데, 이건, 말하자면 식은 죽 먹기야!"

나는 떨리는 미소로 고개를 끄덕였다. 프리첸코의 말이 맞았다. '베테랑'으로 분류된 건 이해할 수 없었지만 언데드들 사이에서 우리만큼 오랜 시간을 버티고 살아남아 무용담을 늘어놓은 이들은 없지 않은가.

나는 깊게 숨을 내쉬었다. 우리가 인류를 구원해 줄 최선의 희망이었다면 일이 생각보다 더 엿 같았을 것이다.

담배를 한 모금 길게 들이키며 MG3를 삼각대에 고정하고 있는 아르헨티나인을 바라보았다. 이런 짓은 수백 번도 더 해봐서 지겹다는 투의 전문가다운 표정이었다. 그래, 이제 다시 그 엿 같은 곳 한가운데로 되돌아 왔다. 최소한 이번에는 계획이 있지 않은가. 실력이 아주 좋은 사람들도 함께 왔다. 무엇보다 프리첸코와 내가 함께다. 그게 중요했다. 네이팜탄을 챙겨온 저 대원들은 그 지역을 싹쓸이할 다른 방법을 찾을 것이다. 어쩌면 멀쩡하게 살아나갈 수 있을 것 같은 생각이 들었다.

"준비 됐어?" 우크라이나인이 HK를 장전했다.

"준비 됐다, 전우." 나는 조심스럽게 글록을 뽑아들었다. "가까이 붙어 있으라고, 알았지?"

"알았어. 자네한테 무슨 일이 생기면 루시아가 날 죽이려고 할 테니. 게다가, 난 고양이를 데리고 살 생각 없으니까." 그가 다 안다는 미소를 지었다. "가자고."

주차장 바닥인 줄 알고 헬리콥터에서 뛰어 내렸는데 한쪽 발이 구멍 같은 곳으로 빠지며 썩은 냄새가 코를 찔렀다. 파울리가 걱정 반, 놀람 반인 얼굴로 나를 바라보고 있었다.

"조심해. 불쌍한 악마 녀석의 심장을 밟은 것 같은데."

그녀가 능글맞게 웃었다.

그을려서 시커멓다고 생각했던 주차장 바닥은 알고 보니 새까맣게 탄 시체들이었다. 뛰어 내리면서 불에 탄 시체의 갈비뼈를 으스러뜨려 척추 왼쪽 흉강에 발이 빠진 것이다. 나는 역겨워서 뒤로 물러서며 부츠를 빼냈다. 하마터면 몸이 휘청거리며 넘어질 뻔했다.

탱크의 손이 타고 남은 시체 위로 넘어지려는 내 팔을 꽉 붙잡았다.

"조원들과 함께 행동하도록." 무미건조하게 말하는 그의 눈이 날카롭게 나를 노려보았다. "컴퓨터 기술자를 잘 보호하고. 그 자가 없으면 이 작전은 무용지물이 된다."

나는 그의 손을 떨쳐냈다. 브로토 그 망할 자식이 뭐가 그렇게 대단한가 싶었다. 숯이 된 시체들 위를 밟으며 조심스럽게 프리첸코에게 다가갔다.

"우린 저 둘과 같이 가." 프리첸코가 파울리와 마르셀로를 가리켰다. "아무래도 저 겁먹은 컴퓨터 거물 나리를 우리가 돌봐줘야 하나 봐."

"왜 그런지 짐작 가는 데 있어?"

"감도 안 와." 프리첸코가 한숨 섞인 목소리로 말했다. "하지만 몇 분 후면 분명…… 조심해!"

우크라이나인은 뱀이라도 본 것처럼 펄쩍 뛰어 물러서더니 나를 사선에서 밀쳐냈다. 고개를 돌렸더니 150미터도 안 되는 거리에 끔찍하게 탄 언데드 두 놈이 보였다. 나이나 성별을 알아보지 못할 정도로 심하게 탔는데도 상태에 비해 제법 잘 움직였다.

프리첸코가 HK를 겨누어 오른쪽에 있는 놈을 쏘았다. 소총의 철컥 하는 소리와 다른 총의 폭음이 순식간에 섞여 났다. 주차장에 서 있던 언데드들은 아직도 우리를 향해 다가오고 있었다.

네이팜탄이 놈들을 거의 다 죽였지만 서른 내지 마흔이 넘는 수의 무리가 여전히 헬리콥터를 에워싸며 우리에게 다가오고 있었다. 짧고 규칙적인 아르헨티나 인의 MG3 포성을 배경으로 HK의 폭음과 글록의 총성이 섞여 들렸다.

한두 놈들은 프리첸코와 나에게 얼굴을 마주할 정도로 밀착해 있었다. 다른 조원들도 사방으로 목전에 총을 쏘느라 분주했다. 귀청 떨어지는 소음 때문에 더 많은 언데드가 몰려오고 있었다. 놈들은 지칠 줄 몰랐다.

프리첸코는 첫 발을 갈겨 언데드의 가슴에 구멍을 냈다. 놈은 총격에 흔들려 뒤로 휘청하는가 싶더니 우리를 향해 계속해서 다가왔다. 우크라이나인이 놈을 다시 겨냥해 쏘았다. 이번에는 머리가 곤죽이 되어 사방으로 튀었다. 놈이 쿵 하고 쓰러졌지만 프리첸코나 나나 그걸 지켜볼 겨를이 없었다. 그는 침착하게 다른 언데드를 겨냥하고 심호흡을 한 뒤 방아쇠를 당겼다. 철컥하고 무시무시한 쇳소리가 났다. 멈출 줄 모르고 다가오는 놈을 앞에 두고 우리는 그대로 굳어버렸다.

"걸렸어!" 프리첸코가 소리쳤다. "제기랄! 걸렸다고! 저 놈 쏴! 어서!"

나는 꿈을 꾸듯이 글록을 겨누었다. 테네리페에서 배운 대로 엄지손가락으로 안전장치를 해제했다. 우리에게 다가오고 있는 괴물에게 온 정신을 집중했다. 오직 저 숯덩이 괴물과 글록의 조준점, 그리고 내가 있을 뿐, 나머지 세상은 차단되었다.

내 숨소리가 들렸다. 내 손가락이 천천히 방아쇠를 당겼고…… 총이 발사되었다.

하지만 낮게 철컥하는 소리로 끝이었다.

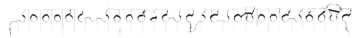

30
테네리페

루시아가 제일 먼저 총성을 들었다. 무거운 방화문을 밀고 들어간 병실은 오싹하리만큼 조용해서 놀랐다. 이어서 건장한 직원 하나가 세실리아 수녀에게 몸을 굽히고 있는 것이 보였다. 남자는 비밀 이야기라도 하는 것처럼 수녀의 머리에 자신의 머리를 기대고 있었다. 빨간 머리의 남자 하나가 손을 등 뒤로 숨긴 채 벽을 따라 미끄러져 자신에게 곧장 다가오는 것을 곁눈으로 포착했다.

저 사람, 성난 말처럼 발기했잖아. 당황스러우면서도 놀라웠다. 바로 그 때, 락 그룹 스핀 닥터스의 리드 보컬과 많이 닮은 그 빨간 머리 남자가 등 뒤에 숨겼던 손을 앞으로 내밀더니 그녀와 마이테를 향해 검은 총을 겨누었다.

루시아는 저 망할 문을 열고 들어오기 5초 전 까지만 해도 *시간이 멈춘다는* 표현을 믿지 않았다. 그런데 남자가 방아쇠를 당긴 순간, 시간이 멈추면서 캐러멜처럼 끈적이며 걸쭉하게 녹아내렸다.

첫 발이 루시아의 귓가를 스쳐 지나가며 얼을 빼놓았다. 무의식적으로 사정권을 벗어나 총알을 피한 것이다. 마이테는 맛없는 커피가 든 컵을 가슴에 안고 입구에 꼼짝 않고 서서 다시 총을 겨누며 벽을 따라 달려오는 총잡이를 바라보고 있었다.

두 번째 총성에 마이테가 심장 바로 아래를 맞았고, 자그마한 소녀의 몸은 피와 커피를 사방에 흩뿌리며 총격에 의해 공중으로 나가 떨어졌다. 그녀는 얼떨떨한 눈빛으로 러시아 발레단의 무용수처럼 피루에트(Pirouette. 한쪽 발을 다른 발목에 붙이고 회전하는 발레 동작.—옮긴이) 턴을 했다.

"그 간호사 말고, 이 멍청아! 다른 쪽! 저 애를 쏴! 키 큰 애 말이야!"

루시아에게도 직원이 하는 말이 들렸다.

그 목소리를 기억해 낸 순간, 루시아는 수녀가 죽을 지경에 처했음을 깨달았다. 사람을 불러오지 않으면 그녀가 죽고 말 것이라는 것도. 루시아는 공포로 신음소리를 내며 복도로 돌아 나와 달렸다.

병원은 말 그대로 대 혼란이었다. 사방에서 경보가 울렸다. 제복을 입었건 안 입었건 하나같이 무장한 남자들 무리가 겁에 질린 수십 명의 환자와 어쩔 줄 모르는 의사들을 지나쳐 뛰어다녔다.

"프로일리스트다! 망할 프로일리스트들이다!"

생소한 군복을 입은 한 남자가 일군의 병사들을 이끌고 병원 건물로 들어왔다.

건물의 다른 쪽에서 연이어 들리는 소리는 루시아도 아는 HK의 총성이었다. 낮은 폭발음과 다른 총기의 소리도 들렸다. 루시아가 모르는 총이었다. 프리첸코가 있었더라면 AK-47의 총성이라고 알려주었을 것이다. 공황 상태에 빠진 사람들과 프로일리스트의 습격을 우려한 군인들이 뒤섞인 아수라장 속에서 두 조로 나뉜 경비원들이 서로 총질을 했다. 빌어먹을, 정신병원이 따로 없다.

난데없이 바퀴달린 들것이 날아와 루시아의 허리께를 강타해 그녀를 바닥에 쓰러뜨렸다. 다리에 격렬한 통증이 느껴졌다. 인파와 총격전에 에워싸인 채 간신히 몸을 일으킨 그녀가 복도를 힐긋 보니 빨간 머리의 남자가 총을 쥐고 바실리오의 옆에 서 있었다. 사람들의 틈새를 뚫고 나가는 그녀를 본 남자는 주먹으로 무장한 한 사내의 옆구리를 강타한 뒤 그녀를 손으로 가리켰다.

루시아는 복도에 엎어져 있는 장비들을 밀치며 들것을 붙잡고 벌떡 일어섰다. 병원 내부를 잘 알고 있는 그녀가 유리했지만 사방에서 달려드는 사람들을 뚫고 지나가기에는 체력이 달렸다. 뒤돌아보지 않고 달려도 남자가 자신을 따라잡을 것 같았다.

두 갈래로 나뉘는 복도가 보였다. 루시아는 오른쪽 복도 끝이 출구라는 걸 알고 있었다. 이 난리통에도 분명히 경비원이 입구를 지키고 서 있을 것이다. 몇 십 미터만 가면 된다. 갈래 길에 발을 내딛는 순간, 귀청이 떨어질 것 같은 기관총 소리가 들렸다. 그녀는 즉각 바닥에 엎드렸다. 기관총 소리가 났던 곳과 같은 방향에서 총성이 계속 들렸다. 그녀와 50여 명의 사람들은 얼떨결에 사격 명령과 구호를 외치며 격전 중인 두 무리의 십자포화에 갇히게 되었다.

여기서 빠져나가지 않으면 끝장이야. 그녀는 이를 악물고 옆문을 향해 기었다. 일면식 없는 간호사 하나가 옆으로 쓰러졌다. 머리를 맞아 커다란 구멍이 나 있었다. 화약과 피, 그리고 역겨운 냄새가 가득했다. 다친 사람들의 신음소리가 폭발에 맞은 이들의 발작적인 비명소리와 어우러졌다.

헝클어진 복장으로 어디선가 나타난 시민 경비병 장교가 난장판을 수습해 보려고 목이 쉬도록 소리를 질렀다.

"사격 중지! 같은 편끼리 쏘고 있잖아. 이런 망할!"

그의 말에 정신없이 총을 쏘던 이들이 사격을 멈췄다.

다행이다. 이제야 상황을 통제할 사람이 생겼다. 그 사람이 있는 쪽으로 기어가던 루시아는 중간에 우뚝 멈추고 말았다. 마이테를 죽인 빨간 머리가 예의 그 소름끼치는 미소를 지으며 장교의 뒤에 다가 서 있었다.

머리를 다 자른 이발사가 손님의 이발용 망토를 걷어 가듯이 에릭 데사우스는 아무것도 모르고 있는 장교를 한 발자국도 안 되는 거리에서 쏴버렸다. 장교가 바닥에 엎어지고 선홍빛 분수가 그의 목에서 솟구쳤다. 경비들이 놈을 겨냥했지만 총을 발사하기도 전에 다른 쪽 복도 끝에서 기관총 소리가 나며 서 너 명의 경비가 쓰러졌다.

다시 난장판이 되었다. 경비병들은 그 총잡이 놈을 까맣게 잊고 자신들을 쏜 쪽을 집중 공격했다. 바실리오는 기회를 틈 타 바닥에 떨어져 있던 HK를 집어 들었다.

"여기야! 그 년이 저 문으로 나갔다!" 바실리오가 소리쳤다.

벨기에인 에릭은 낮게 콧노래를 부르며 피범벅이 된 장교의 시체를 넘어 문 쪽으로 걸음을 옮겼다. 총신을 내려다보는 놈의 뒤를 바실리오가 바짝 붙어 따랐다. 희열이 전신을 타고 퍼지자 놈의 지퍼가 터질 것처럼 부풀어 올랐다. 총격전을 뚫고 쏜살같이 달리는 놈은 그 계집애의 시체에 대고 용두질 할 생각으로 만면에 활짝 미소를 지었다.

31
마드리드

나는 영겁과도 같은 일 분 동안 손에 쥔 글록을 응시하며 마네킹처럼 가만히 서 있었다. 무슨 일이 일어나는지 전혀 감지할 수 없는 상태였다. 우라질 놈의 총이 먹통이 되었는데 뭐가 어떻게 된 건지 생각할 겨를이 없었다. 반쯤 타다만 언데드가 살기 어린 괴성을 지르며 HK를 장전하던 프리첸코에게 달려들어 어깨를 거머쥐더니 자그마한 우크라이나인의 상체를 덮쳤다.

프리첸코는 본능적으로 소총을 들어 언데드의 가슴팍에 총부리를 꽂아 넣었다. 그 와중에 소총과 함께 놈이 뒤로 넘어졌다. 언데드가 움직임을 멈췄다. 일격에 갈비뼈가 부러진 모양이었다. 중심을 잃은 프리첸코도 기우뚱거리다 속수무책으로 뒤로 엎어졌다.

언데드 놈이 원하는 바였다. 놈은 무릎을 꿇은 채 내 친구를 덮쳤다. 그는 놈의 엄청난 손아귀에서 벗어나려고 안간힘을 썼다. 모든 것이 슬로 모션으로 보였다. 불에 타서 쪼그라든 입술 사이로 그 괴물의 썩은 이빨이 눈에 띄었다. 공포에 하얗게 질린 슬라브인의 코앞에서 놈의 턱이 곰 덫 닫히듯 딱딱거렸다.

"이 놈 좀 떼 내! *다바이! 다바이!*" 프리첸코가 소리쳤다.

나는 달려가서 있는 힘껏 놈의 옆구리를 걷어찼다. 보통 사람 같으면 죽었을 텐데 놈들은 훨씬 강했다. 내가 발길질을 하는 통에 언데드 놈이 프리첸코를 놓쳤고 프리첸코는 기어서 놈의 손아귀를 빠져나왔다.

그러자 그 괴물의 관심이 나에게 옮겨왔다. 놈이 일어서려고 용을 쓰는 동안 나는 몇 발짝 뒤로 물러섰다. 사냥용 칼을 쥐고 조용히 놈의 뒤에 선 프리첸코는 놈의 멱을 딸 태세였다.

슬라브인이 일격을 휘두르기도 전에 언데드의 관자놀이가 화산처럼 터졌다. 놈의 뇌수가 사방에 흩뿌려지고 몸뚱이가 쓰러졌다. 프리첸코와 나는 놀라서 서로 마주보며 안도의 한숨을 내쉬었다.

"두 사람 대체 무슨 놀이를 하는 거야?"

파울리가 새된 목소리로 비꼬아 묻는다. 세상에서 제일 멋진 목소리가 아닐 수 없다. 한쪽 무릎을 꿇고 앉은 그녀의 HK에서 파란 연기가 피어오른다. 기가 막힌 타이밍이었다.

"둘 다 맨손으로 싸우는 게 더 좋은가 본데," 그녀가 놀리듯이 말했다. "저 괴물들을 레슬링으로 상대하는 건 좋은 생각이 아니야. 누구보다 잘 알면서, 그러다가 큰 일 나지."

그녀는 천천히 일어서더니 무릎을 털었다.

"염병할, 프리첸코 권총이 걸렸어." 나는 그의 HK를 가리키며 투덜댔다. "내 것도 발사가 안 됐고." 그녀의 코앞에 대고 글록을 흔들었다. "그러니까 그만 허튼 소리 말라고, 젠장!"

"우선, 권총이 아니라 소총이지." 마르셀로가 꼬집어 말하며 MG3를 쏘느라 뻐근한 어깨를 문질렀다. "무기를 두 *개나* 망가뜨렸다고? 웬 일이야."

나는 그를 쏘아보며 글록을 내밀었다. 포르테뇨가 탄창을 유심히 살펴보더니 믿을 수 없다는 듯 눈이 휘둥그레졌다.

"멍청하긴, 첫 발을 안 넣은 거야?"

"어……."

얼굴이 화끈거린다. 젠장. 테네리페에서 훈련을 받았지만 총을 뽑다가 실수로 내 몸에 총알이 박힐 것 같은 두려움을 떨칠 수가 없었다. 그래서 첫 번째 총알을 빼놓는 바람에 탄창이 비어 있었던 것이다.

쏘기 전에 장전해야 한다는 걸 너무나 잘 알고 있었지만 정신없는 와중에 잊고 있었다. 글록이 발사되지 않은 것은 내 부주의 탓이었다. 수치스럽기 짝이 없었다. 차라리 내 발치에 누워 있는 저 언데드가 나를 죽였더라면 싶었다.

"뭐 이런 놈들을 붙여준 거야? 대가리에 피도 안 마른 애송이들이잖아!"

젊은 축에 드는 외인 부대원 중 하나가 버럭 소리치며 바닥에 침을 뱉었다.

"입 조심해, 이 버릇없는 새끼야." 프리첸코의 파란 눈이 그를 잡아먹을 듯 노려보았다. "네가 운동장 뛰어 놀 때 난 체첸에서 무자히딘 놈들 목을 따고 있었어." 우크라이나인의 목소리가 얼음처럼 차가웠다. 입이 건 사내가 조금이라도 구실을 주면 당장 배를 따버릴 기세였다. 프리첸코가 나를 가리켰다. "이 친구는 네가 상상도 못할 일을 겪었어. 네가 무서워서 똥을 지릴 위험한 상황을 몇 번이고 빠져 나왔지. 그러니 아가리 닥쳐!"

외인 부대원이 도움을 구하며 눈길을 돌렸지만 나머지 조원들은 들리지 않는 곳에 있었다. 마른 침을 삼킨 그가 두 손을 들어 보이며 물러섰다.

"이봐, 진정해! 목숨 잘 건사하란 말이었어. 도와줄 힘은 없으니까. 알았어?"

그는 몸을 돌려 꽁무니가 빠져라 창고 안으로 사라졌다.

"HK는 왜 그랬던 거지, 프리첸코?" 파울리가 동요하지 않고 물었다. "걸렸어?"

우크라이나인은 아무 말 없이 탄창을 뽑아 공이치기를 당겼다. 반짝이는 총알 하나가 바닥에 떨어지며 쨍그랑 소리를 냈다. 프리첸코는 그걸 주워 파울리에게 주었다.

"오, 세상에! 이건 48구경이잖아!"

카탈로니아 여자가 얼굴을 찌푸리며 마르셀로에게 총알을 건넸다.

유심히 살피던 마르셀로가 흠칫 놀랐다.

"이런 개자식들, 조정이 잘못됐어!"

"뭔데 그래, 마르셀로?"

분명 뭔가 잘못된 모양인데 나로서는 뭔지 알 수 없었다.

"언데드랑 싸우면서 엄청난 양의 탄약을 썼었지." 파울리도 자신의 탄창을 뽑아 확인하며 말을 이었다. "습격 때마다 수백 발씩 쐈으니까. 6개월 전인가, 총알 비축량이 바닥이 나면서 자급자족을 시작했지. 문제는 카나리아 제도에 정밀한 기계가 없으니 기계부터 만들어야 했던 거야."

"그래도 잘 만들었겠지, 안 그래?

"별로." 파울리는 진절머리를 쳤다. "만든 총알이 전부 기준에 맞지는 않았어. 가끔 불량품이 섞여 들어갔지. 어떻게 된 일인지 알아내기도 전에 몇 팀을 잃었어. 이번 작전에 쓸 탄약은 여러 번 시험을 거친 줄 알았는데, 우리 예상이 틀린 모양이야."

"실수일까요?"

다비드 브로토가 눈이 휘둥그레져서 물었다. 그 컴퓨터 전문가는 언데드와의 첫 번째 교전을 대체로 잘 이겨낸 것 같았다.

"방해공작일지도." 병장 중 하나가 무뚝뚝하게 받아쳤다. 그도 탄창을 하나 뽑아 확인해 보았다. "이것도 불량품이야! 개새끼들!"

"프로일리스트요?" 브로토가 물었다.

"가능해." 마르셀로가 고양이처럼 기지개를 켜며 MG3쪽으로 걸어갔다. "확실한 건, 탱크의 총은 이렇지 않을 거란 거지."

방해공작? 머리가 핑핑 돌았다. 왜 그런 짓을 하는 걸까? 내가 미처 묻기 전에 탱크가 박격포탄마냥 우리 한가운데에 나타나 소리 지르며 명령했다.

"여기 둘러서서 뭣들 하는 거야? 서두르라고, 젠장! 하루 종일 이러고 있을 건가!"

그는 외인 부대원이 메고 있는 배낭을 잡아당겨 그를 건물 쪽으로 밀쳤다.

나도 배낭과 씨름하며 나머지 무리를 따라 몇 발짝 지척에 있는 녹슨 비상 계단으로 향했다. 불량 탄환을 생각하니 뼛속까지 소름이 끼쳤다. 그건 대다수 우리들에게 어쩌면 사형 선고나 마찬가지였다.

32
테네리페

루시아는 익숙지 않은 병동의 휑뎅그렁한 복도를 달리고 있었다. 다른 병동과 달리 적막하고 형광등이 깜박거렸다. 침대나 휠체어는커녕 뒤에 숨을 만한 물건이 아무것도 없었다. 그녀는 아까 들것에 맞아 욱신거리는 허리께를 문질렀다. 심하게 멍이 들었지만 신경 쓸 겨를이 없었다.

육중한 이중문으로 들어가는데 나지막이 총성과 함께 뒤를 쫓아오는 남자의 흥분한 목소리가 들렸다. 땀을 뚝뚝 흘려가며 속도를 내어 달리면서 복도 끝에 안전한 곳이 있기를, 이왕이면 밖으로 나가게 되기를 바랐다.

모퉁이를 돌아 금속 감지기가 있는 버려진 검문소에 다다른 그녀가 갑자기 멈추어 섰다. 사람이라고는 그림자도 보이지 않았다. 책상 위에 신문이 가지런히 놓여 있었다. 그 옆에는 김이 모락모락 올라오는 커피가 한 잔 놓여 있는 것이 보였다. 한가득 쌓인 폴더 위의 라디오에서 경음악이 흘러나오고 있었다. 여기에 있던 경비원들이 알람을 듣고 중앙 복도로 달려간 모양이었다. 아마 저 문 반대편에서 총을 쏘고 있을 것이다.

책상 위의 서류 더미를 바닥에 내팽개치며 서둘러 무기를 찾았다. 총기 잡지와 주머니칼뿐이었다.

서랍을 당겨보았지만 잠겨 있었다. *제길! 얼른 생각해 내지 못하면 넌 끝장이야. 진짜 끝장이라고.*

군용 트럭에서 배급품을 나르며 미소 짓는 군인들이 그려진 화려한 포스터에 눈길이 멎었다. '제3 스페인 공화국은 당신을 지켜드립니다.'라고 쓰여 있었다. 그 밑에 있는 서류 캐비닛의 맨 위 서랍이 활짝 열려 있었다. 경비원들이 서둘러 달려가느라 잠그는 걸 잊은 모양이었다.

안을 뒤졌지만 전자기 카드 한 뭉치와 이름 및 시간을 휘갈겨 써 놓은 종이가 꽂힌 클립보드뿐이었다. 카드를 받은 사람들을 기록한 양식 같았다. 가슴이 철렁했다. 클립보드를 옆으로 치워두려다가 맨 위에 진하게 적어 놓은 글씨가 눈에 들어왔다. 71410NK.

그녀는 종이를 찢어 주머니에 구겨 넣고 달리기 시작했다. 놈의 발자국이 점점 가깝게 들렸다.

얼마 못 가서 그녀는 계단참 꼭대기에서 멈춰 섰다. 숨을 헐떡이며 침을 삼켰다. 복도가 밖으로 연결되어 있을 거라고 철썩 같이 믿었는데 어느새 지하로 통하는 계단의 초입에 와 있었다.

안 돼, 망할! 빌어먹을 병원 지하실에 두 번 연달아 숨는 경우가 어디 있어? 웃기지도 않아.

복권에 당첨되거나 벼락을 맞을 확률에 맞먹을 것이다. 어쨌든 한

가지는 명확했다. 지하로 내려가지 않으면 저 미치광이들에게 궁지로 몰릴 것이다. 빨간 머리 남자의 눈빛은 정말 무섭고 불결했다. 그 남자 근처에 얼씬거리거나 다툴 일은 없어야 한다.

그녀는 한숨을 쉬고 긴 계단참을 내려가기 시작했다. 전깃불도 잘 들어오고 세심하게 청소가 되어 있는 계단은 희미하게 소독약 냄새가 났다. 창문이나 사람만 있었더라면 전혀 위험해 보이지 않았을 것이다.

루시아는 계단을 끝까지 내려갔다. 위층의 복도와 달리 보기 흉한 연갈색 타일이 바닥과 벽에 붙어 있었는데 그게 아니었다면 위층과 다를 게 없어 보였다. 빨간 화살표들과 그녀가 모르는 어떤 부호가 붙어 있어 병원과는 별개의 공간 같았다.

루시아는 숨을 고르느라 잠시 멈춰 섰다. 심장이 터질 것 같고 허리의 멍이 아렸다. 계단을 나는 듯이 내려오는 발소리가 그녀를 재촉했다. 그녀는 망설임 없이 빨간 화살표를 따라가며 머릿속으로 비명을 질렀다. *막다른 길이면 대체 어쩔 거야!*

정사각형 모양의 방이 나왔다. 벽 하나를 차지하는 육중한 강철 문에 아까의 생소한 부호가 붙어 있었다. 전에도 저 부호를 본 것 같은데 너무 겁에 질려 있다 보니 어디에서 본 건지 생각이 안 났다.

게다가 문에는 숫자와 버튼, 카드 구멍이 달려 있었다. 휴대 전화기처럼 영문과 숫자 자판이었다. 각각의 자판이 영문자와 숫자에 대응했다. 주머니에서 전자기 카드를 꺼내 카드 구멍에 넣었다. 화면이 켜지면서 회색 머리칼의 안경 쓴 의사 사진이 디지털화 되어 환영 메시지와 함께 떴다.

안녕하세요, 후라도 박사님. 암호를 눌러주세요.

루시아는 멈칫했다. 종잇조각에 휘갈겨 쓰여 있던 암호가 생각났다. 떨리는 손으로 주머니에서 종이를 꺼내 자판에 암호를 눌렀다. 아주 잠깐 화면이 꺼지는가 싶더니 새로운 메시지가 떴다.

잘못된 암호입니다. 2번의 기회가 남았습니다. 암호를 눌러주세요.

루시아는 땀에 젖은 머리칼을 걷어 올렸다.
"이 멍청이, 암호 하나도 제대로 못 누르다니!"
루시아는 최대한 차분하게 하나하나 확인하면서 암호를 다시 눌렀다. 그리고 **입력**을 누르자 화면이 다시 검어졌다.

잘못된 암호입니다. 1번의 기회가 남았습니다. 암호를 눌러주세요.

가슴이 옥죄어왔다. 만약 이게 암호가 아니었다면 끝이다. 다른 방도가 없었다. 게다가 발자국 소리는 이제 아주 가까이서 들리고 있었다. 그녀는 문에 대고 주먹질을 했다. 바보 같긴. 끝에서 두 번째 암호는 알파벳 O가 아니라 숫자 0이었던 것이다. 세 번째로 암호를 입력하는 그녀의 손가락이 자판 위를 날아다녔다. 바실리오가 풀무처럼 숨을 거칠게 쉬면서 모퉁이를 돌아 모습을 드러냈다. 화면이 다시 깜빡이고 새 메시지가 떴다.

후라도 박사님, 동물원에 오신 것을 환영합니다. 좋은 하루 보내세요.

'쉬익'하는 소리를 내며 문이 열렸다. 루시아가 안으로 들어가자마자 HK가 발포되면서 그녀가 서 있던 벽의 시멘트 파편이 쏟아졌다. 다른 총알이 문에 달린 자판을 맞혔다. 불꽃과 함께 폭발이 일어 희미하게 탄내가 났다. 루시아는 문을 닫으려 안간힘을 썼지만 자판이 폭발하면서 시스템이 타버렸다. 죽음을 목전에 둔 루시아는 방 안으로 들어갔다. 달려가던 그녀는 문에 새겨져 있던 표시가 생물학적 위험을 의미한다는 것을 기억해 냈다.

그 때, 알람이 울렸다.

33
마드리드

원형 계단이 발 밑에서 삐걱거리며 흔들렸다. 한 계단 한 계단 오를 때마다 녹 조각이 쏟아져 내렸다. 대재앙 전에 사용하던 계단인지 상태가 엉망이었다. 재와 먼지가 켜켜이 쌓여 하얀 연기처럼 피어오르는 통에 재채기를 유발하는 한 편, 이 세상 것이 아닌 사악한 분위기를 연출했다. 내 뒤에서 누군가 치아 사이로 신경질적인 휘파람을 불었다.

마침내 3층에 도착하자 두꺼운 사슬로 십자 교차되어 잠긴 비상구가 우리 앞을 가로막았다. 나는 다른 대원들처럼 계단 끝에 주저앉아 숨을 골랐다. 바짝 마른 공기와 네이팜의 열기, 주변에서 소용돌이치는 먼지 때문에 목이 말라 죽을 것 같았다.

덤벙대는 손으로 수통을 열어 두어 번 쭉 들이켰다. 그리고 옆에 털썩 주저앉아 있던 브로토에게 수통을 건넸다. 90킬로그램이 넘는 그의 몸에 계단이 흔들렸다. 그 컴퓨터 괴짜는 한참을 마셨다. 나는 그가 수통의 절반을 축낼 동안 그의 목대가 오르락내리락 하는 양을 눈도 떼지 않고 바라보았다. 그는 길게 한숨을 내쉬더니 수통을 돌려주며 크게 트림을 했다.

"대체 저 문을 어떻게 연다는 겁니까?"

한참을 말이 없던 그가 물었다.

"모르지. 하지만 탱크는 무슨 수가 있을 거야."

나는 담배를 찾느라 배낭을 뒤적였다. 그러다가 슈퍼 퓨마에 마지막 남은 한 갑을 두고 온 것이 기억났다.

"다들 물러나!"

외인 부대원 하나가 다른 조원이 문틀에 붙여놓은 플라스틱 물질에서 전선을 멀리 풀어갔다. 전선은 버튼이 달린 담뱃갑만 한 철제 상자에 연결되어 있었다.

"제길! 꽤 시끄럽겠는데. 다들 비키자고."

프리첸코가 브로토를 일으키며 투덜거렸다. 우리의 컴퓨터 귀재께서 배낭이 계단 틈에 끼이셨는지 빠져나오려고 몸부림치는 모습이 거대한 달팽이 같았다. 프리첸코와 내가 그를 당겨 빼내어 아래로 피신했다.

우리는 기폭장치를 든 외인 부대원의 바로 뒤에 섰다. 그는 위층에 아무도 없다는 것을 확인하고 버튼의 잠금 장치를 젖혔다. 나는 폭발로 고막이 멍해지는 걸 막으려고 섬에서 배운 대로 입을 벌렸다.

기폭장치를 쥐고 있는 대원도 같은 생각을 하는 모양이었다. 그가 손목을 구부려 버튼을 눌렀다. 낮은 폭발음과 함께 화학적 작용으로 연기가 퍼져 우리를 덮쳤다. 커다란 콘크리트 덩어리가 계단 난간으로 쓰러져 언데드 무리 위로 떨어졌다. 우리에게 보이는 것은 그뿐이었다.

"올라가!" 탱크가 소리쳤다. "앞에 있는 놈들, 얼른 움직이지 못하나!"

프리첸코와 나는 서로 마주보았다. 제일 마지막까지 계단에 앉아 있었던 탓에 이번에는 폭발 전문가와 땀범벅의 컴퓨터 전문가와 함께 선발대가 되었다. 선발로 움직이면 어떤 일이 일어나며 어떤 일이 '주어지는'지 다른 조원들은 잘 알고 있었다. 그들은 브로토를 일으키느라 씨름하는 우리를 보고 신나게 웃어댔다.

"우리 망한 거지? 안 그래, 친구?"

나는 잠수복 윗도리를 껴입으며 물었다.

우크라이나인은 쓴웃음을 지으며 HK에 장전된 총알을 몇 번이고 확인했다.

"모르지…… 그래도 바짝 붙어 있으라고, 알았지?"

말이 떨어지기 무섭게 그가 마지막 계단참을 올라 건물 안으로 들어갈 채비를 했다.

이전 임무에서 탱크가 남긴 무수한 죽음의 전철을 밟지 않으려고 나도 프리첸코의 뒤에 바짝 붙어 계단을 올라갔다. 떨어져나간 문은 누군가 거대한 손으로 뜯어낸 것 같았다. 문은 뒤틀린 상태로 우리가 앉아 있던 난간에 처박혀 있었다. 콘크리트가 가늘게 부서져 비처럼 내리고 경첩이 박혀 있던 벽돌은 가루가 되었다.

프리첸코는 입구에 한쪽 무릎을 꿇고 앉아 HK로 안을 겨누었다.

나는 그의 옆에서 숨을 헐떡이며 그가 움직이기를 기다렸다. 우크라이나인은 나보다 상황 대처 능력이 뛰어났다.

"이거 귀뚜라미 똥구멍보다 더 깜깜하잖아."

그가 나지막하게 말했다.

"잠깐." 나는 뒤를 돌아 소리쳤다. "브로토! 브로토! 망할 궁둥이 들고 얼른 튀어 와, 제길!"

그는 우리 쪽으로 오다가 소총을 떨어뜨렸다. 총을 주우려고 허둥대며 몸을 숙이다가 배낭으로 외인 부대원을 치고 말았다. 불쌍한 컴퓨터 괴짜에게 욕이 쏟아졌다.

"이봐, 이 친구야." 나는 다가온 그의 어깨를 다독였다. "침착하라고, 알았어?"

브로토는 눈이 휘둥그레져서 고개를 끄덕였다. 어디든 이곳이 아닌 다른 곳에 있기를 바라는 눈빛이 역력했다.

"배낭에 손전등 있지?" 내가 물었다.

"어……, 네……." 브로토가 배낭을 뒤져 전등을 꺼냈다. 아주 오래 전, 폰테베드라의 집을 떠날 때인가, 거기 남아서 굶주릴 때인가, 당시에 내가 가지고 있던 것과 똑같은 전등이었다.

나는 전등을 흔들어 켜서 건물 안을 비추었다. 폭발이 일으킨 연기와 먼지가 아직 덜 걷힌 상태였다. 빛이 비추는 곳마다 수백만의 미세한 먼지입자들이 춤을 췄다.

갑자기 커다란 폭발음이 대기를 흔들었다. 비상계단이 무너지면서 거대한 종이가 찢어지듯 철이 뜯겨나가는 소리를 내는 통에 심장이 멎는 줄 알았다.

"뭐지?" 내가 놀라서 물었다.

"계단 아래쪽을 날려버린 모양인데."

프리첸코가 난간 너머를 힐긋 건너다보며 대답했다. 아까 그가 밟고 왔던 녹슨 계단이 굉음을 내며 무너져 녹의 구름이 피어올랐다. 그가 조심스럽게 뒤로 물러서며 경계하는 눈빛을 보냈다.

"폭발이 아니더라도 이 망할 계단들은 언제든 다 무너져 내렸을 거야." 그는 우리의 배낭을 문 쪽으로 끌고 가면서 투덜댔다. "나갈 수 있을 때 나가자고."

프리첸코의 말이 맞다. 이 계단들은 우리가 도착하기 전에도 아슬아슬하게 버티고 있었다. 이제 무너질 때가 되었던 것이다. 언데드를 없애준 폭발이 낙타의 마지막 지푸라기였던 모양이다. 네이팜의 열기와 우리가 밟고 오른 진동 때문에 언제든 무너질 수 있었다. 삐걱거리고 흔들리는 것뿐이 아니었다. 온통 시멘트 먼지투성이었다.

"어서 움직여!"

우리 뒤에서 누군가 소리치며 외인 부대원들을 자극했다. 탱크와 마르셀로의 목소리가 대원들을 계단 끝으로 오르도록 부추기는 것 같았다.

상황이 더 나빠졌다. 건물에 계단을 고정하던 사람 발 길이만 한 볼트가 쩽그랑 소리와 함께 빠지면서 치명적인 흉기가 되었다. 계단의 최상부는 느슨해져 있었다. 탕 하는 굉음을 내며 볼트가 몇 층을 구르더니 수십 미터 아래의 바닥에 멈추었다. 쇳조각에 맞은 누군가의 비명이 들렸지만 누군지는 알 수 없었다. 시멘트 먼지 구름에 갇혀 한치 앞도 보이지 않는 상황이었다.

나는 브로토의 옷소매를 잡고 건물 안으로 뛰었다. 프리첸코도 가젤처럼 뒤따라 도약했다. 그 뒤로 잔뜩 질린 외인부대원 수십 명이 비틀거리는 계단으로 급히 올라왔다. 갑자기 다들 앞 다투어 건물 안으로 먼저 들어오고 싶어했다.

칠흑같이 어두운 건물 안은 바깥에 비해 놀라우리만큼 서늘했다. 손전등이 켰는데도 먼지 틈으로 간신히 볼 수 있었다. 브로토는 낮은 고함을 치며 몸을 움찔했다. 누군가 그와 부딪힌 것이었다. 나는 양 팔을 뻗어 눈 먼 사람처럼 허공을 더듬었다. 누군가 내 사타구니에 날카로운 주먹질을 하는 바람에 고통에 몸부림치며 가쁜 숨을 쉬었다. 그림자가 나를 쓰러뜨렸는데 웬 무거운 부츠 같은 것이 내 다리에 걸려 누군가 넘어졌다. 사방에서 소리치고, 욕하고, 숨을 고르는 소리가 들렸다. 먼지가 시야를 가려 아무것도 보이지 않았다. 바로 그 때, 건물을 뒤흔드는 기괴한 소리가 들리며 계단이 완전히 무너져 내렸다. 잠시 후, 수백 톤의 녹슨 고철 덩이가 주차장 바닥에 떨어지는 소리가 났다. 대답이라도 하듯 언데드의 성난 포효가 들렸다. 고철 덩이가 놈들 수백을 뭉개버린 것이었다. 사막의 모래알에 불과한 숫자지만 제법 대단했다.

나는 기침을 하며 일어나 앉았다. 이제는 고함 소리가 더 많이 들렸다. 뭐라고 명령하는 탱크의 목소리와 소리쳐 욕하는 목소리, 그리고 나머지는 다 횡설수설하고 있었다.

탱크는 차츰 상황을 통제해 나갔다. 희미한 손전등이 방 여기저기에 하나 둘 씩 켜졌다. 나는 주위를 둘러보았다. 머릿속에서 9·11때 세계무역센터의 소방관들의 모습이 퍼뜩 떠올랐다. 먼지와 재를 두껍게 덮어쓴 몰골이 다들 오싹했다. 계단이 추락할 때, 석고 천장이 우리 머리 위로 무너져 내려, 바람 한 점 없는 방 안이 거의 30센티미터 두께의 재로 한 꺼풀 덮여 있었다. 우리가 방으로 앞 다투어 들어오자 재가 휘몰아쳐 피어올랐던 것이다. 문에 난 틈새로 마드리드를 내리쬐는 오후 햇살이 희미하게 비쳤다.

탱크가 우리들을 호명했다. 하나같이 거친 목소리로 '네.' 나 '있습니다.'로 답하고는 기침이나 재채기를 했다. 일곱 명은 대답이 없었다. 분명 후위를 맡았던 이들이다. 이제는 저 주차장에 죽어 뻗어 있거나 비틀어진 계단 잔해에 뭉개져 있겠지. 죽으라는 놈은 안 죽고.

프리첸코가 내 옆으로 다가왔다. 덥수룩한 수염이 완전히 하얗다.

"괜찮아?"

"부러진 덴 없네." 나는 몸을 가볍게 두들겼다.

"피잖아."

언제나처럼 말 수 적은 그는 간단히 내 이마를 가리켰다.

"아, 정말. 열 받게!"

나는 투덜거리며 얼굴에 손을 갖다 댔다. 손에 선홍색이 묻어난다. 피가 얼굴을 타고 흘러내리고 있는데도 모르고 있었다. 그 난리통에 석고 조각에 맞아 머리가 찢어진 모양이다.

"나도 괜찮아요, 물어봐 줘서 고맙네요. 내 걱정은 하지 마세요."

브로토가 재채기를 심하게 하며 씁쓸하게 말했다.

"난 이제 루시아한테 죽었네." 프리첸코는 컴퓨터 전문가 녀석의 말에 아랑곳없이 내 머리에 붕대를 감아주었다. "털끝 하나 안 다치고 돌아갈 거라고 약속했는데 말이야. 헬리콥터에서 내릴 때부터 저러다 목 부러지겠다 싶더라니. 머리 꼴이 누에고치 같잖아."

프리첸코가 장난스럽게 내 어깨에 주먹을 내지르곤 브로토를 돌아보았다.

"정말 괜찮아? 한 번 봐."

그는 컴퓨터 전문가 녀석의 팔을 잡아끌었다. 녀석을 찬찬히 훑어본 그가 수통을 건넸다.

"콧구멍 먼저 씻어내고 한 모금 마셔. 딱 한 모금이야. 알았지?" 그가 으르댔다. "여기에서 물을 찾지는 못할 테니까 가지고 있는 걸로 나눠 마셔야 해."

브로토는 이미 프리첸코의 말을 듣고 있지 않았다. 그는 우리 앞에 펼쳐진 모습을 보고 충격으로 얼이 나가 있었다. 수통을 떨어뜨리지 않은 것이 가히 기적이었다.

내가 나직이 말했다.

"프리첸코, 대체 이게 다 뭐야?"

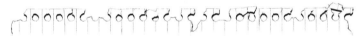

34
테네리페

루시아는 숨을 헐떡이며 90평방센티미터의 좁은 방 안으로 뛰어들었다. 바닥과 벽이 타일 대신 부드럽고 탄성 있는 재질로 덮여 있었다. 방 안쪽으로 작은 창이 하나 나 있는 문이 보였다. 문을 세차게 흔들어 보았지만 굳게 잠겨 있었다. 한쪽 벽에는 작은 철제 벤치가 볼트로 고정되어 있고 다른 쪽 벽에는 깜박이는 빨간 버튼이 붙어 있다.

더 생각할 것도 없이 벽에 붙은 버튼을 눌렀다. 머리 위로 빨간 등이 켜지며 낮은 경보가 울리기 시작했다. 루시아는 겁을 먹고 뒷걸음질을 치다가 그녀의 뒤에 있던 벽에서 잠긴 문 하나가 모습을 드러냈다. 그녀는 갇혀버렸다. 돌풍과 함께 방이 밀폐되자 귀가 먹먹해졌다. 당황해서 놀랄 겨를도 없이 뒤에 있는 문에서 주먹으로 두들기는 소리가 났다.

그녀는 황급히 뒤로 돌아섰다. 문에 붙은 작은 유리창 반대편에서 바실리오 이리사리가 안을 들여다보고 있었다. 숨을 고르는 그의 얼굴이 시뻘겋다. 루시아에게 뭐라고 소리를 질렀다.

완전히 차단됐어. 놀란 그녀가 생각했다. 소리가 전혀 드나들지 않잖아.

뱃놈은 분명 그녀가 문을 열길 바라고 있었다.

"오, 물론이지. 내가 이제 하려는 일이 바로 그거라고."

루시아는 가운뎃손가락을 들어보였다.

바실리오의 서슬 퍼런 상어 같은 눈빛이 사악하게 변했다. 그는 손가락으로 루시아를 가리키고 뒤로 물러섰다. 그러고는 HK를 재차 확인하고 문을 조준했다.

"제기랄!"

루시아는 비명을 지르며 바닥에 엎드렸다.

문이 너무 두꺼워서 타닥타닥하고 총알이 밀폐실 문을 낮게 때리는 소리만 들렸다. 그녀는 놀라서 고개를 들었다. 방수와 밀폐 기능뿐 아니라 방탄 기능까지 있는 모양이다. 창문에 깊게 패인 자국만 남았을 뿐 문은 멀쩡했다. 그녀는 살금살금 조심스럽게 일어섰다. 바로 그때, 천장 스프링클러가 소독약 냄새를 풍기는 옅은 안개를 뿌리기 시작했다. 그와 동시에 벽에 붙은 도관에서도 다른 종류의 짙은 화학 연기가 뿜어져 나와 루시아는 눈물이 쏟아졌고 목이 타는 듯 따가웠다.

저 놈이 날 독살하려고 그러나. 하지만 바실리오의 어리둥절한 표정을 보니 놈도 영문을 모르는 일 같다.

그녀는 자신이 방사능 제거 밀실에 들어왔음을 깨달았다. *이런 멍청이! 생각이 있는 거야? 네가 그 빨간 버튼을 눌러서 시스템이 작동했잖아.*

자신이 방호복을 입고 있지 않다는 데에 생각이 미쳤다.

무엇보다 이 가스 때문에 죽게 될지도 모르는 일이었다.

유리창 반대편의 바실리오는 심장마비라도 일으킨 표정이었다. 뱃놈은 빈 HK를 문에 집어던지더니 빨간 머리의 남자를 바라보았다.

벨기에인은 창문에 얼굴을 밀착했다. 처음에는 연기만 가득 보였다. 그러다 마침내, 망연자실한 눈으로 그를 마주보고 있는 루시아를 볼 수 있었다. 철제 벤치에 웅송그리고 앉은 그녀의 눈이 화학 연기 때문에 충혈되어 쓰라렸다.

냉정하고 무심한 눈빛이 아니었다면 에릭의 미소는 사랑스럽고 온화해 보였을 것이다. 벨기에인은 원래 잘 웃지 않았다. 그의 소름끼치는 미소를 본 사람들은 오래 살지 못했으니 다행이라면 다행이었다. 그런데 이날 오후, 놈은 정말 끝내주는 시간을 보내고 있었다. 지난 10분 동안, 그는 며칠간 되새기며 자위를 할 수 있을 만큼 엄청나게 많은 환상을 만끽했던 것이다. 저 계집애를 잡으면 이런 최고의 날을 더 완벽히 끝낼 수 있게 된다.

그는 흥분한 나머지 유리창을 혓바닥으로 핥았다. 작은 유리 조각이 놈의 혀에 박히며 핏자국을 냈다. 놈은 그것도 모르고 못 박힌 듯 루시아를 쳐다보았다. 그녀는 뱀에 잡힌 토끼처럼 넋이 나가 있었다. 그러고는 화학 물질 때문인지 구토를 했다.

다시 방에 경보가 울리고 스프링클러가 분사를 멈추었다. 루시아는 붉게 부풀어 오른 눈으로 벤치에 기대어 일어났다. 막혔던 귀가 뚫린 걸 보니 방의 밀폐가 풀린 모양이었다. 문 하나가 열렸는데 다행히 그녀가 들어왔던 문은 아니다. 그녀가 있던 방과 옆방의 압력이 같아졌다. 그녀는 비틀거리며 문을 통과해 옆방으로 갔다.

루시아는 참으로 긴 하루를 보내던 중 처음으로 이 상황을 얼마나 더 오래 버텨야 할까 의문이 들었다.

35
마드리드

"저게 대체 뭐야?"

내 뒤에 선 파울리가 프리첸코를 향해 내가 했던 것과 똑같은 질문을 했다.

깜박이는 손전등 빛에 12평방미터 쯤 되는 방의 모습이 드러났다. 석고 천장의 잔해가 바닥에 흩어져 있었다. 온 방을 한 꺼풀 덮은 두꺼운 재가 보였다. 바닥을 뒤져 잡히는 대로 집어 들었다. 탄 종이다. 어떤 건 반쯤 타다 말았지만 글씨를 읽을 수 없는 건 매한가지였다.

"국립 도서관 절반을 태운 모양새인데." 내가 중얼거렸다.

시커멓게 그을린 벽을 따라가던 나의 시선이 방 안에 둘러선 철제 드럼통으로 옮겨가자 놀라움을 금할 수 없었다.

"누군지 몰라도 이걸 다 태우느라 엄청 바빴겠어요." 브로토가 구석에 쌓인 잿더미를 발로 차며 말했다. "너무 추웠거나 다른 사람이 와서 널브러진 종이들을 보는 게 싫었나 보죠."

"언데드가 이런 종이에 관심을 가질 리는 없잖아. 염병할, 놈들은 못 읽으니까."

내가 한 마디 했다.

"이 서류를 태운 사람이 누구였든 분명히 언데드 말고 누가 또 올 거라고 생각한 모양이야." 파울리가 일어서며 내 말을 받아쳤다. "분명해. 누군지 잘 맞혔네. 우리가 왔잖아, 안 그래?"

"그래, 우리가 왔지." 프리첸코는 고개를 주억거리고 이내 조용히 한 마디를 덧붙였다. "그런데 우린 여전히 사지 멀쩡하게 빠져 나가야 하는 신세고 말이야."

"저 안에 길이 있을지 모르니 찾아보지."

나는 방 안쪽에 있는 거대한 철문을 가리켰다.

가로 세로 2미터 크기에 강철봉으로 보강되어 있는 문이었다. 마치 누군가 은행 금고 문을 떼다가 콘크리트 벽 한가운데에 붙여놓은 것 같다. 귀퉁이에 시멘트 자루 몇 개와 나무 막대가 던져져 있다. 문을 설치하기 전에 누군가 급히 콘크리트 벽을 세웠던 모양이다.

"여길 기지로 만든 거야. 장담하는데 출입구는 다 벽으로 막거나 이런 문을 달았을 걸."

문 맞은편에 모래주머니로 쌓은 초소가 호위하듯 서 있다. 마르셀로의 것과 똑같은 MG3가 설치된 두 개의 기관총 위장막이 보였다. 우리는 완벽하게 문과 일렬로 서 있는 기관총들을 지나 문에 다가갔다. 이 문은 통과하기 거의 불가능한 문이었을 것이다.

탱크가 바닥에 한쪽 무릎을 꿇고 앉아 건물 내부 안내도를 펼쳐

손전등을 비추었다. 그는 긴장한 듯 보였지만 상황을 잘 통제하고 있었다.

"우리 위치는 여기다." 그는 자신의 말을 경청하고 있는 두 병장에게 지시했다. "피난처의 기록에 의하면 의약품 보급실은 두 층 아래에 있다. 여기, 여기, 여기에 사다리가 있다." 그의 손가락이 지도 위를 날아다녔다. "두 개는 0.5톤 콘크리트로 차단되었고 남은 건 하나뿐이다."

"그게 어떤 겁니까?" 병장 하나가 물었다.

"모르지. 이 구역에서 일했던 생존자는 한 명도 없으니."

"여기가 뭐였습니까?"

다른 병장이 어깨 너머로 육중한 철문을 가리키며 물었다.

"마드리드의 잔여 정부와 군대의 제2 통신 연대 부대원들이 이 층에서 합류했었다." 탱크는 지도의 표식을 훑으며 대답했다. "아마도 피난처가 함락되기 사흘 전에 철수하려고 했던 모양인데 수송기가 바라하스 공항에 나타나지 않았지. 분명 몰살되었을 거다."

"여기 있는 동안에는 방어를 정말 잘 했군요." 그들 중 탱크를 무한히 신뢰하는 것처럼 보이는 노련한 베테랑 병장이 말했다. "저 문은 대체 어떻게 통과합니까?"

"그래서 이 친구를 데려온 거지." 탱크가 컴퓨터 수재 녀석을 가리켰다. "브로토! 저 문이 저절로 열리는 줄 아나. 당장 시작해!"

다비드 브로토는 한숨과 함께 침을 꿀꺽 삼키며 일어섰다. 떨리는 그의 손이 눈언저리에 검댕을 묻히는 바람에 그는 한 마리 너구리처럼 보였다. 그가 노트북 컴퓨터와 긴 케이블 선, 연장통을 배낭에서 끄집어냈다. 문 바닥에 끼워져 있던 덮개를 작은 드릴로 능숙하게 열고 컴퓨터에 연결된 케이블을 꽂았다.

브로토가 컴퓨터를 켜자 글씨가 여러 개 떴다. 놀랍게도 돌연 화면 귀퉁이에 문 내부의 작동 구조가 그림으로 나타났다.

"광섬유 카메라군."

나는 훌륭한 솜씨로 컴퓨터를 다루는 컴퓨터 천재 녀석을 경이롭게 바라보며 중얼거렸다.

"저 놈 뭐야?"

마르셀로에게 물었지만 그도 나만큼 놀라서 어깨만 들썩였다.

탱크의 한껏 비꼬는 목소리가 뒤에서 터져 나왔다.

"브로토는 문 개방과 불가해한 시스템 침입의 전문가다. 이런 일이 닥칠 줄 알고 있었지." 그가 대수롭지 않다는 손짓으로 기갑 문을 가리켰다. "그래서 여기까지 '모셔온' 거다. 테네리페에 살고 있었기에 망정이지, 브로토."

빨개진 그의 얼굴이 컴퓨터 스크린 뒤로 숨었다. 그는 곧 엄청난 크기의 알을 낳으려는 한 마리의 거대한 새 같았다.

"테네리페에서 하던 일이 정확히 뭐지, 브로토?"

프리첸코가 의도 없는 어조로 물었다. 그는 불편한 질문을 별 거 아닌 듯 던지는 놀라운 재주가 있다. 누가 보면 그냥 궁금해서 묻는 것 같지만 그는 귀를 쫑긋 세우고 대답을 하나도 놓치지 않는다. 이럴 때 보면 영락없이 교활한 늙은 개다.

"브로토는 2년 반을 테네리페에서 살았다. 정확히 말하면 테네리페 제2 감옥이지."

탱크의 목소리는 느리고도 찬찬했다.

"브로토가 마지막으로 했던 일이 계획대로 풀리지 않아서…… 나머지는 본인이 말하지 그래."

다비드 브로토는 고개를 숙인 채 알아듣기 힘든 소리로 뭐라고 중얼거렸다. 그의 눈은 컴퓨터 화면에 풀로 붙인 것처럼 고정되어 있었다. 프리첸코와 나 말고도 이번 작전의 '지원자'가 또 있었던 것이다.

두 번째 케이블 선을 연결하느라 딱 한 번 움직였을 뿐, 우리의 '컴퓨터 전문가' 는 긴장된 15분을 보낸 뒤 마침내 만족의 한숨을 쉬며 일어났다. 오른손에 뽑은 케이블을 쥐고 왼손으로 기갑 문의 키패드에 빠른 손놀림으로 비밀 번호를 눌렀다. 그리고 그가 뒤로 물러섰다.

"열었어요."

차분한 목소리에서 작품을 훌륭히 끝낸 예술가의 자부심이 묻어난다.

"순식간이군!" 탱크가 자리에서 일어섰다. "좋아! 디에스, 후에르가, 문 열어. 나머지는 우리를 엄호한다. 진입하자."

두 병사가 달려가더니 문에 달린 커다란 핸들을 쥐고 동시에 돌렸다. 낮게 그르렁거리는 소리와 함께 육중한 문이 경첩을 부드럽게 돈다. 마드리드 제3 피난처의 마지막 근거지가 열렸다.

36
테네리페

"이런 쌍! 그년이 안 보이잖아!" 바실리오는 사냥감을 찾아 창문을 들여다보았다. "젠장, 대체 어디로 간 거야?"

마음이 조급해져 버럭 소리친 그는 자신이 신중하게 계획한 일이 수포로 돌아가 몹시 화가 나 있었다.

위에서 들리던 총성이 멎은 지 몇 분은 되었다. 누군가 난장판을 수습하고 정신 나간 총질을 멈추게 한 모양이었다. 이제 경비원이 둘러보러 내려오는 게 시간문제라는 건 천재가 아니라도 알 수 있었다. 그러면 모두 독안에 든 쥐다. 머리 위에서 번쩍이던 불빛이 초록색으로 바뀌면서 긴 경보음이 났다. 바실리오는 문 옆에 걸려 있는 방호복을 하나 집어 들고 에릭에게도 하나를 던졌다.

"자. 이거 입고 내 것 조여 줘. 그 년을 따라가자고."

"이런 걸 꼭 입어야 돼?" 에릭이 수상쩍은 눈초리로 방호복을 살폈다. "저 안에 대체 뭐가 있다고 그래?"

"독감 백신이나 빌어먹을 것들이지 뭐." 바실리오는 방호복에 다리를 끼워 넣으며 되는대로 주워섬겼다. "여기서 약이나 유해 화학 물질을 만들잖아. 산성 물질이나 그런 나부랭이들."

"그 섹시한 쥐방울 년은 이런 것 없어도 안 쓰러졌잖아."

에릭은 여전히 납득을 못하고 따져 묻는다.

"좆대로 해." 바실리오는 어깨를 들썩해 보였다. "그러다 그게 떨어져도 나한테 뭐라고 하지 말고."

그제야 벨기에인이 그의 말을 곧이들었다. 그가 한숨을 쉬더니 방호복을 집어 든다. 두말없이 펑퍼짐한 옷을 입느라 안간힘을 썼다. 헬멧에 붙은 꽉 끼는 얼굴 보호구 때문에 시야가 좁아지고 소리가 작게 들렸다. 배터리로 작동하는 무전기를 넣는 주머니가 가슴에 장착되어 있지만 어디에도 무전기가 보이지 않았다. 바실리오가 급하게 손짓을 했다. 무전기를 찾느라 낭비할 시간이 없었다.

밀실에 들어서자 바실리오가 벽에 붙은 빨간 버튼을 눌렀다. 순식간에 뿌연 연기가 피어오르며 소독제가 그들을 덮쳤다. 에릭은 신경질적으로 베레타를 만지작거렸다. 바실리오는 무기를 더 챙기지 못한 것을 자책하고 있었다.

문이 열리자 두 총잡이는 서로 등을 맞대고 걸었다. 방 안은 휑했다. 방 끝에서 끝까지 비커와 현미경이 가득 놓인 기다란 테이블이 줄지어 있었다. 한쪽 구석에서 모니터가 깜박이며 희미하게 빛을 냈다. 저 끝에 원심분리기 한 개가 낮게 웅웅거리며 돌아가고 있었다. 여자애의 흔적은 어디에도 보이지 않았다.

실험실 한쪽 구석으로 향하던 바실리오가 에릭을 향해 다른 쪽 구석을 살펴보라고 고갯짓을 했다. 직감으로 미루어볼 때 여자애는 아직 이곳에 있는 것이 분명했다. 몇 번이고 그를 구했던 머릿속 경고의 목소리들이 이번에도 목이 터져라 외치기 시작했다. 뭔가 잘못되어가고 있다고.

37
마드리드

기갑 문을 통과한 우리는 서너 명씩 조를 이루어 캄캄한 내부로 진입했다. 긴장한 손전등 불빛이 사방으로 춤을 추며 뻗어갔다.

"정예 부대라면서 망할 야시경도 하나 없어?" 파울리가 칠흑 속을 살피며 투덜댔다. "땅굴에 사는 두더지만큼도 못 보고 있잖아."

"입 다물고 두 눈 똑바로 떠." 마르셀로가 다그쳤다. "뭐든 보이면 죽어라 갈기고."

어둠 속에 도사리고 있을지 모르는 언데드의 미세한 움직임을 기다리느라 모두 예민해 있었다. 누군가의 발에 걸려 넘어졌는지 철제 쓰레기통이 방 끝으로 굴러가더니 서류 캐비닛에 부딪혀 건물 꼭대기까지 퍼질 정도로 굉음을 냈다. 탱크는 신경질적으로 쉿 소리를 내며 그 운도 없는 대원에게 코브라처럼 달려들었다. *내가 아닌 게 다행이지.* 이제 탱크가 척후병으로 보낼 '지원자'로 누구를 택할지 뻔했다.

쓰레기 썩는 퀴퀴한 냄새가 심해서 머리가 어지러웠다. 냄새를 떨쳐버리려고 지나치는 방들을 면밀히 살폈다. 대부분을 사무실로 썼던 것 같았다. 두꺼운 먼지가 빈 책상이며 꺼진 컴퓨터, 서류 더미를 뒤덮고 있었다.

사무실 중 하나는 유난히 충격적이었다. 책상, 의자, 서류 캐비닛이 셀 수도 없을 만큼 엄청난 양의 종이학과 함께 산처럼 쌓여 있었다. 삼사천 개쯤 될까. 색깔과 크기도 다양했다. 처음에는 어떤 공무원이 한가하게 책상에 앉아 종일 종이학을 접고 있었을 상상을 하고 놀랐었다. 그러다 등줄기가 오싹해졌다. 저런 짓은 지루해진 공무원이 소일한 결과라기보다 광적인 집착의 결과물이기 때문이다. 어둠에 싸인 책상에 구부려 앉아 종이를 한 장씩 접어 학을 만들며 정신이 시커먼 구덩이 속으로 차츰 깊이 침잠해 가는 한 남자의 모습이 그려졌다.

나는 몸을 떨며 방을 나와 프리첸코의 손전등 빛을 찾아보았다. 주변에는 아무것도 보이지 않았다. 조원들에게서 떨어져 혼자 헤매고 있다는 걸 깨닫자 가슴이 철렁 내려앉았다. 오른쪽에서 들어온 건 알겠는데 복도에서 두 갈래로 길이 나뉜다. 내 방향 감각은 한 번도 좋았던 적이 없었다. 솔직히 내가 건물 내부의 광경에 심취해 있는 동안 프리첸코와 다른 대원들이 경로를 선택하여 오던 길이었다.

나는 두 갈래 길로 나누어지는 복도 끝에 서서 나직이 욕을 내뱉었다. 오른쪽으로 이어지는 복도에서 희미한 소음이 들린 것 같았다. 낮게 명령하는 목소리처럼 들렸다. 글록을 확인하고 그 목소리를 따라 방향을 잡았다.

길을 가는 내내 누군가 먹고 버린 군용 배급 식량 더미가 밟혔다. 아까 기갑 문에도 엄청나게 많이 있었는데 건물 안으로 깊숙이 들어올수록 그 양이 점점 줄어들었다.

모퉁이를 돈 나는 첫 번째 시체를 보고 놀라서 우뚝 섰다. 군복 바지에 부대 휘장이 그려진 검정색 티셔츠를 입은 바싹 마른 남자였다. 티셔츠에는 번개를 움켜쥐고 있는 주먹 밑에 **피에리 포테스트**(FIERI POTEST. '가능하다'는 뜻의 라틴어. — 옮긴이) 라는 글씨가 쓰여 있다. 나는 마음을 굳게 먹고 몸을 숙여 시체를 확인했다. 부패 상태로 보아 죽은 지 몇 개월 지난 시체였다. 오른손에 종이컵을 구겨 쥐고 있었고 왼손에는 뭘 쥔 건지 식별할 수 없었다. 구토를 참으며 심호흡을 한 뒤 그의 말라비틀어진 손아귀에서 억지로 물체를 끄집어냈다. 두 아이의 사진이었다. 대여섯 살쯤 될법한 아이들이 카메라를 보고 웃고 있었다. 햇볕이 내리쬐는 바닷가에서 아이들의 머리카락이 바람에 날렸다.

나는 고개를 들어 썩어가는 시체를 유심히 살폈다. 총상이나 외관상 부상이 없지만 내가 대강 훑어보아 놓쳤을지도 몰랐다. 한 가지는 확실했다. 이 남자가 삶의 마지막 순간에 떠올린 것은 어두운 복도가 아니었다. 그의 정신은 화창한 여름날의 해변을 달리고 있었으리라.

사진을 손에 움켜쥐자 바다 냄새와 함께 갈매기의 울음소리가 들리는 것 같았다. 나는 얼떨결에 그걸 주머니에 집어넣고 조심스럽게 뒷걸음질을 쳤다. 그의 꿈을 방해하고 싶지 않았다. 몇 미터 떨어진 탁자에 시체 둘이 앉아 있었다. 남자 하나는 종이컵을 쥐고 있던 사내와 똑같은 티셔츠를 입었다. 또 다른 시체는 제복을 입었다. 가슴에는 파라오의 관에서 훔친 고대 장신구처럼 훈장 세 개가 어슴푸레 빛났다. 오른손에 들고 있는 권총의 총구가 머리를 쏠 때 튄 피로 얼룩져 있었다.

멍하니 넋 놓고 있던 나는 멀리서 들리는 목소리에 놀라 정신이 번쩍 들었다. 섬뜩한 광경을 뒤로하고 건물의 거대한 환기 시스템을 잇는 환풍구에서 반사되는 빛을 따라갔다. 다행히도 모퉁이 하나를 잘못 돌았던 모양이었다. 안도의 한숨이 나왔다. 환풍구 반대편에 있다는 것이 다를 뿐, 조원들과 나란히 걷고 있는 셈이었다. 벽을 따라 가다가 막다른 곳이 나오면 우회전해서 조원들과 합류하면 된다.

그 생각에 사로잡혀 빨리 걷기 시작했다. 어둠 속에서 혼자 헤매는 건 내가 생각하는 재미와 거리가 멀었다. 시체들이 가득한 건물에 버려진 기분은 수천 배 더 재미없었다. 귀신의 집을 통과하는 것과 마찬가지 아닌가.

상상력이 장난을 걸기 시작했다. 벽에 비친 내 그림자에 놀라 몇 번이나 총을 쏠 뻔했다. 누군가 속삭이는 목소리가 들리는가 하면 발을 질질 끄는 발자국 소리가 뒤에서 따라왔다. 흥분한 상태에 이르자 아까 봤던 대령이 벌떡 일어나 나를 쫓아오는 모습이 보였다. 그가 비쩍 마른 팔을 뻗어 내 목을 낚아채려고 할 때마다 훈장이 짤랑거렸다. 나를 그 방으로 다시 끌고 가 영원히 머물게 할 셈이었다.

나는 완전히 패닉 상태에 빠졌다. 이제는 걷지도 않고 숫제 뛰고 있었다. 그 전만 해도 자존심 때문에 두려움을 잘 참고 있었다. 조원들 앞에서 바보처럼 보이기는 싫었기 때문이다. *병신 같은 놈. 건물에 들어서자마자 길을 잃어버리다니. 너무 멍청해서 열 발짝도 못 가 맛이 가버린 거야. 우리가 발견했을 때는 겁에 질려 벌벌 떨고 있더라고.* 그런데 이쯤 되니 겁쟁이로 보이든 말든 중요치 않았다. 나는 프리첸코, 탱크, 브로토와 기억나는 모두의 이름을 소리쳐 불렀다. 절망, 공포, 그리고 죽음의 냄새가 가득한 어둠 속에 홀로 남고 싶지 않았다.

정신을 차리고 있었다면 피했겠지만 혼란스러운 상태인지라 나는 앞에 있던 사람의 몸뚱이를 그대로 밟고 말았다. 부츠를 신은 왼발이 나지막한 *피쉬이이이익* 소리를 내며 물컹한 무언가에 빠졌다. 말로 표현할 수 없는 토할 것 같은 냄새가 코를 강하게 자극했다. 옆으로 엎어지는 찰나에 놀라서 숨이 멎는 줄 알았다. 그 와중에 놓친 손전등이 1.5미터 정도를 미끄러져 가더니 바닥에 쌓인 옷가지 옆에 뒤집어진 채로 멈추어 섰다.

나는 잠시 그대로 누운 채 숨을 골랐다. 가까스로 네 발로 몸을 일으킨 나는 희미하고 뿌연 빛을 내뿜는 손전등 쪽으로 기어갔다. 그걸 집어 들고 흔들면서 온갖 신의 이름을 부르며 망가지지 않기만 바랐다.

다행히도 다시 밝고 안정된 빛이 뿜어져 나왔다. 나는 내가 밟아버린 몸뚱이를 비추었다. 일반인 복장의 여자 시체가 가스로 부풀어 있었다. 내 왼발에 배가 밟혀 구멍이 나는 바람에 썩은 액체가 모조리 흘러나왔다. 마치 괴기스럽게 생긴 공기 주입식 고무 인형처럼 보였다.

메스꺼워져 고개를 돌렸다. 방의 다른 부분을 비추며 둘러보던 나는 그동안 참았던 비명을 내질렀다.

38
테네리페

루시아는 아무것도 보이지 않았다. 화학 물질이 아무런 보호 장구도 없는 맨눈을 심하게 자극한 바람에 간신히 눈을 떴다. *각막이 타버렸으면 어떻게 하지? 걱정도 팔자라더니.*

희미한 오존 냄새가 나면서 에어컨 돌아가는 소리가 제일 먼저 들렸다. 벽을 더듬어 세면대에 손이 닿자 물을 가득 틀어 눈을 씻어냈다. 작열감이 가라앉으니 장님 신세는 면했다는 안도감이 들었다. 그래도 며칠간은 심한 결막염 증상에 시달릴 것이다.

물줄기로 얼굴을 씻어 내리며 올려다보니 다시 방이 밀폐되면서 문 위의 빨간 불이 켜졌다. 소독제의 연기 사이로 형체 둘이 보였다. 그 망할 놈들이 단념을 못하겠는 모양이다.

소독 과정은 몇 분이면 끝날 것이다. 루시아는 그 시간의 절반을 눈을 씻어내는 데 썼다. 다음 행동을 취할 시간이 얼마 남지 않았다. 다급해진 그녀는 벽에 걸린 전화기에 손을 뻗었다. 버튼 하나 없었지만 수화기를 들자마자 연결이 되었다. 어디로 연결되었는지 몰라도 아무 대답이 없다. 그녀는 절망감에 수화기를 내려놓았다. 수술 도구가 놓여 있는 의료용 쟁반에 시선이 멎었다. 버터나이프 크기의 자그마한 수술용 메스를 집어 들었다. 무기라고 할 순 없지만 없는 것보단 나았다. 방 안쪽에 문이 하나 있었다. 문을 열자 부드러운 바람이 느껴졌다. 실험실 기사가 있었다면 그 곳이 삼투압 차단실이며 방의 압력 차이로 인한 기압 누수 방지를 위해 공기가 안쪽으로 흐르는 현상이 일어난다는 걸 알려주었을 것이다. 하지만 그녀는 외부로 통하는 창문이 있다고 오해한 나머지 밖으로 나갈 수 있을 거라 믿게 되었다.

그녀는 자신 있게 문으로 걸어 들어갔다. 자외선 램프로 밝혀진 복도에 커다란 창문이 있는 방들이 이어져 있었다. 첫 번째 방에는 방호복을 입지 않은 사람이 탁자에 엎드린 채 뭔가의 주위를 서툴게 돌고 있었다.

"이봐요! 저기요! 도와주세요!" 루시아는 직원의 주의를 끌려고 유리창을 두들겼다. "여기 봐요! 안 들려요?"

남자가 그녀에게로 몸을 돌리는 순간 루시아의 얼굴에서 미소가 가셨다. 핏줄이 터져 범벅이 된 얼굴의 남자는 루시아가 너무나 잘 알고 있는 멍한 눈빛으로 그녀를 바라보았다. 언데드였다.

짐승같이 울부짖는 언데드 남자가 힘껏 유리창을 두들기는 통에 사방이 흔들렸다. 루시아는 겁에 질려 유리가 산산이 무너질세라 뒷걸음질을 쳤다. 그런데 격리실을 고안한 사람이 누구였는지 제법 잘 만든 모양이었다. 주먹질 세례에도 창문은 끄떡하지 않았다.

근방에서 경보음이 울렸다. 입구의 잠금장치가 열리며 그녀를 쫓던 두 놈이 바로 옆방에 들어섰다. 루시아는 방들이 이어진 복도를 따라 달아나며 눈앞의 광경에 넋이 나갈 지경이었다. 격실마다 갇혀 있는 것은 다양한 상태로 부패한 언데드였다. 어떤 방에는 머리와 상체만 남은 언데드가 들것에 묶여 있었다. 머리가 담긴 포름알데히드 병 대여섯 개만 선반에 가지런히 놓여 있는 곳도 있었다. 방을 지나치는 그녀를 노려보며 턱을 달각거리는 머리들은 공포 그 자체였다.

안쪽 문을 열자 처음에 그랬듯이 또 다른 실험실이 나왔다. 심장이 마구 요동치는 와중에도 문 안쪽에 달린 잠금 장치가 보였다. 온 힘을 다해 문을 닫고 걸어 잠갔다.

황급히 문에서 뒷걸음질치다가 직원이 방 한가운데에 놓아둔 의자에 발이 걸렸다. 넘어지지 않으려고 중심을 잡았다. 안 넘어지겠구나 싶던 찰나, 순식간에 엎어져 버렸다. 필사적으로 왼손을 뻗어 제어판을 짚고 일어서려 했지만 그녀의 손가락은 버튼을 아무렇게나 누르면서 미끄러졌다. 오른손에 쥐고 있던 면도날처럼 예리한 메스가 그녀의 다리를 아치형으로 크게 베었다. 하얀 간호사 복에 가느다란 상처가 금세 붉게 얼룩졌다. 얕은 상처였지만 피가 심하게 흘렀다.

"오오오, 젠장!"

그녀는 아픈 나머지 소리를 지르며 칠칠치 못한 자신을 욕했다.

문 반대편에서 쿵 하는 소리가 들렸다. 루시아는 욕을 내뱉으며 다리를 끌어 제어판에 몸을 기대어 섰다. 아까 실수로 누른 버튼을 살펴보던 그녀는 제어판에 붙은 라벨을 읽고 몸서리를 치고 말았다. **격실 개방 시스템** 멍청하게도, 그녀가 열어버린 문이 정확히 어떤 문인지는 밖에서 나지막이 으르렁대는 소리로 알 수 있었다.

39
마드리드

나는 공포에 질려 숨이 차도록 소리쳤다. 너무나 압도되어 숨 쉬는 것도 잊을 정도였다. 비극적 결말로 끝나는 영화의 한 장면처럼, 그 방 전체가 하나의 거대한 무덤이었다.

수십 구의 시체가 두셋씩 사방에 흩어져 있었다. 아까 내가 밟았던 시체처럼 거의 다 부풀어 오른 상태였고 몇 구만 천 년 묵은 미라처럼 말라 있었다. 대부분은 일반인으로 남녀의 수가 똑같은데 군복을 입은 시체도 몇 구 보였다. 하나같이 손에 똑같은 종류의 종이컵을 움켜쥐고 있었다.

"여기 있었군!" 뒤에서 프리첸코의 친근한 목소리가 울리며 방으로 들어왔다. "대체 여기까지 어떻게 온 거야?" 내 사지가 멀쩡한지 살피던 그가 물었다. "미친놈처럼 질러대는 비명소리가 아니었으면 절대로……."

프리첸코가 말을 잇지 못했다.

그의 뒤를 따라 오던 외인 부대원 둘도 눈앞의 광경에 우뚝 멈춰섰다.

"대체 이건……." 그들 중 하나가 중얼거렸다.

불현듯 끔찍한 생각이 스쳤다. 시체들을 둘러 조심스레 방 한가운데에 놓인 테이블로 다가갔다. 캠프용 스토브 위에 엄청나게 큰 냄비가 놓여 있었다. 주변에 흩어진 빈 음료수 병 중, 작은 크기의 병 두 개가 눈에 띄었다. 하나를 집어 들어 손전등을 비추었다. 주황색 라벨에 그려진 해골 그림이 웃고 있다. 바로 밑에 병원 로고와 화학식이 보였다. 누군가 라벨에 '시안화수소산'이라고 비스듬하게 휘갈겨 써 놓았다.

"집단 자살이군." 나는 빈 병을 냄비 안에 던져 넣었다.

남아 있던 액체가 뭐였든 이미 증발한 지 오래였다. 냄비 한가득 청량음료에 강력한 독극물을 섞어 부었을 것이다.

"누구야? 왜 이런 짓을 한 거야?" 프리첸코가 물었다.

"마드리드 자치정부의 마지막 생존자들이다." 탱크였다. "그들을 피난시킬 호송기가 끝내 바라하스 공항에 나타나지 않았지."

나는 정장을 입고 타이를 멘 지저분하고 마른 몸뚱이들을 바라보았다.

외인 부대원 중 하나가 가늘게 휘파람을 불었다.

"비행기가 다 떠난 걸 알고 완전 끝났다 싶었겠는데."

"며칠 정도는 이 벙커가 아주 안전하게 느껴져서 밖을 내다볼 생각조차 안 했겠지."

한 중년 여자의 시체가 값비싼 가죽 의자에 앉아 양팔을 옆으로 늘어뜨린 채 고개를 숙이고 있었다. 옷차림이 우아했다. 여자의 더럽고 떡이 진 금발 머리카락 사이로 제법 비싸 보이는 진주 목걸이가 눈에 띈다. 나는 여자의 정체를 깨닫고 몸서리쳤다. 대재앙 전에 기자 회견에서 몇 번 그녀를 본 적이 있었다.

"식량도 무기도 없이 오도 가도 못한 거군." 프리첸코의 말이 꼬리를 물던 생각을 끊어놓았다. "선택은 둘 중 하나였어. 언데드와 운명을 같이 하든지 서서히 굶어죽든지. 개중 대담한 사람들은 여길 벗어나려했겠지." 우크라이나인은 혀를 끌끌 차며 생각에 잠겼다. "남은 사람들은 더 빠르고 덜 고통스러운 방법으로 여길 벗어나기로 결심했던 거야."

"무전기가 있었군." 다른 외인 부대원이 두 시체 사이에 놓인 커다란 군용 무전기를 가리켰다. "왜 도움을 요청하지 않았지?"

"전기가 없잖아, 이 친구야." 프리첸코의 손전등이 천장의 꺼진 전등을 비추었다. "연료가 바닥나 발전기가 멈추고 나서야 상황의 심각성을 깨달았겠지."

우리는 이들이 최후에 느꼈을 고뇌를 가늠하느라 한동안 말이 없었다. 탱크와 우리 조의 나머지 대원 일곱 명이 방으로 걸어 들어오며 우울한 정적을 깼다.

"계단을 찾았다!" 탱크는 잠시 할 말을 잃고 방 안의 광경을 둘러보았다. 게르만인 특유의 냉정함으로 똘똘 뭉친 그조차 얼굴이 사색이 되었다. 이내 눈을 깜박이며 진력이 난다는 듯 고개를 가로 저었다. "어서, 제군들. 아직 두 층 더 내려가야 한다. 이제 고작 임무의 절반을 완수했다."

탱크는 두말 않고 돌아서 걸어 나갔다. 우리는 다리를 끌며 그를 뒤따랐다. 그 음침한 방이 모두를 우울하게 만들었다.

환기구 배관이 끝나는 곳에 계단이 있었다. 계단으로 향하는 문에 가느다란 쇠사슬이 교차되어 감겨 있는 것이 보였다. 프리첸코와 눈이 마주쳤다. 비고의 메익소에이로 병원에서 출입구를 봉쇄할 때 쓰던 방식과 똑같았다. 펜대나 굴리는 어떤 군 사무관이 언데드 습격 시 건물 주둔 행동 강령을 끄적이는 모습을 상상해 보았다. 그 천재양반에게 그의 훌륭한 전략이 얼마나 효과가 있는지 직접 말해주고 싶었다.

마르셀로가 커다란 절단기를 가져와 가볍게 쇠사슬을 끊었다. 그가 옆으로 물러서자 한 조가 문을 통과해 들어갔다. 잠시 후, 총성이 한 발 들리더니 누군가 외쳤다. "이상무." 우리들 모두 문 안으로 들어갔다. 계단 발치에 언데드 하나가 머리에 난 총상으로 피를 흘리며 쓰러져 있었다. 나는 마른 침을 꿀꺽 삼키고 놈을 지나쳐 걸었다.

문 안에 언데드가 하나 있었다면 앞으로 더 나올 거란 뜻이었다. 아주 많이.

40
테네리페

못 하나 때문에…… 왕국이 무너진다.

공포에 질린 여자애 하나가 제 목숨 부지하려다 멍청한 사고를 치는 바람에 또 한 번 혼돈이 판도라의 상자를 빠져나왔다. 하지만 그 당시에는 아무도 몰랐다. 이 이야기의 주인공들조차도. 그들은 앞으로도 절대 알 수 없을 것이다.

에릭과 바실리오는 순식간에 실험실 구석구석을 뒤졌다. 바실리오가 문 앞으로 가더니 에릭에게 문 앞에 서라는 손짓을 했다. 빨강머리가 고개를 끄덕였다. 그리고 두 손으로 베레타를 움켜 쥔 채 문에서 3미터 떨어진 곳에 자리를 잡았다. 바실리오가 가만히 손잡이로 손을 뻗으며 벽에 몸을 바짝 붙였다. 혹시 그 비운의 소녀가 놈들을 화들짝 놀라게 할 기회를 기다려 저 너머에 웅크리고 있었더라면 절망했을 상황이었다.

놈은 벨기에 인을 쳐다보며 손가락으로 3초를 센 뒤, 문을 벌컥 열어젖히고 안으로 뛰어들었다.

그 짧은 순간에 많은 일이 벌어졌다. 맨 먼저, 실오라기 하나도 걸치지 않은 누군가가 쏜살같이 달려 문을 뛰쳐나왔다. *사람이 아니잖아, 뭐지.* 에릭은 그에게로 다가오고 있는 언데드를 보고 겁에 질려 생각했다. 벨기에인이 느꼈던 후끈한 성적 흥분은 어느덧 서늘하고 불쾌하며 축축한 공포로 변했다. 그는 눈이 튀어나올 것 같은 표정으로 베레타를 겨눠 근거리에서 언데드를 향해 두 발을 쏘았다.

놈의 목에 첫 번째 총알이 관통하자 끈적이는 시커먼 피가 뿜어져 나왔다. 얼굴로 날아간 두 번째 총알은 놈의 코가 있던 자리에 커다란 구멍을 냈다. 놈이 쿵하고 쓰러졌지만 세 놈이 더 달려드는 터라 쉴 새가 없었다.

빨강머리는 그 괴물들에게서 몇 발자국 뒤로 물러서며 총을 쏘았다. 프랑스어로 욕을 뇌까렸다. 두 번째 언데드의 머리에서 분수처럼 피가 쏟아졌다. 키가 180센티미터 넘는 흑인 남자다. 피가 에릭의 헬멧에 온통 튀었다. 에릭이 장갑 낀 손으로 피를 닦아 보았지만 덕분에 시야가 완전히 뿌옇게 덮여 문제가 심각해졌다.

갈고리 같은 손 하나가 그의 팔을 움켜쥐었다. 눈에 보이는 것이 없는 벨기에인은 사람인지 뭔지가 있는 쪽을 힘껏 팔꿈치로 가격했다. 그리고 그에게로 다가오는 또 다른 형체를 향해 아무렇게나 총질을 했다. 바로 그 때 뭔가 그의 무릎을 쥐는 느낌이 나더니 장딴지에 타는 듯한 고통이 느껴졌다.

벨기에인은 몸을 돌려 언데드에게 두 발을 쏘았다. 그 바람에 탁자가 엎어져 그의 모습이 보이지 않도록 가리게 되었다. 얼굴에 땀이 비 오듯 쏟아졌다. 망할 방호복을 입고 있으니 내부가 백만 도는 되는 것 같다. 피가 튄 헬멧 사이로 오른편에 가느다란 문 버팀쇠가 눈에 들어왔다. 저것 때문에 놈들이 연이어 그에게 덤벼들 수 있었던 것이다.

온 몸이 오싹해질 정도로 날카롭게 울부짖는 소리가 들렸다. 무기도 없이 구석에 숨어 있던 바실리오가 동시에 두 언데드와 정면으로 맞닥뜨린 것이다. 바실리오의 눈에 핏발이 섰다. 그는 도끼로도 꿈쩍하지 않을 언데드에게 오른손으로 냅다 어퍼컷을 날렸다. 언데드는 바실리오의 주먹을 피하지 않았고 쇠망치 같은 일격도 놈을 멈추지 못했다. 녹슨 덫 같은 괴물의 턱이 달그락거리자 부러진 이빨들이 공중으로 튀었다. 그 틈에 다른 언데드가 바실리오의 내지른 팔에 이빨을 꽂았다. 놈의 송곳니가 거침없이 플라스틱 방호복과 안에 입은 얇은 순면 제복까지 관통했다.

바실리오는 회오리치듯 몸을 돌려 액션 배우 척 노리스도 울고 갈 킥을 마구 날렸다. 거북이처럼 벌러덩 뒤집어진 괴물이 일어서려고 용을 썼다. 이빨은 여전히 바실리오의 살덩이를 씹고 있었다.

"에릭!" 바실리오는 녹초가 된 목소리로 버럭 외쳤다. "제길, 나 좀 도와줘!"

벨기에인은 새하얗게 질린 얼굴로 바닥에 넘어진 언데드를 쏘았고 괴물은 바실리오의 살점을 입에 문 채 즉사했다. 어떻게 보면 분홍색 혓바닥이 살짝 삐져나온 것처럼 보여 우스꽝스럽게 보였다. 그 역겨운 상황에서도 에릭의 얼굴에 서글픈 미소가 퍼졌다.

나머지 두 언데드가 바실리오를 덮쳤다. 한 놈이 그의 헬멧을 벗겼다. 벨기에 인이 한 놈에게 총을 연사하자 놈이 봉제인형처럼 나가 떨어졌다. 하지만 다른 놈이 재빠르게 바실리오의 목을 공격했다. 잦아드는 비명과 함께 습격을 피한 바실리오가 필사적으로 놈을 탁자 위로 던졌다. 시험관, 비커, 현미경이 바닥에 쏟아졌다.

에릭은 남은 두 발을 몸을 비틀고 있는 놈에게 박아 넣었다. 코브라처럼 몸을 일으키는가 싶었지만 최후의 발악이었다. 그렇게 머리가 날아간 언데드 여섯이 바닥에 엎어지게 되었다.

바실리오 이리사리는 미끄러지듯 벽에 기대어 앉았다. 에릭은 바실리오의 목에 난 상처를 심취한 듯 바라보았다. 심장 박동에 맞춰 맥박이 뛸 때마다 목에서 피가 솟구쳤다.

"에릭……." 바실리오의 목소리가 이상하게도 물을 잔뜩 머금은 것처럼 들렸다. 핏물이 그의 입가로 흘러나와 목을 타고 내려가더니 움켜쥔 손가락 사이로 흐르는 피의 강과 합류했다. "에릭, 망할, 좀 도와 줘. 난 못……."

벨기에인이 헬멧을 가리키며 안 들린다는 시늉을 했다. 그러고는 고개를 가로 젓다가 잘 있으라는 듯 손을 흔들었다.

"안 돼…… 이 개새끼……." 바실리오의 목소리가 꾸르륵거린다. "이것 좀 벗겨……."

"안 들려, 바실리오. 내 말이 들리려나 모르겠네. 어쨌든 이런 재미없는 놀이는 그만하지. 난 너무 덥고 피곤해서 시원한 맥주가 마시고 싶거든. 분명 이 괴물들이 너의 그 조그만 갈보 년을 먹어치웠을 거야. 그리고 아직 모르나 본데, 넌 죽을 거고."

덩치 좋은 뱃놈은 말을 잃고 그를 올려다보았다. 그의 목숨은 심장 박동이 울릴 때마다 목에 난 끔찍한 상처 틈으로 조금씩 새어나가고 있었다.

에릭은 입술을 오므리며 머리를 흔들었다.

"간다, 친구." 그는 몸을 숙여 탄약이 떨어진 베레타를 바실리오의 펴진 손바닥에 내려놓으며 기쁜 목소리로 수다를 떨었다. "내가 널 버린다거나 어떻게 되든 상관하지 않는다고 생각하진 마. 네가 정말로 걱정 돼. 그래서 여기 증표를 두고 가잖아. 당국에선 내가 아니라 너 때문에 이 난리가 났다고 생각하겠지."

그는 밤새 광란의 파티로 난장판이 된 집 뜰을 목도한 사람처럼 경악한 눈빛으로 주변을 둘러보았다.

"악마한테 안부 전해주고, 이 늙다리 놈아."

그는 마지막으로 한 번 더 바실리오에게 눈길을 주고 밀폐실로 향했다. 버튼을 눌러 문을 여는데 딸각 하고 베레타의 빈 공이치기 소리가 들렸다. 몸을 돌려 보니 바실리오가 남은 힘을 짜내어 그를 향해 총구를 겨누고 있었다. 늙은 뱃놈은 좌절하며 빈 총을 바라보았다. 속임수에 당했음을 깨달은 것이다.

"우린 미친 괴물들이야, 바실리오." 에릭은 죽어가는 선원이 그의 말을 못 듣는 걸 알고도 계속해서 중얼거렸다. "기회가 있을 때마다 서로 공격하지. 우리 같은 놈들은 서로 도울 수 없어! 이 엿 같은 섬만 해도 그래. 살아남은 놈들이 제일 먼저 뭘 했었지? 서로 죽였다고! 방송에서 하는 말대로라면, 자칫 빌어먹을 놈의 내전을 치를 판이었다고. 이 괴물들이 그나마 남아 있던 인간성까지 다 빼앗아 간 거야. 뒈지더라도 그 우라질 존엄성은 지키라고!"

에릭의 뒤에서 문이 열렸다. 그는 장난스럽게 작별인사를 하고 작은 방 안으로 걸음을 옮겼다. 죽음의 그림자로 뿌옇게 흐려진 바실리오의 눈이 그를 좇았다. 눈앞이 점점 더 흐릿해졌다. 그의 뇌는 죽어 가고 있었지만 그의 혈관에 흐르는 수천 개의 자그마한 존재들이 온 기가 남은 몸속에서 미친 듯이 증식했다. 몇 시간 뒤에는 새로운 바실리오로 깨어날 것이다. 하지만 에릭 데사우스는 그 광경을 지켜볼 수 없으리라.

벨기에인이 버튼을 누르자 소독약이 분사되며 그의 몸을 뒤덮었다. 장딴지의 벌어진 상처로 소독액이 흐르자 작열감이 느껴졌다. 에릭은 방호복 한쪽 바짓가랑이에 핏물이 번진 커다란 구멍을 발견하고 경악했다. 방호 장갑을 낀 서툰 손가락으로 찢어진 천을 집더니 일정한 간격으로 난 구멍을 유심히 살펴보았다.

그는 온 몸에 식은땀을 흘리며 중얼거렸다.

"빌어먹을 비커에 베인 거야. 아무렴. 틀림없어. 그 개자식들 중 마지막 놈이 탁자를 쓸어 엎으면서 시험관을 백만 개는 깼잖아. 거기에 다리를 베인 모양이지. 그래, 그거야."

그의 목소리에는 자신감이 없었지만 그렇게 말하고 나니 안심이 되었다.

한결 편히 숨을 쉴 수 있게 된 에릭은 소독약 샤워가 끝나기를 끈기 있게 기다렸다. 빨간 불이 꺼졌고 벨기에 인은 버튼을 눌러 덧문을 열어 복도로 나왔다. 여전히 보호복을 입은 채로 바실리오가 산산이 부숴놓은 보안 문을 통과한 그는 난장판이 된 실험실 밖으로 조용히 걸어 나갔다.

에릭은 경비초소를 몇 발자국 앞에 두고 복도를 달려오던 오합지졸과 맞닥뜨렸다. 민간인과 경비병 무리였다.

"실험실 안이에요! 무장한 남자 하나! 그리고 여자 애 하나! 거기서 온통 총질을 하는데! 난 빠져나왔지만 아직 사람들이 안에 있어요!"

"제기랄. 동물원은 안 되는데! 동물원까지는 안 들어갔겠지!" 계급이 제일 높아 보이는 군인의 얼굴이 사색이 되었다. "괜찮습니까, 선생님?"

"총알이 스쳐서 바짓가랑이 뒤가 좀 찢어졌어요." 에릭은 그럴싸하게 거짓말로 둘러대며 피에 젖은 다리께를 가리켰다. "살짝 긁힌 거라. 다른 의사한테 보이려던 참입니다."

"그러셔야죠, 선생님. 다음 층에 가시면 잘 수습해 줄 겁니다. 프로일리스트들 때문에 엉망진창이었지만 이제 모두 진정된 상태입니다." 장교가 그의 졸개들에게로 몸을 돌렸다. "출발한다. 신중하게 행동해라. 동물원으로 가는 문들이 개방되어 있으면 일단 쏘고 보는 거다. 알아들었나?"

그들은 실험실을 향해 종종걸음을 치며 자리를 떴다. 에릭은 능글맞게 웃더니 방호복을 벗어 초소에 기대어 놓았다. 땀에 절어 얼굴에 붙은 머리카락을 뒤로 넘기고는 절뚝거리는 다리로 금속 탐지기를 통과했다. 걸을 때마다 다리가 점점 심하게 욱신거렸다.

2분 후, 에릭은 병원 문을 나섰다. 사방이 혼돈 그 자체였다. 바쁘게 드나드는 수십 명의 군인과 길게 늘어선 파자마 입은 환자의 행렬이 섞여 인도는 혼잡하기 이를 데 없었다. 그는 휘파람을 불며 시내를 걸었다. 다리를 느릿느릿 절면서.

아무래도 집에 가서 소독을 해야 하려나. 에라, 모르겠다. 조금 베인 걸 가지고.

베인 게 아닌 걸 잘 알고 있잖아, 이 병신 같은 놈아. 이성적이고 논리적인 그의 마음 한 구석에서 호통 치는 소리가 들렸다. *젠장, 물*

린 거라고. 당장 네 놈 머리통을 쏴야 하는 것도 알고 있잖아, 이 미
친 새끼야.

아니야. 이건 그냥 베인 거야. 이제 확실히 기억이 나. 유리 파편이
날아오는 바람에 베인 거라고.

거짓말하지 마! 또 다그친다. 하지만 이번에는 소리가 작아졌다.

열네 살 때부터 목소리를 들으며 끄는 요령도 익혀왔다. 나중에 해
도 돼.

어느덧 엄청나게 목이 말랐다. 완전 끝내주는 생각이잖은가! 기발
한 생각 중에서도 최고로 기발한 생각이었다. 몇 잔 마시면 다리 통
증도 못 느낄 테니까. 공포로 차갑게 얼어붙은 배짱을 따뜻하게 녹여
주겠지. 제대로 생각도 못할 지경으로 사람을 괴롭히는 머릿속 목소
리는 잊어버리자. 다리에서 조그마한 지팡이 모양의 뭔가가 수백 개
씩 늘어난다고 소리치던 그 목소리에 대해서는. 에라. 어쨌든 견딜만
했다.

못 하나 때문에 왕국이 무너진다고.

고작 하나 때문에. 망할 못 같으니.

41
마드리드

벙커와 지휘본부가 쥐죽은 듯 고요한 광경이었던 데에 비하면 아
래층들은 난장판이었다. 프리첸코와 나란히 말없이 걷던 나는 그도

나와 마찬가지로 심경이 복잡하다는 걸 눈치 챘다. 둘 다 지쳐서 기진맥진했던 메익소에이로 병원에서의 기억 때문이었다. 마치 범죄 현장으로 되돌아온 기분이다.

점점 인원이 줄고 있는 우리 조는 탱크가 지도를 볼 때만 멈출 뿐 신속하게 이동했다. 간간이 언데드 몇몇과 마주쳤지만 그 때마다 대원들이 백발백중 닥치는 대로 놈들을 쓰러뜨렸다. 한가운데에 서서 가던 나와 프리첸코는 총 한 번 쏠 틈이 없었다.

복도를 하나씩 통과한 끝에 의료 보급품 창고에 도착했다. 의료품이 워낙 부족하고 귀하다 보니 창고 문도 육중한 기갑 문으로 되어 있겠지 싶었는데 이중으로 된 나무 문에는 쳐다보기만 해도 그냥 열릴 것 같은 맹꽁이 자물쇠만 달려 있었다. 앞서 가던 대원이 문을 걷어차자 커다란 방이 모습을 드러냈다. 방 안은 끝도 없이 늘어선 선반에 가지런히 정리된 수천 개의 약품 상자들로 가득했다.

"대박인데! 약품이 몇 톤은 되겠다. 다 못 가져가겠어!"

내가 소리쳤다.

"다 가지고 가는 게 아니야." 파울리가 나를 앞질러 밀고 들어왔다. "지령에 있는 것만 가져가면 돼."

마르셀로가 거들었다.

"시약들만 가지고 가는 거지." 선반을 훑어보던 그가 내 쪽으로 플라스틱 병을 하나 던졌다. 나는 날아오는 병을 공중에서 낚아챘다. "그게 제일 중요하니까."

"왜 그렇지?"

나는 약 상자와 병을 배낭에 되는대로 밀어 넣으며 물었다.

"자체적으로 약을 제조할 때 필요해. 만약 우리가 시약을 아주 많이 가지고 가면 나중에 여기 다시 올 필요가 없겠지."

"그거 찬성이야!"

프리첸코는 콧수염이 휘날리도록 고개를 끄덕이더니 배낭 안을 차곡차곡 상자로 채웠다.

각자 약품과 시약으로 배낭을 채우는데 고작 15분밖에 걸리지 않았다. 지령 목록에는 항생제, 마취제, 각성제 등 웬만한 약은 다 포함되어 있었다. 나로서는 무엇에 쓰는 건지도 모를 약들이 수두룩했다. 최대한 많이 넣어 가기 위해서 상자를 버리고 약만 꺼냈다. 빈 상자가 산처럼 쌓여갔다. 브로토도 부처처럼 상자 더미 위에 앉아 병들을 하나씩 끄집어내고 있었다. 병을 찬찬히 살펴보다가 어깨 너머로 던지기를 반복하더니 마침내 찾던 것을 발견하고 환호를 질렀다.

"좋았어! 못 찾는 줄 알았네."

벌떡 일어선 그가 뚜껑을 돌려 병을 열면서 우리 쪽으로 다가왔다. 두루뭉술하고 하얀 약 몇 알을 꺼내 입안에 털어 넣었다. 그리고는 매우 만족한 표정으로 나에게 그 병을 건넨다.

"좀 드실래요? 먹길 잘했다 싶을 거예요."

"이게 뭔데?" 나는 미심쩍은 듯이 물었다.

"이봐요, 메탐페타민이잖아요." 브로토가 한 쪽 눈을 찡긋한다. "뽕 가는 데는 이게 최고죠. 잠도 안 오고, 배도 안 고프고, 목도 안 마르게 되어 인디언 스카우트 대원보다 정신이 초롱초롱해진다니까요."

나는 고개를 저었다. 몸 안에 마약을 넣고 싶은 마음은 없었다. 그런데 프리첸코가 기꺼이 몇 알을 받는다. 한 알은 자기가 삼키고 내게도 한 알을 내밀었다.

"멍청하게 굴지 말고 먹어." 그의 목소리가 단호했다. "바로 효과가 나타나도 상관 없어. 앞으로 몇 시간 후에 무슨 일이 생길지 아무도 장담 못하니까."

우크라이나인의 말에 수긍이 되어 약을 삼켰다. 아무 느낌이 없었다. 아마 효과가 나타나려면 시간이 좀 걸리나 보다.

나는 일어서서 배낭을 멨다. 신음 소리가 절로 나왔다. 생각보다 엄청 무겁다. 프리첸코는 내가 아무렇게나 바닥에 던져둔 글록과 손전등을 건넸다.

"1톤은 되겠는데. 5분만 지나면 돼지마냥 육수 꽤나 흘리겠어."

"엄살 부리지 마." 프리첸코의 목소리가 경쾌했다. 그도 무겁기 마찬가지인 배낭을 어깨에 멨다. "우리 루드밀라 고모님은 그만한 크기의 감자 50포대를 매일 지고 나르셨어. 구소련 때문에 슬라브 족은 콜호스 집단 농장에서 강제 노역을 살았거든. 물론 루드밀라 고모님은 136킬로그램의 거구에 한쪽 눈은 의안이었고 지독한 추녀였지."

그는 이어서 그의 고모에 대한 무시무시한 이야기와 불탄 외양간, 진흙 받이에 빠진 젖소 이야기를 했다.

가족사를 주워섬기는 프리첸코의 말을 듣고 있자니 약발이 받아서 저러나 싶었다. 그가 계속 그렇게 떠들어댔으면 목을 졸라버렸을 것이다.

"그러자 아직 벌거벗고 있던 내 사촌 세르게이가 괭이를 하나 들고 창밖으로 부리나케 달아났는데……"

선반 반대편에서 총성이 두 발 울릴 때까지도 프리첸코는 계속 지껄였다. 신나게 떠들던 우크라이나인의 수다가 순식간에 멎었다. 그는 HK를 장전하더니 총성이 들린 쪽으로 살금살금 다가갔다. 나는 무거운 배낭에 반쯤 묻히다시피 낑낑대며 그를 따라갔다. 마르셀로는 MG3 때문에 배낭을 벗어던졌다.

문 앞에 다다르자 몇 발의 총성이 더 울렸고 소리치며 경고하는 목소리가 들렸다. 외인부대원 셋이 약품 창고 문으로 모여드는 언데 드 무리를 저지하느라 안간힘을 쓰고 있다. 시간이 없다. 우리가 여기 있다는 걸 놈들이 다 알아챈 모양이었다. 벽을 두드리거나 어설프게 계단을 오르며 우리를 향해 몰려드는 언데드 수백의 울부짖는 소리 로 건물이 울렸다. 곧 이곳은 놈들로 득시글득시글할 것이다.

"여기서 빠져 나가야 합니다!" 병장 하나가 외쳤다.

"1층으로 간다!" 탱크의 목소리가 총성보다 크게 울렸다. "위성사 진 상으로 건물 뒤 주차장에 탱크가 몇 대 있다. 신속하게 여기에서 빠져 나간다! 가자, 어서, 어서!"

그의 말에 모두 움직이기 시작했다. 우리는 서로 바싹 붙어 계단 으로 향했다. 몇 발자국 걸을 때마다 어디선가 언데드 무리가 튀어나 왔지만 잘 훈련된 군인들은 매번 놈들을 명중시켰다. 그래도 놈들 때 문에 번번이 몇 발자국씩 지체되는 셈이었다. 탁 트인 공간에서 놈들 이 달려들었더라면 달아날 틈이 없었을 텐데 건물 안이라서 우리에 게 유리했다. 좁은 계단이 큰 도움이 되었다. 덕분에 놈들은 많아야 한 번에 두셋씩 앞이나 뒤에서 우리를 공격할 뿐이었다.

나는 조원들 한가운데에 끼어서 계단을 헛디디거나 놈들의 시체 에 걸려 넘어지지 않는 데에만 주력했다.

귀청이 떨어질 것 같은 총성이 좁은 복도를 울렸다. 앞서 가던 대 원은 탄약이 떨어지면 탄창으로 뒤에 있는 대원의 어깨를 툭 쳤다. 브로토와 나는 빈 탄창을 받아 우리 뒤에 오는 대원들에게 전달했다. 그러면 그들은 흔들림 없이 따라오면서도 무슨 마술처럼 배낭에 넣어 온 탄약을 탄창에 채워 넣어주는 것이다. 총성이 유령 같은 주황색 불빛으로 어둠을 물들였다. 손전등의 빛줄기가 좌우로 거칠게 흔들렸다. 화약과 피, 그리고 땀 냄새가 진동했다.

내 앞에 가던 대원이 탄창을 받느라 뒤돌아 있을 때였다. 언데드 한 놈이 모퉁이에서 나타나더니 그의 목을 팔로 휘감아 대열에서 끌어냈다. 그의 처절한 비명 소리가 들렸다. 하지만 누군가 미처 손을 쓰기도 전에 놈이 그의 팔을 물었다. 탱크는 지체 없이 그 언데드를 쏘아 고꾸라뜨렸다. 그리고 총구를 돌려 상처 입은 대원을 겨누었다.

"안 돼!"

탱크가 머리를 날려버리기 직전에 그가 지른 단말마였다.

몸이 얼어붙는 것 같았다. 그가 이미 끝장났다는 건 알고 있었다. 탱크로서는 최대한 인도적인 처치였다. 하지만 나는 그렇게 잔인한 처사를 감당할 준비가 되어 있지 않았다. 얼굴에 핏기가 가시는 것이 느껴졌다.

탱크가 내 쪽으로 몸을 숙여 뭐라고 말하는데 총성에 귀가 먹어 무슨 말인지 알아들을 수가 없었다. 들리는 거라고는 귀 안에서 고음으로 이어지는 울림뿐이었다. 양쪽 귀를 솜으로 틀어막은 것처럼 총성도 아득하게 들렸다. 누군가 나를 뒤에서 미는가 싶더니 나도 모르는 사이에 죽은 대원이 섰던 선두 자리를 맡게 되었다.

몇 발자국 앞에서 언데드 세 놈이 건들거렸다. 내 오른쪽에 있는 마르셀로가 MG3를 등에 지고 있었다. 거치대가 없이 그런 걸 쏘려면 헤라클레스 같은 사람이 되어야 할 것 같다. 그는 길을 가로막는 게 뭐든 냉정하게 쏴버렸다. 왼쪽에서는 목에 흉터가 있는 베테랑 병장이 내 쪽으로 몸을 기대어 총질을 했다. 이쯤 되면 탱크가 뭐라고 소리쳤는지 들을 필요도 없었다.

나는 이를 꽉 물고 HK를 겨누어 쏘기 시작했다.

42

언제부터 상황이 진정되었는지 모르겠다. 캄캄한 계단에서 조금이라도 움직인다 싶은 건 죄다 총질을 하다 보면 누구라도 시간을 가늠하기 어려울 것이다. 솔직히 내가 우리 조원들에게 크게 보탬이 되었다고 생각하지는 않는다. 내가 조준도 하기 전에 마르셀로와 베테랑 병장이 놈들 대부분을 쓰러뜨렸으니까. 하지만 일단 계단으로 진로를 확보하고 나니 이동 속도도 빨라지고 괴물들을 마주치는 횟수도 줄었다. 언데드들은 계단 구석구석과 복도까지 울리는 총성 때문에 우리의 위치를 제대로 파악할 수 없었을 것이다.

어쨌든 그런 점에서 신의 가호였다. 우리는 단 몇 분 만에 결함이 없는 탄알을 거의 다 소진했다. 탄창이 텅텅 빈 대원들은 소총을 내던지더니 결연한 눈빛으로 권총을 꺼내들었다.

"탄창! 빌어먹을, 탄창 달라고!" 마르셀로가 소리를 질렀다.

"여기!" 브로토는 땀을 억수같이 흘리고 있었다. "그게 마지막이에요!"

그가 떨리는 목소리로 덧붙였다.

아르헨티나인에게 확실히 알려주려고 빈손을 내밀어 보이기까지

했다. 나는 믿기지 않아서 그를 돌아보았다. 아직도 계단참 하나를 더 내려가 1층을 가로질러 출구까지, 그리고 탱크가 세워져 있는 주차장까지. 우리가 가야 할 길이 멀었다. 총알 없이는 출구까지도 못 갈 것이다.

탱크와 눈이 마주쳤다. 그는 끄트머리의 오른쪽 줄에 서 있었다. 병장 하나와 프리첸코가 뒤에서 엄호하며 언데드가 나타나는 족족 물리치고 있었다. 독일인은 단호한 표정으로 고개를 저었다. *뾰족한 수가 없다.* 그의 눈빛이 말하고 있었다.

바로 그 때, 신이 가호를 내린 건지, 아니면 좀 더 오래 고통을 안겨주고 싶었던 건지, 창문이 있는 층계참이 나타났다. 높이 때가 긴 창문으로 작은 사각형 모양의 흐릿한 빛이 들어오고 있었다. 어쨌든 창문이 아닌가. 나는 탱크에게 보란 듯 창문을 가리켰다.

"1층이잖소. 저 창문으로 나가면 돼! 그렇게 높지 않을 거라고."

독일인은 양치기 개처럼 대원들을 창가로 몰더니 마지막 대원이 층계참에 도착할 때까지 제일 바깥쪽에 서서 엄호했다. 전 대원이 벽에 기대어 서자 나도 모르게 안도의 한숨이 나왔다. 이제는 측면만 방어하면 된다. 하지만 상황은 여전히 몹시 위태로웠다. 살아남은 대원은 고작 열한 명, 탄약도 반 이상 소진한 상태였다.

"어깨에 올라 타!"

프리첸코가 내 귀에 대고 고래고래 소리를 질렀다. 고막이 터지는 줄 알았다. 몇몇이 내 배낭을 받아들고 나를 프리첸코의 어깨 위에 얹었다. 프리첸코는 있는 힘껏 나를 창문께로 들어올렸다.

창문의 크기는 60평방센티미터 정도였다. 건물을 지은 이후로 한 번도 연 적 없는 창문 같았다. 경첩에 녹이 슬어 있고 먼지가 켜켜이 쌓여 얇은 필름처럼 빛이 새어 들어오고 있었다. 철제 창틀에 아등바등 매달려 밖을 내다보았다. 작은 주차장이 보이는 것 같았다. 주차장 페인트 선의 흔적을 거의 다 지워버린 모래와 재, 균열들이 차차 눈에 들어왔다. 주차장 안쪽에 중무장을 한 녹색 전차 두 대가 얌전히 서 있었다. 대포에는 세심하게 보호막이 덮여 있기까지 했다. 쥐새끼 한 마리 얼씬거리지 않는다. 그 주변에서 어슬렁거리던 언데드들도 총성을 듣고 모두 건물 안으로 들어온 모양이었다.

창문 걸쇠를 흔들어 보았지만 꿈쩍도 하지 않았다. 생각할 시간이 없었다. 글록의 개머리판으로 창문을 후려쳤다. 요란한 소리가 나며 산산이 부서진 유리조각이 창밖으로 떨어졌다. 나는 창틀에 남은 유리를 털어 낸 뒤 서둘러 고개를 내밀었다. 건물 안의 갑갑한 공기에 비해 깨끗하고 상쾌한 냄새가 났다. 오른쪽을 보니 철제 파이프 하나가 벽에 달려 있었다. 배수구라기엔 너무 좁고, 아마도 전기 배관인 모양이다. 고정도 잘 되어 있고 튼튼해서 우리의 무게를 충분히 버틸 것 같다. 그다지 높지 않지만 뛰어내리는 것보다 파이프를 타고 내려가는 편이 낫다는 생각이었다.

"나갈 수 있어!" 나는 안을 돌아보며 소리쳤다.

순식간에 약품이 가득 찬 열한 개의 배낭이 내게 건네졌고 나는 그걸 모두 창밖으로 던졌다. 관절염에 걸린 곡예사마냥 몸을 비틀고 돌린 끝에 창문 틈으로 빠져나간 나는 두 손을 번갈아가며 매달려 전력을 다해 파이프를 타고 내려갔다.

바닥에 닿자 바짝 긴장한 채 주위부터 둘러보았다. 글록에 남은 탄환은 네 발뿐이었다. 구석에서 언데드가 나타나면 달아나는 수밖에 없을 것이다. 운 좋게도 언데드는 없었다. 아직은.

프리첸코가 파이프를 타고 내려오고 있었다. 그의 호신용 칼이 허리춤에서 흔들거렸다. 마르셀로와 목에 두건을 감은 베테랑 병장이 뒤를 따랐다. 그 긴장된 순간, 다비드 브로토가 창틀에 끼었다. 어쩔 수 없이 마르셀로가 되돌아 올라가 녀석을 빼내주었다.

그동안 건물 안의 상황은 시시각각 나빠지고 있었다. 들리는 총성은 두 자루뿐이었다. 언데드 무리가 좀처럼 제압되지 않았던 것이다. 대원 하나가 사색이 되어 창밖으로 나오더니 지상으로 뛰어내렸다. 착지하는 순간, 그의 오른쪽 발목에서 부러지는 소리가 크게 났다. 우리는 잠시 상황을 잊고 고통에 몸부림치는 불쌍한 녀석을 지켜보았다.

이제 건물 안에서는 딸꾹질을 하듯 한 자루의 총성만이 규칙적으로 울렸다. 탱크가 창밖으로 머리를 내밀더니 뒤에 있던 대원에게 손을 뻗었다. 거무튀튀한 얼굴에 뾰루지가 난 대원이었다. 탱크가 그의 손목을 잡았는데 그가 날카로운 비명을 질렀다. 건물 안에서 무언가 그를 잡아당기고 있었다.

"아아아아아아악. 씨발, 아프다고. 아파 죽겠어!"

어린 대원은 비명을 지르면서도 사령관의 팔을 놓지 않으려고 필사적이었다.

탱크는 인정사정없이 한마디를 남기며 그의 팔을 놓았다.

"미안하네."

그의 몸은 마술사의 모자 속으로 들어간 토끼처럼 순식간에 먹혀 사라질 것이다. 잠시 고통에 찬 비명 소리가 울리더니 곧 침묵이 흘렀다.

땅에 내려서 재킷의 먼지를 터는 탱크를 보고 모두가 할 말을 잃었다. 재킷은 누군가의, 혹은 그 무언가의 피로 범벅이 되어 있었다. 우리는 그 어린 대원뿐 아니라 외인부대원 하나와 병장 하나를 잃었다. 둘 다 건물 안에 있을 것이다. 몇 명이 남았는지 뻔히 보이는데 아무도 말이 없었다. 열여덟 명으로 시작한 지 한 시간도 채 안 되어 여덟 명이 남았다. 마르셀로, 파울리, 탱크, 브로토, 베테랑 병장, 발목이 부러진 대원, 프리첸코, 그리고 나.

"뭘 꾸물거리나?" 탱크가 소리쳤다. "놈들이 오기 전에 어서 탱크에 탑승한다!"

바늘로 찔러도 피 한 방울 안 날 독일 놈.

일언반구도 없이 각자 배낭을 챙겨 탱크를 뒤따랐다. 세 개는 남기고 갈 수밖에 없었다.

희한한 전차였다. 트랙 대신 커다란 바퀴 네 개가 차체를 받치고 있고 엄청나게 큰 대포에는 포탑이 달렸다. 디자인을 누가 했는지 미적 감각이라곤 눈 씻고 봐도 없지만 아주 막강해 보이긴 했다.

"대체 이게 뭐지?" 내가 숨을 고르며 물었다.

"켄타우로스." 베테랑 병장이 목에 감았던 두건을 풀어 이마에 흐른 땀을 훔쳤다. "경무장한 정찰용 SUV. 생긴 건 흉물스럽지만 끝내주게 잘 나가지! 몇 년 전에 보스니아에서 한 대를 지휘한 적이 있어."

"우리를 여기서 빼내 준다면 세상에서 제일 끝내주는 차가 되겠지."

내가 투덜대며 말했다. 그 고철 덩어리에 대한 군인 특유의 열정에는 공감이 가지 않았다.

"움직이기나 하겠어?"

256

"당연한 소릴!" 병장은 대뜸 올라가 해치를 열며 미소를 지어 보였다. "얘들은 끄떡없어. 연료만 있으면 달려."

나는 그가 조종판을 살피는 사이에 프리첸코에게 다가갔다. 우크라이나인은 땀에 절었지만 지친 기색은 아니었다. 나는 가쁜 숨을 몰아쉬며 이놈의 담배를 끊어야겠다고 다시 한 번 다짐했다.

"이걸 왜 두고 갔을까?" 나는 헐떡이며 그에게 물었다.

"좋은 질문이야. 이게 작동을 안 했거나 가져갈 가치가 없다고 생각했겠지."

"어째서?"

"보라고. 커다란 대포는 *우리한테* 유리할 게 없어. 그리고 저 안에는 네 사람만 들어가도 꽉 찬단 말이야. 철수하는 상황에선 버스나 트럭에 비해 별로 가치가 없지. 운전할 수 있는 사람이 몇 안 되는 상황에서도 저걸 두고 가는 게 논리적인 판단이고."

그 때, 켄타우로스의 엔진이 천식환자처럼 기침을 했다. 이어 기계장치가 연이어 헐떡이는 소리가 났다. 병장이 엔진의 속도를 올리자 자욱한 검은 연기가 나는가 싶더니 탱크가 굉음을 내며 깨어났다.

해치 밖으로 병장의 머리가 불쑥 튀어나왔다.

"준비 완료. 여기서 빠져나가자고!"

나는 얼른 떠나고픈 마음에 배낭을 집어 들고 탱크로 기어올랐다. 반쯤 올라갔을 때 브로토의 눈이 휘둥그레지며 숨이 막히는 소리를 냈다.

"잠깐, 병장." 위협적인 파울리의 목소리가 들렸다. "내가 볼 수 있게 두 손을 들고 나와. 어서."

나는 놀라서 고개를 들었다. 파울리의 HK가 어안이 벙벙해 있는 병장을 겨누고 있었다. 마르셀로도 켄타우로스의 포탑 옆에 그녀와 함께 서서 MG3를 우리 쪽으로 조준하고 있었다. 발목이 부러진 군인이 절뚝거리며 다가오더니 우리의 무장을 해제하고 무기들을 탱크 안으로 던졌다.

마르셀로의 목소리는 칼날처럼 차가웠다.

"제군들, 당신들은 여기에 남는다."

43
테네리페

"누구야? 여긴 어떻게 들어온 거야?" 육중한 보호 장비 때문에 목소리가 작게 들렸다. "이봐, 방호복을 안 입고 있잖아! 여기 들어오면 안 돼!"

루시아가 고개를 돌렸다. 그녀의 뒤에서 오십 대로 보이는 여자가 방호복 헬멧을 통해 그녀를 바라보고 있었다. 현미경 옆에 서 있는 여자의 한 손에는 비커가, 다른 손에는 클립보드가 들려 있었다.

"다쳤잖아!" 여자는 소스라치게 놀라며 루시아의 간호사 유니폼을 가리켰다. "여긴 격리 구역이라고! 방사능에 오염될 수도 있어!"

루시아가 뭐라고 말을 하기도 전에 문 반대편에서 총성과 함께 으르렁대는 소리와 뭔가 둔탁하게 부딪히는 소리가 나더니 또 총성이 이어졌다. 바실리오 이리사리가 우렁찬 목소리로 소리쳤다.

"에릭, 제기랄, 도와달라고!" 그러고는 침묵이었다.

그 노부인은 문 쪽으로 가서 작은 창문에 얼굴을 바싹 갖다 댔다. 그러다 뭘 봤는지 화들짝 놀라며 창문에서 물러섰다.

"놈들이 나왔어! 언데드가 나왔다고! 격실 여섯 개가 열렸나 봐!" 여자는 분노에 찬 눈으로 루시아를 돌아보았다. "네가 풀어준 거야? 대답해!"

"이봐요, 진정해요." 루시아는 아무렇지 않다는 듯 말했다. "저 밖에 있는 두 남자가……."

"밖엔 아무도 없어."

여자는 황급히 컴퓨터에 암호를 입력했다. 곧장 경보가 울렸다.

바로 옆 사무실에 있던 또 다른 의사가, 마찬가지로 방호복을 입은 채, 알람 소리에 허둥지둥 총을 쥐고 들어왔다.

"에바! 대체 무슨 일이에요?" 그는 루시아를 보고 놀라서 눈이 휘둥그레졌다. "누구죠?"

"나도 몰라." 에바가 루시아에게 몸을 돌렸다. "그거 좋은 질문이야. 넌 누구니, 꼬마 아가씨?"

"제 이름은 루시아이고 이 병원에서 일해요. 저 위층에서 사람들이 서로 총질을 하는데 정신병원이 따로 없어요. 시체랑 다친 사람들 천지라고요! 남자 둘이 절 죽이려고 여기까지 쫓아 왔어요. 놈들이 세실리아 수녀님을 죽였어요! 절 도와주셔야 해요!"

루시아는 자신이 앞뒤가 맞지 않는 이야기를 하고 있다는 걸 깨달았지만 가까스로 죽음을 면한 뒤라 흥분이 쉽게 가라앉지 않았다.

"진정하렴. 곧 경비대가 와서 다 해결해 줄 거야, 알겠지?" 에바가 루시아의 어깨를 다독였다. "기다리는 동안 앉아서 마음을 좀 가라앉히렴."

루시아의 온 몸에 안도감이 밀려왔다. 그녀는 안전하다. 모든 것이 괜찮을 것이다.

그녀는 기진맥진해서 의자에 털썩 주저앉았다. 다리를 뻗자 메스에 베인 자리가 뜨끔했다. 이 친절한 사람들에게 과산화수소수를 조금 얻을까 해서 고개를 들어보니 여자는 루시아에게 등을 돌리고 서 있었다.

루시아는 밝은 전등 아래에 서 있는 다른 의사를 유심히 쳐다보았다. 남자의 헬멧이 거울처럼 여의사를 비추고 있었다. 루시아는 뭐라고 말을 하려다, 거기에 비친 에바의 몸짓을 보고 간담이 서늘해졌다. 여의사가 남자의 총을 가리키더니 손으로 목을 긋는 시늉을 한 것이다.

여자가 말했다.

"아무래도 저 안에서 기다리는 게…… 이봐! 무슨 짓이야?"

벌떡 일어난 루시아는 어느새 여자의 목을 팔로 감고 눈앞에 메스를 갖다 댔다. 하지만 그 다음에는 어떻게 할지 아무런 계획이 없었다.

"여기서 나가야겠어요. 당장!"

"진정해! 멘데스 박사를 놔 줘! 부탁이다!"

총을 겨누고 있는 다른 의사가 떨리는 목소리로 말했다.

루시아는 그 남자가 아마 실험 보조일 거라는 확신이 들었다. 총을 쏠 배짱은 없을 것이다. "눈을 똑바로 보면서 사람을 쏘는 건 *타고난 사람이 아니면 못 해.*" 프리첸코가 말했었다. 저 조수는 확실히 그런 사람이 아니었다. 그녀는 심호흡을 하고 여의사의 목을 더욱 세게 휘감았다.

"여기서 나가겠다고요. 어서! 안 그러면 내가 이 여자의 목을 귀에서 귀까지 따버릴 테니까."

"이봐, 넌 여기서 못 나가!" 멘데스 박사가 숨을 헐떡이며 말했다. "저 실험실에 있는 언데드가 네 다리에 상처를 냈으니까. 너도 감염되었을 거야. 이제 그만 봐 다오."

"아무도 내 다리에 상처를 내지 않았어요."

루시아가 야무지게 대답했다.

"피를 흘리고 있잖아."

남자가 뻔히 보이지 않으냐는 투로 상처를 가리켰다.

"*내가* 실수로 벤 거예요! 칼을 쥐고 있다가 발이 걸려 넘어졌어요. 어쩌다가 베였다고요. 알겠어요?"

그들이 믿어주기를 바랐다.

"아무렴. 물론 그렇겠지. 너를 둘러싸고 있는 저 수십 명의 감염된 언데드에게 베인 거야. 그런 이야기는 발렌시아 피난처에서 백 번은 들었다." 에바의 숨이 가빠졌다. "너…… 지금…… 내 목을…… 조르고…… 있어……."

"다른 출구가 있나요?"

루시아는 박사를 졸랐던 팔을 약간 느슨하게 풀었다. 누굴 다치게 할 마음은 없지만 여길 빠져나가야 한다. 이 사람들이 그녀가 감염되었다고 생각한다면 어떤 '치료'를 받을지 루시아는 너무나 잘 알고 있었다.

"파견 진료 구역으로 통하는 밀폐실이 하나 더 있어."

뒤에 있는 문을 가리키며 말하는 보조의 목소리가 떨렸다.

"젠장, 안드레스! 입 닥쳐!"

에바가 눈을 번뜩이며 그에게 소리쳤다.

그 찰나, 루시아의 팔에 힘이 풀렸다. 멘데스 박사는 줄곧 그 순간을 기다리고 있었다. 여의사가 헬멧을 쓴 뒷머리로 루시아의 이마를 가격했다. 잠깐 동안 그녀의 눈앞에 색색의 점들이 반짝였다. 박사의 팔꿈치에 가슴을 맞은 루시아가 '헉'하고 소리를 냈고 그 틈에 풀려난 여의사는 한 쪽으로 달아났다.

"쏴, 안드레. 쏘라고! 감염자야!"

"전 못하겠어요, 에바! 못해요! 박사님이 하세요!"

"이리 내. 멍청이 같으니."

멘데스 박사는 잡아먹을 듯 으르렁거리며 그에게서 총을 빼앗아 들었다.

그 덕분에 루시아는 열려 있던 옆 방 문으로 살짝 빠져나올 시간을 벌었다. 그녀는 밀폐실로 몸을 던지고 힘껏 문을 닫았다. 문이 닫히기 직전에 손 하나가 문틈으로 들어와 그녀의 팔을 움켜쥐었다.

"잡았어요, 박사님. 제가 잡았어요!" 조수의 자랑스러운 목소리는 루시아가 그의 팔을 칼로 찔러 문 밖으로 밀어낼 때까지 계속되었다. "아야앗. 다쳤어요, 박사님! 물린 것 같아요!"

루시아는 문을 쾅 닫고 벽에 붙은 버튼을 눌렀다. 몇 초 후, 화학물질 때문에 또 한 번, 눈이 타는 듯이 매워졌다. 길고 긴 2분이 지나고 초록색 등이 켜졌다. 그녀는 종이와 책들이 여기 저기 쌓여 어수선한 사무실로 들어섰다. 난장판 속을 비집고 들어가자 희미하게 빛이 들이치는 환기구로 통하는 창문 앞에 다다랐다. 그 벽에 위층으로 이어지는 소방 계단이 붙어 있었다. 망설임 없이 1층을 향해 계단을 기어 올라갔다.

바깥은 대혼란이었다. 사람들이 한데 뭉쳐 자기가 먼저 가겠다고 인파를 뚫고 밀어붙이는가 하면 신경질적으로 고함치며 서로 계단 아래로 밀쳐내며 비틀댔다. 한 무리의 간호사들이 복도에서 다친 사람들을 치료하고 있었지만 넘쳐나는 환자를 감당하기엔 역부족이었다. 아직도 병원 안 어딘가에서 총성이 울리고 있었다. 아직도 자기들끼리 싸우고 있다는 걸 모르는 경비병이 있나 보다.

"이봐, 너. 이리 와 봐!"

작고 다부진 체격의 가무잡잡한 남자 의사가 그녀의 팔을 붙잡았다. 겁을 먹은 루시아가 손아귀에서 빠져 나오려고 했지만 남자의 힘이 너무 세다.

"애, 진정해. 널 도와주려는 거야! 어디, 다친 상처 좀 보자."

무슨 일이 일어나고 있는지 알아차리기도 전에 루시아는 남자 간호사에게 이끌려 정원으로 들어섰다. 그곳에는 의사 하나가 임시변통으로 세운 진료소가 있었다.

"다리에 난 상처가 그렇게 깊지는 않지만 이마는 제대로 맞았네. 눈에는 뭘 넣었기에 그래? 누가 최루 가스라도 뿌렸나 본데."

간호사가 그녀의 눈을 증류수로 씻어냈다. 루시아는 이내 안심이 되었다.

루시아는 "전 괜찮아요. 고마워요. 정말 괜찮아요."만 중얼거렸다.

"*보기엔* 안 괜찮아. 한동안은 쉬는 게 좋겠어. 여기가 정리될 때까지만이라도."

간호사가 그녀를 유심히 바라보았다. 그때 병원 잡역부 두 사람이 오더니 들것을 내려놓았다. 가슴에 커다란 총상을 입은 군인이었다. 간호사의 관심이 다친 군인에게로 옮겨가자 루시아는 살그머니 정원을 빠져나왔다.

그녀는 머리가 빙글빙글 도는 바람에 병원을 나서서 몇 걸음 가지도 못하고 멈춰 섰다.

어느 가게의 텅 빈 진열장 유리에 기대어 창에 비치는 자신의 모습을 바라보았다. 허리케인이라도 만난 몰골이었다. 머리카락은 화학 물질로 샤워를 한 덕에 떡이 져 있고 하얀 바지에는 베인 상처로 붉은 얼룩이 생겼다. 눈은 빨갛게 부어오른 데다 이마 한가운데에 커다란 혹까지 붙어 있으니.

이러니 사람들이 쳐다볼 수밖에. 겁먹고 달아나지 않는 게 이상한 거지. 약에 찌든 마약 중독자 꼴이잖아.

일단의 시민 경비대가 인도로 달려오고 있었다. 루시아는 그들을 보자마자 자기가 겪은 일을 알려야겠다는 충동이 일었다. 세실리아 수녀와 마이테가 자신의 눈앞에서 살해당한 이야기를 해야 한다. 경찰이 그 살인마들을 잡아야 한다. 아직 이 근방에 놈들이 있을지도 모르는 일이다. 그녀는 몸서리를 치며 공포에 질린 눈으로 주위를 훑어보았다.

길을 건너려던 루시아는 께름칙한 생각이 들어 그 자리에 멈춰 섰다. 총잡이와 수녀님, 그리고 언데드 같은 정신 나간 이야기를 경비대에게 말했다가 그들이 수사를 한답시고 널 가두면 어쩔 셈이냐. 더군다나 네 꼴을 봐라. 동물원이라고 불리던 그 실험실의 의사들이 언데드 때문에 '상처를 입은', 눈이 충혈된 간호사에 대해서 자세한 진술을 하지 않겠냔 말이다.

그 의사들은 날 죽이려고 했어. 난 아무 잘못이 없는데 그들은 내 말을 들으려고도 하지 않았어. 죽이려고만 했지. 대체 왜 그런 걸까? 눈물이 왈칵 쏟아지려고 했다.

바보야, 그들은 네가 무서웠던 거야. 그렇지 않아도 바이러스가 또 창궐할까 봐 벌벌 떠는 사람들인데 네가 그 지옥문을 열지도 모른다고 생각했던 거지.

하지만 난 아무 잘못이 없었어! 언데드 근처에는 가지도 않았다고.

그런 걸 누가 신경 쓰기나 하는 줄 알아? 머릿속의 목소리가 쓸쓸하게 그녀를 비웃었다. *자, 착하지. 저리로 가. 네 목숨부터 부지해야지.*

루시아는 고개를 푹 숙인 채 경비대를 지나치다가 자동차 경적 소리에 화들짝 놀랐다. 육중한 군용 트럭이 끼익 하는 소리를 내며 병원 앞에 섰다. 중무장한 외인부대원들이 트럭에서 뛰어내려 병원 안으로 달려간다.

루시아는 몸에 전율을 느끼며 반대 방향으로 냅다 뛰었다. 이제는 갈 곳이 없다. 그녀는 도망자 신세다.

44
마드리드

"대체 무슨 일이야?" 병장은 당황한 나머지 옴짝달싹 못하고 소리만 질렀다. "이딴 장난은 집어 쳐!"

"장난이 아니야, 멍청아." 마르셀로가 단어를 하나씩 곱씹으며 느릿느릿 답했다. "간단해. 우리가 떠나고 너희는 남는다."

"제기랄, 지금 제정신이에요?" 브로토가 소리쳤다. "곧 언데드가 온다고요! 여기서 나가야 한단 말이야!"

"오, 물론 가야지. 단, 테네리페가 아니라 그란 카나리아로 간다." 파울리는 말을 하면서도 우리에게서 눈을 떼지 않았다. "이 의약품들은 스페인 정통 정부의 소유다. 이제 무슨 말인지 알겠어?"

탱크는 너무 놀라서 뭐라고 말도 못할 정도였지만 더 이상 잠자코 있을 수가 없었다. 그는 자신을 겨누고 있는 무기 따위는 안중에 없는 듯 씩씩대며 전차에 탄 대원들 쪽으로 걸어갔다.

"빌어먹을 프로일리스트! 이 왕당파 쓰레기들! 비천한 반역자 놈들아! 너희들의 그 잘난 명예와 품위는 다 어디 간 거냐?"

그가 독설을 쏟았다.

"반역자는 너희들이지!" 파울리가 외쳤다. "너희들은 법을 무시해도 된다고 생각하잖아! 정통 민주주의 정부를 배신하고 가짜 공화국을 세운 건 너희들이야!"

"그 망할 놈의 프로일리스트 정부가 *민주적*이라고!" 탱크가 격노했다. "대체 뭐가 정통이야! 어린애 뒤에 숨은 군인 깡패들 주제에. 너희들의 이익을 꾀하느라 어린애를 이용하고선 민주 군주제라는 이름을 갖다 붙였잖아!"

"어린애가 아니라 스페인 국왕이다! 그 분이 정통 정부다! 국민들의 뒤통수를 치고 공화국을 세운 거야말로 반역이고 공산주의지!"

파울리는 감정에 복받친 듯 목이 메었다.

"국민들 뒤통수를 친 사람은 아무도 없어, 이 멍청아! 공화국은 민주적이다!"

"민주적이라고? 그러시겠지! 선거가 있었던가? 투표라도 했냐고?"

"너희는? 그 망할 놈의 군주제도 선거를 했던가? *나인!*(Nein. '아니'

라는 뜻의 독일어. ─옮긴이) 그렇게 정당성을 내세우면서도 정작 정당성을 지키는 덴 전혀 관심 없었지!"

마르셀로가 갑자기 우리의 머리 위로 기관총을 난사했다. 프리첸코, 브로토, 그리고 나는 겁에 질려 바닥에 몸을 던졌다. 앵앵거리는 파리 떼처럼 머리 바로 위에서 총알이 날아다녔다. 탱크와 병장은 눈 하나 깜짝하지 않고 서 있었다. 가까스로 고개를 들어 아르헨티나인을 쳐다보았다. 분노로 이글거리는 눈이 우리를 노려보고 있다.

"미안하네, 친구들. 서로 치부를 들추느라 낭비할 시간은 없거든. 언데드가 여기로 몰려들고 있으니 어서 빠져 나가야지!"

화가 나서 얼굴이 붉으락푸르락한 마르셀로는 파울리에게 탱크로 올라오라는 손짓을 했다. 파울리가 탱크에 올라탔고 우리에게서 시선을 뗀 찰나였다.

그 정도면 탱크에겐 충분했다.

독일인은 부츠 안에서 작은 권총을 빼들더니 마침 허우적대며 탱크에 기어오르고 있던 절름발이 대원을 쏘았다. 그가 뒤로 고꾸라져 바닥에 떨어졌다. 가슴팍이 빨갛게 물들었다. 탱크는 자로 잰 듯 정확한 전문 총잡이의 솜씨로 한순간도 허투루 낭비하지 않았다. 그는 곧장 마르셀로에게 두 발을 쏘았다. 첫 발이 아르헨티나인의 팔에 맞자 고통에 찬 비명이 들렸다. 두 번째 총알은 머리를 아슬아슬하게 빗나갔다. 그가 포탑에 차폐된 철판 뒤로 몸을 피한 것이었다. 탱크는 흔들림 없이 총을 쏘며 전진했다. 독일인은 내부에 침입할 요량으로 전차에 기어올랐고 그의 총알은 어느덧 차폐된 철판에 가서 박혔다.

그 순간, 상자에서 튀어나오는 용수철 인형처럼 파울리가 해치 밖으로 모습을 드러냈다. 그리고 증오로 일그러진 얼굴로 독일인 사령관의 가슴팍에 네 발을 쏘았다.

탱크는 잠시, 물 밖에 나온 물고기처럼 숨을 헐떡였다. 그는 바로 코앞에 있는 파울리의 얼굴을 노려보았다. 커트 탱크. 그 위대한 생존자가 자신의 병사에게 총을 맞고 바닥에 쓰러졌다. 믿을 수 없는 광경이었다.

우리의 왼쪽 편에서 다른 총성이 들렸다. 오른팔에 피를 흘리는 마르셀로가 탱크의 해치를 열려던 병장을 쏜 것이다. 아르헨티나인의 총알이 병장을 누더기로 만들었고 병장은 먼지를 날리며 독일인의 옆에 쓰러졌다.

숨 막혀 죽을 것 같은 무거운 침묵이 지나갔다. 나는 MG3를 우리에게 겨눈 마르셀로를 두려움에 떨며 지켜보았다. 그의 눈에서 죽음의 그림자가 춤을 췄다.

우린 죽었어. 끝이야.

"사격 중지!" 파울리가 소리쳤다. "쏘지 마, 마르셀로! 잠깐 기다리라고!"

아르헨티나인은 동요하지 않았다. 우리는 털끝하나도 움직이지 못하고 무기도 없이 무방비의 상태로 엎드려 있었다. 조금이라도 움직였다간 MG3를 맞고 두 동강 날 정도로 조준 거리가 가까웠다. 마침내 마르셀로가 한숨을 내쉬며 집게손가락의 힘을 뺐다. 십년감수 했다.

"잘 들어! 당신네 민간인들은 이 일에 끼지 말았어야 했어." 해치 안에 꼿꼿이 선 파울리가 말했다. "하지만 자유와 인류의 미래를 위해 투쟁해야 하는 어려운 시기이니만큼 모두의 희생이 필요하다. 당신들도 마찬가지야."

놀랠 노자로군! 우라질, 우리한테 연설을 하고 있잖아! 프리첸코의 표정에서 나와 똑같은 생각을 읽을 수 있었지만 둘 다 입을 다물고 있을 만큼 영리했다.

"선택을 해! 정당성 없는 공화국인지 우리 정당 정부인지? 당신들은 우리 편이야 적이야? 콰트로 비엔토스 공항의 에어버스도 지금쯤 왕당파의 손에 들어왔을 것이다. 스페인의 진정한 수상이자 국왕인 프로일란을 지지한다면 비행기에 자리를 내어주겠다. 그게 아니면 당신들 알아서 할 일이지!"

믿을 수가 없었다. 섬에 정치적 갈등이 있다는 이야기를 들었지만 내가 그 내전에 휘말리게 될 줄은 꿈에도 생각 못했다. 나는 어느 쪽이 옳고 어느 쪽이 그른지 모른다. 아니, 옳고 그른 쪽이 있기는 한 건지 그조차 모르겠다.

파울리는 우리의 대답을 기다리고 있었다. 내가 일어섰다.

"테네리페에 아내가 있어. 친구인 세실리아 수녀도 있는데 위독하고. 이 의약품은 그녀에게 삶이냐 죽음이냐의 문제다. 두 사람을 버릴 수는 없어. 그들에게 돌아가야 해. 나는 그란 카나리아로 가지 않겠다."

"당신은 어때, 프레틴코? 그 테러분자들의 정부에서 당신을 감옥에 쳐 넣으려고 했다면서. 자유를 얻고 국민을 대표하는 분을 모실 기회잖아."

"*프리첸코요.*" 우크라이나인이 당당하게 대답했다. "사실이야. 날 감옥에 집어넣으려고 했지. 하지만 두 섬 모두 스파이가 득실거리잖소. 우리가 당신들에게 협력한 걸 알게 되면 테네리페에선 우리 친구들을 스파이로 몰 거야. 더 심하게는 우리가 겁쟁이처럼 내뺐다고 말하겠지. 빅토르 프리첸코는 한 번도 도망친 적이 없어. 앞으로도 그럴 거고."

슬라브 농민 식 결투 신청인가.

나는 웃음을 참느라 고개를 숙였다.

"게다가," 프리첸코가 내게 어깨동무를 하며 말을 이었다. 그의 파란 눈이 파울리를 무섭게 노려보았다. "난 절대 친구를 버리고 가지 않거든. 이 친구가 남으면 나도 남는다. 우린 한 팀이니까. 이 친구랑 나는 전우야. 지금까지 그래왔고 앞으로도 계속. *카피쉬?*"(Kapish. '이해하다'라는 뜻의 이탈리아어. ─옮긴이)

파울리는 경멸과 경악이 섞인 눈으로 우리를 바라보았다. 그러다 진저리를 치더니 우리 옆에 서 있는 브로토에게 물었다. 그의 머리카락은 먼지와 흙을 덮어쓰고 떡이 되어 있었다.

"당신은, 브로토? 같이 갈 텐가 아니면 남을 텐가?"

다비드는 잠시 우리 쪽을 바라봤다. 그는 침을 삼키더니 큰 소리로 기침을 하고 발치에 떨어져 있던 탱크의 권총을 주워들었다.

"오해하지 말아요. 당신들이 나한테 엄청 잘해준 건 아니까. 정말로 도움을 많이 받았죠. 하지만 테네리페에서 날 기다리는 건 감방밖에 없다고요. 그란 카나리아는 잃을 것도 없고 오히려 많은 것을 얻게 되겠죠. 당신들과 같이 가겠어요. 미안해요들."

"괜찮아, 인마. 마음 쓸 것 없어." 프리첸코는 실망한 목소리다.

"연설은 그만하면 됐어!" 마르셀로가 소리쳤다. "출발한다! 거기 둘, 배낭을 브로토에게 넘겨. 서둘러, 애송이 녀석아."

우리는 그의 말에 따랐고 브로토가 배낭을 해치 안에 실었다. 마르셀로는 줄곧 MG3를 우리에게 겨눈 채 시선을 떼지 않았다.

"잠깐, 마르셀로!"

파울리가 불쑥 외쳤다. 그녀가 켄타우로스에서 뛰어내려 몇 발짝 거리에 세워져 있는 다른 탱크로 달려갔다. 보닛을 열어 엔진을 살펴보더니 주머니칼을 꺼내 전선 더미를 통째로 잘라 주머니에 쑤셔 넣었다.

"개인적인 감정은 없어! 우릴 따라오면 안 되니까. 어쨌든 당분간은."

"피도 눈물도 없군." 나는 말을 더듬었다. "그 탱크가 없으면 우린 죽은 목숨이야. 당신도 잘 알 텐데."

"그건 사실이 아니지." 그녀는 켄타우로스로 되돌아갔다. "이 거지 소굴 같은 곳 어딘가 여분의 배터리 전선이 있겠지. 그리고 설사 저걸 고친다고 하더라도 저걸 고칠 때쯤, 우리는 그란 카나리아로 날아가고 있을 거다."

"우린 무기도 없어!" 프리첸코가 항의했다.

"내 알 바 아니지. 당신들이 자초한 거야." 무덤덤한 목소리였다. "이봐! 내가 아무것도 안 줬단 말은 말라고."

말이 끝나자 무섭게 그녀는 우크라이나인의 전투용 칼을 그의 발밑으로 던졌다. 해치가 닫히고 탱크가 검은 연기를 뿜으며 점차 멀어져갔다. 우리는 탱크가 모퉁이를 돌아 사라지는 모습을 지켜보았다. 엔진 소리만 귓가에 남아 마드리드의 죽음 같은 적막을 울렸다.

45

켄타우로스가 멀리 자취를 감추자 가랑비가 내렸다. 굵은 빗방울이 먼지 쌓인 도로에 떨어지며 빗소리가 점점 커졌지만 그런 것은 안중에 없었다. 우리는 무기도 이동 수단도 없이, 언데드가 득실거리는 거대한 사막 같은 도시에 남겨진 것이다. 절망에 찬 신음이 터져 나왔다.

"힘 내." 우크라이나인이 내 등을 토닥였다. "더 나빠질 수도 있었어."

"오 그래? 어떻게? 이것보다 더 나빠질 게 뭐야?"

"진정해." 그가 칼을 집어 들었다. "이것보다 더 험한 상황에서도 빠져나왔잖아. 안 그래? 걱정하지 말라고. 여기서도 나가게 될 거야. 우린 그냥 시작만 하면 되는 거야. 자, 생각을 해봐. 이렇게 엉망진창인 상황에서 배터리 전선을 구할 만한 곳이 어디지?"

바로 그 때, 뒤에서 그르렁대는 소리가 들려 머리털이 곤두섰다. 정신을 가다듬고 언데드를 찾아 주변을 둘러보았다. 한 놈도 보이지 않았다. 다시 소리가 들렸다. 어리둥절해 있는데 바닥에 쓰러져 있는 병장의 손이 약하게 꿈틀거렸다.

"프리첸코! 이 친구 살아있어!"

가슴에 네 발을 관통당하고도 살아있었다. 그의 손을 쥐자 그가 눈을 마주쳤다. 내 얼굴을 똑바로 보려고 애쓰며 내게 뭔가 말하려고 했다. 입에서 시뻘건 거품이 나왔다.

"진정해, 친구." 명찰에는 요나스 페르난데스라고 쓰여 있었다. "이봐, 병장. 날 계속 보고 있어. 알았지? 이봐! 정신 차려, 요나스. 프리첸코가 저 켄타우로스를 고칠 거야. 그러면 여기서 빠져나가자고."

"젠장!" 프리첸코가 열 받아서 소리쳤다. "그 년이 배터리 케이블을 뜯어놨어. 대체할 걸 구해도 연장이 없으면 연결 못 해. 배터리가 없으면 이 고철 덩어리는 한 발짝도 못 움직인다고! 빌어먹을!"

나는 사색이 됐다. 언데드가 곧 나타날 것이다.

"프리첸코." 나는 비에 젖은 머리칼을 넘기며 최대한 침착한 목소리로 말했다. "당장 응급 처치를 안 하면 병장이 죽을 거야. 뭔가 생각해 내지 않으면 우리 처지도 그와 다를 게 없어진다고. 제기랄!"

"할 수 있는 게 아무것도 없어!" 프리첸코는 켄타우로스에 대고 주먹질을 했다. "배터리 없이는 죽은 목숨이야!"

우크라이나인이 똑바로 서서 나를 쳐다보았다.

"나갈 방법을 생각해야 해. 어서! 만약에 우리가 넓은 길로 간다면…… 라 카스텔라나 대로 같은. 아니면 지하철 터널이나."

우크라이나인의 마음이 급해졌다.

"프리첸코." 나는 다친 병장을 가리켰다. "대체 저 친구는 어떻게 해야 하지?"

프리첸코는 대답 대신 칼을 톡톡 두드렸다. 뛰어야 할 상황이 생길 텐데 그를 데리고 갈 수는 없다. 그렇다고 남겨둘 수도 없었다. 무방비 상태라, 놈들의 맛있는 간식거리가 될 게 뻔했다.

용기를 내려고 심호흡을 했다. 언데드 괴물을 쏘는 건 정당한 일이지만 사람 목숨을 빼앗는 건 이야기가 다르다.

"프리첸코……."

뭐라고 말을 이을 수가 없었다. 그 때, 페르난데스 병장이 힘없이 팔을 들어올렸다.

"보…… 보조……."

목구멍 가득 검붉은 피가 콸콸 솟구쳐 그의 입가로 흘러나왔다.

"병장, 진정해." 나는 그가 숨쉬기 수월하도록 방탄조끼를 느슨하게 풀어주었다. "우릴 구하러 지원이 올 거야. 걱정하지 마."

"보조…… 이 멍청아……." 그는 각혈을 하며 답답한 눈초리로 나를 쳐다봤다. "보…… 보조…… 배터리……."

"보조 배터리라고?" 그의 말을 들은 프리첸코가 덤벼들 듯 물었다. "어디에 있어?"

"포…… 탑…… 안에." 병장이 흘린 피가 빗물과 섞였다. "단자…… 전압도…… 똑같……."

말이 끝나지도 않았는데 어느새 프리첸코는 원숭이처럼 켄타우로스를 기어오르고 있었다. 우크라이나인이 안을 뒤지는 사이 나는 병장의 머리를 들어 기도를 확보했다. 그것 말고는 뭘 어떻게 해야 할지 몰랐다. 내가 구급 훈련을 받았더라고 해도 요나스는 가망이 없는 상태였다. 그도 그런 줄을 아는지, 눈물이 날만큼 아플 것이 분명한데, 태연히 고통을 참고 있었다.

"찾았어!" 프리첸코의 머리가 포탑 밖으로 나왔다. 네모난 상자 하나를 자랑스레 껴안고 있다. "몇 분이면 돼!"

그럴 시간이 없었다. 주차장 구석에서 언데드 세 놈이 어슬렁거리는 것이 보였다.

"**프리첸코!**" 나는 목이 터져라 소리를 질렀다. "서둘러! **당장** 떠야 돼!"

페르난데스 병장의 어깨에 팔을 둘러 최대한 조심스럽게 켄타우로스의 해치 안에 그를 내려놓았다. 다행히 요나스 페르난데스 병장, 스페인 외인부대의 테르시오 돈 후안 데 아우스트리아 연대의 노장은 아무런 고통도 느끼지 못했다. 어느새 혼절해 버린 것이다. 어깨 너머로 언데드와의 거리를 가늠해 보았다. 아까보다 절반이 줄어 있었다. 불끈 용기가 솟구쳐 아까 창문 아래에 버리고 온 배낭을 향해 뛰었다. 언데드가 나를 보더니 내 쪽으로 방향을 바꾸어 걷기 시작했다. 배낭 두 개를 양 손에 움켜쥐고서 바닥에 질질 끌면서 휘청거리며 탱크로 갔다. 그러면서도 어깨 너머로 놈들을 경계했다. 놈들은 벌써 90미터 이내로 접근해 있었다.

"프리첸코! 그 망할 고물 좀 얼른 움직이게 해 봐! 놈들이 바짝 다가왔어!"

배낭을 탱크 안에 던져 넣었다.

"거의…… 다 되어 가……." 우크라이나인은 땀을 비 오듯 흘렸다. 엔진 내부를 조작하는 손놀림이 번개같다. "됐어! 타! 어서 타!"

우리는 재빨리 켄타우로스에 올라 해치를 닫았다. 놀라운 타이밍이었다. 조종석에 앉는 순간 언데드가 기갑 탱크의 측면을 가격하며 울부짖었다.

"시동 걸어, 제길!" 내가 소리쳤다.

"뭐라고?" 그가 정신 나갔냐는 표정으로 나를 쳐다보았다. "난 시동 어떻게 거는 줄 몰라!"

"어떻게 거는 줄 모른다니, 무슨 소리야?" 나는 놀라서 눈이 휘둥그레졌다. "망할, 조종사잖아!"

"헬리콥터 조종사지!" 프리첸코가 화를 냈다. "공군에선 바퀴 달린 이런 고물상자는 운전 안 해! 난 자네가 이걸 몰 줄 알았지!"

"내가?" 이번엔 내가 놀랄 차례였다. "프리첸코, 난 내 평생 탱크를 타 본 적이 한 번도 없어! 군대도 안 갔다고. 난 변호사란 말이야. 젠장!"

"그런 소린 밖에 있는 친구들한테나 해! 그래서 어떻게 움직이는지 안다는 거야 모른다는 거야?"

"몰라! 당연히 모르지!" 순간 퍼뜩 생각나는 것이 있었다. "잠깐! 병장은 알 거야! 이봐! 요나스! 일어나 봐! 어서, 병장. 눈 떠! 자네가 필요해!"

페르난데스 병장은 한참 만에 정신을 차렸다. 그는 발작적으로 숨을 쉬었다. 때때로 피를 토했는데 그 피가 가슴에 난 총상에서 흐르는 피와 범벅이 되었다. 아직 살아있는 게 용했다.

그는 떨리는 목소리로 쌕쌕거리며 프리첸코에게 시동 거는 법을 알려주었다. 엔진 점화 장치는 아주 튼튼해서 일 년 넘게 야외에 버려진 상태인데도 여전히 작동을 했다. 하지만 조작법은 복잡하기가 이루 말할 수 없었다. 프리첸코가 순서를 틀려서 처음부터 다시 반복하기를 두 번째였다. 그동안 수십 명의 언데드가 켄타우로스 주위로 몰려들었다. 어떤 놈들은 탱크에 기어 올라와 위에서 걸어 다니는가 하면 안으로 들어오려고 애쓰는 소리가 들렸다. 무게가 몇 톤은 되는 탱크지만 놈들이 모두 두들겨대는 통에 휘청거렸다. 소리 때문에 귀가 먹을 지경이었다. 엔진을 켜지 못하면 배고프고 목말라 죽을 때까지 이대로 안에 갇힌 신세가 되는 것이다. 생각만 해도 소름이 끼쳤다.

끼익 하고 뭔가 돌아가는 소리가 나자 마침내 프리첸코가 탱크의 기어를 1단에 넣었다. 엔진이 기침소리를 내며 일 년 만에 다시 살아났다. 켄타우로스가 앞으로 휘청하는가 싶었는데 시동이 꺼져 버린다.

"다시 시동 걸어! 젠장맞을!"

나는 말이 끝나자마자 미친 듯한 웃음이 터졌다. 이런 심각한 상황에 웃음이라니. 나도 어쩔 수 없었다.

"대체 왜 그러는 거야?" 프리첸코가 미친 사람 보듯 나를 쳐다본다. "이게 재밌어?"

그가 다시 시동을 걸었다. 켄타우로스가 몇 번 출렁였지만 이번엔 꺼지지 않았다. 그는 의기양양한 얼굴로 눈가의 땀을 닦아냈다. 연료를 주입하자 강력한 디젤 엔진이 으르렁거렸다.

"고양이처럼 가르랑거리는군!" 만족스러운 목소리다. 그는 계기판에 눈을 고정했다. "자, 여기서 나가자고!"

"놈들보다 먼저 콰트로 비엔토스 공항에 가야겠어. 그런데 놈들이 먼저 출발했으니."

문제는 그 뿐만이 아니었다. 마드리드에서 또 어떤 난관을 만나게 될지 짐작도 가지 않는다. 공항으로 가는 길을 찾을 수 있을지조차 의문이었다.

"이 염병할 곳을 빠져나가자!"

프리첸코가 속도를 높이자 켄타우로스가 앞에 붙어 있는 언데드를 밀며 전진했다. 으스러지는 시체의 아비규환을 지나 프리첸코도 어느덧 요령이 익어 주차장을 빠져나가게 되었다.

우크라이나인과 나는 마주보며 하이파이브를 했다. 이제는 시간과의 싸움이었다.

46

"프리첸코, 조심해!"

길 한가운데에 쌓여 있는 쓰레기통 더미를 피하느라 켄타우로스의 방향을 틀다가 하마터면 옆으로 쓰러질 뻔했다. 끽 하고 소리를 내며 가까스로 바로 선 전차가 최대 속력으로 길 한가운데를 질주하기 시작했다. 온 신경을 곤두세운 채로 라 카스테야나 거리를 달린지 어느덧 삼십여 분, 우리는 마드리드를 벗어나는 것만도 오랜 시간이 소요될 거라는 사실을 깨닫게 되었다.

도중에 언데드를 만나도 십 차선 도로라서 피할 공간이 충분했다. 이따금 자동차 잔해와 검문소를 피하느라 지그재그 운행을 했지만 그런 것들이 아니면 도로는 깨끗했다. 골목길은 죄다 산처럼 쌓인 차가 바리케이드가 되어 막혀 있었다. 일부는 무너졌거나 언데드가 무너뜨린 것으로 보였다. 수천 명의 괴물들이 술 취한 사람처럼 거리를 어슬렁거리며 활보하고 있었다. 프리첸코는 그것들을 피해서 둘러갔지만 놈들의 수는 점점 불어나고 있다.

"저 바리케이드는 뭐 하려고 쳤을까?"

우크라이나인이 눈을 길에 고정한 채 내게 물었다.

"도시 외곽으로 연결된 길을 차단하려고 한 모양인데." 나는 잠망경에 눈을 갖다 댔다. "덕분에 제법 훌륭한 탈출로가 생겼겠는걸."

나지막이 욕이 나왔다. 입 안에서 짭짤한 피의 맛이 났다.

"그런데, 어떻게 아무도 살아남질 못한 걸까?"

"모르지. 탈출로를 따라 멀리 나갔는데 길이 끊겨버렸겠지."

"그러면, 우린 어떻게 나가는 거야?"

"나도 몰라. 저 다리까지 가서 건너보자고." 어느덧, 일명 '토레스 키오'라 불리는 서로 쓰러질 듯 기울어진 쌍둥이 빌딩인 '게이트 오 브 유럽'을 지나고 있었다. 그 26층 건물은 하나가 완전히 불에 타 무 너져 내렸다. 그 자리에는 뒤틀어진 철제 구조물만 쌓여 썩은 이빨처 럼 하늘을 향해 치솟아 있다. 프리첸코가 흩어져 있는 빌딩 잔해를 밟고 지나가자 켄타우로스가 칵테일 셰이커처럼 요동쳤다.

죽음의 도시 한복판으로 들어갈수록 점점 더 불안해졌다. 늘 차량 으로 붐비던 라 카스테야나 거리는 여기 저기 널브러진 잔해들 말고 는 휑하니 비어 있었다. 두껍게 쌓인 먼지, 잔해, 그리고 도로를 덮고 있는 재뿐. 그 도로를 깨고 나무들이 웅긋쭝긋 솟아나 있다. 하지만 무엇보다도 나를 우울하게 만든 건 적막이었다. 들리는 소리라고는 탱크에서 나는 디젤 엔진의 웅웅거리는 소리뿐이었다. 켄타우로스가 사무실 빌딩 몇 개를 지나쳐 갔다. 창문이 깨져 있는 것이 마치 우리 를 아래로 노려보고 있는 검은 눈처럼 보였다. 레스토랑 입구에 모여 있는 무리를 포착한 순간 심장이 요동치듯 뛰었다. 가까이 접근해서 보니 언데드 너덧이 모여 있었다. 켄타우로스가 지나가면서 내는 소 음에 이끌려 어디선가 난데없이 나타난 것이었다.

몇 분 후, 플라자 데 씨벨레스에 다다랐다. 광장에 서 있던 대리석 상과 분수는 한 때 마드리드의 상징이었다. 누군가 마차에 앉아 있는 씨벨레스 여신상(Cibeles. 대지와 풍요의 여신. —옮긴이)의 머리를 부숴 놓은 것이 보였다. 여신의 가슴팍에 빨간 페인트 글씨가 가로질러 쓰 여 있었다. ISAIAH 34-35. (이사야 34장-35장. 종말에 있을 사건들에 대한 내용. —옮긴이) 그 구절은 이렇다. '대저 여호와께서 열방을 향하여 진노하시며 분노가 그들의 만군을 향하신 즉······.' 분수는 누더기를 걸친 뼈만 남은 시체로 가득 차 있다. 누군지 정신이 나간 사람이 열두 개의 두개골을 분수대 가장자리에 둘러 세워놓았다. 그 앞을 지나가는데 두개골의 위협적인 미소와 함께 생기 없는 눈빛이 우리를 따라 오는 것이 느껴졌다.

플라자 데 아토차의 원형 교차로에 다다르자 프리첸코가 급브레이크를 밟았다. 내 몸이 거의 바닥에 내동댕이쳐졌다.

"대체 뭐야! 왜 멈춘 거야?"

"앞을 봐. 저리로는 못 가."

분수와 열차 역, 넓은 도로 덕분에 한 때 마드리드의 중심지 역할을 했던 플라자 데 아토차는 더 이상 그곳에 없었다. 빌딩 하나가 무너져 그 잔해가 길을 다 막아버렸다. 돌무더기도 문제지만 5∼6미터 너비의 도랑에 물이 고여 있었다. 뿐만 아니라 뒤집힌 대형 트레일러 트럭이 병풍처럼 중간에 서서 그 중심가를 둘로 나누고 있다.

"종점이구만." 우크라이나인이 투덜거렸다. "이제 어쩌지?"

"후진 해." 내가 중얼거렸다. "왔던 길로 되돌아가서 M-30 고속도로를 타야지. 그리로 가면 더 멀리까지 외곽으로 빠질 수 있을지 몰라. 그게 안 되면 옆길로 빠져서 이 구역 전체를 우회해서 가는 수밖에."

나도 내가 하는 말에 믿음이 안 갔다. 켄타우로스는 라 카스테야나처럼 넓은 대로만 통과할 수 있는데 망가진 차와 무너진 건물이 들어찬 좁은 골목길이라면 생각할 필요도 없었다. 꼼짝 못하게 될 것이 뻔했다. 그렇다고 별 다른 수가 있나?

프리첸코는 크게 원을 그리며 돌아 반대 방향으로 향했다. 그 쪽은 카스테야나 대로가 좁은 가로수 길인 프라도 거리와 만나는 곳이었다. 프리첸코는 쓰러진 가로수와 예고 없이 나타나는 언데드 무리들 사이로 차선을 바꾸며 켄타우로스를 몰았다. 우리를 둘러싼 놈들이 몇 명이나 되는지는 나도 모르겠다. 아마 수천이 넘을 것이다. 켄타우로스가 중간에 끼이기라도 하면 우리는 끝장이었다.

내내 잠망경을 보느라 눈이 타는 듯했다. 쏟아지는 닭똥 같은 땀을 닦아내다가 연신 얼굴을 부딪쳤다. 시야 한 쪽 귀퉁이에 햇빛을 받아 빛나는 무언가가 보였다. 나는 오른쪽으로 잠망경을 돌리며 소리쳤다.

"프리첸코, 멈춰!"

"무슨 일이야?" 우크라이나인이 놀라서 소리쳤다.

"저 오른쪽 옥상에 뭔가 있어."

프리첸코는 내가 가리킨 쪽을 보려고 머리를 쭉 내밀었다.

우리는 프라도 미술관의 입구에 멈추어 섰다. 그 웅장한 건물의 꼭대기에 얼핏 둥근 지붕 같은 것이 보였다. 전면에 플렉시 유리창이 달려 있어 햇빛을 받아 빛났다. 마침 구름이 걷히지 않았더라면 모르고 그냥 지나쳤을 것이다.

"뭔 것 같아?"

감정을 최대한 자제한 목소리로 내가 물었다.

"헬리콥터 조종석이라는 데에 내 목숨을 걸지." 몇 초 지났을까, 우크라이나인이 대답했다. "소형 버블 헬리콥터지만, 그게 중요해? 어쨌든 헬리콥터잖아."

심장이 터질 것 같았다. 저게 뜨기만 한다면 이 지옥의 소굴에서 벗어날 수 있다.

"저 위에 앉아 있는 걸 보니 멀쩡한 모양인데." 잠망경을 들여다보던 프리첸코가 말했다. "하지만 가보지 않는 이상 작동을 할지 안 할 지는 모르는 일이지."

"안으로 들어가 보자. 켄타우로스로 문을 부수고 들어가서 옥상 으로 가는 계단을 찾으면 되잖아."

프리첸코는 곰곰이 생각하더니 입을 열었다.

"저 현관 기둥 사이라면 겨우 들어가겠는걸. 별 다른 수가 없으니 까. 좋아. 단단히 붙들어 매고 병장 잘 잡아. 심하게 흔들릴 거야!"

프리첸코는 켄타우로스의 엔진을 가속하여 한달음에 인도로 올 라섰다. 그리고 전속력으로 프라도 미술관의 현관으로 돌진했다. 문 까지 몇 발짝이 남았을 때, 나는 기둥 사이가 너무 좁다는 걸 깨달았 지만 방향을 틀기에는 이미 늦었다. 끼이익 하고 요란한 소리를 내며 탱크의 양 측면이 기둥을 긁고 들어갔다. 섬뜩한 굉음과 함께 오른 쪽 창문이 부서졌다. 프라도 미술관의 문을 밀고 들어가자 세탁기 크 기만 한 화강암 덩어리가 포탑의 방탄차양을 맞고 튕겨 나가 산산이 부서졌다.

한동안 들리는 거라고는 켄타우로스 지붕으로 돌더미가 떨어지는 소리뿐이었다. 속이 뒤집어지는 것 같았다. 안전벨트 덕분에 의자에 서 떨어져 나뒹굴진 않았지만 잠수복을 입고도 왼쪽 어깨에 심한 멍 이 들었다.

"괜찮아?"

프리첸코의 든든한 목소리가 발치에서 들렸다. 우크라이나인은 안 전 벨트를 풀고 있다가 조종판으로 엎어진 모양이었다.

"그냥 끝내주는군. 자넨 어때?"

"멀쩡해. 언데드 놈들이 우리가 여기 있는 걸 알아채기 전에 어서 나가자고."

나는 조심스럽게 해치를 열고 고개를 내밀었다. 탱크의 전면부는 박물관의 로비에 끼어 있고 뒤쪽은 건물 밖에 걸쳐 있는데 무너진 기둥의 거대한 돌무더기에 파묻힌 상태였다.

켄타우로스의 바로 옆에 소형차 크기의 현관 지붕 조각 하나가 떨어져 있었다. 그 화강암 덩어리가 우리 머리 위로 떨어졌더라면 탱크의 기갑도 우릴 살리지 못했을 터. 압사하고 말았겠지.

미술관은 서늘하고 어둡고, 무엇보다도 텅 비어 있었다. 산 사람의 흔적도, 망할 놈의 언데드도 보이지 않았다. 그렇다고 해서 이 건물 안에 어슬렁대는 놈들이 하나도 없다는 뜻은 아니겠지. 하지만 내 마지막 담배를 걸고 장담하는데 그게 사람이든 뭐든 프라도 미술관 안에는 확실히 아무도 없을 것이다. 두꺼운 돌벽과 빗장 걸린 문이 달린 이 웅장한 건물은 요새나 마찬가지였다. 프리첸코와 내가 격리 조치가 취해진 이후로 이곳에 들어온 첫 번째 방문객일 것이다. 켄타우로스의 차대와 건물의 잔해가 정문을 막은 것을 보니 안심이 되었다. 덕분에 언데드가 들어올 수 없다. 나는 페르난데스 병장의 어깨에 팔을 둘러 그를 끌어올렸다.

"이봐, 병장. 조금만 더 버텨. 꼭대기에 헬리콥터가 있으니까 여기서 나가게 될 거야."

"애쓸 것 없어." 병장의 한쪽 눈꺼풀을 뒤집어 동공을 확인하던 프리첸코가 나직이 말했다. "죽었네."

나는 병장의 몸을 가만히 운전석에 내려놓았다. 마르셀로의 총에 맞기 전에 그가 켄타우로스를 보고 늘어놓던 열렬한 찬사가 기억났다. 그의 말대로 탱크는 최고였고 우리의 목숨을 구했다. 이제 그 켄타우로스가 그의 관이 될 것이다. 재킷의 피 묻은 옷깃을 여미고 얼굴에 묻은 먼지를 닦아 주었다. 요나스 페르난데스 병장은 용맹했고 이보다 더 장엄한 영결식을 치러 마땅하다.

마지막으로 한 번 더 병장을 바라본 나는 무거운 배낭 중 하나를 켄타우로스 밖으로 끌어냈다. 프리첸코는 다른 배낭을 들고 탱크 앞, 몇 발자국 떨어진 곳에 있는 휑뎅그렁한 매표 창구에 서 있었다. 그는 먼지 덮인 팸플릿과 미술관 안내서 더미 근처에서 건물 안을 찬찬히 살피는 중이었다.

"여기가 이렇게 되다니." 수심에 찬 목소리다. "언젠가 화재가 나서 도시의 절반을 태우고 있는데도 진압할 사람이 아무도 없을 걸 생각해 봐. 이곳도 모두 재로 변하겠지. 안타까운 일이야."

나는 잠시 동안 말없이 서 있었다. 그러다가 불현듯 건물 안으로 전속력으로 달렸다. 어리둥절한 프리첸코가 내 뒤를 바짝 쫓아왔다.

"어디 가는 거야? 옥상으로 가는 계단은 저쪽이라고!"

"잠깐이면 돼. 칼 좀 줘 봐."

"내 칼? 주기야 하겠지만. 근데 왜?"

"오래 걸리지 않을 거야, 정말이야."

나는 프리첸코의 칼을 받아 쥐었다.

머릿속에는 어떤 생각이 요동쳤다. 여기에 있는 미술품들을 다 구하지는 못하지만 최소한 두 개는 가지고 갈 수 있다. 이 미술관에 있는 방대한 소장품 중에 어떤 것을 가지고 가야 할까?

우리는 17세기 전시장으로 들어섰다. 벽에 걸린 디에고 벨라즈케즈의 걸작 라스 메니나스(Las Meninas. 시녀들. —옮긴이)가 머지않은 미래에 불길에 휩싸이게 될 줄 아는 듯 슬픈 얼굴로 우리를 내려다보

았다. 액자에서 떼어낸다고 해도 가지고 가기에는 너무 크다는 생각
이 들어 낙심했다. 그 때, 구석에 있는 그림 한 점이 내 시선을 끌었다.

사이프러스가 가득한 정원을 묘사한 그림이었다. 명판에는 **로마
의 메디치가(家) 정원**이라고 쓰여 있다. 그 아래에 작가의 이름, 디에
고 벨라즈케즈가 보인다. 우아한 하얀 대리석 다리 한가운데에 아치
가 뚫려 있다. 아치는 아무렇게나 판자를 덧대어 막아놓았다. 오른쪽
틈새에 사색에 젖은 그리스 신의 동상이 서 있다. 아래쪽에는 잘 차
려입은 남자들이 담소를 나누고 있다. 화가는 어느 무더운 여름 오후
의 차분하고 조용한 한 때를 천재적으로 포착해 놓았다. 수 세기 전
에 죽은 왕과 왕비들의 장엄한 초상화에 둘러싸여 있으면서도 그 작
은 그림은 단연 돋보였다. 전시실 안의 다른 작품들에 비해 아주 강
렬하고 생생하다.

나는 그림을 벽에서 떼어내 벤치 위에 엎어 놓았다. 보통 이런 일
이 벌어지면 즉시 경보음이 울리고 숨을 돌릴 틈도 없이 무장 경비
대여섯 명이 나를 에워쌌을 것이다. 프리첸코의 칼로 캔버스를 고정
한 스테이플러 침을 뽑아내는 지금은 오직 적막만 흐른다. 조심스럽
게 그림을 말아 길이 1미터 남짓 되는 길쭉한 원통에 넣었다. 폭은 고
작 검지손가락 길이밖에 안 되었다. 나는 허벅지에 감아놓은 빈 칼집
에 통을 끼우고 나서 칼을 프리첸코에게 돌려주었다.

"왜 그러는 거야?" 우크라이나인이 묻는다.

"해야만 하는 일이야. 우리 배낭에 들어 있는 약도 중요하지만 이
것도 중요해." 나는 속절없이 우리를 둘러싼 그림들을 가리켰다. "이
것들도 똑같이 중요해. 우리의 재산이자 유산이고, 우리 존재의 총체
니까. 몇 개월이나 몇 년 후에 이게 사라지고 나면 우리의 일부가 영

영 사라지는 셈이지. 다시는 예전의 찬란한 문명을 되찾지 못하겠지. 프리첸코, 우리가 이 그림들을 모두 가져갈 순 없지만 하나는 지킬 수 있어."

"알았어." 우크라이나인은 한숨을 쉬며 계단 쪽으로 내 팔을 끌었다. "서두르지 않으면 우리도 이 그림들과 똑같은 신세가 될 거야."

나는 마지막으로 한 번 더 그 명화들을 바라보았다. 말을 탄 카를 5세의 냉소에 찬 표정이 작별 인사를 건넸다. 우리가 그 방을 최후로 거닌 사람이 되리란 걸 아는 듯이.

47
마드리드

우리는 경비실 뒤편에 있는 계단으로 올라갔다. 협소한 공간에 먼지 낀 채광창으로 들어오는 빛이 전부라 너무 어두웠다. 앞서가는 프리첸코가 칼을 손에 쥐고 있는 탓에 속도가 늦어졌다.

꼭대기에 다다라 둘이 힘을 합쳐 방탄유리를 밀어 젖히고 철문을 열었다. 마침내 지붕 위에 올라선 우리는 엄청난 충격에 휩싸였다. 수십 수천의 언데드가 육안으로 보이지 않는 곳까지 미술관 주변을 에워싸고 있었다. 머리가 팽팽 도는 느낌이 들어 나도 모르게 뒷걸음질을 쳤다.

"세상에…… 저 놈들을 봐!"

헬리콥터로 향하는 우리를 본 놈들의 울부짖는 소리가 커졌다. 우리를 잡으러 올라올 수 없다는 건 알지만 소리 때문에 신경이 거슬렸다.

우리는 헬리콥터의 상태를 확인하느라 이리 저리 뛰어다녔다. 꼬리에 있는 등록번호 외에는 별다른 표시가 없는 하얀 헬리콥터였다. 누구의 소유인지, 그 사람이 왜 혹은 언제 여기에 착륙했는지 알 방법이 없었다. 그렇다고 더 조사해 볼 시간이 있는 것도 아니었다. 그 사람이 죽은 거라면 이 헬리콥터가 필요 없을 것이다. 만약 그 사람이 살아있다면…… 뭐, 누가 시동 키를 꽂아 놓으랬나.

프리첸코는 헬리콥터를 철저히 점검했다.

"배터리도 충전되어 있고 연료도 4분의 1 정도 남았어. 조종사가 정말 배려심이 깊군. 행운을 빌어 보자고, 친구. 만약 엔진이 작동하면 몇 분 만에 여기에서 빠져나갈 수 있을 거야."

엔진이 울부짖으며 헬리콥터 날개가 서서히 살아나기 시작했다. 소콜이나 슈퍼 퓨마에 비하면 아주 연약해 보였지만 프리첸코는 만족스러운 모양이었다. 연료 조절판을 누르자 날개의 회전 속도가 빨라지며 우리는 공중으로 떠올랐다.

"해냈어, 프리첸코! 자네가 해낸 거야! 다시 날고 있잖아! 자네의 그 망할 숙명론은 어떻게 된 거야?"

"완전 사라져버렸길 바라세." 우크라이나인은 말을 아꼈지만 콧수염 아래로 함박 미소를 지었다. "영영 가버렸기를 말이야. 괜찮다면 나는 헬리콥터 조종에 집중해야겠어."

그 친구가 손목을 부드럽게 꺾자 헬리콥터가 위로 날아오른다. 마침내 콰트로 비엔토스 공항으로 가게 되었다.

폐허가 된 도시가 우리의 뒤에서 점점 작아지더니 마침내 사라졌다. 그리고 다시 적막이 흘렀다.

48

활주로 끝에 서 있는 에어버스의 철제 선체가 빛났다. 그 위를 몇 번이고 날아보았지만 누구하나 머리를 내미는 사람이 없었다. 빛나는 동체가 아니었다면 활주로 여기저기 널브러진 다른 것들과 마찬가지로 버려진 비행기라고 생각했을 것이다.

"저기 좀 봐."

프리첸코가 헬리콥터를 기울인 덕분에 그가 가리키는 곳이 보였다. 활주로 끝에 일그러진 금속 덩어리가 쌓여 아직도 검은 연기를 뿜고 있었다.

"부촌이잖아! 프로일리스트 놈들이 격추시킨 모양이지?"

내가 소리쳤다.

"아닐 거야. 착륙하려다가 추락한 것 같은데. 놈들은 전성기에도 다루기가 쉽지 않았거든. 50년간 박물관에 앉아 있었으니 제대로 작동하지 못하는 게 한두 가지가 아니었을 거야."

"조종사는 살아남지 못했겠는데."

나는 굳은 얼굴로 불길을 응시하며 중얼거렸다.

"내 생각도 그래. 하지만 문제는 죽은 사람이 아니라 저 아래에 살아있는 사람이지."

헬리콥터가 선회를 끝내고 하강하기 시작했다. 기체가 착륙을 하자 프리첸코는 엔진의 출력을 낮추되 끄지 않고 두었다. 급히 달아나야 할 일이 생길 때를 대비해 켜두는 것이었다.

나는 헬리콥터에서 내려 조심스럽게 에어버스로 접근했다. 내부 등이 켜져 있고 엔진도 가동 중인 것이 언제든 이륙할 태세다.

문이 열리고 긴장한 군인 하나가 우리에게 소총을 겨누었다.

"멈춰! 누구냐?"

"친구요!" 내가 외쳤다.

"친구라니!" 군인이 호통을 쳤다. "어느 쪽 친구인가?"

목소리로 들으니 잔뜩 신경이 곤두서 있다. 내게 총을 겨누고 있는 상황에선 그래서 좋을 게 없었다. 역사적으로 수천 명의 사람들이 조마조마한 총잡이의 집게손가락 때문에 죽었지 않은가. 잘 생각하고 대답해야 했다. 선택지는 두 개다. 둘 중 하나만 답이다.

"공화국!" 나는 확신에 차서 소리쳤다. "공화국의 친구요!"

나는 내 수가 먹혀드는지 어떤지 숨을 죽여 결과를 기다렸다. 그 프로일리스트들이 비행기에 침투했다면 총알이 우박처럼 쏟아지며 콰트로 비엔토스 활주로 한가운데에서 죽음을 맞게 될 것이다. 만약 공화당원이 타고 있다면 우리에게 기회가 있다.

군인이 안심하며 총을 내려놓았다. 아드레날린이 치솟는 바람에 하마터면 활주로 한복판에 쓰러질 뻔했다. 앞면이냐 뒷면이냐. 앞면이 나왔다. 또다.

"다른 조원들은 어디에 있나? 지휘관은!" 군인이 소리쳤다.

이제야 그의 모습이 자세히 눈에 들어왔다. 아주 어린, 고작해야 십대를 갓 벗어난 대원이었다.

"프로일리스트들 일당이 침입했었다."

"알고 있소." 나는 프리첸코가 헬리콥터에서 꺼내 끌고 온 가방 중 하나를 집어 들며 지친 목소리로 대답했다. "우리밖에 안 남았소. 다들 죽었어. 탱크도 포함해서."

"다 죽었다고?" 청년의 목소리가 공포로 기어들어갔다. "탱크도?"

"그렇다." 프리첸코가 끼어들었다. "중무장한 프로일리스트 셋이 아주 커다란 총이 달린 탱크를 타고 이리 오고 있어. 꾸물거릴 시간 없다고."

"그건 조종사한테 달린 문제 같은데."

대원이 어깨를 들썩이며 대답했다.

우리는 신속히 비행기에 올랐다. 시체 셋이 바닥에 쓰러져 있었다. 핏자국이 묻은 담요로 덮어놓았다. 담요 아래로 꽉 쥔 주먹 하나가 삐져나온 것이 보였다.

"셋이었나?" 프리첸코가 물었다.

"둘." 군인이 고개를 흔들었다. "하나는 바리오스 소위요. 그가 먼저 놈들 중 하나를 죽였지."

중년의 대위가 조종실에서 나왔다. 제복을 보니 파일럿 중 하나인 모양이었다. 우리는 따뜻한 악수를 나누었다.

"아직 기뻐할 수 있을 때 여기 와서 다행인 줄 아시오! 한 시간 뒤였다면 당신들을 남겨두고 떠났을 테니까! 탱크와 연락하려고 몇 시간이나 무전을 시도했지만 아무도 답이 없었소. 그 망할 놈들이 이 비행기를 납치하려 들었는데, 밖에 나갔던 조도 똑같은 일을 당한 모양이군."

"거의 그랬죠." 나는 계단에 거꾸러져 있던 무전병이 생각났다. "단, 우리의 경우는 프로일리스트가 이겼죠. 곧 여기에 들이닥칠 겁니다. 대포가 달린 탱크를 타고 있는데 그 화력이면 이 비행기가 산산조각 날 거예요. 자, 어서 여길 뜹시다!"

나는 기진맥진해서 의자에 주저앉았다. 살아남은 군인 둘과 파일럿이 에어버스의 문을 닫았다. 메탐페타민에 취한 프리첸코가 부조종석에 앉았다. 그 자리의 주인은 추락한 부촌 안에서 검게 타고 있을 것이다. 프리첸코는 객실로 돌아가지 않겠다며 모두에게 들릴 만큼 큰 목소리로 분명히 말했다.

몇 분이 지났을까, 에어버스가 천천히 활주로를 달리기 시작했다. 펜스를 밀고 있는 수백 수천의 성난 언데드 위로 잠깐 날개 그림자가 드리워졌다. 파일럿이 마지막 점검을 마쳤고 나는 창 밖으로 다른 켄타우로스의 그림자가 오고 있지 않은지 길 위를 살펴보았다. 하지만 보이는 거라고는 끝없는 언데드의 물결뿐이었다.

마르셀로, 파울리, 그리고 브로토에게는 이 비행기가 그들을 두고 떠난다는 것이 아마 사망 선고나 마찬가지일 거라는 생각이 들었다. 외딴 곳에서 탄약과 보급품도 거의 바닥 난 상태이니 가망이 없을 것이다. 브로토에게는 안됐지만 본인의 선택이었다. 앞이냐 뒤냐. 그는 뒤를 택했다.

적어도 마르셀로한테 받은 총알이 있잖아. 그걸 쓸 배짱이 있어야 할 텐데.

에어버스의 엔진이 굉음을 내자 파일럿이 연료를 주입했다. 으르렁대고 삐걱대는 교향곡과 함께 비행기가 활주로를 가속해 달리며 심하게 흔들렸다. 그러고는 기적처럼 공중을 날아올라 간발의 차이로 펜스를 넘었다.

십 분 후, 5000피트 상공에서 수평을 유지한 비행기는 테네리페로

가는 두 시간의 여정을 시작했다. 각성제 때문에 너무 흥분한 나머지 잠을 이룰 수 없었다. 살아서 집에 간다는 사실이 너무 행복했다. 개선 장군 같은 환영 인사를 받을 생각에 마음이 붕 뜨기도 했다. 프리첸코도 오명을 씻었고 두 배낭 가득 약을 채워가게 되었다. 그리고 아름다운 여인이 나를 기다리고 있다. 인생은 좋은 거다.

나는 프라도 미술관에서 구출해 온 벨라즈케즈의 그림을 다독였다. 우리 거실 벽에 걸라고 그걸 건네줄 때 놀랄 루시아의 모습을 상상해 보았다. 나는 만족스러운 미소를 지으며 의자에 몸을 웅크렸다. 그녀가 아주 기뻐할 것이다.

49
테네리페

"이봐요! 대체 여기 무슨 일이죠?"

비행기가 테네리페 북 공항에 다다르자 여드름투성이의 어린 군인이 물었다.

비행은 순조로웠다. 오는 내내 기상은 초여름의 기분 좋은 날씨와 같았다. 프리첸코와 나는 지쳤지만 미소를 잃지 않은 얼굴로 비행기가 멈춰 설 때까지 서로의 등짝을 장난스레 때리고 있었다. 그러던 찰나에 그가 질문을 한 것이었다.

"뭔데 그래?" 나는 창문을 내다보며 물었다.

아무도 대답하지 않았다. 모두 눈앞에 펼쳐진 광경에 넋을 잃고 있었다. 공항은 누가 걷어 차버린 개미집마냥 주저앉아 있었다. 군용 트럭 호송대가 기지 밖으로 길게 열을 지어 나왔다. 여기저기에서 분주히 움직이는 굳은 표정의 완전 무장한 군인들이 정어리처럼 트럭마다 가득 차 있었다.

"별로 좋은 일 같지 않은데."

프리첸코가 속삭였다. 창밖을 내다보는 그의 표정에 근심이 서렸다.

"교육받는 중이거나 기동 훈련이겠지." 나는 짐짓 무심한 척 말했다.

"아닌 것 같아." 우크라이나인이 말했다. "저 트럭들을 봐. 연료가 부족한데도 저렇게 많은 차를 움직이는 건 보급품을 바닥낼 작정이 아니고서야. 아니야 뭔가 큰 일이 생긴 게 분명해. 아주 심각한 일이."

궁금증은 그리 오래가지 않았다. 에어버스와 계단이 연결되고 문이 열렸다. 우리가 비행기에서 내리기도 전에 중무장한 한 무리의 군인들이 방호복을 입고 기내로 진입했다.

처음에 든 생각은 *젠장, 또야!* 였다. 하지만 곧 마음이 진정되었다. 군인들은 적대적이기보다 호의적이었다. 그들은 우리가 언데드가 아닌지 면밀히 확인하더니 무기를 거두고 헬멧을 벗었다. 모두가 안심했다.

"귀환을 환영한다. 제군들." 장교가 손등으로 이마의 땀을 훔치며 말했다. "적당한 때에 맞춰서 잘 왔다. 더워 죽겠는데 비상경계 태세다."

"대체 어떻게 된 거요?" 프리첸코가 물었다.

"프로일리스트가 테네리페 종합병원을 습격했다는 보고를 받았다. 상황은 정리되었지만 수십 명이 사망한 모양이다."

"프리첸코!" 내가 그의 팔을 움켜쥐었다. "그 병원이야! 루시아와 세실리아 수녀가 있는!"

"정확히 무슨 일이 있었소?" 우크라이나인이 내게 진정하라는 손짓을 하며 물었다. "사상자가 얼마나 되는 거요?"

"아무도 확실히는 모른다." 장교는 프리첸코의 군대식 질문에 깜짝 놀라는 듯했다. "놈들의 목표가 병원 실험실이었다는 추측이 있다. 하지만 내가 보기엔 약품을 강탈하려던 거야. 요즘엔 약이 값어치가 나가니까."

그는 통로에 놓여 있는 불룩한 배낭 쪽으로 탐욕스런 눈빛을 던졌다.

"어찌된 일인가? 고작 두 개만 가지고 오다니? 그 늙다리 개자식, 탱크는?"

아무도 대답이 없었다. 장교가 믿을 수 없다는 표정을 지었다.

"탱크가? 죽어?" 그는 말을 더듬으며 고개를 절레절레 흔들었다. "나머지 조원들은? 자네들뿐이란 말이야? 제길! 대체 거기서 무슨 일이 있었던 거야?"

"프로일리스트였소." 프리첸코가 얼른 대답했다. "여기와 마찬가지였지."

"빌어먹을!" 장교가 벽에 대고 주먹질을 했다. "언데드한테 살아남은 사람도 얼마 없는데 내전 때문에 다 죽겠군. 이건 뭐! 전염병 때문에 인류가 멸종되는 게 아니야. 우리 스스로 자멸하고 있으니!"

탱크의 잔여 대원들과 함께 호위를 받으며 비행기 밖으로 나갈 때였다. 나는 장교에게 가까이 몸을 기대었다.

"최대한 빨리 집으로 돌아가야 합니다. 여자 친구가 그 병원에서 일하고 있고, 그 병원에서 치료받던 친구도 있어요. 괜찮은지 알아봐야……."

"따라야 할 절차가 있다." 장교가 무뚝뚝하게 말했다. "전 대원이

7일간 검역소에 머문다. 자네들이 도착하기 전에 지시받은 사항이다."

나는 조바심을 애써 억눌렀다. 7일이나 기다릴 수는 없었다. 한 시가 급했다. 뭔가 아주 잘못된 것이 분명했다. 느낌이 왔다. 루시아와 세실리아 수녀를 당장 찾아야 한다.

"이봐요." 그를 옆으로 살짝 불러냈다. "그녀가 괜찮은지 확인하게 딱 한 시간이면 돼요. 한 시간만. 내가 보고 싶어지기 전에 돌아올 겁니다. 맹세해요."

"그렇게 못 한다는 걸 알잖나. 누가 알게 되면 우리 둘 다 큰일 나는 거야."

"아무도 모를 거요. 절대." 나는 주머니를 뒤졌다.

마침내 찾던 것이 손에 잡혔다. 보급실에 있을 때 주머니에 쑤셔 넣었던 항생제 여섯 상자였다. 원래는 암시장에 내다 팔 계획이었지만 여기서 나가는 게 급선무다.

"딱 한 시간이야. 1분도 지체하면 안 돼." 장교가 상자를 자기 주머니 안으로 밀어 넣으면서 중얼거렸다. "한 시간이 지났는데도 돌아오지 않으면, 둘 다 탈출했다고 보고하겠다. 그럼 당신네들은 문제가 심각해지는 거야. 사살될 거라는 거, 알겠지."

"한 번 해봐야죠." 나는 글록을 집어 벨트에 끼웠다.

"둘이서 한 번 해 보겠소." 프리첸코도 HK를 집어 들었다.

"고마워, 프리첸코. 하지만 자넨 안 가도 돼. 이건 내 일이야. 루시아에게 지금 당장 내가 필요할 거라는 안 좋은 예감이 들어. 일주일 후는 안 돼. 나갔다는 걸 들키면 골치 아파지니까 내 예감이 틀리길 바라야지. 자네는 이미 연루된 문제만도 벅차잖아."

"헛소리 마! 내가 간다면 가는 거야. 그러니 어서 움직이자고. 한 시간 만에 거기까지 갔다 와야 하잖아."

나는 우크라이나인을 껴안고 싶은 충동을 참고 고맙다는 표정으로 그를 바라보았다. 대단한 친구다!

장교가 종종 걸음을 치며 터미널 내의 검역소로 향했고 우리도 서둘러 비행기에서 내렸다. 그가 어떻게 우리의 부재를 정당화할지, 나로선 알 수 없지만 그가 상황을 통제할 수 있다는 것만은 확실해 보였다. 적어도 한 시간 동안은. 그와 같은 부류의 사람들은 어떻게든 일을 해낸다.

프리첸코와 나는 5분에 걸친 열띤 협상 끝에 털털거리며 테네리페로 향하는 트럭의 고철 더미 위에 걸터앉을 수 있었다. 항생제 두 상자가 건네지고 신속하게 주머니로 사라진 협상이었다. 운전사는 예상치 못한 행운에 뛸 듯이 기뻐했다.

테네리페까지 아주 오랜 시간이 걸렸다. 도시에 가까워질수록 불길한 예감이 더욱 강해졌다. 우리는 일사천리로 모든 검문소를 통과했다. 그 중 한 곳의 담당 경관에게서 여자 하나를 추적 중이라는 말을 들었다. 병원 습격에 가담했던 프로일리스트 스파이라는 말뿐, 더 자세한 얘기는 없었다.

"어떻게 생각 해, 프리첸코?"

내 친구의 얼굴은 급격히 지쳐 보였다.

"하나도 마음에 안 들어. 루시아를 빨리 찾아야겠어. 아직도 눈치를 못 챘나 본데, 여기 사람들은 편집증적으로 겁에 질려 잔뜩 무장을 하고 있다고. 그러다 난데없이 어느 정신 나간 놈이 총질을 시작했겠지. 그렇다면 우린 엄청난 곤경에 빠진 거야."

"자네 말이 맞아. 루시아가 안전해야 할 텐데."

오 분 뒤, 트럭은 더욱 중무장한 검문소에 다다랐다. 군인과 경찰들이 검문소 양 쪽으로 탱크 여러 대를 세우고 기관총 위장막을 구축해 놓은 것이 보였다.

운전사가 담당 경관과 짤막한 대화를 나누었다.

"여기서 내려요. 병원에서 300미터 이내 전 지역을 대피시켜서 아무도 통과 못 한답니다."

"왜요? 대체 무슨 일이랍니까?"

나는 트럭에서 내리며 그에게 물었다.

"정확히는 모르지만." 운전사는 매우 겁먹은 표정이다. "프로일리스트가 병원 실험실을 공격한 모양인데 그 와중에 어떤 병균 같은 걸 퍼트렸나 봐요. TSJ를 겪고도 그런 짓을 하다니 그 사람들 정신이 있는 거랍니까? 바보가 아니고서야 실험실에 침입하다니, 세상에."

나직이 투덜거리며 담뱃불을 붙이는 그의 손이 떨렸다. 그가 검문소에서 받은 전단지를 운전석에 내려놓았다. 나는 아주 불길한 느낌에 그걸 집어 들었다.

뿌옇게 복사된 신분증 사진이었다. 사진 아래에 두꺼운 글씨체로 '지명수배'가 보였다. 누구든 사진의 여자를 본 사람은 여자에게 접근하지 말고 군에 연락하라는 경고도 적혀 있다.

나는 말없이 프리첸코에게 전단지를 건넸다. 우리에게 닥쳐온 비운에 등골이 서늘해졌다.

전단지의 여자는 루시아였다.

50

그 검문소를 어떻게 나왔는지 모르겠다. 눈앞이 캄캄해지며 모든 것이 아득해졌다.

루시아가 프로일리스트 스파이라니. 세상에, 말도 안 돼! 내 여자 친구는 정치에 눈곱만큼도 관심이 없는 사람이다. 대체 무슨 문제로 그렇게들 싸우는지 자세한 내막도 모른다. 그런 일에 연루되었더라면 내게 말을 했을 것 아닌가? 머릿속에서 별의별 생각이 소용돌이쳤다.

"이봐! 정신 차려!" 프리첸코가 내 눈앞에 손가락을 맞부딪쳐 딱하고 소리를 냈다. "경황이 없는 줄은 알겠는데 정말로 루시아와 세실리아 수녀님을 도와주고 싶다면 정신 바짝 차려야지. 두 사람도 우리가 제대로 해 주길 바랄 거야. 무슨 말인지 알지?"

나는 크게 심호흡을 했다.

"물론이야. 젠장! 이제 어떻게 하지?"

"우선, 루시아를 찾아. 그런 다음에 할 수 있으면 사태를 해결하는 거야."

"이 난리통에 어떻게 루시아를 찾는단 말이야?" 나는 방금 막 차에 가득 실려 온 폭동 진압반을 가리켰다. "이 섬의 절반이 그녀를 찾고 있고 나머지 절반은 자기네가 망할 프로일리스트들에게 공격당하는 중이라고 생각하잖아."

"논리적으로 제일 합당한 장소부터 시작해 보자고. 우리 집 말이야."

나는 다른 뾰족한 수가 없었기에 그의 말에 동의했다. 트럭 운전사는 처음에는 호텔의 우리 집으로 데려다주지 못하겠다고 했다. 하지만 사람들의 보는 눈이 없는 곳에서 프리첸코와 간단히 이야기를 나누고 나자 그가 한결 협조적으로 변했다. 그의 목에 난 프리첸코의 칼자국이 그렇게 갑자기 태도를 바꾼 것과 어떤 관련이 있는 것 같았다.

호텔 건물 밖에 서 있는 URO 험비가 보였지만 그리 놀랍지 않았다. 군인 몇 명이 보닛에 기대어 있고 운전석에도 군인 하나가 앉아 손때 묻은 포르노 잡지를 읽고 있었다.

"루시아가 올 줄 알고 경계를 서는 모양인데." 내가 우크라이나인에게 속삭였다. "놈들이 얼쩡거리는 한 여기에 오지는 않을 거야."

"물론 소파에 앉아서 톨스토이를 읽는다고 해도 그녀를 못 찾겠지. 멍청하긴." 프리첸코가 트럭에서 내렸다. "혹시 안에 들어가면 이 사건을 해결할 뭔가를 찾게 될지도 모르잖아."

군인들은 우리가 건물 안으로 들어가는 것을 힐긋 쳐다보지도 않았다. 그들이 찾는 사람은 금발의 열일곱 살짜리 여자 아이지 얼굴에 수심이 가득한 키 크고 깡마른 남자나 금발 콧수염을 한 키 작은 남자가 아니기 때문이다.

출입구로 다가가는데 문이 확 열리더니 어떤 여자가 얼굴을 내밀었다. 그 순간, 나는 프리첸코의 웃옷을 잡아끌어 먼지 낀 화병 뒤에 함께 숨었다. 숨기에 적당히 큰 식물이었다. 열린 문으로 불빛이 사각형을 이루며 새어나왔고 삶은 양배추 냄새가 퍼졌다.

항상 나와 언쟁을 했던 늙은 수다쟁이 구역 관리인이었다. 여자는 어두운 복도를 유심히 살폈다. 몇 달 전에 복도의 전구들이 거의 다 나갔는데 아무도 교체해 주지 않고 방치되어 있었다.

"거기 누구요?" 여자가 새된 소리를 질렀다.

프리첸코와 나는 숨을 죽였다. 저 고자질쟁이가 우리를 봤다간 경보음을 울릴 것이다. 그러면 저 앞에 경계 근무 중인 군인들에게 변명을 해야 한다.

긴장된 순간이 지나고 말 많은 노파가 뭐라고 구시렁거리더니 제 굴로 돌아갔다.

우리는 사람들의 눈에 띄지 않고 용케 복도와 계단을 통과했다. 건물 앞에 서 있던 군인들이 사람들을 잔뜩 겁준 것이 분명했다. 평소에는 북적이던 계단에 쥐새끼 한 마리 얼씬하지 않았다.

우리 집이 있는 층에 도착했다. 놀랍게도 현관문이 부서져 있었다. 놈들이 집을 샅샅이 뒤진 모양이다. 토네이도라도 휩쓸고 간 것 같다. 멀쩡한 물건이 하나도 없었다. 대체 뭘 찾느라 그랬는지 침대 매트리스와 쿠션들도 죄다 찢어놓았다. 가슴이 철렁 내려앉는다. 루시아가 우리에게 뭔가 단서를 남겼더라도 이미 놈들이 가져갔을 것이다.

구석에서 뭔가가 쏜살같이 문으로 들어왔다. 본능적으로 권총을 겨누는데 주황색의 흐릿한 형체가 날카로운 야옹 소리를 냈다.

"루쿨루스!" 나는 나에게 달려오는 고양이를 보고 반갑게 소리쳤다. 녀석을 들어 올리니 그동안 제법 묵직해졌다. 나는 녀석의 목줄을 유심히 살펴보았다. 녀석은 평생 동안 벼룩 방지 목줄만 했었다. 그런데 빨간 가죽으로 된 줄이 매어져 있다. 나도 잘 아는 가죽이었다. 그건 녀석의 목줄이 아니었다. 내가 루시아에게 준 팔찌였다.

팔찌를 풀어 뒤집어보는 두 손이 떨려왔다. 프리첸코도 어깨 너머로 함께 팔찌를 살펴보았다. 루시아의 글씨로 한 단어가 쓰여 있었다. 프리첸코와 나만이 이해할 수 있는 단어였다. 코린트 테네리페 항구까지 가느라 거의 두 시간이 걸렸다. 누구도 눈치 채지 못하게 건물 밖으로 나오느라 까다로운 방법을 택한 데다가 검문소에서 멀리 떨어져 이동해야 했기 때문이다.

"우리 사진까지 수배되기 시작하면 놈들이 루시아와 우리의 관계를 알게 되는 건 시간 문제야."

프리첸코가 말했다.

나도 그렇게 생각했다. 게다가 공항에 있는 장교가 보장해 줬던 한 시간은 이미 오래 전에 지났다. 프리첸코와 나는 이제 탈영병이자 도망자인 셈이다. 내가 기대했던 개선 장군 같은 환영 인사완 거리가 멀지만 살아있는 게 어딘가. 그것도 자유롭게.

하지만 부두에 도착한 우리는 낙담하고 말았다. 수십 척의 녹슨 화물선과 군함들 사이로 수백 척의 배가 정박해 있다. 수천 명의 피난민들이 알음알음 타고 온 배들이다. 연료가 귀해지자 정부에서는 테네리페에 넘치는 배고픈 사람들에게 줄 식량을 조달하기 위해 그 배들로 어선단을 조직해서 매일 아침마다 바다로 내보냈다.

보트 애호가로서 나는 혈통 있는 배들이 그물과 낚시도구, 올가미에 뒤덮인 모습을 보고 있기 괴로웠다. 어쩌겠는가, 산 사람 입에 거미줄을 칠 순 없지.

아무리 살펴봐도 코린트 호 같은 배는 안 보였다.

"이제 어쩌지? 어느 배에 있는 거야?"

프리첸코가 초조하게 물었다. 항구에 쌓인 컨테이너 틈에 숨어서 바라보니 부두 노동자들이 일하러 오고 있었다.

"내가 그걸 알면 여기서 이렇게 시간 낭비하며 서 있겠어?"

나는 자꾸만 품속에서 빠져나가려는 루쿨루스를 붙잡느라 안간힘을 쓰며 쏘아붙였다. 눈으로는 연신 그 글씨를 찾느라 심장이 쿵쾅거렸다. 어딜 봐도 코린트 호 비슷한 게 없다.

포기하려던 순간 항구 끄트머리에 정박하고 있는 작은 배 한 척이 눈에 들어왔다. 헛것을 보는 게 아닌가 싶어 몇 번이고 눈을 껌벅이고 다시 보았다. 이내 얼굴에 미소가 번졌다. 돛대 끝에서 무언가 깃발처럼 나부끼고 있다. 낡고 색이 바랜 잠수복이다.

52

크로커다일 2호는 7미터 길이의 낡은 배였다. 옛날 옛적에는 정말 보석같이 멋진 배였을 것이다. 하지만 프리첸코와 내가 딩기를 타고 노를 저어 가까이 가서 보니 이 배도 얼추 수명이 다했다는 걸 부인할 수 없었다. 티크 목으로 된 갑판과 그에 맞춘 우아한 철제 이음매를 보면 원래 주인이 이 배에 얼마나 아낌없는 애정을 쏟았는지 알 수 있었다. 하지만 수개월간 고깃배로 아무렇게나 다룬 티가 역력했다.

삭구도 되는대로 어질러져 젖은 밧줄이 갑판에 널브러져 있었다. 노는 썩은 생선 비린내를 풍기며 켜켜이 쌓여 있는 온갖 크기와 모양의 그물 더미 아래에 묻혀 있다. 루시아가 거기 숨어 있다면 그야말로

302

탁월한 선택이었다. 떠다니는 쓰레기 더미 같은 배에 오를 사람은 아무도 없을 테니까.

우리는 딩기를 크로커다일 2호에 나란히 붙여 세웠다. 갑판은 완전히 망가져 있었다. 선실의 앞부분 절반은 잡은 물고기를 저장하는 공간이 되었다. 선실 문틈으로 들여다보니 보이는 거라고는 사방에 산적한 하얀 플라스틱 상자와 갑판에 던져놓은 더러운 침대 매트리스뿐이었다.

"아무도 없어." 프리첸코는 실망한 기색이다. "내 생각엔 여기가 아닌……."

그의 말이 끝나기 전에 루쿨루스가 크로커다일 2호로 뛰어올랐다. 그리고 총알처럼 상자 사이로 사라졌다. 갑자기 나지막하게 꺅 하고 놀라서 내지르는 소리가 들리더니 내가 너무나도 잘 아는 손 하나가 쌓여 있는 플라스틱 상자를 옆으로 밀어냈다.

그렇게 루시아는 만족스러운 표정의 루쿨루스를 쓰다듬는 한 편 안도의 눈물을 글썽이며 우리 눈앞에 섰다.

나는 말없이 그녀의 손을 힘껏 움켜쥐었다. 프리첸코가 헛기침을 할 때까지 둘이서 그렇게 말없이 서 있었던가 보다.

"두 사람의 재회를 방해하고 싶진 않지만 우리 할 일이 많잖아. 놈들이 우리를 찾고 있을 텐데 세실리아 수녀님의 상태가 어떤지도 모르고. 아무래도 우리가……."

"오, 프리첸코." 루시아는 나의 잡은 손을 놓더니 우크라이나인을 껴안았다. 그녀는 고통으로 일그러진 목소리로 울기 시작했다. "프리첸코, 정말 미안해요. 놈들이 내 눈 앞에서 수녀님을 죽였어요. 끔찍했어요."

"……진정해. 괜찮아."

프리첸코가 겨우 입을 열었다. 그도 어쩔 줄 모르며 그녀의 등을 다독였다. 우크라이나인의 얼굴이 파리하게 변하면서 눈동자가 검은 대리석처럼 어두워졌다. 그 친구를 아니까 하는 말인데, 수녀님을 죽인 놈들이 누구였든 놈들은 이제 그의 불구대천의 원수다.

프리첸코의 품에서 빠져 나온 루시아는 나에게 기대어 자신이 살아남은 악몽 같은 일들에 대해 훌쩍이며 이야기했다. 병원에 들어간 순간부터 이 배에 숨을 때까지 보낸 지난 이틀간의 일들이었다.

"이 배에 숨으면 아무도 못 찾을 줄은 어떻게 알고? 이 배의 선원들은 어떻게 된 거야?"

나는 그녀를 꼭 껴안아 주며 물었다.

"다들 보툴리즘 식중독에 걸려서 병원에 입원해 있어요. 산패된 캔 음식을 먹었대나." 루시아는 훌쩍이면서 중간 중간 말을 이었다. "일하던 병동의 환자였어요. 적어도 보름간은 아무도 돌아오지 못하는 줄 아니까."

"우리가 여길 못 찾았으면? 어쩔 셈이었어?"

루시아가 울음을 그쳤다. 그녀는 슬픈 미소를 짓더니 한참 동안 내게 키스를 했다.

"분명 올 줄 알고 있었어요." 그녀가 차분히 내 눈을 응시했다. "한순간도 의심한 적이 없어요. 이 세상에 당신을 막을 수 있는 건, 사람이든 언데드든, 아무것도 없으니까."

나는 그녀를 꼭 안았다. 결코 무엇도 그녀를 다치게 두지 않을 것이다.

나는 계단에 앉아 팔짱을 끼고 의기소침해 있는 프리첸코에게 다가갔다. 소중한 친구를 잃었을 뿐 아니라 복수할 기회도 빼앗긴 그였다. 나는 그의 옆에 한쪽 무릎을 꿇고 앉았다.

"프리첸코, 여기서 무너지면 안 돼. 우린 자네가 필요해, 이 친구야. 우린 전우잖아, 기억하지?"

우크라이나인이 흐리멍덩한 눈을 들었다. 그의 눈동자에서 삶의 불꽃이 튀었다.

"숙명이야." 그가 쓴 웃음을 지으며 말했다.

"숙명이지." 나도 마주 웃으며 대답했다. "하지만 조만간 분명 바뀔 거라고 장담하네."

53

다섯 시간 후, 해가 떠오르며 테네리페의 어선단이 몇 해리 밖에 쳐놓은 덫을 향해 출항했다. 해안에서 보니 수백 척의 배가 희미하게 빛나는 바다 위에서 돛을 올리는 모습은 잊을 수 없을 장관이었다.

베테랑 선원이라면 그 배들 중 한 척의 삭구가 바람 부는 쪽으로 팽팽히 당겨진 것을 눈여겨봤을 것이다. 마치 경주라도 할 기세였다. 그 배의 선원들은 풀린 밧줄을 묶느라 갑판 위에서 분주하게 움직였다.

두 시간 후, 어선단이 어장에 도착하자 그 배는 나머지 배들과 달리 그물을 던지지 않았다. 그 대신 선원들은 아침 순풍에 스피나커 (spinnaker. 경주용 보트에 추가로 다는 돛.—옮긴이)를 펼치고 그란 카나리아로 항해를 시작했다.

배가 움직이는데 어선단의 누구 하나 눈치 채지 못했다.

배는 점점 작아지며 수평선으로 향한다.

그리고 마침내 사라졌다.

54
세네갈 해안에서 3킬로미터 떨어진 곳

스무 살의 마르셀 음발로와 그의 열네 살 사촌 야야는 그날 이른 새벽부터 고깃배를 타고 동틀 녘 무역풍에 몸을 실었다. 나무를 파서 만든 긴 카누에 낡고 소음이 요란한 모터도 달았건만 마르셀의 삼촌은 마을에 연료도 바닥난 상황이니 비상사태가 아니면 배를 타지 말라고 했었다. 그래서 야야와 마르셀은 매일 아침마다 힘껏 노를 저어 해안의 파도를 통과한 뒤에 닻을 올려 어장까지 항해했다.

마르셀은 사는 게 신났다. 일 년 전만 해도 동네의 남자 어른들은 아이들 둘이서 당신네들의 아름다운 배 중 하나를 끌고 고기를 잡으러 나가는 걸 절대 허락하지 않았다. 그런데 이제는 어쩔 도리가 없다. 지옥에서 온 악마들이 산 사람의 영혼을 빼앗기 시작하자 남자 어른들은 거의 다 군대에 징집되었다. 돌아온 사람은 아무도 없고 마을에는 일할 수 있는 연령대의 어른들이 거의 남지 않았다.

남은 어른들은 습지 위에 세워져 있는 작은 다리에서 밤낮으로 보초를 섰다. 그곳이 이 마을이 위치한 웅고르 반도로 들어오는 유일한 길이었다. 마르셀의 삼촌은 이처럼 격리된 곳에 살고 있는 것이 알라의 가호라고 했다. 하지만 마르셀과 야야는 이렇게 외진 곳에 사는 게 뭐가 좋다는 건지 모르겠다. 제일 가까운 마을도 수백 킬로미터나 떨어져 있었다. 그들의 마을에는 약 200명의 성인 남자와 여자, 어린이들이 물고기와 작물로 연명하고 있었다. 누구도 굶주리지 않았지만 사치를 부릴 만큼 여유롭지도 않았다. 밤이 되면 다 같이 낡은 학교 건물 안에서 잠을 청했다. 모두 그걸 제법 재미있는 일이라고 생각했다.

마르셀이 카누에 달아놓은 자그마한 삼각형 모양의 닻을 펴는 동안 야야가 조타 손잡이를 맡았다. 넋 놓고 수평선 위를 바라보던 그의 눈에 저 멀리 하얀 점 하나가 들어온다. 그 하얀 점은 알고 보니 빠른 속도로 다가오고 있는 배였다.

마르셀은 야야에게 보라고 손가락으로 배를 가리켰다. 마르셀이 더 나이 들고 신중한 성인 남자였다면 대게 이런 상황에서 낯선 배를 멀리하고 달아났겠지만 마르셀과 야야는 위험이라는 게 뭔지도 모르는 십대 아이들이었다. 그들은 호기심에 카누를 돌려 배로 접근했다.

배까지 90미터 정도를 남겨두고 있을 때, 마르셀은 목에 두르고 있던 *그리그리*(grigri. 아프리카 원주민의 부적. —옮긴이)를 무의식적으로 만지작거렸다. 악마로부터 지켜주는 부적이었다. 겁이 났다.

그 배는 맹렬한 폭풍을 만난 모양이었다. 돛대는 부서져 반만 남았고 선실에는 바닷물이 가득 차있다. 조종하는 사람도 없이 키가 제멋대로 돌아 바람에 밀려다니고 있었다. 배 안에는 사람이 보이지 않았다.

마르셀이 소리쳐 불러봤지만 갑판으로 나오는 사람이 없었다. 야야가 카누를 나란히 대자 마르셸이 평소 물고기 머리를 따던 마체테 (machete. 아프리카 정글에서 곧잘 쓰는 날이 넓고 무거운 칼. — 옮긴이) 를 쥐고 배에 올랐다.

어린 어부는 곧장 몸을 돌려 이 황폐하고 불길한 배에서 내리고 싶었지만 그의 사촌 누이가 보고 있었다. 자신이 겁먹었다는 걸 알면 마을의 다른 아이들에게 놀림을 받게 될 것이 뻔했다. 그는 크게 심호흡을 하고 객실 문을 밀어 젖혔다.

객실 안은 괴괴했다. 탁자 위에 놓인 검은 소총 옆에 커다란 칼이 보였다. 마르셸은 바닥에 카펫처럼 깔린 깨진 유리를 조심스럽게 디디며 안으로 들어갔다. 좌석들 중 하나에 그림이 펼쳐져 있다. 정원을 그린 풍경화인데 동상도 있고, 앞쪽에는 웬 백인 남자들이 이야기를 나누고 있다. 마르셸은 못 그린 그림이라는 생각에 그림을 바닥에 휙 던져버렸다. 그림은 엎어진 채로 바닷물 위에 둥실 떠다녔다.

객실 안을 샅샅이 뒤진 끝에 그는 소총과 칼을 챙겨들고 밖으로 나왔다. 전리품에 만족스러워하며 이걸 보여주면 야야가 어떤 표정을 지을지 상상해 보았다. 그는 마지막으로 한 번 더 버려진 배 안을 들여다보았다.

한 쪽 구석, 천정에 달린 갈고리에 낡은 잠수복이 걸려 있는 것이 보였다. 잠수복이 파도의 리듬에 맞추어 흔들리며 그를 바라보았다.

〈끝〉

감사의 말

『종말일기 Z』라는 이번 모험에 다방면으로 도움을 준 여러분들을 고작 몇 줄에 모두 언급하기란 매우 어려운 일이다. 이번 책을 쓸 수 있게 도와주신 분들이 너무나 많다.

우선 내 아내와 가족, 그들의 끝없는 인내와 사랑, 그리고 내가 혼란의 암초에 좌초되었을 때 베풀어준 이해심에 감사한다.

물론, 나에게 길을 열어주고 힘든 부분마다 돌파구를 일러주며, 영영 알지 못했을 길을 밝혀준 나의 친구이자 동료 작가인 후안 고메즈 후라도에게도 감사한다. 절대로 갚을 수 없을 만큼 큰 빚을 졌다. 그는 나의 프리첸코였다. (수염은 없지만.)

랜덤 하우스 먼데더리 출판사의 에밀리아 로페에게도 감사의 말씀을 전한다. 그녀가 베푼 도움과 인내, 그리고 이해, 또한 이 프로젝트를 믿고 지지해주신 데에 감사한다. 에밀리아 당신은 정말 훌륭한 사람이에요. 당신이 아니었다면 이 책은 나올 수 없었을 겁니다.

그리고 항상 따뜻한 성원과 응원을 보내주는 인터넷 상의 수백 수천 명의 독자들. 이 이야기가 블로그에서 시작하여 무명의 인터넷 웹 사이트에서 단편으로 출판된 시기를 거쳐 시리즈로 책이 되어 나오기까지 차근차근 성장해 가는 모습을 지켜봐 준 여러분께 감사드린다. 독자 여러분. 이제 2권이군요. 전편과 마찬가지로 이 책도 나와 당신들, 우리들의 것입니다.

옮긴이 | 진희경

1982년생. 좋아하는 일을 제대로 하면서 살고 싶은 신출내기 번역가. 번역한 책으로 『달콤하게 죽다』, 『세계대전Z 외전』, 『제인 오스틴이 블로그를 한다면』 등이 있다.

종말일기Z 암흑의 날

1판 1쇄 찍음 2015년 8월 17일
1판 1쇄 펴냄 2015년 8월 21일

지은이 | 마넬 로우레이로
옮긴이 | 진희경
발행인 | 김세희
편집인 | 김준혁
펴낸곳 | 황금가지

출판등록 | 2009. 10. 8 (제2009-000273호)
주소 | 135-887 서울 강남구 신사동 506 강남출판문화센터 5층
전화 | 영업부 515-2000 **편집부** 3446-8774 **팩시밀리** 515-2007
홈페이지 | www.goldenbough.co.kr

도서 파본 등의 이유로 반송이 필요할 경우에는 구매처에서 교환하시고
출판사 교환이 필요할 경우에는 아래 주소로 반송 사유를 적어 도서와 함께 보내주세요.
135-887 서울 강남구 신사동 506 강남출판문화센터 6층 민음인 마케팅부

한국어판 © ㈜민음인, 2015. Printed in Seoul, Korea

㈜민음인은 민음사 출판 그룹의 자회사입니다.
황금가지는 ㈜민음인의 픽션 전문 출간 브랜드입니다.

추리·호러·스릴러

밀리언셀러 클럽